青云

女仵作

[下册]

谁家MM 著

重庆出版集团 重庆出版社

目录

无名女尸案

1 · 第一章 五品司佐

27 · 第二章 死不瞑目

50 · 第三章 李代桃僵

76 · 第四章 藏污纳垢

102 · 第五章 背脊发凉

127 · 第六章 同床共枕

152 · 第七章 杀人计划

178 · 第八章 善恶到头

204 · 第九章 吃醋样子

233 · 第十章 路遇七王

无名女尸案

第一章 五品司佐

容棱在附近租了一处较为偏僻的农庄，因为只是住几天，所以并不需要太多安排，只要地方够大就行。

将马车驶到农庄里，再把孩子们安置妥当，天已经黑了。

农庄的奴仆被吩咐去准备饭食，柳蔚便在房间里，写了一张单子，再交给容棱。

容棱看着那密密麻麻列出的物件，瞥了柳蔚一眼。

柳蔚道："巧妇难为无米之炊，没有东西怎么办事。这些东西也不难找，基本上西陇苑都有，让你的人去搬现成的就行。"

这里有几十种稀罕的药材，还有一些特殊用具，比如炼丹炉……

容棱将单子交给下属，让他去办。

时辰已经不早了，柳蔚粗略地看过孩子后，便打算今晚先让这些奔波了半个多月的孩子好好睡一觉。

柳蔚原本以为孩子这么多，肯定会吵闹，但吃过晚饭，这些孩子一个个都缩回床上，乖乖地一点声音都没发出。

果然还是防备心重。

柳蔚叹了口气，轻手轻脚地关了一扇门，刚出来，就看到容棱站在走廊里，正在等她。

柳蔚走过去，问道："怎么？"

"你打算如何？"

"我?"柳蔚不解容棱的意思。

容棱道:"本王指的是柳府。"

柳蔚浑不在意:"明日你遣人带封信给老夫人便是。"

"如何解释?"

"大抵,不用解释。"柳蔚自信地道,"老夫人自有决断,会为我寻个好理由。"

容棱抬起复杂黑眸,深深地看着柳蔚。

柳蔚转身就打算回房,可刚刚走到一处拐角,就看到角落一个小小的身影站在那里。

柳蔚停下步,仔细辨认,却因为太黑,没看清那孩子的样貌,只好蹲下身,对那孩子招招手。

那孩子迟疑了一下,才从阴影里走出来。皎洁的月光,将孩子面上的轮廓浅浅照耀。

容棱此时走到柳蔚的身后,低声道:"那是柳丰。"

柳蔚看着那个局促的孩子,一时有些恍惚。柳蔚将手伸远一些,小声地唤道:"过来。"

胆小的孩子,有一双大大的眼睛,很漂亮,很可爱。孩子慌张地站在那里,犹豫了好一会儿,却没有走过来。

而是身子一转,又跑回了黑暗中。接着,就是"砰"一声关门声。

天亮的时候,柳蔚很快就睁开眼睛,看到身边两个孩子还在睡。柳蔚动作轻缓地放开他们,下了床。

打开门,外面天色还早。

院子里已经有护卫来来往往,柳蔚瞧见隔壁房门是打开的,便走过去。

房里,容棱正在洗漱,看到柳蔚过来,他一边优雅地擦脸,一边走过去道:"你的眼睛看上去很红。"

柳蔚无所谓地道:"我要的东西,你都准备齐了?"

"嗯。"容棱点头道,"连夜搬来,就放在外面的堂屋。"

"一会儿小黎帮我,你带小矜去陪那些孩子。"

"本王?"容棱问了一句。

柳蔚看他一眼:"多跟这些孩子培养培养感情,回头孩子回家了,才能记得你的好。"

容棱不解地看着她。

柳蔚道:"别告诉我这收买人心的机会,你打算放弃。"

容棱想了一下,才明白柳蔚的真实意思。

孩子们回家后若还记得有一位"容叔叔",那无形中,也是再次提醒那些朝臣官员,他们的孩子获救,多亏了镇格门容都尉。

的确是个收买人心的好法子，不过，容棱并不打算去做。

若他对那皇位有野心，还能借此招揽势力。可是他完全没有，因此，便无所谓。

孩子们陆续起床后，柳蔚一个个地把脉、针灸。针灸的时候，孩子们比较害怕，但听说是为了自己好，就咬着牙同意了。

柳蔚用针在孩子们的指尖上取血，然后放在特定的药汁里，进行融合。药汁和血液会产生反应。

堵在门口好奇围观的镇格门护卫们，就看着那一身白衣的柳先生，从滚烫的褐色药汁中，舀了一勺，兑进什么东西里。

褐色药汁跟某个孩子的血液融合，然后柳蔚搅了搅，放在一个铁板上。铁板下面是火，铁板被烧热，接着冒烟，最后……令人惊恐的一幕出现了……

那些原本白色的烟气，慢慢地，慢慢地，竟变成了绿色……

众人瞪大了眼睛，有个靠得近的护卫，随即大呼："那个水……水……变成绿色了……"

"怎么会？怎么会变成绿色？"

"这是妖法！"

"这烟会不会有毒？"

此起彼伏的议论声不绝于耳。

"咚咚……"，捏着木勺，敲敲铁锅边缘，正在熬药汁的柳小黎板着脸，对着外面的人道："安静！"

全部检查完，柳蔚心里有数了。

接下来的几天，柳蔚便开始针对性地，进行草药配比。

小黎在这种时候最能帮上忙，所以容棱每次过来，就看到小黎抱着一堆东西，挑挑拣拣。

一大一小配合得天衣无缝，旁若无人，有时候忙碌起来，甚至到了废寝忘食的地步。

两天之后。

柳蔚得到了最后结果，这个结果是可喜的。

为求保险，柳蔚还是再待了两天。在这最后的两天，柳蔚百分百确定，这些孩子都在逐渐好转，以后只要定期用药，相信问题不大。

在农庄里一共待了十天，一行人才离开。

回程的马车里，柳蔚倒在车壁上，昏昏欲睡地搂着小黎。小黎将半个身子压在娘亲身上，打了个哈欠，软绵绵地缩在娘亲怀里睡觉。

巳时，马车进入京都城，外面小贩的叫卖声此起彼伏。柳蔚缓缓地睁开眼，稍稍回神一下，才想起身在何处。

"快到了。"对面的男子，手里捏着本书，头也没抬地出声道。

柳蔚"唔"了一声，打了个哈欠，坐起来。

容棱也放下书，看到她头发乱糟糟的，便道："过来。"

柳蔚虽狐疑一下，但还是好奇地挪过去一点。到了伸手可及的地方，容棱便抬起手，用手指，为柳蔚梳理青丝。

柳蔚大略因为没太睡饱，也懒得动，索性坐到容棱面前，背过身去，让容棱重梳。

容棱梳得不利落，弄了半天，才将柳蔚的乌黑长发重新挽起，再用发带束好。

等到弄好了，却发现柳蔚又睡着了，而且是坐着睡着的。

看来的确太累了，容棱便托住柳蔚的背后，确保她不会因为马车颠簸而歪倒。

"大人，到了。"过了一会儿，马车缓缓停下，车外的护卫禀报道。

午时未到，越国侯府正在准备午膳。

越国侯夫人与老夫人，正在屋里说话。这些日子老夫人的身体日渐不好，越国侯夫人陪伴得更多了。

越国侯下朝还未回府，这时，外面传来丫鬟的禀报。

"夫人，老夫人，门外有位柳先生求见。"

老夫人闻言眼睛一抬，捏住床前媳妇的手，道："是不是有丘儿消息了？"

越国侯夫人急忙点头："一定是！一定是！只是……"

老夫人指尖不觉紧了紧："别乱想，既然亲自上门，必然是好消息。"

老夫人又问丫鬟："镇格门的容都尉，可是一道来了？"

丫鬟摇头："没听着说，只说那人自称是柳先生，就在府门口了。"

"府门口了？怎的不迎进来？"

丫鬟道："门房说，那先生还有急事，不进来了。只说差个人出去，完了便走。"

越国侯夫人闻言顿时哭起来："不肯进来，莫非是坏消息？"

老夫人原本就沧桑的脸，顿时布上一层灰白。

越国侯夫人看婆婆如此，急忙说道："不一定，不一定。母亲您先别着急。是我，是我胡说的，您先歇着，我去看看。"

老夫人却摆手，执意撑起来。

越国侯夫人忙搀扶住老夫人："母亲您身子不好，不能乱动。"

"我要去看看。"老夫人沉着脸说，"不管是好消息，还是坏消息，我都要去！你扶着我！"

"母亲……"

"快扶着我！"

越国侯夫人无法，只得扶起婆婆，在两个丫鬟的共同帮扶下搀着老人往府门口走。

柳蔚不进府，只是因为车中三个孩子还在睡，不想吵醒孩子，但却不知，这小小举动,却害得越国侯府中人,忐忑不安,甚至连重病休养的老夫人都惊动了。

"柳先生?"严裴听了小厮的禀报,拈了一块如意糕放进嘴里,想了想,从软榻上起来。

小厮然子忙扶住严裴:"少爷,您早上才发了病,这会儿不宜走动。"

"无事。"

严裴曾经总是苍白的脸,接连一个月下来已经逐渐红润,虽依旧带着病气,但已不似以前那般憔悴。他从榻上起来,道:"我早该与那位先生道一番谢,若非他的良药,我这病秧子,只怕不知还要吃多少苦。"

然子也听少爷提过,既然是救命恩人,也不好阻止少爷,便扶着少爷,往府外走。

这一路过去,却恰好碰到老夫人与越国侯夫人。

瞧见儿子出来了,越国侯夫人不禁蹙眉:"你怎也……"

老夫人却摆手:"丘儿的事,他这个当哥哥的,急着知道也没错。"

严裴没说话,只安静地垂着眼,自从身体逐渐好转,父亲母亲祖母都来看过几回,但他总以身体不适为由,拒之门外。说来,以前父亲母亲祖母的态度,还是寒了他的心,致使现在,他不愿轻易原谅。

最后,三人一起朝府外去。

与此同时,越国侯府的马车也从街另一头驶向大门口。

车厢里,刚刚下朝的严震离正在闭目养神,车夫驾着车,侍卫坐在车夫旁边。

侍卫眼力好,远远就看到侯府门前停着一辆官家马车,侍卫愣了一下,就道:"侯爷,好像是镇格门的人来了。"

严震离睁开眼睛,大手撩开车帘朝外头看去。从严震离的角度,能看到府门口的马车,那样式好像的确是镇格门的车。

"是不是有公子的消息了。"侍卫说道。

严震离道:"车驾快点!"

车夫听了命令,赶紧驱赶大马,加快了车速。

柳蔚站在侯府门口,听到马蹄踢踏声,转头一看,就看到侯府标志的马车正疾驶而来。

侯府马车停下,车帘再次撩开。

严震离跳下马车,一双铜铃般的眼睛看着前方的白衣男子,辨认一下,才道:"可是柳先生?"

柳蔚恭敬地拱手,对越国侯行了男子礼:"见过侯爷!"说完,她走回马车前,撩开车帘,将里头睡得正甜的严丘抱出来。

严丘被挪动,不满意地嘤咛一声,然后就自然地环住柳蔚的脖子,把脸埋在柳蔚的怀里。

严震离就看到柳蔚抱着一个孩子,那孩子穿着粗布衣服,光看背影,倒是干净。

柳蔚抱着严丘,走到严震离面前,然后把孩子塞到严震离怀里。

严震离被动地抱住这个突如其来的孩子。

正茫然时,却听到孩子因为不舒服,咕哝一声:"困……"然后抬起白净的小脸,看着眼前的人。

哪怕小孩子长得快,已经不同,但严震离还是第一时间认出,这不是别人,正是他的老来子,小儿子严丘!

严震离手脚僵硬,过了好半晌,眼眶都湿润了:"丘儿,爹的儿子……"

对严震离来说,儿子是否生还是一件无法确定的事。那日开棺验尸,虽因一句"尸骨不对"而生出希望,但他也怕希望再次变成绝望。这段时间,严震离不敢想得太美好,但现在,严震离真的看到了他的儿子,活生生的儿子,就被他抱在怀里。

严震离到底是忍不住流下一把老泪,抱着儿子,死不撒手。

柳蔚拱手道:"恭喜侯爷父子团聚,想必侯爷还有许多话要与公子说,那在下便不打扰了。"

柳蔚说着就要走。

严震离连忙叫住柳蔚:"先生大恩大德,严某无以为报!既然来了,怎的也要用过午膳再走。"

"不了。"柳蔚道,"还有孩子要送,别人家想必也是担心的。"

严震离看了一眼马车方向,想了想,到底没有勉强。

"侯爷,在下先行一步。"

柳蔚话落,跳上马车,吩咐车夫驾车。

越国侯夫人与老夫人出来时,柳蔚的马车刚刚离开,两人也无暇顾及,只围着严丘,眼泪跟着便流出来。

"丘儿,真的是丘儿,丘儿……"

"丘儿,还认得母亲吗?我是母亲啊……"

而府门内,一抹淡色身影,正站在那里。

严震离看过去,便与严裴四目相对。

严裴平静地收回眸子,让然子扶着自己,转身,走进府里。

一直到夜色降临,这些孩子,才全部送完。

忙碌了一天,一切告一段落,柳蔚正寻思着,明日就要回柳府了,却听容棱道:"明日与本王一道进宫。"

"进宫?"柳蔚瞧着他,"我?"

容棱又道:"案件告破,皇上召见。"

柳蔚眼神复杂。

容棱再道:"不用怕。"

柳蔚却道："我没怕……"

柳蔚不是没见过皇上，但以前见和现在见，心情却完全不同。从高高在上的一国之君，到杀父仇人，这个跨度属实有点大。

柳蔚想得很明白，现在不是报仇的时候。

首先，国不可一日无君，皇族争斗素来都是混乱不堪。在不确定下一个皇帝会是个明君之前，她不会用全国百姓的生死存亡，去报她一个人的仇。搞不好自己和小黎也会受到争夺皇位的血腥波及，失去性命。因此，这不是一个理智的人会做的事。

其次，柳蔚觉得，自己当务之急是找到其他纪家人，再伺机报仇。

在这之前，柳蔚不想见皇上。

杀父之仇，不共戴天。

柳蔚对容棱宽容，是她知道容棱是无辜的。他除了是乾凌帝的儿子，与当年的事没有一丝关系，况且容棱对她，的确是好的。

但是其他人，柳蔚却秉着离其越远越好的心态。

突然要去面圣，柳蔚很不愿意，但是柳蔚也明白，自己必须去。

她跟随容棱进京乾凌帝是知道的。眼下案件破获，于情于理，她都要露个面，不管是正式告辞，还是接受奖赏。

清晨的皇城，透着几分清冷，柳蔚坐在马车里，第二次走进这恢弘建筑。

容棱与柳蔚抵达御书房时，乾凌帝正在上朝。

小太监在偏殿奉上茶点。

但不过两刻钟，乾凌帝就下朝回来了。召了他们去正殿，一进去，容棱便行礼。

柳蔚迟疑一下，跟着容棱一起行礼。

按理说，柳蔚这种身份，是该行跪礼的，但柳蔚不愿意，便装作不知规矩，跟着容棱躬身。

乾凌帝坐于高位，瞧着下面态度恭敬的两人，没有说话。

旁边的公公戚福见状道："柳先生，面见皇上时……"

"罢了。"乾凌帝打断戚福，"无碍。"

戚福应了声是，乖顺地退到了一边。

乾凌帝道："平身。"

两人这才直起身子。

乾凌帝瞧着柳蔚，道："朕，果真没有找错人，柳先生有勇有谋。昨晚朕瞧见十六了，十六看着是瘦了些，却也精神，就是让贵妃好一阵心疼。"

柳蔚垂眸，道："皇上圣明，此次案件微臣只是动了动嘴皮子，出力最多的，还是都尉大人。"

乾凌帝看向容棱："柳先生这是怕朕忘了你，特地提醒朕。那便罢了，你想要什么，说出来听听。"

容棱这时候若真提出要求，那就是脑子有病了。他恭敬地道："为父皇效命，乃儿臣本分。"

"有功，自然要赏。"乾凌帝沉吟一下，道，"前几日你不是说，想成亲了？"

柳蔚眼皮莫名地跳了一下。

容棱低声道："是。"

"阿棱，朕给你推了月海，你可怨朕？"皇帝问道。

容棱挥开衣摆，单膝跪地，道："父皇为儿臣着想，儿臣感激不尽，不敢言怨。"

乾凌帝听罢，笑道："朕知道你是个懂事的，明白朕的苦心。那好，柳家那姑娘，就许给你了！"

柳蔚脸上表情已经黑得不能再黑了。

"不过，倒是有个麻烦。"乾凌帝道，"你七弟与那姑娘，还有些渊源未断……罢了，待朕与他说道说道，定不会误你的大事。"

容棱垂首谢恩："谢父皇成全！"

此事就这么轻飘飘地定了下来。

实际上，上次面圣，这桩亲事已经说定，今日皇上翻出来再说一遍，容棱自然明白什么意思。

这是皇上故意说给"柳先生"听的。

却不知，柳蔚与柳先生，本就是一人。

等到皇上旁敲侧击地自以为提点了这位"柳先生"，容棱无论如何与"男子"胡闹，也都终究是要成亲娶妻之后，才定下其他赏赐。

容棱官位不可再升，赏的便是黄金白银，瓷器玉器。

倒是柳先生，皇上虽不喜其"断袖之癖"，但也知道人才不好浪费，便晋了其职位，五品镇格门司佐！

通俗点来说，就是镇格门的谋士，不过皇帝亲封，跟养在镇格门后院那些无品无阶的野路子，不可相提并论。

不过就算如此，柳蔚也没高兴，当了京官，可还有回曲江府的机会？

柳蔚知道，若是拒绝，就显得太不识好歹了。皇上明显有拉拢之意，倘若自己公然不给面子，只会是自找麻烦。

犹豫了好一会儿，柳蔚才不情不愿地躬身谢恩。

皇上很是满意，看着时辰不早了，又听小太监说殿外大臣求见，便让他们退下。

柳蔚一出去，便板起了脸色："这下容都尉满意了？现在我成了五品官员，以后该怎么办？要和柳城柳域同朝为官？一起上朝，一起下朝？"

京官，五品及五品以上，要每日上朝觐见，虽然只是站在殿外，但也必须出现。

容棱解释道："镇格门是特例之地，由皇上统管，不涉正朝。"

"嗯?"柳蔚一愣。

容棱带着柳蔚边往外走,边道:"镇格门内,除了本王,他人都不须上朝。"

柳蔚问:"所以我是归你管?"

容棱点头:"嗯。"

柳蔚方才的愁绪,一扫而光:"既然如此,那往后我若是不去门内坐职,你不会给我打缺勤?"

"不打。"

"我若请假,你不会扣我薪俸?"

"不扣。"

"我若有事外出,你会给我打外勤?"

容棱:"……"

"别以为我不知道,外勤每个时辰有一两银子的补贴!"

容棱:"……"

"那好。"柳蔚笑得露出一口白牙,"未来半个月,我会去越国侯府给严裴诊病,你记得给我全算外勤。"

容棱:"……"

三日后,越国侯府。

"今天感觉怎么样?"柳蔚一边将医药箱放下,一边问书桌前坐着的青年。

青年皮肤轻薄,发色偏淡,一看便是个常年卧榻之人,他将手中的毛笔搁下,起身,对柳蔚行了个礼。

柳蔚笑着:"每日都这么客气,你不腻吗?"

青年涩然一下,微微垂首。

柳蔚也不逗他了,继续问道:"按理说,今日该发病了,早上有没有什么特别的感觉?"

青年摇头:"承蒙先生针灸疗治,在下已三日未发作了。"

柳蔚道:"针灸之法虽能暂时抑制,但你毒性太深,这种治标之法,终究不是长久之计。我还有几味药未找齐全,等找齐了,才能完成第一疗程的治疗。在这之前,我别的做不了,总能免你一些骨髓之痛,减少一些你发病的时辰。"

与单吃红血丸不同,针灸之法,严裴至少能延长至五天不发作,而发作时的痛楚,也会比之前更小。

三日前,严裴在全家人都因严丘归家而振奋不已之时,独坐小院,想着,自己这条命,还能撑多久。

三日后,竟然有人告诉他,他的毒症能够完全治愈。虽然会花一些功夫,但康复的机会到底是有了。

严裴一下,竟有些不知如何面对。

"严公子。"低浅的嗓音，在耳边响起。

严裴回神，就看到柳蔚正一脸严肃地看着他。

"先生？"

"我之前说过，你这毒症与心境关系极大。你若再抑郁，我再是妙手回春，恐怕也治不了你。"

严裴苦笑一声，忙道："是在下岔了心思，先生勿怪。"说着，严裴忙转移话题，"小黎呢？"

柳蔚道："小黎进来时被令弟撞见，拉去玩了。"

严裴嘴张开一下，却说不出话来，最后又是沉默。

柳蔚叹了口气："你是想问，你弟弟这两年，发生了什么事，是不是吃了很多苦？"

严裴看向柳蔚，抿紧薄唇。

柳蔚道："你不用这么含蓄。想令弟，就让令弟过来看你。令弟那么关心你，你若愿意见他，他指不定要天天往你这里跑。"

严裴垂眸。

柳蔚将脉枕拿出来，示意严裴，伸出手。

把脉把到一半的时候，外头然子来报，说宇文公子过来了。

严裴抬了抬眸，就看到，宇文尧已经走了进来。

"今日可好些了？"宇文尧手持折扇，进来后也不认生，直接就坐到柳蔚旁边的位置，看着两人。

严裴瞥了宇文尧一眼："你怎的又过来了。"

宇文尧将折扇合了起来，面露委屈："这是什么话，我好心来探你，你怎像是不欢迎？"

从柳先生第一日过来，被宇文尧撞上后，之后两天，宇文尧每日定时定点必过来。

严裴和宇文尧关系好，但也没到天天见面的地步，顶多就是三五日宇文尧过来晃荡一圈儿，带点外头的小吃，说点外头的闲话，陪严裴两个时辰。可这三日，宇文尧每日都来不说，待还待得很久，柳先生不走，宇文尧也不走。

严裴扶着额角，用素白病态的手指轻揉了揉。

宇文尧却紧盯柳蔚，支着脑袋，看着柳蔚问："先生，阿裴的身子，可好些了？"

柳蔚理都不理宇文尧。

宇文尧继续问："可好些了？"

柳蔚沉默。

"可好些了？"

柳蔚："……"

"可好些了?"

柳蔚:"……"

"可……"

"好些了。"严裴唯怕宇文尧念叨个没完,忙打断他。

宇文尧得到了答案却不满意,道:"你身子好不好,你自己哪里知道,当然得问大夫。先生,阿裴的身子可好些了?"

柳蔚知道宇文尧如此讨人嫌是为什么。大概是不用继承家业,父母也未逼其入朝为官,所以这人便整日就跟个浪荡公子似的,今日招招这家的猫,明日逗逗那家的狗。

柳蔚不理宇文尧,这种人,就跟狗似的,你越跟他玩,他越起劲。你不理他,比什么都管用。

可柳蔚大意了。

柳蔚觉得正常人被接连无视,总会有点羞耻心的,但宇文尧显然没有,也或许是,宇文尧这些年早被严裴无视惯了。

直到脉把完,针灸也针灸完,煎好的药端过来也喝完,宇文尧竟还锲而不舍地在问:"柳先生,阿裴的身子可好些了?"

严裴很烦:"你闭嘴!"

宇文尧却置若罔闻,只是一边轻手轻脚地帮严裴穿上衣服,一边道:"我是关心你,你少狼心狗肺。"

严裴:"……"

针灸是全身针灸,脱衣服的时候,严裴还能自己动手,但穿衣服就比较麻烦了。严裴总不好意思叫柳蔚帮忙穿,然子又被使唤了出去,最后也只有宇文尧帮他穿。

但是估计不常伺候人,宇文尧的手劲,真的很差。

再看另一边,柳蔚已经在收拾东西,打算走了。

"先生今日这么快?"才半个时辰而已,昨日和前日可都是忙了两个时辰。

柳蔚整理好了箱子,对严裴道:"明日我再来,你好好歇息,静养。"

柳蔚说到"静养"这两个字时,嫌弃的眼神,若有若无地瞥向了宇文尧。

宇文尧自是注意到了,笑了一声:"先生是嫌我吵着他了?先生不知,阿裴以前睡不好,都是我在一旁说话,耐心哄着他睡。"

严裴心说,明明是你的话题太无聊,我才不知不觉睡过去,竟成了你哄我睡了。但考虑到外人面前,严裴还是没有把这句反驳的话说出口。

等到柳蔚离开,宇文尧望着柳蔚的背影看了好一会儿,但却没跟上去。

严裴道:"你不跟先生一块儿走?"前几日都是非跟着人家的。

宇文尧一笑:"算了。"

严裴好奇:"你究竟为什么……非要去碍着人家?"

"你不懂。"宇文尧坐到椅子上,"这人的秘密多了去了,不弄明白,总觉得差点什么。"

严裴皱眉:"你若只想去打听人家,我不赞成。"

"为何?"宇文尧问道,"你在意柳先生?"

在意这个词,听起来怪怪的。

严裴说道:"先生如今是我大夫,我自是尊重。你成日戏弄人家斯文人,平白惹人讨厌。"

"那柳先生是斯文人,而我不是?"宇文尧嗤笑一声,"她啊,阿裴你看不清。"

"你又知道?"严裴问了一句。

宇文尧突然变了音调:"你今个儿是不是太护着柳先生了?怎的,被人扒了两天衣服,就芳心暗许,非君不嫁了?"

"胡说什么?"严裴不悦,这都什么稀奇古怪的词儿:"总之,你明日莫过来了。"

宇文尧看向严裴:"我妨碍你们了?"

"嗯。"严裴就怀疑今天先生早走,是因为先生太烦宇文尧了。

宇文尧手支下颌,望着严裴:"阿裴,你该不会是真的……"

"真的什么?"严裴也望向宇文尧。

宇文尧很是犹豫,他在想,到底要不要把这"柳先生"其实是个女子的事说出来。

罢了,还是别说了。男女授受不亲,说出来,凭着严裴的性子,指定再不肯让柳蔚医治。但是不说,这两人每日眉来眼去,指不定严裴赶明儿个就被那狡猾的不男不女骗走魂儿了。

宇文尧叹了口气,说道:"明日我还会过来。"

"你……"

"大不了我明日不乱说话了,这还不成?"宇文尧提出交换条件。

严裴不太信他,但想到就算不要他来,他明日还是会跑来,最后也只能同意了。

从严裴院子出来,路过花园时,柳蔚就看到严丘正坐在草地上,拉着柳小黎说话。

柳蔚走近了,才听到两个孩子的对话。

严丘:"那我哥哥能好吗?"

柳小黎:"我爹一定能治好他。"

严丘:"我哥哥好了,我爹娘一定会很感激你爹的。小黎哥哥,你跟我说说你爹,他是不是很厉害。"

柳小黎:"当然很厉害,我爹什么都会。"

严丘:"真羡慕你,有个这么厉害的爹。"

柳小黎:"你爹不厉害吗?"

严丘："我不知道，在外面好像很厉害，但是在家里不厉害。对了，小黎哥哥，你有娘吗？"

柳小黎："有啊，我娘亲很厉害。"

严丘："比你爹还厉害吗？"

柳小黎："唔……都，都厉害。"

严丘："那你爹你娘谁更厉害？"

柳小黎："我爹。"

严丘："那你娘就不厉害。"

柳小黎："不是的，我娘很厉害很厉害。"

严丘："那你娘比你爹厉害？"

柳小黎："嗯……应该是。"

严丘："那你爹就没那么厉害。"

柳小黎："怎么会，我爹最厉害了。"

严丘："可是你娘不是比你爹更厉害？"

柳小黎："唔……那个……"

严丘："小黎哥哥，你怎么了？"

柳小黎："我不想跟你说话了。"

柳蔚站在两个孩子背后，正要上前，旁边却有下人跑来："柳公子，外头有人找您。"

"我？"柳蔚愣了愣，知道她来越国侯府的，只有容棱。

柳蔚问道："在哪儿？"

"就在府门外。"

柳蔚反正也要告辞了，便带着柳小黎出府。

刚到门口，看到外头站着两人，一人穿着镇格门侍卫服，一人却穿着丫鬟衣裳，手里捏着一封信。

柳蔚走过去。

侍卫先给柳蔚行礼，接着才道："司佐大人，这位姑娘说她是柳家三少奶奶的丫鬟，三少奶奶命她交封信给您。"

三少奶奶？金南芸？

不是跟柳逸去外地办货了？

柳蔚看着那丫鬟。

那丫鬟忙行了个礼，递上信封说："我家少奶奶在沁山府出了事，连夜加急，让奴婢赶回来给先生送封信件。信件在此，请先生过目。"

柳蔚拿过那信封，拆开，看到里面有两页纸，写得密密麻麻的，有些乱。但信上大意，柳蔚却看明白了。

"命案？"柳蔚看向那丫鬟。

那丫鬟都快哭了："我家少奶奶本是随着少爷一道办货，可突然就被当地府衙扣下来了，说我们的货物里有尸体，要我们开箱验证。结果开箱后，原本置办的三十匹良缎，竟真成了一具尸体，还是一具……"

"无头女尸。"柳蔚补全那丫鬟的话，在信中，金南芸就是这么写的。

丫鬟连忙点头："府衙的人把少爷和少奶奶关进了大牢。少爷表了身份，讲明了我们是丞相府的人，可那府尹根本不管，当天晚上，少爷的小厮就被刑毙了。"

"再后来呢？"

"再后来，少爷就让我们赶紧回京求救。一道回来的还有两人，他们已经赶去相府了。奴婢是少奶奶的人，受少奶奶之命，将信送予镇格门柳先生。少奶奶还说，若镇格门说柳先生不在，便无论如何都要将信交给容都尉。"丫鬟说着，扑通一声跪在地上，连连磕头，"奴婢求求先生，您定要救救我家少奶奶！"

柳蔚自是认得出这信的确是金南芸所写，可柳蔚好奇，柳逸都公开身份了，那沁山府府尹，当真连丞相的面子都不给？

将那丫鬟打发回去，柳蔚上了马车前往镇格门。

柳小黎不安地问道："爹，是出事了吗？"

柳蔚道："你芸姨出事了。"

"芸姨？"柳小黎进京后根本没见过金南芸："芸姨在京都？"

"不，沁山府。"

柳小黎抓抓头："那芸姨出了什么事？"

"去看过才知道。"仅凭一封信，柳蔚还判断不出。

柳小黎担心的却是另外一件事："我们要去沁山府？那严丘的哥哥……"

柳蔚道："改成药疗便是。"

"药疗能管用？"柳小黎不安。

"嗯。"只是需要重定配方，大概会再耽误两天，只希望金南芸没有生命危险。

柳蔚赶回镇格门。

容棱正在正殿，柳蔚把信丢给他道："容都尉，我要请假。"

容棱不解，便将那封信抖开，看了两眼，却道："不准。"

"为什么？"

"太远。"

"沁山府远吗？"柳蔚辩驳，"就在京都西北处，连夜快马过去，三日便能到。哪里远了？"

容棱很严肃地还是那句，道："本王不准。"

柳蔚皱起了眉，将信夺过来，转身拉着儿子就走。

容棱不拦柳蔚，却道："本王一声令下，京都各个城门都不会放你通行，你走也没用。"

柳蔚回头，看着容棱道："我想走，你的人拦得住？容都尉，我在你眼中，可是一只金丝雀？"

话落，柳蔚直接走出去。

小黎沉默一下，道："容叔叔，我爹没几个朋友，除了付叔叔和干娘，就只有芸姨了。"

小黎说完，又看了容棱一眼，才抬脚追上娘亲。

接下来的两天，柳蔚在越国侯府待的时间很长，几乎每日都是从早到晚。

而第三日，柳蔚便送去越国侯府一纸药方，又嘱咐了严装，破天荒地还跟宇文尧交代了注意事项。

再回到王府西陇苑，柳蔚简单地收拾行李，带着小黎就准备出门。

至于丞相府那边，柳大小姐一时间谁也找不到，那便是丞相府自家需要解决的问题了。

明香惜香发现后，急忙拉住柳蔚和柳小黎，劝道："公子，公子您不能说走就走啊！好歹先等爷回来，爷要是知道您背着他偷偷离开，非得伤心死了不成。"

说伤心死是过分了，但一阵血雨腥风是跑不掉。

明香惜香两个在西陇苑贴身伺候的，更是少不了受到一顿责难。

柳蔚刚要开口，却听院外，传来一声低沉嗓音："在干什么？"

所有人都看过去，顿时明香惜香眼睛亮了："爷！"

柳蔚看着容棱，表情一如之前的平淡。

容棱也看着柳蔚，瞧见她眼底的冰霜，道："你们先出去。"是对明香惜香说的。

明香惜香是巴不得出去。

容棱走过来，看着柳蔚："真的要走？"

柳蔚毫无表情。

容棱点头道："那走吧。"

柳蔚愣了一下，看着容棱："我没听错？"

"嗯。"

容棱再次确定。

柳蔚还是不敢相信，他和她僵持了两天，今天突然想开了？不像他容大都尉的作风啊！

"一起去。"

什么？

柳蔚不确定："你也要去？去沁山府？"

"没错。"

"你去做什么？"

容棱陈述道："相府将此事呈报给刑部，镇格门中途拦截。此案，如今归镇格门受理。"

柳蔚思忖了好久，才问："都尉大人以权谋私？是为了跟着我？"

容棱毫无心理负担地承认道："最近，本王很闲。"

闲吗？

柳蔚很想跟容棱说点什么，但犹豫一下，却什么都没说，只问："如果镇格门干涉此案，那我这次，就算出公差了？"

容棱："……"

从京都到沁山府，日夜兼程，果不其然，三日便到。

柳蔚按照信中所言，去了悦云客栈。

"小二。"

这会儿正是饭点，客栈里人不少。

小二听了招呼赶紧过来，殷勤地问道："客官是打尖儿还是住店？"

"住店。"

容棱将行李递给小二。

小二接过行李，就往里头喊："掌柜的，来客人了！"

容棱开了两间房，小二给他们将行李送上去，临走前，柳蔚丢了一两银子给小二，问道："听说你们这店，前几日出了事？"

小二一听，就开始打哈哈了："客官，咱们客栈正正经经、本本分分，能出什么事？指定是误会了！"

柳蔚又拿出五两银子，阔绰地丢了过去。

小二这才转首看了看外面，确定没人听到，才压低声音说："真不怪咱们店，是那位外商客人摊上的事儿。"

"说仔细些。"

小二便道："那日一早，店刚开门，那位外商客人就带着伙计，说是去制衣铺拿缎子。之后搬回了三个箱子，但没一会儿衙役就来了，说他们谋财害命，私藏尸体。那外商一家，自是否认，结果打开箱子一看，原本说是放缎子的箱子里，竟然真有一具尸体，接着人就给带走了。客官您看，这不是我们店出的事儿，顶多也就是那箱子在本店里放了那么一小会儿。事后也没官府的人找我们，咱们店可确确实实是冤枉的，您莫要听那些外头的闲话，那都是其他客栈抹黑我们，都没存好心。"

柳蔚看小二这般紧张，摆摆手，继续问道："那客人后来呢？"

"后来啊。"小二回忆一下，道，"后来就关进大牢。我前个儿去衙门送酒，听着说是，不认罪，还吆喝是京都大官的家眷，您说这不是瞎胡扯吗？大官儿的家眷，那府尹大人会把你给关起来？这摆明了就是乱拉亲戚。"

柳蔚又问了小二一些话，小二也都老实说了，人这才忙去了。

柳蔚思忖着这些信息，回过头，正要跟容棱商量，就看到屋里的行李都归置好了。

小黎因为在马车上没睡醒，这会儿已经倒在床上，抱着被子蜷成一团。

柳蔚走过去，摸了摸床边杌子上被叠放得整整齐齐的换洗衣服，道："容都尉贤良淑德，蕙质兰心，在下竟是今日才知道。"

柳蔚话音刚落，容棱便顺势抓住柳蔚的手，将柳蔚拉近了些，低头又靠近两分，将呼吸打在她的脸上："本王一直是这种人，你今日才知道？"

说着，侧首，咬住她的耳朵。

柳蔚倒吸口凉气，更加用力地推他。

容棱却笃定她不会下死手，更加不放了。

两人磨磨蹭蹭，推来推去，最后他的一吻，只落到她脸颊上。

柳蔚脸红地一躲，却偏头看到床榻上，原本已经睡着的柳小黎，不知什么时候坐了起来，正抱着被子，头上竖着两根呆毛，目不转睛地看着他们。

柳蔚震了一下，狠狠地推开容棱。

容棱猝不及防，正要说什么，却也感觉到右边有道视线正看着他，他侧眸一看，也愣住了。

柳蔚赶紧咳了一声，看着儿子："小黎，你什么时候醒的？"

柳小黎眨巴眨巴眼睛，一双水汪汪的眸子，先看看娘亲，又看看容叔叔，一句话没说。

容棱也有些尴尬，坐到床边，摸摸小黎的头，将那两根竖起来的呆毛压下去，问道："还困不困？"

柳小黎偏过视线，认真地看了容棱一会儿，出声道："容叔叔……"

"嗯。"

"你为什么亲我爹？"

容棱："……"

柳蔚严肃地说："那不是亲，你哪只眼睛看到他亲我了？"

柳小黎面无表情："爹，我两只眼睛都看到了。"

被儿子目睹这种事，柳蔚不常有的羞耻心，突然爆了。但柳蔚还在硬撑，就是不承认。

倒是容棱，思索一下，道："这没什么奇怪。"

柳小黎看向容棱，柳蔚同时也看向容棱。

容棱道："我喜欢你爹。"

柳蔚无语："你跟小黎胡说八道什么？"

"小黎早晚要知道。"容棱却很淡定。

柳蔚反驳："小黎不用知道！"

"为何不用？"

"就是不用！"

两个大人争执起来，柳小黎在旁边听着，思索一下说："可我爹……是个男的。"

容棱："……"

柳蔚却松了口气，她对儿子的教导很成功，无论如何，在人前，一定要坚定地相信，娘亲就是男的！

容棱见柳蔚还有脸笑，起身，拽着柳蔚走到一边，道："明天起，换回女装。"

"凭什么。"柳蔚嫌弃，"女装多不方便。"

容棱道："小黎已经混乱，他当真以为，你我断袖，不要教坏孩子。"

柳蔚顿了一下。

容棱道："总之，明日起，换成女装。"

"不行。"柳蔚道，"柳逸认得出我，就是男装，我都得做些面部调整，何况女装。"

容棱拧起眉。

柳蔚道："说正事吧，你现在可以告诉我，沁山府府尹，为何这般胆大了？"

容棱随口道："沁山府府尹，乃七王党。"

"嗯？"

柳蔚才想明白："你的意思是，沁山府府尹已经知道柳逸确实是丞相之子，但只能是假装不知，拒不放人。此举……是为了示好七王爷？"

容棱看柳蔚："丞相之女逃婚七王，七王含恨频频针对，你以为这等京都轶事，地方官员不知？"

柳蔚倒是没想到这个。

"看来柳家，真是被我害得挺惨的。"柳蔚想了想，说道，"我原还想趁此机会让柳逸吃些苦头，这下，倒有些不好意思了。"

正在这时，外头响起敲门声。

两人看过去，柳蔚问："谁？"

外面一道女声传来："先生，是我。"

听出女子声音，柳蔚走过去，打开门，果然，见外头是浮生。

浮生对柳蔚行礼。

柳蔚托住浮生的手，让浮生进来。

进来后，床上的柳小黎也来了精神："浮生姐姐。"

"公子。"浮生礼貌地唤了声，然后又看向容棱，迟疑一下，却不知道怎么唤。

柳蔚介绍："这位是镇格门的容都尉。"

浮生吓了一跳，赶紧行了个大礼！

不等容棱免礼，柳蔚便将浮生拉起来，问道："你怎知我来了？"

浮生看了容棱一眼，见这位都尉大人没生气，才道："奴婢一直在客栈等着，时时关注，方才就在窗前看到了先生进店。"

柳蔚又问："究竟怎么回事？"

浮生这才说："此事分明是有人存心冤枉，那缎子是我们早几个月就定下的，今个儿早上才从黄家店铺拿过来。谁知刚带回来，就出了这样的事。那些衙役来得突然，三少爷连话都没说两句，便被带走了。连带地游姑娘与少奶奶也被抓了进去，奴婢原是想带少奶奶逃的，可少奶奶不许，让奴婢等先生来。"

柳蔚微皱起眉："游姑娘？"

浮生知道柳蔚在想什么，便点头："此次出门，少爷也带了游姑娘……"

"可真是逍遥快活。"柳蔚讽刺一声，又问，"你去大牢看过没有？南芸可吃了苦头？"

浮生摇头："奴婢前个儿去看了，少奶奶无碍，少奶奶身上随身有些财帛银两，许是打点了。只是少爷却受了苦头，还有少爷的贴身小厮，说是给杖毙了。"

柳蔚心里有了估算，便道："既然南芸没事，那便不用急。我先问你，你方才说的黄家店铺，在哪里，店家是什么人？"

浮生回道："黄家是这沁山府城里有名的大商贾，少爷与黄家生意往来多年，算是老客人。那箱子里的尸体，也不知怎么进去的。"

柳蔚问："你们早上取货的时候，验过货吗？"

浮生点头："验过，都验过了，是少爷亲自验的。少奶奶也在，奴婢也在。确定东西齐全，才给抬回来的。"

"你的意思是，东西在黄家看的时候，没问题。回来，就成了一具尸体？"

浮生忙点头。

"那中途箱子可落过地？"

浮生很肯定："没有，先生您是知道的，奴婢有些手脚功夫。莫说这箱子没落过地，就算是落过地，有人打开，再换了一具尸体进去，这样大的动静，奴婢也不可能没有察觉。"

柳蔚沉吟下来，半晌，抬起眸子："这么说来，东西可能是在黄家被调包了。"

浮生也点头："奴婢也是这样想的，这几日，奴婢找过两次机会进黄家库房查看，却并未发现任何不妥。"

柳蔚道："先看看尸体。"

浮生立刻起身："奴婢知道在哪儿，奴婢这就去偷出来。"

话落，就往外头走。

"你站住。"柳蔚叫住浮生，看向身边正在优雅喝茶的容棱，"容都尉，劳烦您了。"

容棱将茶杯放下："何时要？"

"明日一早。"

"好。"

柳蔚起身，对浮生道："你带我去黄家店铺走一遭。至于都尉大人，便留下来带孩子。"

容棱："……"

柳小黎："……"

浮生唬了一跳，柳姑娘怎的这样说话，就……就不会激怒这位大人吗？

再看容棱，这位大人眼中虽有无奈，但好似的确没有火气。

出门前，柳蔚看了容棱一眼，见容棱真的没跟来，而是走到床边，跟小黎说话去了。

关门之前，柳蔚恰好听到容棱跟小黎郑重地说了句："男子与男子，不能够在一起。"

柳蔚忍不住笑了一下，想着，这是不是就叫"自作孽，不可活"？

黄家商铺，在沁山府的势力的确大。

柳蔚只走了两条街，便被浮生指了五六次："香料铺、玉石铺、绸缎庄、制衣铺，都是黄家的产业。"

柳蔚沿途看过去，直到走到案发的那家铺子外，才停下。

这是一家制衣铺，柳蔚想进去，浮生却拉住柳蔚："这家店的掌柜恐怕认得我。"

"认得出你，会撵你？"

浮生摇了摇头，倒是不会撵走，但总觉得，不能暴露。

"那便是了。"柳蔚走了进去。

浮生犹豫一下，还是跟着柳蔚进去了。

而里头，伙计看到客人进来，殷勤迎接："客官是要什么样式的衣裳？是定做，还是买成衣？"

"先看看。"柳蔚道。

伙计看柳蔚走向了衣服架子，就要过去介绍，掌柜却从柜台里叫他："你，去里面看看腰带放哪儿了。"

伙计应了一声，让客人慢慢看，便进了内间。

柳蔚看向那掌柜，掌柜也正看着柳蔚，只是掌柜的目光，更多的是放在浮生身上。

柳蔚走过去，问道："店家，你这铺子，良缎掺丝的衣裳，都有哪些？"

掌柜的将柳蔚打量了一圈儿，指了指右边的衣架子："前头三件，都是。"

掌柜又看了浮生好几眼，像是在确定浮生的身份。

浮生别开脸去，不让掌柜看清。

柳蔚皱皱眉，挡住浮生的身子。掌柜迟疑一下，试探性地问："这位可是，柳家那个……"

"这是在下的丫鬟,掌柜认得?"

掌柜道:"许是小的看错了。"

柳蔚继续看衣裳。

最后是没买,便走了。

浮生跟在柳蔚身后,问:"先生,咱们去哪儿?"

"库房。"

黄家的生意大,库房也多。大库房不说,单是小库房,每家铺子后头,都有一间。

浮生带着柳蔚到了上次验货的那间,但这青天白日的,里头又有人,不好进去。

两人在旁边躲了一会儿,等到库房里的人离开,才跳到房顶,从透气窗进去。下了地,浮生便指着一个角落道:"当时箱子就放在那儿。"

柳蔚过去,仔细看了会儿,问道:"箱子什么样式?"

浮生说:"黄家的箱子,都是一个样式的。不过我们是大客,要的东西又多,给我们用的箱子,自然也是最大的,就跟那边那种一样。"

浮生指了指旁边叠起来的三口大箱子。

柳蔚打量着那三口箱子,又拨弄了一下箱口的锁,看向浮生。

浮生摇头:"奴婢没有钥匙。"

柳蔚探手取下浮生头上的发钗,随意在锁眼里捅了两下,就听那铁锁"咔嚓"一声打开。

浮生吃惊地睁大了眼睛!

柳蔚将发钗插回浮生的头发,浮生摸了摸发梢,还有些没回过神来。

箱子打开,里头,放着满满一箱子的绸缎。柳蔚摸了摸,回头看浮生。

浮生蹲下来,捏了捏绸缎:"是良缎。"

柳蔚道:"你数数看。"

浮生将缎子都拿了出来,一绸一绸地数,数到最后,脱口而出:"一共三十绸。"

柳蔚起身将箱子关上,锁也阖上。

浮生很茫然:"先生,这……这是怎么回事?"

柳蔚道:"最危险的地方就是最安全的地方,这缎子就是那日你们被调包的。黄老爷胆子也不小,现在还敢放在这儿。"

"可是……"浮生道,"那日明明也有衙役来库房搜查,奴婢虽没亲眼看见,但也听说,是彻底搜查。"

"衙役的话能信?"

柳蔚瞥了浮生一眼:"这黄老爷在沁山府风评极好,又是多年的老字号,跟衙门里的人能不熟?关系到位了,搜查的时候睁一只眼闭一只眼,什么证据不都是这些人的一张嘴说？"

浮生忙道："那找到证据了，我们把这箱子搬到衙门，不就能证明少爷少奶奶的清白了？"

柳蔚敲了浮生脑门一下："人家是卖缎子的，你从人家库房偷一箱缎子送到衙门，人家矢口否认，再反咬你一口入库行窃，你能如何？"

浮生愁苦了脸："那这箱子……"

柳蔚思忖一下，伸手去摸那箱子角，手指动了两下，那上好的木头，就缺了一块。

"先生，这是……"

"做个记号，走吧。"

"这就走了？"

"嗯。"

第二日一大早，沁山府府尹曹余杰曹大人，还与娇妾眠于床榻，就听外面一阵敲门声。

"大人，大人不好了，大人……"

喧哗声令曹余杰不胜其烦，娇妾推了他两下，示意他出去看看。

曹余杰带着火气，一边起身，一边冲外面呵斥："吼什么吼！"

曹余杰披了一件衣服，满脸烦躁地过去开门。门一打开，就见衙役头头满脸急色地道："大人，出事了，出大事了。"

"出个狗屁的大事！"

"大人，上头来人了，京里来人了！"

"京里？"曹余杰愣了一下，猜测到估摸是为了牢里那小子，便皱起眉，"是刑部的？"

衙役头头摇头。

"那是兵部的？"

衙役头头还是摇头。

曹余杰不满地踹了衙役头头一脚："那你小子倒是说啊！"

衙役头头抱着半边屁股，胆战心惊道："镇，镇格门！"

"镇格门的？"曹余杰表情一变，顿时严肃起来，"镇格门来咱们这儿干什么？"

"说是，接了一桩案子，来亲自过问。"

最近沁山府能惊动京都的，除了疑似丞相庶子的那位，便没别人了。可就一个庶子，能劳动得了镇格门出动？

那可是皇上的亲卫，守的是皇城，辖管京都上下，跟地方有什么关系？

"别是骗子吧？"曹余杰还是不信，"问过没有，来的是谁？哪一营的？"

这次衙役头头的表情都快哭了，他压低了声音，很紧张地说："统，统管的……"

"啊?"

"都尉!镇格门统管总都尉,容都尉……那位,那位三王爷……"

"啪。"衙役头头话音未落,曹余杰便一巴掌扇在他的头上,"胡言乱语,容都尉?为了牢里那小子?那个庶子?你长脑子没有?你这话你自个儿信吗!"

衙役头头很是委屈:"卑职不信,但是他……他就说他是镇格门都尉,旁边还跟着三个人,一个就是牢里那位少奶奶的丫鬟,一个是白面书生,还有一个小孩。"

曹余杰冷笑一声:"假的。"

"假,假的?"衙役头头愣神。

"指定是假的。"曹余杰很肯定,"你见着护卫没有?"

衙役头头摇头。

"侍卫呢?"

还是摇头。

"那男子穿了镇格门的衣服?"

继续摇头。

"那不就是了,假的,撵出去!八成是那丫鬟找来的帮手,不用搭理。"

"可是……"衙役头头迟疑一下,"他有牌子。"

正打算回房的曹余杰顿住脚,回头问:"什么牌子?"

"就是……镇格门的牌子。不过大人,您知道卑职不认识字,卑职也看不懂上头写的什么。就看到牌子两边,圈着花纹。"

曹余杰神色微顿,沉默一下,问:"什么样子的花纹?"

衙役头头比画两下:"就是,红的,带波浪的,上头还有几簇花……"

曹余杰脸色变得难看:"花,是什么颜色?"

"蓝的吧。对,是蓝的……大人,您说那也是假……"

"哐当。"

不等衙役头头问完,曹余杰脚一软,踢到门扉摔到了地上。

衙役头头吓了一跳,忙将曹余杰搀扶起来,问道:"大人,您怎么了?"

曹余杰捏紧下属的手,嘴唇都发白了:"赶紧,赶紧带我过去,快!"

看大人这般表情,衙役头头也意识到,多半不是假的了。眼看着自家大人不管不顾地就往前堂走,衙役头头忙拉住大人:"衣服,大人您好歹换上衣服。"

曹余杰低头一看,便看到自己一身短衣短裤,忙跑回房,手忙脚乱地开始找衣服。

容棱四人,在前堂等了好一会儿,才听到大门外,传来一阵慌忙的脚步声。

接着,就见一位穿着官服的中年男子,在师爷与衙役的簇拥之下,匆匆往这边走来。

柳蔚看那府尹大人脚步凌乱的模样，端起旁边的茶，挑眉："看起来倒不像个胆大包天的。"

"曹余杰。"容棱突然出声。

"认识？"柳蔚看向容棱。

容棱面无表情："上一届的，京兆尹。"

"嗯？"柳蔚来了兴趣，"能做京兆尹的，可不是常人。"

容棱点头："此人学识不凡，为官清廉，只是有一样错漏，失了连任机会。"

京兆尹这样的重职，素来都是五年一换，除非皇上朱笔御批，才有连任机会。听容棱这语气，此人以前，竟是有连任可能的？

"哪一样？"柳蔚问道。

容棱看向柳蔚，淡淡地吐出两个字："好色。"

柳蔚："……"

好色就好色，看着她说做什么？

"你昨日是对的。"容棱突然道。

"嗯？"柳蔚狐疑。

容棱又道："拒绝穿女装。"

柳蔚一时……不知该说什么好。

曹余杰慌慌张张地赶来。

原来设想着是自己分析错了，就算有镇格门的牌子，也不见得就是都尉大人本人。但进来一看，曹余杰彻底没法逃避了。这人，就是容都尉，以前在京都，还见过面。

曹余杰见了容棱便是一个深礼，嘴里接连地道："下官曹余杰，见过都尉大人！都尉大人驾临沁山府，下官有失远迎，还望恕罪……"

曹余杰这一动作，让后面的师爷与衙役头头，也跟着接连行礼。

师爷与衙役头头却是头也不敢抬，要知道，沁山府虽离京都不远，但因地势靠北，常年荒芜，素来是没什么大官会往这边来的。这还是他们第一次，见着活的会喘气的一品大员……

容棱一扬手，示意底下跪着的人都起来，这才转首，介绍道："这位是柳大人，镇格门司佐。"

曹余杰眼皮跳了一下，"柳"这个姓氏，让人不能不多想，但曹余杰还是按捺住情绪，对柳蔚行了一个轻礼："柳大人有礼。"

柳蔚也起身，回了一礼："曹大人有礼。"

曹余杰仔细辨认这位柳大人的容貌，想要确定这位柳大人是否与那牢里的柳逸有什么关系。

柳蔚好脾气地笑着，也不主动说什么，引得那曹余杰更是紧张，额头都渗出汗了。

终于，曹余杰忍不住了，小心翼翼地问向容棱："都尉大人今次前来，不知有何指示……"

容棱取出袖中公函，递给曹余杰。

曹余杰恭敬地用双手接过，胆战心惊地抽出公函，看了两眼，便几欲昏厥过去。果真，是为了那柳逸之事。

其实从看到那站在都尉大人和柳大人身后的柳家丫鬟起，曹余杰就肯定了，事关柳逸。但曹余杰还想挣扎一下，可如今，公函在此。

曹余杰小心翼翼道："原来此事已经惊动了京都，那……那下官现在，就去将相关人员，都带上来？"

容棱看向柳蔚。

柳蔚却道："这个不急，今日，咱们不提审犯人。"

曹余杰狐疑地看着这位柳大人，然后又看向容都尉。

容棱道："此案司佐大人全权负责，本都此行只做旁听。"

曹余杰闻言松了口气，他就说，那柳逸就算是金子镶的，也劳动不了镇格门的都尉大人亲自审理！

曹余杰看向柳蔚："司佐大人，打算如何审案？"

"先验尸吧。"柳蔚道。

"也好。"曹余杰说着，对身后的衙役头头吩咐道："你去将陈爷子叫来。"

"是。"衙役头头应声离开。

等衙役头头走了，曹余杰解释："陈爷子是咱们这十里八乡，最好的仵作。那尸体收回来后，一直放在后面柴房。等陈爷子来了，两位大人再一道去看，免得让那晦气东西，脏了手。"

原本正因为早起而迷迷糊糊的柳小黎，闻言睁开眼睛："晦气东西？"

曹余杰这便看向小童，讨好地笑问："这位公子是……"

"我儿子。"柳蔚喝了口茶道。

"原来是柳公子，那一会儿，公子就在前堂玩，可莫要去见那鬼煞玩意儿，免得晚上做噩梦。"

曹余杰自以为说得很体贴，肯定得了柳司佐的好感。却不想，柳小黎皱了皱眉，又不确定地问道："鬼煞玩意儿？"

"欸？"

柳小黎不理解："这位大人，你们这儿，就称被害者遗体为晦气东西、鬼煞玩意儿？"

曹余杰愣神片刻，不明所以。

柳小黎却严肃地道："人的遗体，是很圣洁的东西。那是人曾活在世上，唯一的证据。被害者的遗体,应该被尊重。死者受害不平,含冤而逝。官府收了死者的尸骨,就应该让死者沉冤得雪,令其死得瞑目。而不该说那是什么鬼煞玩意儿,晦气东西。尸体也是有尊严的,尸体也是有感觉的!"

柳小黎将以前娘亲教他的话,原原本本,全说出来,说得大义凛然,慷慨激昂。

曹余杰一句话也说不出,尴尬不已。

要说为官者,不就是为死难者沉冤昭雪?而自己方才那些话,好像的确是过分了,被个小童教训,曹余杰一个大老爷们,当真是丢尽了脸。

第二章 死不瞑目

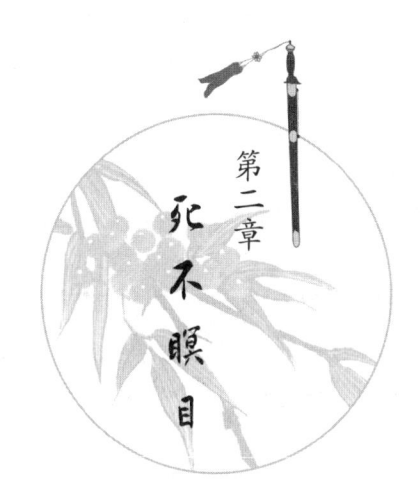

陈爷子就住在府衙后头那条街，过来要不了半炷香的工夫。

陈爷子进来后，先跟曹余杰行了礼，一双浑浊的眼又看了看旁边几位坐着的客人，一时不知如何称呼，便没吭声。

曹余杰道："这两位是京里来的大人。"

陈爷子这才行礼。

"既然老爷子来了，那咱们里面请……"曹余杰道。

几人起身，随着他们出了大堂。

曹余杰看看跟上来的柳小黎，虽然之前被这毛头小子扫了面子，但还是对柳蔚道："司佐大人，那尸骨模样骇人，我想，柳公子还是不要观看的好。"

柳蔚却道："曹大人无须担忧，我儿子，平日胆子就大。"

曹余杰心中冷笑，那可是尸骨，那可是死人，一会儿你们莫要被吓得嘴唇发白，屁滚尿流才好。

柴房在大堂后面再过两个转角，因为里头放了尸体，所以外面有衙役把守。看到大人来了，衙役行礼，打开门后，再让开。

门一开，就看里面长板上摊放着一具尸体。

那尸体用白布罩着，在一间光线阴暗的柴房里，倏地这一抹白，便显得极为阴森。

几人走过去，曹余杰道："这尸骨几日前，陈爷子便检验过了。是具女尸，头被人砍了去，身上没有其他伤痕。陈爷子怀疑这是那柳逸的情人，不知为何，与其争执，失手将其杀害，再将尸骨藏于货物箱里，以便偷运离城。"

浮生在后面很想反驳，但看了看柳蔚，又咬着牙，忍住了。

容棱问道："如何判断出，死者是柳逸的情人？"

曹余杰愣了一下，支吾道："这尸骨是从柳逸箱子里发现的，那柳逸据说又是个贪恋美色之人。这次出门，不仅带着正房少奶奶，连娇妾都伴在身边。那他常年行走沁山府，在沁山府养了个外室，便也不足为奇……"

"所以，没有实质证据？"容棱冷目瞧了过去。

曹余杰一噎。

那陈爷子看了容棱一眼，一脸不耐："这位大人，尸体被发现时，衣冠不整。身上，有与男子行房后的痕迹，这还不足以说明问题？"

陈爷子说着，大概为了表明自己被质疑后的不高兴，扬手将那盖在尸体上的白布掀开。

接着，就见一具无头女尸，平躺木板之上。

曹余杰因为靠得近，陈爷子这一下又突然为之，就被吓得后退了两三步，才捂着胸口，停下来。

陈爷子很满意这个效果。

但容棱上过战场，杀过的人，见过的死尸，不计其数。

而浮生是金南芸的丫鬟，以前在曲江府，经常跟自家小姐偷跑出去找柳姑娘玩。曲江府的衙门后面，还专门开辟了一间验尸房，所以，眼前这具尸体，没什么好怕的。

柳蔚和柳小黎，更不用说了……

陈爷子的行为没有得到预想的效果，正是不甘，柳蔚却一边戴手套，一边走向尸体。小黎也自觉地摸出自己的记录本，捏着自制小笔，等着记录。

"开始。"柳蔚说了一句，便伸手去碰尸体。

却听一道仓促的沙哑男音此时响起，"等等！"

柴房内，所有人都看过去。

陈爷子涨红了脸，气愤难当地上前，瞪着柳蔚问道："你想做什么？"

柳蔚晃了晃手上的刀："验尸。"

"验尸？你？"陈爷子讽刺道，"你们想对这尸体做什么？我老陈验尸几十年，曹大人，您就眼看着这些外行人在尸骨上乱动手脚？这些人到底真是京里来的大人，还是凶手的同党，都说不准。这是打算把尸体毁了，好叫凶手无法判刑？"

陈爷子气得头顶都要冒烟了，作为一个验尸很有经验的人，怎能忍受有人在他面前造次？

陈爷子什么也不想说了，只求曹大人让这些外行的家伙，都滚出去！

曹余杰只觉得骑虎难下。

柳蔚看向陈爷子："老爷子之前检查过这具尸体，您的判定是什么？"

"我都说了，凶手就是那姓柳的商人！"

"为何这般肯定？"

柳蔚咄咄逼人。

陈爷子一时火大，怒瞪柳蔚："不是姓柳的商人还是谁？我验尸几十年，谁是凶手，我比你清楚！"

柳蔚道："老爷子这话便不对了。不若这样，您既然说凶手就是那姓柳的商人，已经有答案了，那您不妨让我看看尸体。我的答案若是跟您不一样，我们再掰扯掰扯，看看到底谁对谁错。"

陈爷子板着脸，似在思考。

陈爷子犹豫了很久，柳蔚就耐着脾气等了很久。

看柳蔚态度不错，陈爷子这才施恩一般地后退半步，道："你验，我便看看你能验出什么。"

柳蔚低头开始验尸。

验尸步骤，根据尸体而定。通常是从上到下，从外到内。

"先说脚。"柳蔚抬起尸体的一只脚，摸摸其脚后跟与脚趾上的摩擦血泡道，"血泡外皮已经发硬，正在结痂。正常人体，受伤到结痂普遍是两到三天，而结痂成这种程度，大约是在五天。也就是说，这具女尸死前五天左右才开始穿这种未穿惯的绢鞋。换句话说，女尸出现在沁山府，很有可能仅仅五天左右。"

放下脚，顺着往上，柳蔚抬起尸体的手，继续："手指缝中有香料的痕迹不假，但痕迹藏得太深，若这死者很久之前便开始于香料铺做活，那这些痕迹还说得过去。但死者显然来府城并不久，手掌上，甚至连锄头磨起的血泡都没消褪。一个以前一直在乡下锄地的女子，为何才在香料铺做活数天，手指中便有这么重的印子？"

柳蔚说着，看向柳小黎。

小黎立刻举一反三："不是卖香，难道是制香？"

柳蔚点头："对。"

而后柳蔚又看着其他人道："死者是个五六天前才从乡下来到府城，并且找了一份制香活计的人。制香是很花体力的，通常男子才能胜任，而在香料铺子里卖东西的女伙计，通常则没什么要求。只有一点，长得好看。香料多是女儿家买，伙计是个好看些，还香喷喷的姑娘，那东西自然也容易卖。可这位死者，连在铺子里卖货的资格都没有，只能到制香房。这说明，死者长得并不好看。不仅长得不好看，还连绢鞋都穿不惯，手上身上还都是做粗活留下的厚茧血泡，皮肤也偏黄发黑。这样的一个姑娘，会是一位家财万贯，眼高于顶，见惯各路绝色美人的富商柳逸的情人？在下对女色并不是太贪，说不好。不如问问曹大人，您觉得，这可能吗？"

所有人的视线，齐齐投向曹余杰。

曹余杰尴尬地道："应，应该不太可能……"

柳蔚转开视线，继续道："再来看看。"边说，边将尸体的衣服打开。

曹余杰见状，忙别开视线，站在人后的衙役头头和衙门师爷也都稍微避开。

那陈爷子冷嘲道："不知廉耻！"

柳蔚抬眸看陈爷子："一个仵作，若面对一具女尸，想的不是如何在其身上找出线索，为其沉冤，而是顾及男女之心，只看其裸露的身子，便不配做一名仵作。"

"你……"陈爷子顿时又气红了脸。

柳蔚点了点女尸小腹："这些纹，看到了吗？是怀孕所留下的。看这痕迹，是老痕了，这位死者，有个至少已经成年的孩子。"

继续往上，是女尸身上斑驳的疤痕。

柳蔚切开两块疤痕所在处的皮肤，瞧了瞧道："死后造成。这些痕迹，是死者死后由人故意制作出来的，用以混淆视听。"

陈爷子立刻问："你如何知晓？"

柳蔚道："死前造成的痕迹，会呈浅紫色，而死后造成的痕迹，则是浅白色。"

活人身体血液流通，因此身体在遭受击打时，会造成淤青。而死人，血液凝固，身体机能为零，无论如何捶打，身上都只会留下淡白色或是粉红色的伤痕。

陈爷子不知这种伤痕还分生前死后的说法，但对方说出来，肯定是经过测试的，他若是不知，便显得见识浅薄！

陈爷子岔开话题，问："就算伤痕是死后造成的，那凶手为何要故意这样做？凶手的目的是什么？"

"目的是告诉你们，杀人的，是个男人。"

"你是说，凶手是个女人？"陈爷子猛地看向曹大人，"大人，那个，那个富商的夫人，正在狱中，难道就是……"

曹余杰点了点头。

柳蔚又道："不是富商的夫人。"

曹余杰与陈爷子同时看过去。

"已经说了这死者不是那富商的情人，富商的妻子为何要平白无故杀人？没有动机，图个好玩吗？"柳蔚终究是忍受不了了。这些人，脑子愚钝！

曹余杰又被说服了，便问："那凶手到底是谁？"

"接着听下去。"柳蔚看尸体那暗红色的脖颈伤口，"从伤口的血块凝结程度看，头是在杀后被砍下来的。人死前血液活跃，一旦受伤，血流不止。死后，血液凝固，流出的血量便会减少。仔细看这具尸体的伤口，会看到大量凝结血块，也就是说，尸体的头被砍下后，只流了很少的血。由此而论，头，是在死后被砍下。"

"都死了，还非要砍头做什么？"曹余杰看着那黑红色的伤口，怎么看怎么瘆人。

柳蔚道："曹大人难道没发现，这具尸体，除了这颗头，没有任何地方有伤口？"

这么一说，曹余杰也猛然回神："柳大人的意思是……"

"没错，死者是头部受伤致死，所以凶手最后砍掉死者的头，一来掩盖了死者的容貌，二来是想将死者的致死伤口隐藏。"柳蔚抬头问曹余杰，"曹大人以前在京都办事，应该也监斩过不少次。"

曹余杰愣愣地点头："是见过，很多。"

"那曹大人就应该知道，为何刽子手都是人高马大的男子。因为砍活人头，是件非常花力气的事。而刽子手若是能将刑犯的头一刀砍断，也不失为一种慈悲。"

"是。"此事曹余杰明白，"杀人是件造孽之事，因此，刽子手便练就一刀砍断人头的本事，将犯人的痛苦减到最低，也将自己的孽业减到最低。而要做到一刀砍断，的确需要花很大力气。"

"那便是了。"柳蔚继续，"凶手将死者的头砍掉，隐藏其真实死因，便会让处理尸体之人有一种错觉，能砍掉活人脑袋的，一定是男子。而凶手再在死者身上布上红痕，更会让人确定，行凶者是男子无疑。以上两点，在我看来便能说明，真正的凶手，八成以上，是个女子！"

这个答案，出乎在场所有人的意料。

陈爷子也难得没有反驳，而是思考起来。莫非，凶手真的是个女子？

五天左右，香料铺子，制香人，长得不好看，年纪三十多岁，常年做粗活，皮肤黑黄，从乡下进城……

这些信息，搜遍全城，总能找到符合的。

陈爷子突然震惊起来，这个小子竟真的可以从一具尸体上，找到这么多东西。

如此验尸之法，闻所未闻！

柳小黎将娘亲说的一切都记录下来，然后翻了一页，静候着，等着娘亲继续说下去。

柳蔚却取下手套。

小黎惊讶："爹，完了吗？"

柳蔚"嗯"了一声。

只凭柳蔚之前说的那些，便足够曹余杰派人马不停蹄地仔细缉查了。

衙役头头领了命前去。

浮生是心疼自家少奶奶的，一出衙门，就堆着一张苦脸，望着柳蔚。

柳蔚有点哭笑不得："你不是说，南芸在牢里过得很好？"

"柳姑娘，那再好，也是大牢啊！连个睡的地方都没有，只有干草。这白日还好，晚上再冻出什么毛病……"

柳蔚却道："南芸便是瘫了，我也能给她治好，不出三天，让她活蹦乱跳。"

"柳姑娘……"一听柳蔚这么说，浮生更慌了。

柳小黎还在抱着自己的验尸册子，想了想，问娘亲："那，爹……凶手到底是谁？"

柳蔚看了看几人，道："死者的姐姐，或是妹妹。"

"为何？"这次是容棱问的。

柳蔚道："首先，那件衣服的样式，是年轻女子的，且是穿过的，并非新衣。其次，死者毫无挣扎反抗地死去，说明死者一定认得这位凶手。据我猜想，凶手的作案方式，应该是拿什么东西，偷偷走在死者背后，重击脑袋，将其杀害。其后，凶手应该慌张了超过半个时辰，才把尸体的头砍了。因为在人刚刚死后，血液依旧活跃，这个时候砍掉头，伤口仍会血流不止，而死后半个时辰，血液开始凝固时，头砍下来，血会流得很少。"

容棱疑惑："这也无法说明，凶手是死者姐姐或妹妹，也可能是朋友。"

柳蔚点头："就算是朋友，也是个亲如姐妹的朋友。"

"怎么说？"

"因那双鞋。"柳蔚道，"那双将死者后脚跟磨破的绢鞋，我昨日在制衣铺见过。"

柳蔚说着，便看向浮生。

浮生愣了一下，反应过来："黄老爷的铺子？"

柳蔚道："那鞋子的料子，是上好的缎子。便是我这等不爱讲究衣料的，也知其价格。若不是亲如姐妹，怎会买这样好的鞋子给死者穿？"

"会不会是别人穿过的？"浮生问道。

小黎道："那是新鞋。"

小黎之前就注意过，只是小黎不知道布料的价格，只以为那是一双城里姑娘穿的普通绢鞋。

柳蔚点头道："所以，一个无依无靠的乡间女子，孑然一身地从乡下来到城里，投奔了已经是有钱人的同乡姐妹或是亲姐妹。两姐妹团聚，一开始很高兴，又是置办鞋子，又是找活计，忙得不亦乐乎。可也不知中途出了什么龃龉，几天后，有钱的那个，杀了死者。砍头，抛尸，凶手是个冷静、聪明的女子，凶手知道以怎样的方式保护自己，但，这桩案子，绝不可能是凶手一人完成。"

"凶手还有同党？"浮生问。

"处理尸体勉强可说是一力完成，但后面的抛尸和陷害，却一定是有人帮了凶手。"柳蔚看向浮生，"衙门那些衙役也不知道顶不顶用，你也去查查。"

浮生点头应下，又支吾："那少奶奶……"

"放心，我会将她先救出来。"

柳蔚又道："你别跟那些衙役一块凑热闹了，你去查查那黄老爷的家底。比如，黄老爷的妻子、家人。"

浮生愣了一下："先生以为，凶手会是黄老爷的妻子？"

"尸体是在黄家箱子里发现的，范围本就缩小了，按照这个路线查便是。"

浮生领首："是，奴婢这就去。"

浮生离开后，后面的曹余杰跟陈爷子说道完，也追了过来。一看少了个人，曹余杰正要说什么，柳蔚先道："时辰尚早，曹大人，不若咱们去牢里走一圈。"

曹余杰犹豫一下，又看看容都尉。

却见容都尉只是看他一眼，曹余杰也不知怎么的，就是一个眼神，明明什么也没说，他就领悟出来，容都尉这是要去牢里的意思。

曹余杰立刻道："下官这就让人安排一下。"

"不必。"容棱道，"此刻就去。"

容都尉都开口了，曹余杰也不能说什么，只好亲自引着两人，往大牢走。

大牢在衙门后面，并不远，有重兵把守。

他们一过去，便有衙役出来相迎。

曹余杰招了招手，让他们开路，便又对柳蔚和容棱道："这牢房狭窄潮湿，两位若是不适……"

"无妨。"不等曹余杰说完，柳蔚已表示不在意。

曹余杰也不再说什么，沉默地下了长长的地下楼梯。

一进牢门，便感觉光线在变暗，曹余杰在前面走得小心翼翼。柳蔚、容棱、柳小黎在后面如履平地。

楼梯走了一半，柳蔚突然发问："听说那柳逸的小厮，让曹大人给打死了？"

曹余杰闻言，一个崴脚，险些从楼梯上摔下去。

曹余杰急忙道："司……司佐大人这是哪里听来的闲话，此事是谣传，并非真相……"

柳蔚淡笑："那真相是何？"

曹余杰想回身说话，更想亲自看着容都尉解释，但楼梯太窄，地方又高，不好乱动，便只能背着身，心惊地道："那小厮本就是个有病的，原本只是拿板子吓唬吓唬他。没承想，板子压根没落到他屁股上，人就吓死过去了。两位大人若是不信，那尸体也还留着，司佐大人验尸本领高超，您亲自看一看，必然一清二楚。"

这时候，曹余杰庆幸柳蔚的验尸本事高超，才不至于让自己摊上那无妄之灾。

柳蔚是相信的，在没见到曹余杰之前，还觉得此人皮硬，是个横的。看了本人，便觉此人实则胆小心怯，没想象的难对付。

容棱之前未见到曹余杰，只知沁山府乃七王势力，却不知竟还能遇上老熟人。曹余杰在京都任京兆尹时，容棱便与其有些渊源。这人的人品，容棱倒是可以保证，草菅人命这等事，曹余杰不会做。

一路下了楼梯，柳蔚边走边问："曹大人可知，这位柳逸，当真是丞相公子？"

一说到这个，曹余杰就想哭："本官好歹也在京都任职过，京都一些出了名的公子哥，怎会不认得。只是此次，却实非本官所愿。"

"这话怎说？"

曹余杰正要答，前面领头的衙役，道了一句："三位大人，到了。"

曹余杰后面的话便咽了回去，下了楼梯的两间牢房，就是柳逸与金南芸、游姑娘的。

曹余杰站在其中一间牢房门口，瞧了眼里头浑浑噩噩，正蜷缩在干草上睡觉的男子，咳了一声。

旁边的衙役立刻拍了拍牢门："醒来了！"

曹余杰连忙制止住那位衙役，在衙役不解的目光下，对衙役摆了摆手。

曹余杰又看了容棱和柳蔚一眼，这才轻言细语地对牢房里的柳逸唤道："柳公子，柳公子？"

本就没有睡实的柳逸，在衙役拍门的时候就醒了。他睁开眼，脸上脏兮兮的难掩狼狈。柳逸往牢房外看去，这便看到昏暗的光线下，衙役手持刑棍，站在那里。

衙役的旁边，是府尹曹余杰。后面，是一个白衣男子，一个黑袍男子，还有一个四五岁大的小男孩。

这……

柳逸僵了一下，才快速坐起，满头是草，嘴唇发干，看着那黑袍男子，宛如看到亲人一般扑上去，激动不已地道："大人……都尉大人？"

容棱问道："三公子可还好？"

柳逸忙低头看了看自己，尴尬地拍拍衣服上的干草，道："事已至此，都尉大人……您，您是来……"

曹余杰在旁插嘴："镇格门接了柳三公子您的案子。都尉大人与司佐大人，亲自前来了解案情。"

柳逸闻言，忙跪了下来。

柳逸朝容棱狠狠磕了几个头："在下何德何能，竟能劳动都尉大人亲自出面。大人的大恩大德，在下没齿难忘！"

柳蔚不着痕迹地摸了摸脸，转头看向小黎。

小黎朝娘亲隐晦地点了点头，意思就是："嗯，易容绝对很成功，真的看不出来破绽。"

今日肯定是要见柳逸的，措施不能少做，总不能一见面就认出来了。

柳逸果然没认出柳蔚，或者说，这个时候，柳逸的眼睛里也装不下别人。容棱对柳逸来说，是救命稻草。

一连磕了好几下头后，柳逸终于满是期待地站起来。一双眼，发亮地看着容棱，就等着容棱一声令下，打开牢门，放他出去。

可对柳逸，容棱并不熟，只是看向曹余杰道："晚上多拿两床被子，莫让柳三公子着凉。"

曹余杰也以为容棱会下令放人，但对方竟就这么带过。

曹余杰愣了一下后，老实点头，对身后牢头吩咐："都听到了？"

牢头赶紧应是。

在柳逸瞠目结舌的表情下，容棱走向旁边另一间牢房。

"大人……都尉大人……"柳逸不敢相信，双手把着牢门，着急地唤着。那死里求生的模样，哪里还有往日的风度翩翩。

柳蔚随着容棱，走到旁边的牢房。

这间牢房里，关了两名女子，分别坐在牢房两头，但两人的模样，却天差地别。

左边那位与柳逸一样，坐在干草堆里，蜷缩一团，背靠墙壁，自己抱住自己双膝，瑟瑟发抖，看着可怜兮兮。甚至身上的衣服都瞧不出颜色了，灰头土脸。

右边那位，虽然也住在干草堆里，但草堆上却铺了两床干净又暖和的被子，身上的衣服很干净，头上还戴着头饰。此时，女子正斜倚在墙壁上，拿着宝石手镜，借着虚弱的烛光描眉。

听到外头的脚步声，女子侧过眸来看了一眼。待看清外头的人，女子愣了一下，才将镜子放下，站起身来走到牢门口。

曹余杰乍然看到这一幕，唬了一跳。

曹余杰是真不知道，还有人把牢房布置成这个样子的。看看那棉絮的被子，竟比自己这个府尹用的还好。

曹余杰正想发作，想问问这些衙役都是干什么吃的，这是要让人在牢房里盖闺房？

可曹余杰还没开口，就听脚边软软绵绵的童音响起："芸姨。"

柳小黎很久没见金南芸了，虽然以前不太喜欢这位总捏他脸的芸姨，但是到底久别重逢，总有动容。

金南芸看了看柳蔚，又看了看容都尉，这才蹲下身，对牢外的小黎伸出手："宝贝儿，芸姨好想你啊。"

柳小黎拉住金南芸的手，仰头望着娘亲："爹，芸姨被关在牢里了。"

曹余杰原还以为容都尉亲自驾临是为柳逸。眼下看来，他竟对柳逸不闻不问，倒是对这位三少奶奶，尤其在意！

还有这位司佐大人的儿子，称呼其为阿姨。莫非这位三少奶奶，是司佐大人的朋友？

柳蔚瞥了牢房里一眼，道："被关进牢里还能过得这般好，你芸姨果然不是凡人。"

金南芸装作什么都没听到。

柳蔚看向容棱，对容棱使了个眼色。

容棱吩咐道："开门。"

曹余杰早有心理准备，闻言并未吃惊，只是按照吩咐，老老实实地叫人把牢门打开。

此时，坐在牢房角落里的狼狈女子动了一下。

金南芸听到声响，回首，这便对上游姑娘泫然欲泣的可怜眼神。

"你也想走？"金南芸问道。

游姑娘立刻挪了两步上来，一脸期待道："少奶奶……"

"别。"金南芸扬了扬手，"担当不起。"

游姑娘眼神瞬间一暗，艰难地道："少奶奶今日若救奴婢，奴婢必然没齿难忘……"

金南芸笑："我不要你的没齿难忘，你忘不忘我，跟我都没有关系。不过，我倒可以帮一帮你。"

金南芸说着，走出牢房，站到柳蔚的面前，说了两句什么话。

柳蔚听完，看了眼里头的游姑娘。

"麻烦你了。"金南芸难得有礼貌地跟柳蔚讲话。

既然都求到头上了，柳蔚不可能不给面子，朝着金南芸"嗯"了一声后。柳蔚侧首看向容棱，与其耳语几句。

容棱点头，这便朝着曹余杰的方向走去。

容棱对曹余杰吩咐过后，曹余杰便吩咐下头的人，给游姑娘换间牢房，将游姑娘与柳逸关在一起。

游姑娘被强行拉扯，忍不住挣扎："放开我，你们放开我……"

旁边牢房关着的柳逸，在听到游姑娘惊呼声的时候，趴在牢房门边上，往这边看。

可是还没看清，他的牢房大门便被打开了。柳逸以为这是要放自己出去，脸上笑容刚刚扬起，还没来得及兴奋，就见有人把游姑娘带了过来，而游姑娘被丢进了柳逸怀里。

柳逸本能地抱住游姑娘，等到回过神来，牢房门又给关上了。

这时，容棱柳蔚等人也走了过来。

柳逸一眼便看到人群中间，穿戴得光彩的金南芸。

柳逸不禁冷声问道："为何放了她却不放我们？大人，都尉大人，我们可全都是被冤枉的！"

容棱面无表情："冤枉与否，还需要通过查探证实。"

"那她就查探清楚了吗？"柳逸用脏兮兮的手，指向那金南芸。

这几日在牢房里，柳逸虽被关在隔壁，但也知道金南芸和那丫鬟浮生，贿赂牢头，吃好的，住好的，日子过得比谁都滋润。

柳逸气得当时就骂过金南芸，本是夫妻一体，有好日子，这女子却只知道自己享受，竟置夫君于不顾！但任凭柳逸吵得再厉害，这女子就是充耳不闻，回都不回一句，最后吵得太厉害，反而招来牢头一阵怒骂！

堂堂丞相之子，在这地方却面子里子都丢了！

这几日柳逸一边想着出去，一边憎恨着金南芸。还算计了，只要一出去，他一定要好好收拾这个贱人！可却不想，对方出去了，自己竟还被关在里面。柳逸不服，此时抓住铁牢门栏，一双眼睛，全是愤恨！

金南芸不急不缓地走到牢门前面，朝柳逸道："相公这说的哪里话？诸位大人自然是查探清楚了，才会放了妾身。莫非相公以为，大人们，会徇私？"

柳逸纵使有天大的胆子，也不敢说容都尉徇私。

柳逸连忙摇头，解释道："我不是这个意思。"

而后，柳逸又看向金南芸："少颠倒是非！你最好求神拜佛，我别出去。一旦我出去了，你的好日子就到头了！"

金南芸转首看向曹余杰："府尹大人，这算是威胁吗？"

曹余杰皱起眉："你们夫妻之事……"

"当然算是威胁。"不等曹余杰说完，柳蔚道，"少奶奶放心，你要是有个什么三长两短，衙门自然知道该找谁的麻烦。当着朝廷命官的面，就敢如此胡言乱语，我看这位柳三少爷是不要命了。不知，这是否就是丞相府的家教？丞相大人与侍郎大人知道其子其弟在外竟是这种品行，该是如何看待？"

"你——"柳逸这才看到这群人里，还有一个男子。

这小白脸说话句句狠辣，咄咄逼人，气得他咬牙切齿："你胡说八道什么！我何时恐吓威胁她？"

柳蔚不惧，上前一步："你？我？柳少爷！容本官提醒阁下一句，你无品无阶，一介平民！你且可以不讲礼貌，但对朝廷一品官员说话，是否应该讲个规矩！小的，大人，这种称呼可不要忘了。毕竟，以下犯上，也是一个大罪！"

"你……"

"想说什么？"柳蔚双眸变得杀人，"柳三少爷，'祸从口出'这四个字，可是忘了？"

柳逸虽然没有功名在身，只是个商人，但柳逸的父亲是当朝丞相，哥哥是吏部侍郎。从小到大，柳逸就没将二品以下的官员放在眼里过，只是如今，虎落平阳。

丞相府的名头纵是再高，那也远在京都。

远水定是救不了近火，而眼前的这些人，则多半掌握着他的生杀大权。

柳逸尽管很不甘，但还是咬了咬牙，将火气压回腹中，不说话了。

柳蔚看向容棱，示意可以走了。

容棱十分纵容地看柳蔚是真玩够了，看也不看牢房里的这出无聊闹剧，抬脚走向楼梯。

后面的人一齐往前跟上。

出了牢房，柳蔚见金南芸其实并没有牢房里看到的那么好。

金南芸的唇有些白，脸却很红。柳蔚抬手，摸了摸金南芸的额头，金南芸也没躲，只是看着柳蔚。

"低烧，可能牢里太潮湿了。"柳蔚道。

金南芸"嗯"了一声，人没什么精神。

"先回客栈。"柳蔚说着，推了推小黎，"带你芸姨回客栈。"

小黎并不愿意，嘟着嘴问："爹你呢？"

"跟你容叔叔还有些事要办，你们先回。"

小黎还是不愿意。

金南芸却已经摸着小黎的头，道："宝贝，今天你要一直陪着芸姨。不然芸姨生病不舒服，没人照顾，会死的。"

小黎推开金南芸的手，撇着嘴："低烧怎么会死。"

"谁说不会，不照顾好就会死的，不信你问你爹。"

柳小黎当真看向娘亲，无声询问。

柳蔚白了儿子一眼，使唤儿子走了，便站在原地，等着正与曹余杰说话的容棱。

容棱说完了话，回头就看到柳蔚正在看自己，他与曹余杰道别后，便走了过去。

柳蔚直接往衙门外走。

容棱走在柳蔚身边，问道："去哪儿？"

"查案。"

容棱蹙眉："不是说过，不着急。"

柳蔚看容棱一眼："我是不着急破案，但没说不急着找凶手。万一凶手这段时间再伤及无辜？"

容棱道："你想做什么？"

"我想先找到凶手，盯着凶手，不让凶手作乱。再慢慢地等着沁山府衙门破案。"

沁山府衙门的破案速度，可想而知。

按照柳蔚的说法，凶手是个女子，还是与那沁山府第一大商贾黄老板有关系的女子。

黄家在沁山府底子极厚，之前能避过衙役搜查库房，现在依然能避过有关人士查探真凶。所谓官商勾结。

柳蔚若真让衙役全权去处理这案子，那估计和容棱得在沁山府再住上一年，太浪费时间了。

出了衙门，柳蔚目标很直接地去全城最大的香料铺子。

香料铺的伙计看到两位男子进来，便向他们推荐檀香。

柳蔚摆摆手，只拿着一些样品的香一块一块地闻，也不说话。

伙计无法，只好将全副身心都放在容棱身上。虽然这位玄袍客人五官很是冷酷，一个眼神便能让人浑身都不舒服，但掌柜的在旁边看着，伙计可不敢偷懒。

哪怕顶着巨大的压力，也得将商品尽力推销好了。

容棱耳边听着伙计的侃侃而谈，眼睛却只关注柳蔚。只见柳蔚一身白衣，站于香气缭绕之处，手中拿着一块褐色的香料，用小指指腹抹了一层，放到鼻尖嗅嗅，而后将香块放下，拿起另一块。

柳蔚的动作很慢，急坏了旁边说得口干舌燥的伙计。

等到柳蔚终于放下最后一块香，走过来时，伙计立刻转头问向柳蔚："客人想好要什么了？"

柳蔚却道："都不要。"

伙计："……"

柳蔚伸手拉了下容棱："走。"

容棱看着柳蔚抓住自己手腕的纤手，嘴角含着邪魅的笑。反手，将柳蔚的小手握在掌心，再行捏紧。

柳蔚顿了一下，立刻甩开容棱的手："大庭广众。"

"有什么是本王怕的？"容棱却是不惧任何。

柳蔚索性不理他了，走在前头，去了下一家香料铺。

等到柳蔚无功而返地从第三家香料铺出来时，容棱才问："到底在找什么？"

"找凶手。"柳蔚道，"死者身上有种味道。"

"嗯？"

"香露的味道。"

容棱沉吟一下，看着柳蔚。

柳蔚解释："多亏了是冬日，沁山府这里寒凉，尸体又一直放在柴房好生照看，所以尸体毁坏情况并不算高。我之前就发现了，死者身上有很多种香，混杂在浅淡的尸臭味中，不易察觉。但若是仔细地闻，还是能区分出来的。"

"那又如何？"容棱皱眉，"死者是制香人。"

"可是那种香，不是香料。"

容棱不明白了。

柳蔚若有所思，道："香，分为好几种。檀香、清香、佛香、花香，香料铺子里的香，千奇百怪，但是绝对不会有药香。"

容棱判断道："或许不是死者用的，是凶手本人身上有疾？常年食药？"

"这也不对。"柳蔚道，"我指的药香，不是药草香，而是真正的药香。有人用药草，制出一种香品。这种香我以前在曲江府见过，有人天生喜欢药草味，但又不吃药，便喜欢将药香抹在身上。有一阵子，曲江府许多人都爱用这种香，我还纳闷世上竟有这种香料。不过这种偏门的香,我估摸着没几个人喜欢,方才找了三家店,一家都没有。"

容棱道:"或许有,只是没摆出来,你应该直接问掌柜。"

"不,香料铺的卖点不是香好,而是品种多。若是有这种品种,又怎会不摆出来?香料是有秘方的,各家的都不同,我家的方子比你多,自然要炫耀出来,否则客人怎会知道哪里卖得最齐全?"柳蔚说着,看了容棱一眼,"一看你就是没做过生意的。"

容棱轻笑。

柳蔚突然想到:"你不会真的只靠你那点俸禄过日子吧?我看三王府里平素吃穿用度,好像也很简朴,莫非你不是藏富,而是真的没钱?"

容棱看柳蔚突然严肃的白净小脸,只觉得想笑。

柳蔚道:"我在问你话,别笑。"

容棱严肃回道:"有钱。"

柳蔚不信:"有多少钱?"

容棱靠近柳蔚:"本王的家底,只会交予未来王妃。"

"不说就不说,我也不想知道,只希望你以后莫饿死你家娘子才好。"柳蔚说着,转脚走进下一家香料铺子。

容棱望着柳蔚的纤细背影,笑得更深,也更惑人。

这家刚进去,就听到库房里女伙计的声音传来:"掌柜的,四姑娘定的眠香放在哪了?我怎没瞧见?"

站在铺内的掌柜闻言撩开帘子,往里头说了一句:"就在第三格台子上,上头我标了名字,你自己看。"

里头窸窸窣窣一阵,接着,女伙计声音又传来:"没看到啊,是不是放在别的地方了?这可怎生是好,四姑娘还等着我给送去呢。"

掌柜的正要进去,可看到铺内来了两位客人,又走不开,只得道:"你出来看着,我进去找。"

接着,就见一个模样俏丽的小姑娘走出来。

一看到外面有客人,小姑娘便迎上来:"哟,两位客官,你们是要什么香啊?我们这儿,什么香都有。"

"我们自己看。"柳蔚走向一排排的货架。

小姑娘见状也不去打扰,就跟在柳蔚旁边,等着客人看中了什么香,再做介绍。

柳蔚一路过去,到了某一处时,停了下来。

柳蔚将手上的香料块仔细嗅了嗅,嘴角含笑地问向小姑娘:"你们这是什么香?"

小姑娘立刻回道:"客人好眼光,这是药香,是咱们黄家的特制。整个沁山府,除了我们黄家铺子,可找不到这种香的。"

柳蔚看了看周围，恍悟一声："原来这里是黄家铺子，沁山府有名的黄家铺子？"

"可不是吗，看两位公子是外地人，不常来咱们沁山府吧？沁山府，要说商货，咱们黄家商户称第二，那便没有敢称第一的。"

柳蔚点点头："来了沁山府没两日，黄家的事，倒是听了不少。"

小姑娘笑笑，"公子您可别觉得咱们是卖花赞花香，咱们的东西是真的好，才推荐给您。就比如这药香，当初刚创出来时，风靡一阵，男男女女身上都要抹这种香。虽说过了两年，风气过去了，但是外地来的商客，还是喜欢大批采购，卖到其他地方去。您以前若是在南方待过，必然也多少听闻过咱们这种香。据很多外地来的客人说，药香在南方的曲江府，可是风靡极了。好像是说，当时因为曲江府有位活神医，身上随时都有一股子药香，旁人都愿意效仿，但也不是谁都每天泡在药材堆里。有了这药香，当地人可是一个个地都买来涂在身上，就图跟那活神医一个味道。"

柳蔚真的不知道，原来有一阵子曲江府人人都涂这种香，是因为自己……

小姑娘不明所以，还在喋喋不休："客人您买这种香就对了，没涂过的一定要涂一次，带着淡淡的药草味，清新中透着特别的韵味，您不信再闻闻。"

小姑娘说着，还用丝绢抹了一点香末，在柳蔚手背上擦过。

柳蔚问道："整个沁山府，确定只有你们黄家铺子有这种香？"

"是，独一无二。"

"沁山府，你们黄家有几家香料铺？"

小姑娘想了想："十三家，城北那边最近新开了一家，不过铺子还在装修，要开业还得等一阵子。"

柳蔚点点头，表示了解了。看小姑娘目光灼灼地看着自己，柳蔚便道："替我包一块。"

小姑娘高兴地应了一声，就去柜台后面找盒子。

此时掌柜的拿了一块脏兮兮的纸包出来，一边拍着上面的灰，一边道："不知谁碰到柜子，这香摔坏了，还掉到了架子底下。"

小姑娘"呀"了一声，拿过那纸包，拆开，满脸郁色："怎的会这样，四姑娘还等着用呢！"

掌柜道："你去跟四姑娘说一声，让四姑娘再等等，过几天重制一份给四姑娘送去，不收四姑娘钱。"

小姑娘娇嗔一声："人家四姑娘又不差这几个银子。"

掌柜的无奈："那也没办法，这眠香是特定的，都是接了单子之后才做一块，总没有多的。"

小姑娘也知道没办法，只能叹了口气，将那纸包放下，一看柜台对面的两位公子，忙道："哎哟喂，公子久等了，您的香。"

小姑娘将盒子奉上。

柳蔚接过，拿出银子递过去。

小姑娘开始找钱，柳蔚却看着那纸包，问道："还能定制香？"

掌柜道："能，咱们黄家所有的香料铺都能定制香。但凡客人想要什么味道，即使是我们原本的香料没有的，都可以定制，不过就是费用要高一些，日子也要等久一些。"

"这个眠香，我能看看吗？"柳蔚指着那个纸包。

掌柜自然说可以。

柳蔚拈了碎末放在鼻尖嗅了嗅："跟药香的味道很像。"

掌柜眼前一亮："公子闻得好，可不就是很像！药香用的是几味带香气的药草作为原料，而眠香里头几种安神药材，也是带着香气。恰好有两三味也是药香中用过的材料，因此味道极为相似。"

柳蔚问道："那这眠香，很多人定？"

掌柜摇头："这倒不是，定制的香，自然是独一无二的。这个香的方子，是福里街的四姑娘自个儿写的，我们只管确定了香气掺杂无毒后，就给做出来。所以整个沁山府，也就四姑娘用这种香。"

柳蔚笑着："那你们有了客人的方子，私下不会自己做了卖吗？"

掌柜赶紧惊怕道："公子可莫要开这种玩笑，咱们黄家商号要是连这点诚信都没有，也不配当这个沁山府第一了。这整个沁山府，所有的香料铺中，也就咱们黄家铺子接定制的单子。这客人若是不相信咱们，咱们还能做这么长时间吗？客人您说是不是？"

柳蔚没说什么，接过小姑娘找来的银子，这便告辞。

离开香料铺，柳蔚嘴角的笑意越来越大。

容棱问道："又发现了什么？"

柳蔚笑出声来："凶手，也许找到了。"

"嗯？"

"定制的香，四姑娘，看来我们需要去一趟福里街。"

福里街，没去之前，柳蔚以为那就是一条普通的街道。但是到了，才发现，这竟然是一条富人街。

到处都是衣着不俗的富贵人，街道两边的商铺也都是价格昂贵的玉石古董铺。

柳蔚在玉石铺转悠了一圈，轻易地就打听到了那四姑娘的住所。

一栋二进的小院子里，听到外头有人敲门，小丫鬟便出来开门。

小丫鬟看到门外是两个不认识的公子，一时愣住。

"二位，请问找谁？"

柳蔚道："黄老爷可在？"

小丫鬟脸色一白,立刻摇头:"敲错门了。"

说着,那小丫鬟就要关门。

柳蔚及时拦住丫鬟,态度礼貌:"姑娘莫要着急,你叫黄老爷出来,就说是朋友来找。"

小丫鬟拼命关门:"没有,没有,没有什么黄老爷……我们家姑娘……姓吴……"

"那让你们家姑娘出来见一面可好?"

"姑娘出门了,你们赶紧走,别再堵着门了。再乱来,我可叫人了!"

柳蔚闻言,这才放了手。

大门"啪嗒"一声被重重关上。

柳蔚看向容棱,道:"让你的人在这里盯住。"

容棱抬手一挥,接着就感觉四周劲风撩动。柳蔚看着空空如也的天,说了一句:"真是怕死。"

容棱道:"你说本王?"

"不怕死会带这么多的暗卫?"柳蔚转身,走向巷子的另一头。

晚膳过后,柳蔚没管已被金南芸蹂躏得快没了人形的小黎,只对浮生吩咐一声,记住哄小黎睡觉,便与容棱又去了衙门。

两人偷偷摸摸去了衙门后院。

容棱单手双指,以两颗石子轻易便致两个守卫昏迷,再与柳蔚下了屋顶,旁若无人地走进柴房。

柴房里头黑漆漆一片。

柳蔚早有准备,拿出蜡烛点好,让一旁的容棱拿着,而自己走到木板前,哗啦一下,掀开白布。

白布里面,一具与早上一模一样的无头女尸,出现在眼前。

容棱道:"不是已知凶手身份?为何还要验尸?"

柳蔚一边解开女尸的衣服,一边道:"为了拿证据,白日不过是猜测,没有证据。哪怕猜测的就是真相,到底也无法成立。"

就算没有证据,如果有嫌疑,也可以先押入大牢。但柳蔚喜欢讲证据,完全靠猜的东西,始终是缺了点什么。

尸体衣服打开,露出身体。

柳蔚看向容棱:"让你带的纸笔呢?"

容棱从怀中拿出准备好的纸笔,应了一声,就看到柳蔚戴着手套,拿着刀,将尸体的前胸划开。

人肉从刀尖上分裂,皮肤切开。

柳蔚切得很是仔细,全神贯注。

容棱在后面看着，微弱的光线，使气氛变得十分诡异，柴房里木柴的味道与尸血的味道混合。

切开前胸再往下，肚子很快便被破开，柳蔚等到洞开得差不多了，便仔细观察。

"是什么？"容棱问道，提笔，准备记录。

"胃。"

容棱记录下来。

而后看到柳蔚铺了一张白布在旁边，将检查的东西放上去。

柳蔚将能分辨的死前未消化食物拿出来单独摆好，指着上面道："白菜、玉米、面食，这个是……肉，看不出什么肉……"

最后柳蔚索性拿起来，放在鼻尖嗅了嗅，判断一下："鸡肉。"

容棱艰难忍住生理反应，如实记录。

柳蔚道："这些菜里是放了辣子的，沁山府的人少吃辣，便是我们住的客栈，食物也多为清淡。死者喜欢吃极辣，多半是外地人，或是以前在外地居住过，或者死者的相公是外地人。"

柳蔚说着，抬头问："那四姑娘是哪里人？"

"外地。"

容棱派了人看守，自然也要打听那四姑娘的身份。

容棱再道："你猜的没错，四姑娘是黄觉新的外室。跟了黄觉新十来年，还为黄觉新生过一个儿子。白日你一提黄老板，四姑娘的丫鬟先慌了，以为你是黄家夫人派来的。"

柳蔚道："黄家夫人又不是傻子，自家相公养了一个外室在眼皮子底下十来年怎可能不知道，还儿子都生了。"

"这不清楚。"容棱道，"黄夫人天生有疾，不能生子。四姑娘的儿子，现是黄家大少爷。"

"嗯？"柳蔚皱眉愣了一下，"那黄夫人可知道？"

容棱道："黄夫人只以为，那孩子是被收养的孤儿。"

柳蔚叹息："男人啊，怎会心甘情愿地养别人的孩子，还视如己出？明着跟夫人说去外头收养一个，暗地里就找外室生。既然如此，为何不直接纳妾生子？"

"黄觉新入赘，因此纳妾不被允许。"

"黄觉新是入赘？"柳蔚乐了，"所以就找外室？外室黄家就不管了？"

"黄夫人身体不好，睁一只眼闭一只眼罢了。"

"那黄夫人都这样了，四姑娘就没点野心，不想取而代之？"

容棱摇头，这个没人知晓。

柳蔚却猜测，估计不是这四姑娘没有野心，而是中间那个黄老爷在作怪。黄老爷在本地风评如此好，又怎可能纳个妾室回家，让人平白说难听闲话？

柳蔚将目光重新放到尸体上面，道："若那四姑娘就是凶手，那么死者生前，一定住在四姑娘家。"

"嗯？"

柳蔚拈出一条丝线，道："这是包团的绑带。"

包团，是一种南方常见食物，外面包了皮的。而那种皮无法自己固定，需要用肉筋熬出筋条，晒干做成的绑带用以捆绑，因为原材料是肉筋，所以也可食用。

柳蔚将那细小的丝线放到一边，道："今日在四姑娘家门口，我瞧见院子里晒了好多条肉筋绑带。"

容棱皱眉："或许只是吃顿饭，不一定住在一起。"

"包团的做法很费工夫，不仅绑带需要先熬再晒，外面的皮也要腌制，通常是年节时候，或是家里来了贵客，才特地做。但是就算过年，也只是吃一两顿，不会有人晒十几条肉筋这么多。十几条肉筋，能做几百个团子了。"

容棱沉默一下，道："回禀的说，四姑娘家里，最近并无客人。"

柳蔚看容棱一眼："找邻居打听的？"

"嗯。"

"那就更可疑了。"

"为何？"

"若是没有客人，包团子做什么？卖吗？"

容棱不再说话。

柳蔚把尸体里有价值的线索都看完，用干布擦干净皮肤上的血，然后拿出针线，将尸体缝了回去。

容棱问道："结束了？"

柳蔚却道："还早。"

将肚子缝好，柳蔚开始检查外部，先是双脚，再是膝盖，最后是胸口，然后是肩膀。

从下至上，柳蔚将可以收集的证据，都收集走了。不知不觉，时间已经过去一个时辰。其间，柳蔚没再说什么，容棱也没打扰她。

做好一切，柳蔚看看尸体，确定没有其他问题了，才重新给尸体盖上白布，而后离开。

与此同时，福里街某二进的院子里。

小丫鬟茉莉打开后门，往外头看了一圈儿，确定四周无人，才又关上，再把门闩放好，这才提着裙子，"噔噔噔"地回到主卧里。

一看茉莉回来了，四姑娘吴心岚便问："怎么样了？是不是有人？"

茉莉摇头："没有，许是听错了，要不就是街外头的野猫作祟。"

四姑娘看了看外面，还是觉得不放心："你再去看看。"

茉莉叹了口气："姑娘这是怎么了？几日来一直心神不宁的。外面的确没人，已经看了好几次了，姑娘是不是想老爷了？若是想，奴婢去叫？"

　　"别。"四姑娘拦住丫鬟茉莉，想了一下，摆了摆手，"算了，你回房歇息吧。"

　　"那姑娘您……"

　　"甭管我了，你去就是。"

　　茉莉犹豫一下，还是点点头："那姑娘您也早点歇息。"

　　茉莉离开后，四姑娘亲自把房门锁好，想了想，又将窗子也锁好，才坐到床上，揉揉发疼的额角，皱紧眉头。

　　距离那事，转眼已经几日过去了。房间里，烛火摇曳，光线昏暗，寂静中又透着一股寒凉。

　　四姑娘觉得身子有些冷，便起身，走到桌子前，为自己倒了一杯热茶，捧着茶杯。四姑娘喝了两口，等到喉咙和胃部都感觉到了热度，才放下茶杯，走向床榻。

　　可这次，四姑娘没有上到床上去，只是站在床边，盯着床铺。

　　这一盯，就是许久。

　　直到街外头更夫的敲更声响起。

　　锣鼓加上梆子，那声音先小后大，四姑娘一直站在原地。等到敲更声渐行渐远，这才提起裙子，上前两步，蹲了下来。

　　蹲在床前，四姑娘面色严肃，不觉深吸一口气，手指握成拳头，感觉到指甲掐进了肉里，而这细微的刺痛，却令四姑娘下定了决心……

　　低下头，四姑娘看向了床底。

　　床底下漆黑一片，四姑娘伸手进去摸了摸，什么都没摸到。她起身，把蜡烛端过来，对着里面照去。红色的火光一晃而过，而床底下，一双鼓起瞪圆的眼睛，在烛光下，尤其骇人。

　　"在这儿。"四姑娘将蜡烛放下，自己趴在地上，小心翼翼地将床底一颗黑色的圆球似的东西，拿了出来。

　　拿出来后，四姑娘就坐在床脚边，把圆球转了过来，一张人脸，便这样出现在眼前。

　　四姑娘用手指，小心地将人脸上的灰尘拍开。手拍不干净，就用袖子去擦，而这个过程中，人脸上那瞪得尤其恐怖的眼睛，直勾勾地紧盯她。

　　等收拾干净，四姑娘捧起这颗头，对视着人头的眼睛，咬着唇道："对不起。"

　　人头没有回应，只是看着她，一直看着她。

　　"心华，你不要怪姐姐，是你先让姐姐没有活路的，姐姐也是逼不得已。不过你放心，姐姐会想办法把你接回来。你的尸骨，姐姐一定会送回乡下，跟你那个早死的相公葬在一起。"

　　四姑娘说完，似乎觉得这样就可以赎罪了，不禁笑着勾起唇，温柔恬静的瞳孔里，倒映着这张苍白可怖的人脸。

抱起人头，四姑娘走到梳妆台前，把人头放在自己的膝盖上，一手拿起梳子，一手托起人头上的长发，轻柔地道："心华，你看，你的头发都脏了，姐姐给你梳头好不好？"

铜镜里，昏暗的室内，一位靓丽温和的女子，微垂着眼，看着膝盖上那颗女子人头，然后将其凌乱的长发拆开，拿着梳子，一下一下地梳着。

梳了两下，遇到一个死结，女子又小心地拆开，面上没有丝毫的不耐烦。

"心华，你会原谅姐姐的是吗？你最喜欢姐姐了，小时候，你就说过，什么都会听姐姐的，是不是？"

寂静一室，没有人回答女子。

"心华，姐姐会好好照顾临儿。等到将来，姐姐亲自带他去你的坟前，让他叫你一声娘，这样可好？你还没见过他呢！他啊，长得跟你特别像。那双眼睛，跟你简直一模一样。"

女子说着，端起人头，抚摸着人头上，那双死不瞑目的眸子。

"心华，你安心吧。"

四姑娘说着，用手掌盖住那双眼睛，想让其闭上。

可无论怎么按，眼睛就是不闭。

四姑娘咬紧唇瓣，一边扯着人头的眼皮，一边摇头："不，不可能的！你已经原谅姐姐了！你不可能还怪姐姐！你的命又不值钱，你死了有什么关系？你只是个乡下人！每年天灾人祸要死多少像你这样低贱的人，你为什么不闭眼？你不应该怪我！是你自己发现那些事的，都是你的错啊！姐姐只是不想你乱说话啊，你要是乱说话，也会害临儿没有好日子过的！你明白姐姐的苦心吗？心华，你闭眼，你闭眼啊！"

四姑娘刚开始还有些耐心，可渐渐地，便开始急躁，语气也急促起来。

可是无论四姑娘做什么，那双眼睛都没有半点变化，仿佛是人死前最后的一丝执念，无论如何，也无法撼动！

四姑娘开始生气了。

她将人头提到自己眼前，用怨念的眼神与其对视，理直气壮地道："你为什么要逼我，你为什么不原谅我？你是我的妹妹，亲妹妹！姐姐做的一切，都是为了你好，都是为了临儿好，你应该理解我的。我也答应了，一定会取回你的尸首。我都答应你了，你还想怎么样？"

大概是为了发泄，她突然狠狠地将它扔出去，头颅砸在门上，"啪嗒"一声，又掉落。

头颅衬着散乱的头发，在地上滚了好几圈。

四姑娘走过去，声音颤抖，仿佛癫魔地抱怨："为什么不原谅我，我是为了大家好！我是顾全大局，你以为我不难受吗？你是我妹妹，我也不想杀你。可你又知道什么，你知道这件事有多大吗？你知道牵连多广吗？你知道我多辛苦吗？你根本不体谅我，你不是我妹妹，你不是！"

此时外面，敲更人又一次走过，带着梆子声，由远而近。

这会儿，已经二更天了。

"咚咚。"外面的大门，此时被敲响。

四姑娘听到声音，猛地站起来，看向门外。

"咚咚。"敲门声再次响起。

四姑娘看了看房间，一眼便看到地上，和自己身上、鞋上的血迹。她皱皱眉，赶紧脱掉衣服，就着衣服将地擦干净。费了好大力收拾，才一边披着外衣，一边走向外面。

"是谁？"穿好了衣服，四姑娘站在大门里面问道。

外面，一道压低的男子声音传来："是我。"

四姑娘这才将大门打开。

外面，一位锦衣华服衣着金贵的男子，站在那里。

男子手上拿了灯笼，看到女子开门，便悄悄望向左右，将灯笼熄灭，走了进来："怎么这么晚才开门？"

四姑娘拢着衣服，漫不经心的："已经睡下了，谁知道你今晚要来。"

男子将灯笼放在门边，上前搂住她的腰："怎么？吃醋了？怪我好几日不找你了？"

"呵。"四姑娘冷笑一声，用指尖戳戳男子的脸，"你来不来，我的日子都这样过，我怪你做什么。"

男子一把捉住她的手，放在唇边刚要亲，却看到女子手上的红印。

"怎么了？受伤了？"将女子的手展开，男子看到她一手的干血印子，却没有伤口。

四姑娘将手抽回去，背在身后："我受没受伤你关心吗？你只关心家里那个，什么时候关心过我？"

男子笑了起来："还说不吃醋？那个婆娘都快死了，你还计较什么？"

四姑娘抓住男子的衣领，仰着头，不高兴地道："她快死了，我呢？"

"你？"男人邪邪一笑，低头，一边咬住她的唇，一边摸上她的翘臀，狠狠捏了两下，"她死了，就娶你进门，这不是早就说好的。"

四姑娘推开他，淡声道："她死了，你下一个要杀的，不会是我？"

男子皱起眉，上前重新搂住她："胡说八道什么，你是我儿子的娘，我杀了你？不怕天打雷劈？"

"我看你还真不怕。"四姑娘嘀咕一声，主动钩住男子的脖子，将自己丰满的胸部压进男人胸膛，压低声音："你要是知道什么是怕，我今日也不会成了这样。"

"成了什么样?"男子便将手伸进四姑娘的衣服,往里面摸。

"成了……"四姑娘被他弄得舒服,连喘着道,"成了……一个坏女人。"

"有多坏?"男子急促地将她衣服扯开,让自己更加通行无阻,声音也变得低沉。

"很坏。"

"坏女人会做什么?"

四姑娘勾起唇,用气音在他耳边说:"会杀人。"

男子抑制不住地兴奋,大笑起来:"好好好,让我死在你身上,你现在就杀了我吧!"

这淫荡荒谬的一幕,让四下潜藏的镇格门暗卫目瞪口呆。

黑暗中,有暗卫小声问道:"这个要不要通报?"

另一个声音满是嫌弃:"通报上去挨批吗?"

"可都尉大人说,大小事务,都要通报。"

"人家在院子里行那档子事,通报的价值在哪里?告诉都尉大人他们做了几次,脱了几件衣服,换了几种姿势吗?"

"没准都尉大人想知道……"

"没准都尉大人想打你!"

"那不通报?"

"你想通报自个儿去。"

那个声音还是很犹豫:"那不通报给都尉大人,通报给司佐大人。"

另一个声音顿住,而后点头:"这个倒行,顺便还能看看司佐大人是不是真的武功高强。我只知道他会轻功,但手底下的功夫,倒是没见过。"

"嗯?通报上去,司佐大人会表演武功给我们看?"

"不,司佐大人揍你的时候,我们会看出司佐大人的武功。"

那个暗卫迟疑一下,而后道:"不过这个不通报,那个呢?"

"哪个?"

"那个……"暗卫伸手指了指。

同伴看去,便看到巷子里,一墙之隔的大门外面,两道黑色的身影。来了,停驻片刻,又离开。

"嗯?"同伴皱起眉,"是练家子。"

"这个通不通报?"另一人还是更在意这个问题。

同伴一拍他的脑门:"通报个屁,还不快跟上去看看情况!"

第三章 李代桃僵

半个时辰后，黄府正院夫人房内。

黄茹听着下头人的禀报，挥了挥手，道："下去吧。"

下头人忍不住道："夫人，老爷养了人，这按规矩是要……"

"下去。"打断下头人的提醒，黄茹有些疲惫。

下头人到底不敢忤逆夫人，唯怕说重了，害得夫人再旧疾发作。

等将人遣走了，房间安静下来，黄茹才对着黑暗处叹了口气，问道："还需要查？"

黑暗中，有人回道："夫人可想查？"

"想？"黄茹自嘲一笑，"想不想还有什么用？我这身子，一日不如一日，他们筹谋已久，那人只怕尸骨也都寒了……"

"要找到他吗？"

黄茹深吸一口气，停顿了好半响，却摇摇头："找到也是具尸骨，还有何意义？"

黑暗中，传来一声轻笑："绝情。"

黄茹眼睛一瞪："你懂什么！你连你是谁都不肯说，却来对我的家事指指点点！黄觉新当初就不愿娶我，先是咬定了我与他是远房表亲，不能结合。再是嫌弃我身子不好，无法生子。最后却说是我黄家侮辱了他，要他堂堂男子，入赘妻家。他一早便是那样的人，我早年便该听父母的话，莫要对他执迷不悟，也省得现在，落了这样的下场。"

黄茹说着，眼眶便开始发红，想到了双亡的父母，也想到了新婚之夜两人的初次，黄觉新是如何冷情，如何薄待。

原以为只要一心喜欢，便是拴也能将黄觉新拴住。不承想，一个人的心飞走了，做什么都是无用。越想越气，越气越怒，黄茹深深地呼吸了好几下。突然，喉咙像被卡住，按住胸口，哽咽了几下，唤道："救……救我……"

旧疾发作，每次都是这样，痛不欲生！

黄茹对着那片黑暗伸出手去，手指弯曲，显然已是最后一丝力气。黑暗中，一枚丹药弹了出来，正中黄茹手心。黄茹一把捏住，往嘴里一塞，又喘了几口气，呼吸总算安定下来。

三日前，这个连模样都不肯露的男子突然出现，找到自己，说了一些荒谬的话。黄茹一开始还觉得这人是骗子，但等到这人所说的事，一件件被证实，黄茹便不敢再大意。

而昨日，黄茹心脏旧疾突发，这人给了一颗丹药。那颗丹药宛若仙丹，只吃下去不到两个呼吸，心就不疼了。

黄茹现在哪怕不是为了那些所谓的真相，也要留住这人。这人，说不定能救命。

将呼吸理顺了，黄茹看着黑暗之处，低声道："我现在只想好好活着，他们想我死，想要我黄家，我偏不给！等到宗家大伯归来，是人是鬼，是牛头还是马面，到时候，自有人替我做主！只求高人助我，让我能等到大伯归来。届时，我黄家的金银财宝，高人随意取用！"

"金银财宝？"低低的笑声，透着股阴森，"我不缺。"

"高人……"

"你不想报仇，我来这一趟便是无用。"他说着，身子一跃，一道劲风飞过。转身，人已消失不见。

黄茹看着空荡荡的房间，不确定地唤了声："高人……高人……"

四周，再无人回应。

黄茹皱紧了眉，一掌拍在桌子上！早知道，就该说自己要报仇了，只要能将人留住，报仇就报仇！

此人虽然身份不明，但既然是有心帮她的，总不至于看着她被那对狗男女害死。想到那对狗男女，黄茹又是一阵气闷。

黄觉新不是好东西，这对狗男女更不是好东西。

"来人。"黄茹对外头唤了一声。

外面很快有丫鬟进来。

"去把奶娘叫来。"

丫鬟应声离去。

没一会儿，黄茹的奶娘走了过来。

一进来，便看到自家夫人还衣着整齐地坐在椅子上，不觉惊讶："夫人怎的这个时辰，还不休息？"

"现在歇。"黄茹说着，起身，让奶娘服侍。

奶娘上前，一边为黄茹宽衣，一边道："夫人叫老奴来，可有什么要事？"

"听说老爷要翻修湖心亭？"

"是。"奶娘道，"老爷从外地带回来几条锦鲤，说是要重新打理一下湖畔，将湖心亭填了，做成一间水中观景阁。据说京里头的大人们府里都这样做，好看极了。"

"已经动工了？"

"图纸已经研究四五天了，好像是过两日就要动工。"

"拦住。"黄茹语气冷厉起来，"一定要拦住！"

"嗯？"奶娘不解，"夫人是何意思？"

黄茹一把抓住奶娘的手，抿紧了唇："奶娘，这府里我已不管事了，什么都是老爷说了算。我手上无权，任何事都做不了，能依靠的，也唯有奶娘了。"

奶娘被黄茹这郑重的模样吓到了，忙拍拍黄茹的手，安慰道："夫人，您莫要多想，您的身子会慢慢好起来。老爷是不舍您拖着病乏的身子，还日日操心府里的大小事，才将事都接了过去。夫人莫要多想，您只要好好养身子，等病好了，这府里头该是您的，还是您的。"

"不是了。"黄茹摇头。

黄茹恍惚一下，突然抱住奶娘："奶娘一定要帮我，我不求什么。我不找他们报仇，也不要他们偿命，我只求将他们送官，让他们由朝廷定夺。而我，要守住我黄家家业。这是爹娘的遗愿，我哪怕没了这条命，也得替他们看住了。"

"夫人，您说什么？"奶娘摸摸黄茹的头，面带怜悯，"夫人，您不要再乱想了。什么报仇，什么偿命，根本没有的事，您被什么梦给魇着了？"

"不是，不是。"黄茹解释不清楚，只能一咬牙，看看四周，悄声对着奶娘耳朵说了几句。

奶娘先还没什么表情，听了两句，却一下瞪起眼睛。

奶娘惊恐地看着黄茹，不可置信："夫人，这话可不能乱说！"

"你瞧着我的模样，像是乱说吗？"黄茹哽咽着道，"尸体就在湖心亭下头的石礅里埋着。奶娘可还记得，这湖心亭是何时建的？十年了，整整十年了，我就说我的身子怎的越来越差，原来早就有迹可循，这些人，从一开始就是一伙的。"

"可是……"奶娘还是不信，"可是怎么可能？老爷他……"

"什么老爷，是黄觉杨，黄觉杨！"

"夫人，您冷静一些。"奶娘忙扶着黄茹去坐下，一边为黄茹顺气，一边问道，"到底怎么回事，夫人您慢慢说。不要急，不要岔着气。"

黄茹听话地冷静下来。爹娘死了，唯有一手将自己带大的奶娘可以信任。

简短地将这几日自己的调查说出来,但其间,黄茹避开了那不知姓名的高人。高人既然不愿暴露人前,为了保留好感,黄茹自然不可能将其出卖。

等到将一切说完,黄茹不知何时已经泪流满面。

黄茹抽泣着道:"黄觉新黄觉杨,这对兄弟,我当初只看过一眼。只觉得长得像,未曾想过,一开始便是李代桃僵。这两兄弟看中的一直都是我黄家家产。从十三年前成亲开始,足足三年中,我竟从未发觉,我是嫁了两人。那两人将我恣意摆弄,我这身子,竟是睡了两人,从未干净过……"

说到这里,黄茹已经泣不成声。

奶娘却是惊得满头大汗,死死地握住黄茹的手,面色越来越冷,道:"夫人,您莫要想多了。这等荒谬之事,可能根本就是假的,再查查。"

"查,我查得还不够清楚吗?"黄茹捏住奶娘的手,"奶娘答应我,一定要替我拖着,拖到宗家大伯归来。"

"夫人您找了大族伯?"

"那是自然。"黄茹目露恳求,"我一介弱女子,这黄家上下都是黄觉杨的亲信,不找来大族伯,我只怕明日就要被他们杀了。奶娘一定要帮我。"

奶娘沉默一下,点头:"好,奶娘帮,奶娘是奶着夫人您长大的。您不管做什么,奶娘都帮您。夫人,莫要再哭了。先好好歇歇,您的身子,熬不起夜。"

黄茹满脸泪痕地进了被窝,看着奶娘目光柔和地守在床边,这才稍稍安心,慢慢闭上眼睛。

"夫人,奶娘给你唱童谣,是您小时候最爱听的……"奶娘说着,便开始哼着曲,手则搭在黄茹胸前的被子上,一拍一拍的,就像哄孩子一样,将黄茹哄睡着。

直到过了半个时辰,床上之人呼吸变得均匀,应当是熟睡了,奶娘才熄灭蜡烛。

带着心事,奶娘小心翼翼地出了房间,关上房门。

第二日,天刚破晓,咚咚的敲门声便在耳边盘旋。

柳蔚翻了个身,用枕头将自己脑袋埋起来,什么都听不到。

可柳蔚这一动,却把小黎给吵醒了。

小黎慢悠悠爬起床,看了看房门,又看了看娘亲,最后抓着头发,下床去开门。

门一开,外面,浮生站在那里。

"小黎公子,先生还未醒?"

"嗯。"小黎含糊地应了一声,又歪歪斜斜地走回床边,爬上了床,钻进被窝。

浮生跟进来,站在床前轻轻唤道:"先生,衙门来人了,说是有事找您。"

柳蔚把小黎的被子抢过来,盖住了头!

浮生无奈,动作很轻地将被子掀开一点,加大了一些音量,道:"先生,听衙门的人说,有人死了。"

小黎嘟着嘴:"死了人找我爹做什么?"

"说是，跟无头女尸案有关的人。"

小黎皱起眉："什么人？"

"就是先生一直怀疑的那个黄家的，黄老爷。"

此言一出，原本真的打死都不会起来的柳蔚，倏地掀开被子，坐起来，一头乱发地看着浮生："黄老爷死了？"

浮生点头："衙门来的人是这么说的。"

"怎么死的？"

浮生摇头："这个不知，不过说是头也被砍了。"

柳蔚下了床，一边穿衣服一边对正打算再睡个回笼觉的小黎道："你也起来。"

小黎提着被子，不解地问："为什么？"

"因为我没有懒觉睡，你也不可以有。"

小黎："……"

最后，柳蔚像个恶毒后娘一样，死活将不愿意起床的小黎拖下床，把小黎拽着，下到客栈一楼。

客栈一楼，容棱正在吃早餐。

柳蔚将梳子往容棱手边一放，就背过身，问桌前站着的两名衙役："到底出了何事？"

衙役本就是接令来找这位司佐大人的。正主来了，两人当即知无不言。

一人说道："回大人，就是今个儿一早，菜市的贩子刚要摆摊，就有人在巷子的角落，发现了黄老爷的尸体。起先不知道那是黄老爷，只看到一具无头男尸。后来有个菜贩子在烂菜篓子里，找到了黄老爷的头颅，这才知道……"

另一人又道："已经叫了陈爷子去现场，不过他老人家吩咐，此事与黄家有关，务必要请示司佐大人您，问问大人您可要去看看尸首？"

柳蔚没说话，却发现身后一点动静都没有。

回头一看，便见容棱正在给小黎吹凉热粥，而那把梳子，就放在他手边，他看都没看一眼。

柳蔚皱起眉。

男子的发式不好梳，柳蔚嫌麻烦。在之前容棱第一次主动为她梳发后，她便越来越懒，最后变得每日起床，都要找容棱梳头。

可今日，他却不肯给梳了！

"大人……司佐大人？"衙役见这位司佐大人没有听自己说话，不禁又唤了两声。

柳蔚这便回过头，拿起梳子，一边梳头发，一边道："继续。"

两人对视一眼，道："大人，您要不要去看看尸首？"

"去。"柳蔚道，随即看着两人，"你们谁会梳头发？"

此言一出，两人面面相觑，一时不知怎么回答。

柳蔚左右打量起两人的发式，判断一下，问右边那人："你这头发，是自己梳的，还是别人给你梳的？"

那人指指自己的鼻尖，一脸茫然："我？"

柳蔚点头。

那人尴尬地道："是……是小的自己梳的。"

柳蔚将梳子递给他："替我梳一下。"

那人盯着那把递到眼前的木梳，虽然觉得很荒谬，但还是抓抓头，在同伴催促的目光下，伸手去接。

可就在他的手刚要碰到木梳时，旁边"哐当"一声，是勺子丢进碗里发出的声响。

衙役抬头看过去，恰恰就对上旁边那位一身玄袍，冷厉男子的双眸！

那双眸子，淡漠、锐利！

衙役吓得不觉抖了抖，害怕地后退一步。

容棱伸手夺过柳蔚手里的木梳，一脸寒意地道："转过头去。"

柳蔚乖乖地背过身。

容棱大手捏住柳蔚的长发，小心地拿梳子去刮，动作轻柔，便是遇到有结的地方，也是慢慢理顺。

柳蔚被梳得很舒服，对两个衙役道："我一会儿就过去。你们先去，告诉你们大人，现场封锁好，不许任何人搬动尸体，也不许旁人走近尸体三十步。"

两个衙役忙应了一声，老实离去。

等到外人都走了，柳蔚才一边玩着自己衣服带子，一边问身后的人："一会儿你去吗？"

容棱声音很淡："不去。"

"为何？"柳蔚道，"黄老板死了，这是我没想到的。你的人，可带了什么消息回来？"

"还没问过。"

"那就一起去，免得再走一趟。"

容棱将柳蔚的头发都梳上去，再用锦带绑好，便放下梳子，继续吃饭。

柳蔚摸了摸自己的头发，转过来，一眼就看到趴在桌子上，一下一下喝粥，没精打采的小黎。

柳蔚嘴角一翘："小黎也一起去。"

柳小黎动作一僵，木木地抬起头，很不高兴地看着娘亲。

等三人抵达现场时，已经过了一个时辰。

一过去，先看到的便是围得满满的人群。

有衙役看到他们来了，赶紧驱开人群，为他们开路。

一边引路，一边道："两位大人，尸体就在前头。因司佐大人发了话，曹大人没让任何人碰尸体，就是陈爷子也没有，大人这边请。"

柳蔚一边走，一边看周围的环境。

这是一个闹市区，地上有许多烂菜叶子，到处湿湿滑滑，透着一股腥味，很不好走。

越走到后面，腥味越是严重，却不是菜腥味，而是鱼腥味。往前再走两步，就是卖鱼的摊档。

从卖鱼的摊档绕开，前面是一间小巷子。巷子口站满了人，其中最引人注目的，便是一身官服的曹余杰。

看到容棱来了，曹余杰忙亲自来迎，嘴里喊着："大人，柳大人。"

容棱问道："尸体在哪？"

"就在这儿，下官带您过去。"

容棱随曹余杰而去，柳蔚却突然停住脚，看向右边的一片空地。

柳蔚这动作，引起其他人注意，容棱也停下来，看向柳蔚。

曹余杰懵然："柳大人，怎么了？"

柳蔚沉默一下，摆摆手："没事，走吧。"

曹余杰又看了眼柳蔚看过去的方向，却见那里，什么都没有。

三人走进巷子。

巷子里头，陈爷子一见来人，便冷哼一声，语气非常不好。

柳蔚看了陈爷子一眼，没说话。视线一转，转向地上匍匐着的无头男尸。

男尸身着一身锦袍，可那袍子早已被血迹浸透。

柳蔚摊开手，小黎自觉地递上手套。

柳蔚一边戴手套，一边走过去。

柳蔚先就这样检查了一遍尸体，从伤口到脖子。等到看完了，柳蔚又将尸体翻过来。

小黎因为睡眠不足，今日走路都是慢吞吞的。他蹲到娘亲身边，看着男尸，说："爹，很奇怪。"

柳蔚头也没抬："怎么奇怪？"

"比例不对。"

柳蔚这才看小黎一眼："会看比例了，有点进步。"

小黎闻言羞涩地笑了笑，倒是将一早的不满情绪，一下子都冲没了！

柳蔚起身，看向曹余杰："男尸的头呢？"

"哦，头在这儿。"曹余杰带着柳蔚，走到一个放垃圾的小区域，指着里头一个烂菜篓子，"就在里面。柳大人说不要动，本官便没让人将头拿出来。"

"好。"柳蔚走过去，朝木桶里一看，果然看到里面的人头。

柳蔚没有急着拿出来，而是先仔细看看篓子边缘，等到要观察的都观察完了，才把头提出来。

周围顿时响起吸气声，一些衙役哪怕见识广博，也是极难得地这么近距离看一颗人头。

看一具尸体，和看一颗人头，感觉是不一样的。

衙役们都有点不能接受，纷纷后退了几步，把脸别开。

曹余杰毕竟是在京都当过官的，以前京都也出过这种案件，他倒不怕。

柳蔚细细地检查，看看前面，再看看后面。

柳蔚检查完之后，把头放回尸体的脖子上，一具全尸，这就拼好了。

可是那头毕竟是圆的，就那么在地上，先还稳稳的，可没一会儿就滚歪了。

众人便见一具尸体平躺在地上，一颗头错位地偏着，瞧得人眼睛都疼了。

曹余杰小心翼翼地问："柳大人，究竟如何？"

柳蔚不作声，只是从巷子走到外面，然后又看向之前看过的那片空地。柳蔚走过去，绕着圈子地看来看去。

人群后，曹余杰一脸茫然地问容棱："都尉大人，柳大人这是……"

"观察凶案现场。"

曹余杰问："怎么观察？"

容棱道："先要确定是第一案发现场，还是第二案发现场。"

"第一？第二？"曹余杰越听越迷糊。

柳蔚在外面走了许久，观察了许久，再回来时，看到小黎正在取手套。

瞧见娘亲回来，小黎就问："爹，是回去解剖吧？"

"嗯。"柳蔚道，"让人来收拾。"

"好。"小黎脆生生地应着，就招呼衙役们过来抬尸体。

大队人马打算回衙门了，曹余杰却茫然了："这就完了？"

这查看尸体前后还不到两刻钟。曹余杰光是在这等，就等了一个半时辰。这位司佐大人过来，看了一会儿，一句话也没说，这就要回去了？

那司佐大人到底看出了什么？

柳蔚一脸平淡："等回去把尸体解剖了，案子就破了。"

"破了？"曹余杰还以为自己听错了，"破了？"

"嗯，破了。"

"可……可怎么破的？凶手，凶手也找到了？"

柳蔚道："凶手虽说还没找到，但嫌疑人已经有了。"

曹余杰根本不信，这位司佐大人就随便看了看，怎么就有嫌疑人了？

"那嫌疑人是谁？"曹余杰问。

柳蔚却不说了："是一个，我也不理解的人。"

曹余杰听不懂，还想再问，柳蔚却已经先行离开。

容棱与小黎随后，三人上了马车。

马车是朝衙门而去的，从菜市口到衙门，马车行了好一阵子才停下。

因为衙门里没有专门的停尸间，黄觉新的尸体，也唯有放在柴房。

原本只一具无头女尸，现在多了一具无头男尸。

曹余杰站在门口，往里面看着，小心问道："柳大人，是现在解剖吗？"

柳蔚没有回话，只是迟疑一下，看着容棱道："都尉大人，可否单独聊两句？"

容棱看着柳蔚："单独？"

"单独。"

"好。"

柳蔚对其他人道："劳烦各位先出去稍后，有些重要的事，本官要与都尉大人先行商量。"

其他人面面相觑，却还是老实地先退出去。

柴房门被关上。

柳蔚走到黄觉新的尸体前，对容棱道："这具尸体，胸口到肋骨的位置，受到严重伤害。初步判定，这是致命伤。应该是内脏出血，导致体内器官崩溃，迅速死亡。头被砍下来，应该只是凶手为了泄愤。他脖子的伤口非常不平整。若说那具女尸的伤口，是分两次砍断，伤口整齐，看起来像是正常人所为，那黄觉新的伤口，就杂乱多了。他是被人，用菜刀，一下一下砍断的。脖子处刀痕杂乱，是没有多大力量之人，将他的头，一点一点地给砍磨下来的。"

容棱伫立在旁安静地听着。

柳蔚指着尸体道："致命伤的部位，正好是八九岁孩子能够到的位置。凶手手里一定拿了刀，但是凶手一开始用的不是刀，是石头。凶手知道，菜市是黄觉新回家必经的小路。而这条路，因为常年有菜贩摆摊，所以地上就湿湿滑滑，很不好走。凶手提前在菜市布置一番，把空地上洒满了滑腻的鱼水。方才我在现场观察，鱼贩的摊子是在街另一边的尽头，而菜场的空地那一片，地上却全是腥水。而且地上还有许多菜叶子、烂番茄，一些石头，乱七八糟。在天不算亮的情况下，普通人走，也极易滑倒。凶手就是要等黄觉新滑倒，趁其不注意，在远处用事先准备好的石头砸黄觉新。因为一时间看不到凶手，所以黄觉新只能慌忙躲避。黄觉新抱住头，背过身去，这也直接导致黄觉新后背的淤青最多。而淤青的形状和程度，从距离推算来看，在尸身上也会有不一样的显示。黄觉新倏然受到攻击，便本能地保护自己，可是因保护不周，头部同样有受伤。但八九岁的孩子，力道并没多大，因此黄觉新头上的伤口也只是浅伤。后面，重头戏就来了。"

柳蔚把黄觉新的衣服解开更多，脑海里，回忆着现场看到的所有。

"这里有一个很清淡的圆形印子，若是没判断错，正跟菜场菜贩放在旁边的板车手柄一样大小。但因为重力太大，而时间又太短，所以伤口并未及时形成明显淤青。若是切开皮肤，皮下证据依然会看到。凶手是在砸了黄觉新满身石头后，用板车狠撞黄觉新身体。但一下，并不足以将一人撞死，凶手自己也意识到了。因此在黄觉新爬起来，要攻击凶手时，凶手唯有用自己的拳头，一下一下砸着黄觉新受伤的部位。八九岁孩子的力道虽小，可黄觉新身体已经受到重击，这样一次一次重复伤害，会使人痛不欲生。黄觉新被板车狠撞的部位，骨头断了，重伤下骨头错位，插入脏器致命。这些在官差面前说不得百分之百的准，但以我的经验来看，不开腹便可看出。等到上堂时，需要开腹做一份完整的验尸记录。"

说到这里，柳蔚停了一下，才道："一个八九岁的孩子，为何要杀一个成年男子？而黄觉新，又为何与一个八九岁的孩子结仇？这些我在案发现场的时候，就开始想，后来终于被我想到了。"

柳蔚走到旁边的无头女尸跟前，掀开白布，指着女尸的肚子道："这具尸体，验尸时发现，生前生过一个孩子。昨晚我们也谈过，四姑娘给黄觉新生的儿子，就是现在的黄家大少爷。那个孩子的年纪，看着也就八九岁，因为他患有侏儒症，实际已经十八岁了。所以可不可以大胆设想，四姑娘根本就没有生孩子？从一开始，四姑娘就是偷其妹妹的婴孩，可多年后妹妹进城投奔姐姐时见到了这个孩子。为了隐藏罪证，四姑娘杀了妹妹，但那个孩子，却似乎早已通过一些途径知道了些什么。在亲母死后，估计错认黄觉新才是凶手，在愤恨之下亲手为母亲报仇。砍下黄觉新的头颅，大抵也是为了让其尝尝自己母亲受到的被砍头颅之苦？"

这案子，其实分析起来并不难，因为八九岁孩子般身高的人作案露出的马脚实在太多。

不仅作案现场露出的马脚多，尸体上的痕迹也太多。

柳蔚起先也没有往凶手身高这方面设想。一开始只是认为凶手是个女子，但是从致命伤的方向，脖子的砍裂程度，还有一系列的现场罪证来看，唯一的解释还是孩子。

柳蔚说完，才道："去开门。"

外面，曹余杰正在探头探脑。看到门开了，立刻走进来，问："都尉大人，可是有何重要线索，不宜声张？"

容棱没答话，小黎蹿到房顶上，坐在屋檐顶上看风景去了。

外面的衙役们当时都愣了，看看地上，又看看屋顶，反复看了好几下，有几个人才开始窃窃私语。

"这就是轻功？"

"不会吧，只是一个小孩子，怎么可能会轻功？我长这么大，连见还都没见过。"

"那是你。人家是京都的孩子，还与镇格门的都尉大人这样亲近，说不定这真是轻功……"

"我看只是跳得比较高吧，轻功不是说会飞吗？"

"这不是飞是什么？正常人能跳得这么高吗？你跳一个试试？那根本就是轻功。"

几个人议论纷纷。

柳小黎身子一跃，飞走了。

下面的衙役们激动得不得了。

"你看，你看，真的飞了。轻功，就是轻功！"

"我只听说朝廷的高手会这种飞来飞去的功夫。这孩子还没我家那崽子大，竟然也这般厉害。"

"那可不，人家是京里的孩子。"

"京里的孩子真厉害，以后等我攒够了钱，我就带着婆娘儿子，也去京里头住。"

一群人话题越说越远。

小黎却已经飞到了衙门后面的巷子口。站在地上，左看看右看看，确定没人发现，就把人头重新包裹一下，搂着出了巷子口。

可却突然感觉头顶一阵黑暗。

柳小黎条件反射地抬头一看，便看到天上，一道黑色身影急速消失。

"高手！"柳小黎身子一起，追着那身影，快速飞去。

从街市，到郊区，柳小黎追了一路，等刚出了城，却已经跟丢目标。

站在人迹稀少的草丛之中，小黎看看左右，最后搜索无果，就吹了一记口哨。

口哨响了两声，远处，一只黑色的乌星鸟便扑扇着翅膀飞过来。

"桀。"珍珠站在树枝丫上，看着下头的小黎，仰头叫了一声。

小黎问它："珍珠，你有没有看到那个人是谁？"

珍珠歪了一下脑袋："桀？"

小黎说："就是方才我追的那个，你看清了吗？"

珍珠张开翅膀，飞到小黎肩膀上，对着小黎耳朵蹭了蹭，软绵绵地叫："桀桀。"

小黎叹了口气，刮了刮珍珠的小脑袋："你怎么会以为我是在陪你玩呢？我明明是在追可疑的人。珍珠，我是不会在街市上轻易展露武功的，就算要和你比赛谁飞得快，也是在没人的时候。我以前就跟你说过的，如果白天我们乱来，娘亲是会揍我们的。"

"桀？"珍珠低下脑袋，声音小了一些。

小黎忙解释："我没有怪你，你没有记住那就算了。那个人可能只是路过，不过他的轻功真厉害，我都追不到！你知道的，我的轻功也很厉害，一般人我都追得到。"

"桀桀。"珍珠立刻又精神抖擞地叫唤起来。

小黎不好意思地红了脸，腼腆地抓抓头："也没有天下第一，就是一般般。娘亲和容叔叔就比我厉害，你不要这么夸我了。"

"桀桀桀桀。"珍珠越叫越高兴。

小黎却从最开始的脸颊红，变成红到耳朵后，最后连脖子都红了。

就在小黎的身影完全消失后，树丛中走出来两道人影。

一人捏紧拳头，咬牙切齿地说："我从没见过这么气人的孩子！"

另一人却满脸兴味地道："我从没见过，这么通人性的鸟儿。"

先前那人冷哼一声："有什么没见过的？我们辽州听话的蛇虫鼠蚁多了去了。一只小鸟罢了，默义家的几条大蟒，几只蝙蝠，都极通人性。等默义死了，我就跟主上说，接收默义的那些东西。"

另一人皱眉："默义的身子还未好？"

先前那人冷笑："好不了了，眼下也就是拖着半条命，瞧着随时都可能一觉不醒。"

另一人沉默下来。

先前那人看向他："烈义，你不是心软了吧？我们与默义向来不是一道的。默义死了，得好处最多的可是我们。"

被唤作烈义的男人思索一下，迟疑地道："我还有一瓶百解散。"

"不准！"先前那人语气一下严肃起来，"百解散这样的东西，你也敢想？"

烈义看着他："星义……"

"叫我也没用。"星义神色冷酷，"默义办事不力，技不如人，怪得了谁！你身上那瓶百解散，已是最后一瓶。大巫临死之前，也只提炼出三瓶。前两瓶是为了族里，还可以。最后一瓶，却怎么都不能动，除非等到新巫重新提炼出……"

烈义皱眉："新巫才十五岁，连巫药都辨认不齐……"

"那就是默义活该。"星义紧了紧眸，又看向烈义，道，"不要说默义了，你也不准动什么歪心思。主上派我来沁山府，是要我问你，你这里，还要多久？"

烈义摇头："不容易。"

"你不是已进入黄家？"

"入是入了，可……"

"没找到？"

烈义点头。

星义道："算了，要不你先回去，这里我来。"

"不可。"烈义道，"那黄家最近出了些事，引来了些人。你性子冲动，万一露出马脚，坏了主上大事……"

星义不满道："怎的这样多事？不就是一张地图，有这么难？那黄家只是个普通商家，放宝物的地方能有几个，你都过来一个月了，还要多久？"

"黄家没你想的那么简单。"

烈义道："黄家如今乱成一团，黄仇、罗诗儿死后，黄茄便不成气候，那位入赘上门的女婿，一心谋黄家的财产，还闹出一女二嫁之事。那黄觉新倒是十年前就死了，可黄觉杨……"

"停停停。"星义不耐烦地打断烈义，"我没心思听你说这些家长里短、阴谋诡计。我只是来完成任务的。你做不到，就让我做。我就不信，将那黄茹吊起来打，地图她会不交出来？"

烈义瞪他："少乱出主意！黄茹身子不好，稍稍刺激，便要旧疾发作。若是人死过去了，线索岂非断了？"

"断了就断了。"星义不在意地道，"我就不信，将黄家翻过来，会找不到地图？"

"若真找不到呢？"

星义看他："你什么意思？"

烈义道："我怀疑，黄茹也不知地图下落。当初黄仇与罗诗儿从京都回沁山府，不过两个月，便离奇身亡。那时候，黄茹正忙着出嫁，黄家夫妇只怕连与黄茹说道的机会都没有。"

"怎么会没有？都是一家人，黄仇和罗诗儿亲眼看着那位死了，总该有点危险意识。他们回来，第一件事，难道不是将秘密传给黄茹？"

"这是你我的观念。"烈义道，"如你所言，黄仇与罗诗儿搅进了那桩事里。罗诗儿又曾是纪家奴婢。为求保住黄家人性命，只怕，罗诗儿并不会将此事告知黄茹。"

"那地图呢？"星义说，"莫非罗诗儿把地图扔了？烈义，你觉得可能吗？那可是前朝宝藏，连九五之上那位，都不惜设立镇格门，以图寻宝！区区平民，他们经得住诱惑？"

烈义恍惚一下，看着星义，犹豫一会儿说："有的时候，家人的性命，比金银财宝，更为重要。"

星义冷笑一声道："就算罗诗儿愿意将此事埋葬，黄仇愿意吗？黄家世代经商，一个唯利是图的商人，手握一张藏宝图，他不会起贪念？"

烈义吸了口气："总之，我还需要时间。你回去与主上通报，就说我这里有些意外，任务时间需要延长，还有……"

烈义盯着星义，皱眉："你要走便尽快走，莫要再进城了。在闹市街区就敢用轻功，这会儿只是招来这个孩子，若是惊动了这孩子的父亲，或是那位容三王爷，只怕才是真正的麻烦。"

听到这个，星义笑了一下："主上未必怕那位三王爷。只是默义抓了几年的孩子，就这么说放便放了。为了此事，主上可是大发雷霆！若不然，我将那孩子掳走，带回去让主上出出气？我记得默义就是被这孩子的父亲所伤，把这孩子带回去，也让默义捅上两刀，算给自己报个仇。这样，也算全了你这份心软，也省得你，再乱动百解散的心思了。"

烈义皱眉："你别乱来。"

"放心吧。"星义笑笑,"我的身手你还信不过?"

烈义摆摆手:"我不管你这些。总之,尽快离开沁山府,地图之事,我自有分寸。"

星义笑笑:"你真有分寸才好,别又心软!"

"走了。"不等星义说完,烈义身子一起,不大一会儿的工夫,便彻底消失不见。

星义看着烈义离开的方向,呵笑一声:"妇人之仁。"

而后,星义又看向方才柳小黎与珍珠消失的方向,晃着手里的玉坠子,慢摇慢摇地走过去。

小黎在河畔边高高兴兴地一边玩耍一边哼着小调。

突然柳小黎眼睛往旁边一偏,看向不远处的树丛。

珍珠也看过去,它浑身的黑毛凌厉起来,翅膀扇着,飘在空中,喉咙里的叫声,突然变得锐利:"桀!"

"嗯,杀气。"小黎注视那树丛好一会儿,随即转过头,将自己的背包收拾好,对珍珠道:"走了。"

"桀桀。"珍珠叫着。

小黎道:"没事,走吧。"

他说着,转身顺着小河畔下游走去,珍珠在犹豫一下后,还是跟了过去。

树丛中,星义伸手按了按眉心,笑着:"有意思,倒还挺敏锐。"眼看着一人一鸟越走越远,星义从树丛中出来,慢慢地跟过去。

小黎这一走,就没有回头。但小黎知道,有人在后面跟着自己,并且不加掩饰,跟得非常近!

珍珠也在耳边提醒小黎:"桀桀桀。"

小黎淡淡地应了一声,道:"没有关系。"

柳小黎走到了离小河畔不远的空地周围,瞧见周围没人,便站定,转身,看向身后。

身后不远处,一位身着黑衣的男子,正看着柳小黎。

小黎歪了歪头,问:"你是谁?"

男子走近了两步,开腔道:"你不用知道我是谁。"

小黎又问:"那你要杀我吗?"

男子摇头:"不,杀你做什么?"

"你不杀我?"小黎错愕一下,往前走两步,靠近男子一些,道,"你跟着我做什么?"

男子笑了一下:"大路朝天。我往这边走,你也往这边走,顺道罢了。"

这人一看就是个高手,柳小黎知道,这人就是自己之前跟丢那人。不过,方才小黎是因为好奇才跟着这人,但现在这人反过来跟他时,却分明带着恶意。

这人身上那满满的杀气，小黎绝对不会看错。

小黎开始判断，是因为自己的跟踪，破坏了这人什么事，所以这人才恼羞成怒，对自己有了杀心，还是这人原本就是诱惑自己跟上去，要对自己行凶？

如果是前者，小黎自觉中间跟丢了此人，应该不至于破坏什么事。

如果是后者，那小黎觉得自己便是上当了。

可是，刚才自己在那里玩耍了半天，这人都没动手，怎的现在却突然动手？

小黎不太理解。他的小脑袋，还想不了太复杂的事。

于是小黎看向珍珠。

珍珠"桀桀"地在小黎耳边叫了两声。

小黎听懂了，点点头："你说得对。"

不管原因是什么，要把这个人带回去，给娘亲过目。

小黎默默理了理身上的衣服，打算迎战。

对面的星义挑了挑眉："你似乎对我充满敌意？"

小黎不做声。

星义又问："你听得懂这只鸟说的话？"

小黎还是不做声。

"这只鸟也能听懂你的话？"

小黎依旧不做声。

星义想着，难怪烈义说这鸟通人性，的确是很通人性。比大巫曾经养的那些蛇虫鼠蚁，通人性多了。如今大巫过世，新巫能力不足，若是把这只鸟儿交给新巫，不知会不会激发新巫什么能力。

星义这么想着，便不把目标局限在柳小黎一人身上。他看那只黑色乌星鸟时，目光也渗出势在必得的凉意。

星义的眼神变化小黎没有发觉，珍珠却尤其敏感。

它"桀"了一声。

小黎闻言愣了一下，不太确定："你说他要抓你？"

"桀。"

小黎冷下眸："谁都不可以抓你！"

"桀。"

"嗯，只能先下手为强了。"

这么嘀咕着，小黎已经身子一起，爆出内力，手中一把解剖刀滑落，短短的小手捏住冷刀边缘。趁着男子还未反应过来时，对准男人的脖子，袭击过去！

星义也是高手，在短短的愣神后，极快地反应过来。身子一退，避开攻击，手肘轻轻一转，朝着小黎的侧面攻去。

可小黎个子小，身子灵活，从男子的手臂下钻了过去，避开攻击。

两人就这样动起手来。

小黎刚开始还带着试探的味道,后来知道此人武功在自己之上,便不敢大意,动作也更凌厉起来。

星义刚开始也以为这孩子武功平平,毕竟一个四五岁的孩子,不该有这样太过高深的功夫。但交手片刻,星义就知道自己大意了。

常年的训练告诉星义,轻敌是大忌,保不准什么时候就阴沟里翻船,所以星义后面的招式也狠辣起来。要说步步致命,绝不为过!

两人从地上打到空中,小黎最拿手的其实不是兵器,而是暗器。

小黎以前就跟着娘亲学解剖刀,这把小刀片藏在袖子里非常好用,带在身边也方便。那时候,小黎还以为兵器真的只有解剖刀一种。到后来,容叔叔给他削了刀枪棍棒,他才知道,原来兵器种类这般多,而且耍起来,每种兵器的用法还不一样!

所谓贪多嚼不烂,小黎一口气学这么多东西,实则根本学不出多少深意。所以,到最后,小黎因为其他兵器分心,什么兵器也没有练好。

但容叔叔却是暗器高手!

小黎很惊讶地发现,自己以前学不通的地方,容叔叔稍微指点一下,就完全不同了。不知何时开始,小黎开始专攻暗器。

到如今,小黎的暗器手法,已经凌驾于娘亲之上。眼下自己的刀刃已经有些支撑不住,小黎在思考,要不要退开,撤了解剖刀,开始丢兵器?

可这人逼得太紧,自己一旦退开,必然会被先伤到,所以还不能贸然撤退。

小黎很后悔,自己方才一开始就不该为了试探,而动刀子。就该用暗器说话,这种以己之短攻彼之长的做法,是武斗大忌。

珍珠在旁边静观其变,眼着小黎渐渐落了下风,它展开翅膀,飞到附近最高的枝丫上,对着天空嘶鸣一声:"桀——"

那声长鸣非常响亮,声音尖厉,尾音绵长。

小黎一听就知道它在做什么,不过星义也知道。

"叫帮手来?"星义眼中带着趣味,"好,便看看这荒郊野外的,能找……"

星义话还未说完,视线便凝住了。

他瞧着树林中密密麻麻飞来的大小鸟儿,一瞬间手上失利,被小黎寻到缝隙。一片解剖刀,割上了星义的手背!

小黎袭击的部位很刁钻。

星义只觉得手上一阵剧痛,等回神时,血已经冒出来,把整只手背染红。

星义眸子蓦地紧了紧,快速掐住手腕,抑制住快速流动的血液。他知道大巫们都有一种可以掐穴止血的法子,但是他不会。那是巫上的独门秘笈,素来不会传给其他巫民。

星义咬着牙,血大量流出并不痛,但他却感觉脑袋发晕,眼发白,有种摇摇欲坠快晕倒的感觉。

抵紧了唇，他咬了咬自己的舌尖，确保自己足够清醒。再看前方，那黑压压的鸟群已经逼近。

小黎一击得手，便退开了去，看着树林中冒出来的七八十只鸟儿，问珍珠："这些都是你新认识的朋友？"

珍珠"桀"了一声。

"小弟？"小黎狐疑，"小弟是什么意思？"

"桀桀桀。"珍珠解释。

"啊，小弟是这个意思？"小黎恍然大悟，然后道，"那我回去跟爹和容叔叔说，我也要收小弟！"

"桀桀。"

小黎点点头："好，只告诉容叔叔，反正跟爹说了也没用。爹可能都不知道小弟是什么意思。"

一想到自己知道娘亲不知道的事，小黎就窃喜。

大批鸟儿逼近，多数都是乌星，只有少数其他的鸟儿。

沁山府地处偏僻，灾鸟自然无人驱赶，也就集结良多。附近的乌星鸟都来齐了，乌沉沉的。

不一会儿工夫，就把小黎与星义团团围住。

"桀桀桀。"珍珠大叫着。

鸟群们愣了一下，然后放开小黎，改为把星义一个人包围。

星义手上还在流血，身边又围了一堆鸟，想走都走不了，稍微一动，就有一只啄木鸟过来，往他脑袋顶上狠狠地啄！

星义咬牙切齿，呵斥道："滚！"

可惜这只鸟儿听不懂人话，见他动作，以为他要攻击它们，索性一窝蜂地围上去，一只只尖嘴在星义皮肤上乱啄，而且力道用得非常大。

星义本就有些头晕眼花，此刻被一群鸟袭击，就像浑身上下同时被人用几十根钢针扎一样，痛得不可思议。

他又气又怒，却不敢再表现得盛气凌人，只是视线越过鸟群的缝隙，看着外面一脸懵懂无知的小男孩，道："你究竟想怎么样？"

柳小黎无辜极了："为什么是我想怎么样？明明是叔叔你先要杀我。"

"呸！"星义梗着脖子道，"谁要杀你？说了大路朝天，各走半边！我只是顺道也要走这条路，你便对我动手。我与你无冤无仇，我为何要杀你？"

小黎道："可是刚才动手的时候，你用的的确是杀招。"

"是你先下狠手，我才被迫迎战。"

小黎愣了一下，看向珍珠，抓抓头小声问："是我们错了吗？"

"桀桀!"珍珠凶狠地道。

小黎嘟着嘴:"我也觉得是他先对我们起杀心的,但是他说他没有。"

"桀桀!"

"唔,可是他也没说要抓你,是你说你感觉到的,会不会是错觉?珍珠,我们是不是真的动错手了?"

"桀桀?"珍珠也迷茫了,声音不觉小了。

小黎很不好意思地看向被团团包围的男子,咕哝着道:"那……那我要是放了你,你就走吗?"

男子以为自己听错了。

小黎道:"你……你不能跟我爹告状……"

星义确定自己没听错,隐藏住心中的冷意,道:"好,你放了我,我这就走。权当方才是一场误会。"

小黎垂垂眼,小声跟珍珠道:"那就放了他吧。"

"桀桀。"

"可是好像我们真的抓错了。"

"桀桀。"

"不能找爹来的,要是真的是我们错了,爹会生气的,肯定会打我的。"

"桀桀……"

"叫容叔叔来也不行,容叔叔都是帮着爹的。"

"桀……"

"但是方才爹把容叔叔叫进柴房单独说话,他肯定又被爹哄过去了。要不是我跑得快,就跑不掉了。"

"桀桀……"

"唔,那就放了吧!他说放了他,他会走的,不会去告状。"

"桀桀!"

"额……这样说也对,我们又不认识他。他万一说话不算话呢,不如我们让他发誓吧!"

"桀桀!"

"啊,发誓是假的吗?可是看付叔叔经常发誓,我爹都信的。"

"桀桀桀……"

"我爹一直没信吗?"小黎抓抓头,"那……我们现在怎么办,放不放他?"

"桀桀……"

星义站在鸟群里,面对几十只鸟儿的虎视眈眈,加上手上的血一直止不住,他身子一晃,就跌坐到地上。

可他一动,鸟群便以为他要动手。星义已经跌坐在地上了,鸟群却再次袭击过去，在他身上又啄了一遍，啄得星义全身血点……

鸟儿们这才朝星义警告似的嘶鸣着，而后稍稍退开，却还是把他圈得严丝合缝的。

星义嘴唇发白，手上流了太多血，手臂都麻木了。

他也没力气瞪视这些鸟儿，只问鸟圈外的小男孩："我说了……是误会……快……放了我。"

一句话，他说得断断续续，连声音都变调了。

小黎不耐烦地道："你先等等，我和珍珠还没商量完。"

星义气得胸疼："和一只鸟商量什么！"

小黎嘟着嘴："你是不是看不起珍珠，你也觉得珍珠是灾鸟？珍珠是我的家人，我爹说要把珍珠当成我弟弟。"

"桀桀！"珍珠反驳。

小黎看着它："不是哥哥，是弟弟。"

"桀桀！"

"我才是哥哥，你是弟弟。"

"桀桀！"

"我长得比你大，比你高，也比你重。"

"桀桀！"

"哥哥弟弟的区分，不是看年纪的。珍珠你这么算不对，反正你记着，我是你哥哥就可以了。"

"桀桀！"

"哥哥！"

"桀桀！"

"哥哥！"

"桀桀！"

"哥哥哥哥哥哥，我就要当哥哥，不管！"

"桀桀桀……"

"反正我就是哥哥。爹也是答应的，不信你问爹。"

"桀桀。"

"那如果爹说你是弟弟，你就要跟我道歉！"

"桀桀。"

"哼，你一定会道歉的，因为这是爹亲口跟我说的，不能耍赖的。"

星义："……"

星义今天做了两件错事。

第一，他不该找这小崽子的麻烦。

第二，他应该听烈义的话，随身带着止血散。

而在星义因为失血过多精力不济昏倒时，鸟圈外的一人一鸟，还没有就哥哥弟弟的问题，讨论出个子丑寅卯。

"唧唧。"一只小麻雀飞到珍珠身边，叫了两声。

正吵得兴起的珍珠看了看小麻雀，而后扑扇着翅膀，到鸟群中去瞅了一眼。

再出来时，就对小黎叫唤："桀桀。"

小黎愣了一下，走过去看了一眼，然后抓抓头，不解地道："他怎么了？"

珍珠也不知道，歪了歪小脑袋。

小黎蹲下身，掰开男子的眼皮瞧了一会儿，道："晕倒了。"

"桀？"珍珠停在男子脑袋顶上，似乎想叫醒他，就用嘴啄他的额头。因为力道没收，一下子给人戳出一个血点子。

皮肉戳破了！

珍珠茫然地望着小黎，似乎在说，这样他怎么还不醒？

小黎把珍珠抱起来，搂在怀里，苦口婆心地道："你不要欺负他了，他都晕倒了。"

"桀桀。"珍珠反驳。

小黎摸摸它的脑袋："好好，你没有欺负他，是在救他。不过他好像是失血过多，你这样他又流血了。"

珍珠弱弱地迟疑一下，而后小心翼翼地："桀桀？"

小黎道："我也不知道怎么救他。现在手上没有工具，只能把他带回城里去了。"

"桀桀？"

"嗯，带回去肯定会被爹爹知道，到时候我们一定会挨骂。"

"桀桀。"珍珠很小声地嘟哝。

小黎立刻瞪它："明明是我们一起做的坏事，你怎么可以推到我一个人身上？"

"桀……"

"你还狡辩？我不管，反正你要和我一起承担，这样才是我的好弟弟。"

"桀桀。"

"我是哥哥，你是弟弟。不过你要当哥哥也可以，告诉爹，是你把他弄晕的，我就让你当哥哥。"

珍珠似乎思考了下，然后果断叫唤："桀桀。"

小黎脸色一沉，咕哝："现在叫哥哥倒是叫得顺畅了……"

最后，在把哥哥弟弟的问题终于理清楚后，小黎遇到了第二个难题。

要怎么把这个大人，拖回城里去？

总不能让鸟儿们送他回去！

且不说一群乌压压的鸟抬着一个人的画面会惊吓到多少人，就说这些鸟儿，都是体形比较小的品种，也抬不起一个大活人。

小黎最后思考了很久，又在珍珠出主意下，哥哥弟弟终于做了决定。

"要不就把他扔在这儿吧。"

小黎觉得这个方法很好。

丢在这里，肯定不会让爹爹发现的。

可是就在小黎已经做好决定后，珍珠又弱弱地补了一句："桀桀。"

小黎一愣，看着它："会这样吗？"

"桀桀。"

"唔……"小黎思考，"如果会被山里的野兽拖走的话，那就不能丢这里了。"

最后，在小黎又纠结了好久后，还是决定把这人带回城里治疗。

小黎先给那男子点穴止血，然后在附近找了半天，找到一块木板。就把木板垫在男子背后，把男子的衣服撕成一条一条的，用布条绑定男子和木板。

接着，小黎就费了吃奶般的力气，拖着男子另一只没受伤的手，往城里走。

说来小黎力气蛮大，毕竟从小练武，体魄就不一样。死活要拖动一个成年男子，绝对没有问题。

珍珠遣散了一众小弟，临走前训了一会儿话，惹得所有鸟儿齐齐恭敬嘶鸣。

然后，珍珠才跟小黎一起离开。

小黎一边走，就一边问珍珠，回头应该怎么跟爹爹说？

爹爹肯定不高兴他擅自出来玩耍，还惹了事。

小黎要想一个好办法，让爹爹不骂他。

这么想着，他看向了身后木板上的男子，小家伙的嘴角，咧出一丝笑。

珍珠看他表情不对，就问："桀桀。"

小黎却只是傻笑，过了好一会儿，才悄悄跟珍珠说了自己的打算。

珍珠听完吓了一跳，叫声都尖锐起来："桀桀？"

小黎急忙安抚它："放心，只要你配合我，爹爹不会知道的，我们都不会挨打。"

"桀桀桀……"

小黎含糊："你虽然叫了我哥哥，但是我也没说，你就可以完全置身事外了……"

"桀桀桀！"珍珠拿尖嘴啄小黎的脑袋，很生气，觉得自己被骗了。

小黎理亏，也只能抱住脑袋，蹲在地上求饶："反正已经这样了，还能怎么办嘛……你一定要帮我，珍珠，你不帮我，爹爹一定会很生气很生气的。"

珍珠不肯，小黎就一直哄它。

哥哥弟弟在城郊的荒地里磨蹭了好半天。等到回过神来时，木板上的男子，嘴唇已经更白了，看着眼皮都好像要翻过去似的。

小黎说了好久才终于说通珍珠。

他高兴地亲了珍珠一下，就兴致勃勃地重新抓起男子的手，重新拖。

可这一下，力道没掌握住，只听"咔嚓"一声脆响。

小黎一愣："什么声音？"

珍珠东张西望，表示它也不知道。

小黎便也不在意了，拖着男子的手，继续往城里走。就是这次拖的时候，好像感觉男子的手软绵了一些，好拉了一些。

但是小黎也没在意，只一边走，一边组织着一会儿要跟爹说的话。

沁山府的衙门里。

柳蔚当场写了尸检记录，而后交给曹余杰。

曹余杰看着记录上的一项项，捏着验尸报告，道："真没想到，一具尸体，竟然还能列出这样条理清晰、一目了然的信息。现今京都办案，都是用这样的书写方式了？这下面地方，倒是还未收到通知。"

曹余杰一脸期待地看着容棱："容都尉，咱们沁山府，何时也沿用这种？"

容棱瞧曹余杰一眼，淡声回道："过一阵子。"

"好，好。"曹余杰一连嘴地应着，而后又问柳蔚，"不过这上面，并未写出嫌犯，不知柳大人可能推测一二？"

"我知道了。"还不等柳蔚回答，陈爷子先激动地道，"凶手是个孩子！"

柳蔚看向陈爷子。

陈爷子却抢过曹余杰手上的验尸记录，一项一项地跟尸体对照，说出自己的推测："若是司佐大人上面写的都是对的，那凶手必定是个身高只到黄老爷胸口的孩童。曹大人您看黄老爷的腹部，这些拳头淤印，还有这些伤口。您看，是不是如此？"

陈爷子喋喋不休地说出自己的推测，其间很得意地看了柳蔚一眼。

柳蔚静静地回视陈爷子。柳蔚承认，自己隐藏了嫌疑人的身份，的确是打算私下去看看那个"孩子"。

陈爷子看柳蔚的表情，就觉得柳蔚应该没看出什么，顿时便道："我老头验尸几十年，这些明白的东西，一眼便看出了。柳大人，您可看得出来？"

柳蔚摇头："没有。"

陈爷子立刻笑了："没关系，没关系，柳大人年纪轻轻能看出这般多，已是不易。不过到底验尸也不是寻常人想的那样简单。别的暂且不说，就说这经验积累，就需长年累月。这次柳大人便跟着老头查下去，就从孩子入手。"

曹余杰却皱了皱眉，看向柳蔚："柳大人，当真是孩子？"

陈爷子不乐意："怎的，我老头说的话，曹大人不信？"

"不，不是。"曹余杰嘴里虽这么说，但眼睛却瞟向柳蔚，显然是更相信柳蔚。

连续两具尸体，柳蔚的实力已经充分证明了。

柳蔚却道:"关于凶手身份,本官也有过一些设想,不过考虑到证据不足,便并未说出。"

陈爷子立刻问道:"柳大人的设想是什么?"

柳蔚回道:"鉴于前一具女尸被凶手特意伪装成男子所杀,所以这具尸体,哪怕有再多的表面证据,本官也不敢断言这就一定是一个八九岁的孩子所为。唯怕,最后入了凶手设下的圈套。"

曹余杰忙说:"是这个道理,是这个道理。"

"曹大人。"陈爷子顿生不满。

曹余杰却未理陈爷子。

等到其他人都被驱散回去做事,柴房门也锁了,看守各自归位,柳蔚才到处看了看,没看到小黎。

容棱道:"小黎跑出去玩了。"

柳蔚道:"你怎么不拦着?人生地不熟,出事了怎么办?"

"早就跑了。"容棱说完,上前一步。

柳蔚条件反射地问:"做什么?"

"你说做什么?"

柳蔚还没反应过来,容棱已将她拉到了一边。

柳蔚板着脸,严肃地看着容棱道:"现在有更重要的事,小黎不见了,难道不用找回来?你好歹也是镇格门的都尉,就不能把那些风花雪月的心思收一收,把心思放在正事上?"

柳蔚说得义正词严。

容棱仔细看了她好一会儿,视线一动不动。

柳蔚放软了声音,道:"先找小黎,我们的事,晚上回去再做。"

柳蔚说着,也不敢看容棱的眼睛,打算转过身去。

容棱却拉住柳蔚,将她硬扯回自己怀里,捏住她的下巴,冷冷地道:"晚上,风花雪月。"

柳蔚艰难地咽了咽唾沫,到底点了点头。

容棱总算放开她。

柳蔚容棱还没走到大门,就听外面有人大叫道:"死……死人,又有死人……又有死人了……"

柳蔚眼睛一抬,朝那声音来源处看去,便见一个小衙役抱着自己的帽子,连滚带爬地进来,直直地就往曹大人所在的后堂去。

柳蔚第一反应就是,黄家那少爷不只把黄觉新杀了,还又把四姑娘也给杀了?

柳蔚一抬腿就往衙门外跑。

容棱跟了过去。

还没到门口，就听到外头叽叽喳喳的，议论声此起彼伏。

柳蔚这一走近了，便看到大门口已经被衙役们包围起来，一个个探头探脑，往里头瞅。

柳蔚推开人群，原以为接下来又会看到一具无头尸，却没想到，看到的是一个豆丁大的孩童，一脸懵懂地拖着一个浑身是血，不知死活的男子的手，乖乖地站在那里。

看到娘亲，柳小黎便小心翼翼地叫了一声："爹……"

柳蔚看看小黎，又看看那不知是死是活的男子。

娘亲的表情，小黎真是太懂了。

看娘亲一脸纳闷，他就赶紧坦白："我刚才跟珍珠去玩，看到这个叔叔受伤了，就把叔叔带回来了。叔叔……叔叔还没死。"

因为是说谎，所以小黎的语气很急，显得狡辩的痕迹很重。他怕露馅，就拼命挑眉毛，给珍珠使眼色。

珍珠的小眼珠子转了两圈，一开始想假装没听到小黎的话。可后来小黎的暗示太明显了，它要是不帮腔，很可能把自己也要牵连进去，便只能默默地"桀桀"两声。

柳蔚站在原地，先听了小黎的话，又听了珍珠的话，最后看看地上那受伤的男子，头疼地按了按眉心。

"你们见到的时候，他已经受伤了？"柳蔚问。

小黎赶紧点头："是，是啊。"

珍珠也跟着点头："桀，桀桀。"

柳蔚摆摆手，疲惫地扫了周围的衙役们几眼。

衙役们也很识趣，一听不是尸体，没有死人，便行礼后退去。

容棱站在柳蔚身边，看了看从大门外一直蔓延到门内的一地血痕，问小黎："你便是将他一路拖过来的？"

小黎乖乖点头："是啊，我个子太小了，抱不起他。"

容棱蹲下身，伸手对着星义的鼻子探了探，道："呼吸微弱。"

小黎脸颊微微发红，不好意思地道："嗯，是我救了这个叔叔，我和珍珠一起救了他。如果不是我们，他肯定要在树林里过夜了。珍珠说，这里的树林，有野兽的，如果不带走他，这个叔叔肯定今晚就会被吃得渣都不剩。"

还学会说谎了！

柳蔚深吸一口气，到底没按住心头的火气，对小黎招招手："你过来，我不打死你。你过来。"

小黎闻言，一下子跳进容棱的怀里，把自己死死地往容棱衣服里藏。

容棱接住孩子，将孩子搂起来，对柳蔚道："事已至此，多说无益。"

"你把孩子给我。"柳蔚说着便要把小黎接过来。

小黎哪里肯过去,吓得要死,皱着眉毛死死扒住容棱的衣服,一丝一毫不肯放松,还吓得小背脊都在颤抖。

容棱转移话题:"这人,你救不救?"

柳蔚看了眼地上的男子,又瞪了眼小黎,才烦躁地蹲下,摸摸男子的脉门,翻翻男子的眼皮:"失血过多,右臂骨头断了,身上大多伤口是被钢钉之类的兵器所伤,钉得一个血点子一个血点子的。不过处理得比较及时,血至少停住了。"

小黎忙探出头,怯怯地邀功:"是我……我给他止血的。"

珍珠也跟着叫唤:"桀桀。"

小黎有了同盟,急忙道:"爹你听,珍珠也证明了,我救了他,是我救了他,真的。"

柳蔚古怪地看了小黎一眼,小黎眼皮跳了一下,又赶紧别开头,不多嘴了。

柳蔚越看越不对劲,随即又看看珍珠,突然瞧见珍珠的尖嘴,便道:"珍珠过来。"

珍珠鸟身僵住,不动:"桀?"

柳蔚眯眼:"听不懂?叫你过来!"

"桀桀?"珍珠把脑袋歪歪这边,又歪歪那边,使劲地装傻。

柳蔚冷笑一声,她就知道,果然是有问题。

柳蔚拽起地上男子的脑袋,仔细看看他额头上那明显的钉子窟窿,问道:"珍珠,你叨的?"

珍珠:"……"

柳蔚目光蓦地冷下来!

先前心里还说,这男子是不是在哪儿被人用过刑?要不怎么全身遍布这么多钉状伤口?

原来,竟是鸟喙所致!

柳蔚瞧着珍珠:"体力不错,这身上,少说也有七八十下,你这张嘴,没废掉?"

珍珠二话不说,扑扇着翅膀,便飞走了。

珍珠一走了之,柳蔚便将目光投向小黎:"你救的人,嗯?"

小黎咕哝着:"但我真的救了他,爹你看他的手,我给止血的。"

柳蔚当真看了看男子的手,然后笑了:"解剖刀划的?"

小黎一噎!

然后结结巴巴地道:"这,这不重要,重要的是,是我救了他。爹,是我救了他。"

把人家弄得半死不活,你救人家不应该吗?万一人家就这么死了的话,你就是杀人犯!

容棱却没那么武断，他问小黎："你为何伤人？"

大概是容叔叔的声音很温柔，小黎就卸下心防，闷闷地说："我以为……我以为他要杀我。"

"为何这样以为？"

小黎这便将自己从衙门离开后发生的事都说了。说到最后，小黎也很委屈："但是，是我给他止的血啊。"

容棱瞧小黎快哭了，便摸摸小黎的头，安慰："你做得很好。"

说着，容棱便对柳蔚道："我要活的。"

沁山府突现武林高手，容棱不敢大意。这个人，他要活的，并且，还要亲自审问。

柳蔚自然也想到了这一环，看容棱表情十分严肃，似乎是在猜测男子到底是哪个路数。

柳蔚道："放心，不出两个时辰，我让他完完整整地站在你面前。"

第四章 藏污纳垢

星义迷迷蒙蒙醒来时，便看到眼前一片白茫，眼睛有些发花。

等到沉淀一会儿，将视力找回来，星义再看时，却看到一片白色的床顶幔浮现眼前，令他一下，竟有些错乱，不记得今夕何夕。

"醒了？"

耳边的男音，传了过来。

星义看过去，便看到一身白衣的翩翩男子，正站在床畔，手中端着一只白瓷碗，俯视着他。

"你……"长久的训练，使得星义哪怕身体不适，也极快地想坐起来，做出防御姿势。

可星义刚一动，便感觉周身无力，连一根手指头都抬不起。

星义不可思议地瞪大眼睛，皱着眉头，沙哑着喉咙问道："你，对我做了什么？"

"总之不是毁了你清白的事。"柳蔚说着不冷不热的笑话，将碗递到星义面前，托着星义的脖子，让星义喝。

星义抿紧唇，不喝！

柳蔚皱了皱眉，将碗放下，食指轻轻点了点星义的鼻梁，然后又把碗端起来，却没再次放到星义唇边，只是暂时等着。

星义一开始并没在意，可很快他便感觉自己不能呼吸了。鼻子出不了气，也进不了气了，竟是直接堵塞了。

鼻子方才明明还很好，就是这人点了自己一下，就……

可是，只是点了一下，很轻的一下，一点感觉都没有，也不像是把他鼻子打坏了，怎会突然不能呼吸了？

星义很震惊，柳蔚却就这么看着他。

等到星义受不了，终于张开嘴，好好喘了口气后，柳蔚直接将药汁倒进他的嘴里，让他不喝也得喝！

星义无法动弹，全身被人操控。他无奈之下还是咽下了药汁。

那苦涩的味道，让他一度眩晕。

一碗药喝完，柳蔚随手在星义鼻子上又点了一下，而后拿着空碗，转身离开。

奇迹出现了，正因为喝了一碗不知是何物的药而懊恼不已的星义，方才还堵塞不灵的鼻子，一瞬间又通畅了。

若方才堵塞只是意外，那此刻通畅又是为何？

星义不禁看向柳蔚，却只看到柳蔚离开房间前的最后一个背影。随即房门关上。

之后的时间，星义很想保持清醒。但估摸是那药效的关系，他昏昏沉沉，又睡了过去。

再醒来，天已经黑了。

星义睁开眼睛看到的第一人，还是方才那位翩翩俊朗的白衣公子。

"你究竟是谁？"星义加重了音调问。

还想说什么，外面却突然有人敲门。

柳蔚去开门，毫无意外，门外正是容棱。

看到容棱，柳蔚就道："你们慢聊，我睡了。"

说完，柳蔚回自己房间了。

容棱走进房间，反手关了门。他一身玄色长袍，双手背于身后，不快不慢地走到床榻边，看着床上那被点了浑身穴道，动弹不得的男子，淡声问道："名字。"

在看到容棱这人的第一眼，星义一瞬间便慌了。

这位容都尉的容貌，星义是认得的。好歹去了京都几次，对于这位皇上身边的大红人，总是要打照面的。也正因为知晓容棱的身份，星义此刻才不敢大意。

尽管他嘴里对这些什么京官什么王爷的都看不上，但这容棱毕竟是连主上也忌惮的人物，他怎敢轻视。

可是，若容棱在这儿，方才那男子又是谁？

星义是认得柳蔚的，之前默义任务失败，便是着了此人的道。柳蔚的画像，自然也在下头传阅了几遍，但是因为柳逸涉案，所以柳蔚自来了沁山府又易容了，星义才未认出。

而就在星义心思复杂，还在思忖时，容棱已坐到了一旁的椅子上，锐利视线瞥过去，重复一遍："名字。"

半个时辰后。

容棱敲响了柳蔚的房门。

柳蔚坐在床上，一听到房门响，就抖了一下，然后缩回被子里，推推旁边的小黎。

小黎反应过来，然后张口对外面道："谁啊？"

"是我。"容棱的声音传来。

柳蔚给小黎使眼色！

小黎乖巧地点点头，但又小声地确认："爹，这可是你说的，我帮你挡住容叔叔，你就不生我气了。"

柳蔚敲了小黎脑门一下："知道了。"

柳小黎然后对外头道："容叔叔，我都睡了。"

"你爹呢？"容棱问道。

"我爹也睡了。"

外面沉默一下，接着便是转身离开的脚步声。

柳蔚仔细地竖起耳朵听，果真听到脚步声越行越远。

这就走了？这么容易？

柳蔚不信，又推了推小黎："去看看。"

小黎跳下床，走到门边，回头问道："开门吗？"

柳蔚摇头："先趴门口听听。"

小黎就趴在门口，仔细地听，随即摇摇头："容叔叔走了。"

柳蔚还是不信！容棱若是有这么好打发，她至于躲成这样？

柳蔚也跳下床，小心翼翼地走到门口，透过白色的绢布门扉，往外面窥视。却见外头，果然一个人都没有。

柳蔚索性轻手轻脚地打开房门，弄出一个缝，再次瞧，却还是一个人都没有。

难道真的走了？

小黎看娘亲跟做贼似的，觉得跟自己无关，便转身要回床上，可刚一转身，脑袋便撞到了一面墙。小黎身子一歪，险些摔倒。等站定了，抬起头，看到那面墙是谁时，小黎突然说不出话了。

柳蔚还在门口探头探脑地偷看！

小黎咽了咽唾沫，看着正给自己比出"嘘声"手势的容棱，一下子就僵硬了。

小黎再看看房间大敞的窗户，心里暗骂自己不聪明，怎么就忘了把窗户锁上了。

柳蔚趴在门口，半个身子都伸出去了，却还是没看到容棱。

柳蔚一方面觉得不现实，一方面又觉得逃过一劫也不错。正当她这么想着时，却听后面传来一声询问："找到人了？"

那声音冰凉低沉，何其熟悉……

柳蔚手指一僵，眼睛慢慢往后看，等终于看到身后站着的是谁时，呼吸一滞！

容棱一把捏住她的手，将她拖出房间，往外走。

柳蔚被他扯得手痛，不乐意地想挣开。容棱却捏得更紧，没一会儿，两人便到了客栈后院。

远处的马棚里，马儿正在休息，柳蔚甩开容棱的手，拧着眉一边揉自己的手，一边道："你干什么？"

容棱迈步，逼近她。

柳蔚愣了一下，条件反射地后退！

容棱却再次逼近，这次他还捏住她纤细的手臂，让她无法再退。

柳蔚蹙眉瞪着他，索性也不躲了，就这么直挺挺地与他对视起来了。

容棱一手捏住她的下巴，逼视她的眼睛，寒声道："别想再躲本王。"

柳蔚硬撑着道："谁躲了，我有什么可躲的。"

容棱眯起深沉厉眸，手上的力道不禁又加重了几分，像是要把柳蔚的下巴捏碎。

柳蔚吃痛，却也来了脾气："容都尉这是恼羞成怒，要动手了？好，打一架吧！"

柳蔚说着，挥开他的手，摆起架势，就要动手了。

容棱蹙了蹙眉，站在原地没有动，只是看着她。那眼神，冷得结冰！

柳蔚看在眼里，便觉得心脏都收缩了。她移开视线，却又觉得这样太示弱了，又赶紧重新看回去。

但同时，容棱却收回视线，转身离开。

他的背影，一如平时的冷硬，仿佛没什么不同。但柳蔚却有种毛毛的感觉，好像他这一走，就永远不会回来了。

柳蔚呼出一口气，眼看着容棱已经过了转角，突然问："那个人，说话了吗？"

容棱脚步立停，却又抬步离开，嘴里不冷不热的一句："与你无关。"

柳蔚觉得心里很乱，而就在这混乱的思绪中，她也不知怎么了，直接迈步追了过去。

在走廊，柳蔚追到了容棱："喂？"

容棱再次停住脚步，回头瞧着她。那目光，依旧冷，冷得没有温度。

他是第一次用这种目光看柳蔚，柳蔚一下子觉得，自己竟然害怕了。

这世上，没有谁能不计好赖地去追一个人，去对一个人好。若真有这种人，就应该珍惜，而不是仗着对方喜欢你，就任性妄为、肆意玩弄。

柳蔚从没玩弄容棱的心。柳蔚只是很怕，很想逃避，逃避与容棱的这段感情。

柳蔚想容棱多给她一些时间，但容棱显然不打算再给她时间。今晚，她若不说出一个答案，容棱肯定是要寒心的。

人心，你寒过一次，以后再想给暖回来，便不容易了。柳蔚明白这个道理。

就因为明白，所以柳蔚又叫住了他。

容棱站在楼梯上，静静地看着柳蔚满脸纠结的模样，耐心地等着她说。

这里其实不是说话的地方，到处都是暗卫。他更希望两人有什么话，在私密一些的地方谈。

可此刻，显然并没有第二个选择地点。

柳蔚掐了掐自己的指尖，用最短的时间，理清自己混乱的思绪，随即抬眸看着容棱，问道："都尉大人，你听说过暗情吗？"

容棱蹙蹙眉，并不了解。

柳蔚耳根子突然变红，吼道："别以为我会给你解释，你听得懂就听，听不懂就算了！"

容棱下楼来，瞧着她滚烫的耳朵和脸颊，懂了。

他伸手，牵住她的手。

柳蔚看着他："你真听懂了？"

容棱瞧着她，点头。

柳蔚咕哝一声："这种事你倒是无师自通……"而后挥开男人的手，再别别扭扭地看看周围，她知道这里有暗卫，而且还不少。

容棱也不愿两人的私事，被旁人瞧清。他拉着柳蔚上楼，进入房间。

容棱只问柳蔚："你同意了？"

柳蔚一把攥住容棱的衣领，将他拉近，压低了声音："你再大声点，出去吼？"

容棱握住她的手，捏紧。

柳蔚想挥开他，但这次容棱不让。力道卡得很好，就是让她挣脱不了。

柳蔚看着他："希望我的决定是正确的。"

容棱听到了，深深地凝视她，肯定道："是正确的。"

容棱此刻心情很好。

柳蔚却不好，她视线一偏，看到床上受尽折磨的星义，便问："你把他怎么了？"

这种时候，容棱不想她跟他谈其他男子，但好歹是正事，便回答："此人太嘴硬。"

"还没说？"

容棱："嗯。"

柳蔚便推开容棱的手，走过去。

星义见了柳蔚，立刻凶狠地瞪着柳蔚。

柳蔚手上随意一点，将星义的麻穴与痒穴解了。

星义顿时感觉那蚀骨的难受消减了。他长吐一口气，正要放松下来，却听这文质彬彬的年轻男子道："麻穴痒穴管什么用？堂堂镇格门都尉，这般心慈手软，用这些上不得台面的刑罚，不怕下头之人笑话？"

容棱瞥了星义瞬间紧张的脸色一眼，配合柳蔚："那你说如何？"

柳蔚在房间走来走去，半晌，道："先拔指甲！"

星义冷哼一声："无耻匪人，要杀要剐，悉听尊便！"

柳蔚赞叹："有骨气！"话落，柳蔚走出房间，没一会儿，再回来时，手里拿着一个盘子。

容棱在旁看着柳蔚的动作，也不打扰。

容棱知道，柳蔚出手，这人嘴里无论有何秘密，今晚都会吐出来。

柳蔚将盘子放在桌上，从里头拿出一把小刀，一把钳子，走向床榻。

星义看到柳蔚手里的工具，咽了咽唾沫。

柳蔚捉住星义一只手，对准其指甲，钳住……

"等等。"星义沙哑地出声。

柳蔚看着星义。

星义狠狠地闭了闭眼，而后喘着气道："我说，我说。"

柳蔚将钳子和小刀收了。

容棱走过来，拉了两张椅子。

柳蔚一张，他一张。

两人坐在床边，容棱问道："名字。"

"孤义。"

容棱继续问："来历。"

"南州。"

"身份。"

"南州府尹司徒时门下侍卫头领。"

"为何出现于沁山府。"

"司徒大人有令，要寻沁山府黄觉新取一样东西。可当我赶到，黄觉新已横尸街头。"

容棱眼神凌厉地注视着星义的表情，希望从星义脸上找出撒谎的痕迹。但星义表情很镇定，语气也很自然，竟让容棱一时也分辨不出真假。

容棱又看向柳蔚，却见柳蔚正低着头，拿方才的小刀，磨着自己的指甲。像是对眼下的情况，毫不关心。

注意到容棱的目光，柳蔚瞧过来一眼，又耸耸肩，转过头继续弄指甲。

"司徒时让你拿何样东西。"

星义抿唇："不知。"

容棱看着他。

"真的不知。"星义急切地道，"大人只说报出他的名字，黄觉新自然知晓。到底那是何物，我们这些做跑腿的，哪里有资格知道。"

容棱沉默一会儿，才问："因何受伤？"

星义立刻道："那个小童误会我行迹不轨，对我动手。那只稀奇古怪的乌星鸟，还招了七八十只野鸟围攻我。我双拳难敌四手，被他们所伤。接着醒来，就到了这儿。"

容棱又看向柳蔚。

柳蔚看着星义，面上毫无表情。

房间里安静下来，这种古怪的安静，让星义很忐忑。他自认自己的谎言编造得不错，应该能蒙混过关。看，那镇格门都尉，好像已经信了三成。但那个白面书生，表情却让他实在看不懂。

南州府尹司徒时，乃是权王门人。

哪怕现今这些人去南州调查，只要一听到"孤义"这个名字，司徒时自会自圆其说。

孤义并非一个名字，而是一个代号，是他们义军团的统一代号。若是出门在外谁出了意外，留下线索，也通常都是"孤义"二字，一旦看到这二字，便知晓是自己人。

星义自认自己的话，已是再难挑出错处，可此时诡异的安静，却让他实在不敢放心。

这样的沉默维持了好半晌，只听拖拉椅子的声音响起。星义再看去，就见白净男子换个坐姿，饶有兴趣地瞧着他，问道："说完了？"

星义"嗯"了声。

容棱看柳蔚这个表情，便知道这人说谎了。他也不急，靠在椅背上，淡定地等着柳蔚继续说。

"孤义这个名字，不知真假。但你并非南州人，你是辽州人。其次你也不是什么侍卫头领。而是杀手，或者死士。对，死士。你来沁山府的确是来取东西的，但你知道要取的是何物，并非是不知。你受辽州某人所示，来沁山府黄府拿一样东西。你背后之人，乃是你的朋友？不，兄弟？不，上峰？哦，主人……好，让我再看看，你并非中原人？嗯，看来我说对了，你是外族人，哪个族呢？匈奴？不是，巫族？对了，就是巫族。这么说来，巫族与权王的勾结已不仅仅是合作关系了，巫族人成了权王的死士。权王离京数十载，看来这些年，没白过。"柳蔚一口气说完。

星义的表情从一开始的震惊，到最后的惊骇。随着柳蔚的话越说越深，他呼吸仿佛都要停止了。

等到柳蔚停下来，星义憋住一口气悚然地盯着柳蔚。仿佛，是在看一个能识破人心的魔鬼。

星义此刻的表情，证实了柳蔚的话是对的。

容棱哪怕已经习惯了柳蔚某些不为人知的本事，但此刻却还是好奇了。

"如何知晓他是辽州人？"

这个问题，星义也想知道。星义死死地盯着柳蔚。

柳蔚直言道："口音。"

"如何知晓他背后之人乃他主人？"

"他自己说的。"柳蔚指着星义。

星义咬牙切齿："我没说！"

"说了。"柳蔚倾身，对星义笑笑，"我问你背后之人是你朋友时，你注视着我，视线非常紧。那便说明，我说错了。而你迫切地希望我认为那就是真相，所以你用你的眼神，紧盯我，暗示我！我又问是否是兄弟、上峰，你的视线从短暂的轻松，又变成了紧迫。那说明，你在我改口之时，吓了一跳。但听到我又说错了，你便又放心了。而最后，我说出正确答案，你瞳孔放大，眼球膨胀，这是紧张到极限的表现。所以，那才是真相！"

星义不可思议地看着柳蔚，根本不相信，有人能用这种方法辨别真假。

容棱又问道："如何确定，他的主人便是权王？"

柳蔚道："这个是我猜的，不过一猜就给猜中了！我一说到权王，他的眼神便僵直了，随即短暂地闭了闭眼。虽然闭眼时间很短，大略就是一眨眼的工夫儿，但那是害怕、恐惧时，强行与我切断视线联系的身体自主反应。所以，反倒给我证实了。"

星义此刻说不出话来，他狠狠地瞪着柳蔚！

柳蔚懒得再问星义是如何与小黎起冲突的。无论如何，小黎这次算是歪打正着，把一颗辽州钉子给挖出来了，也算有不小的收获。

就是那件东西，权王想要的东西，究竟是什么呢？柳蔚不太确定。

但世上东西千千万万，她一样一样地问，只怕问到天亮也问不出来。

柳蔚也不打算费这个神。这些本就是容棱分内之事，自己帮到这里，已经够了。

相反，容棱却已经猜到，那东西是什么了。

这里是沁山府，容棱虽从未来过沁山府，却在查探纪家旧案时，查到纪夏秋当年是与一名丫鬟一道被柳垣从岭州带回京都的。

而那名丫鬟应当比纪夏秋大几岁，在纪夏秋被送进宫后，柳家便做主，将丫鬟撵走。而那丫鬟之后据说是来了沁山府，随即也再无消息。

偏偏是沁山府，偏偏又与纪家有关，世上哪有这样多的巧合。

容棱知道，宝藏虽是历代皇帝临终前的不传之秘。但都是皇亲，总有疏漏。

先帝当初欲传位之人，乃是前太子。而前太子死得蹊跷，前太子亲弟二皇子又被新皇废黜。权王当时年幼，被送往辽州，身边却总是还带着一些太子府与二王府的旧人。

若是先帝当真曾将宝藏之事告知前太子或二皇子，那之后权王知晓，便不奇怪了。

宝藏之谜，连接的就是纪家。

容棱认为眼前这人的性命，是不能留了。

星义不知，容棱已起了杀心。

柳蔚此刻是当真乏了。瞧着这儿也没自己什么事了，她从椅子上站起来，打算回房。

容棱跟着起来，送她回去。

房门开了又关，星义盯着眼前的白色床幔，心里复杂至极。

将柳蔚送到房门口，柳蔚正打算进去，容棱却拉住她。

柳蔚回头道："做什么？"

容棱也不说话，就看着她。

"到底做什么？"

"做什么都可以？"容棱反问道。

柳蔚滞了一下，顿时明白了！

柳蔚捏住容棱的衣领，将容棱拉到自己唇边道："你以为，'暗情'是什么意思？"

容棱沉默。

柳蔚道："你还在观察期，任何亲密动作，都要容后再议的意思。"

柳蔚说完，放开他，反正他也不懂"暗情"的真正意思！

闪身回到房间，柳蔚"哐"的一声，关紧房门。

容棱看着在自己眼前紧闭上的门扉，眼神不觉微凉。"暗情"不是相好的意思？他还没有权利与柳蔚亲热？那这与之前有什么区别？

容棱觉得自己又被柳蔚戏弄了，不耐烦地回头，却感觉到周围几束灼热的视线，从四面八方侵袭而来。

容棱冷声道："好看？"

那几束视线赶紧转开……

等到容棱回了房间，躲在暗处的暗卫们才开始窃窃私语："都尉大人怎么了？"

"你们有无发现，方才司佐大人好像跟都尉大人说了悄悄话。"

"两个男人说悄悄话，好怪啊！"

"可是司佐大人长得好看，像大姑娘似的。"

"你敢说司佐大人是大姑娘，你不怕挨揍了？"

"本来就是啊！司佐大人瞧着细皮嫩肉的，咱们都尉大人又不好女色。你们说，会不会真跟传言里一样，咱们大人，有……有那方面的毛病？"

"不可能！咱们都尉大人是男子汉！怎么可能是那种有古怪癖好的……"

"可是他们刚才说悄悄话了。"

"我还看到司佐大人往都尉大人耳朵里吹气了。我婆娘都没给我吹过气,说害臊。"

"啊……那……"

今晚值班的暗卫们都面面相觑,每个人都觉得,他们好像发现了什么不得了的大事。

方才都尉大人突然发火,也不知道明天一狠心,会不会就把他们都给灭口了!

抱着这样忐忑不安的情绪,这一晚,他们过得非常漫长。

而更漫长的,却是星义。

容棱因为刚恋爱好像就失恋了,很不高兴。送柳蔚回房后,便没管星义,回了自己房间。

星义一晚上都在盯着大门。

一会儿想着明日该如何解释,一会儿后悔之前那白净男子说那些话时,他就应该打断。

总之纠结来,纠结去,弄得整个人都不好了。

星义迷迷糊糊的,到第二天早上才睡过去了。等到再醒来,是被什么毛茸茸的东西,挠醒的。

睁开眼睛,星义先看到一片绿光,从眼前拂过。

还未看清那是何物,就听耳边两道对话声音传来。

"这就是那个死士?怎么不醒?不会死了吧?"这是道娇软的女音。

"不会死的,我爹说,他还没交代来沁山府做什么,容叔叔不会这么快弄死他的。"这是一道有些耳熟的软糯童音。

星义虚虚地张开眼,小心翼翼地看去,便见自己床前,不知何时坐着一位美貌的粉衣少妇。少妇身边,则坐着昨日见过的那个,武艺不错,还能纵鸟行凶的小崽子!

金南芸将手里的狗尾巴草收了,看着小黎,挑剔地道:"如果他死了,咱们之前说的不算。"

柳小黎赶紧道:"芸姨放心,他肯定没死。那……人给你了,让他陪你玩,你不要告诉我爹,我出去一会儿就回来……"

金南芸一把拉住柳小黎:"今天之后,你爹会非常爱去你容叔叔房间。"

"为什么?"小黎不懂。

金南芸笑道:"昨晚我睡得晚,出门去净房时,听到了些不该听的话。"

"什么话?"

"就是……"金南芸说了两个字,突然看看小黎,叹了口气,摆手:"算了,你还小,说了你也不懂。"

"不懂什么?"小黎是真不懂。

金南芸摸摸他的头:"没有,你不是要出去吗,去吧。看在你快成拖油瓶的分上,芸姨帮你一次。记住,以后要是你爹有了相好,再生了弟弟妹妹,不要你了,你就来找芸姨,芸姨养你一辈子。"

小黎虽然不知道为什么娘亲会不要他,也不知道为什么娘亲要生弟弟妹妹。但芸姨答应帮他了,这是目前最重要的,他兴冲冲地就往外面走。

金南芸看着床榻上那双目紧闭的男子,迟疑一下,开口道:"醒了就睁眼。"

男子没有半点动静。

金南芸坐到床边,低着声音道:"问你个事儿。"

星义睁眼,冷瞥着金南芸。

"你们这种死士,是家族生意?你能介绍几个这方面的行家给我吗?作为中间人,你放心,我不会亏待你,这个数够不够?"金南芸说着,伸出四根手指,在星义眼前晃了晃。

星义莫名其妙地看着金南芸。

正在这时,房门被推开。

金南芸转头,便看到柳蔚拿着馒头,一边吃,一边走进来。

柳蔚愣了一下,问金南芸:"你怎地进来了?"

金南芸摸摸自己的发髻,道:"随便看看。"

柳蔚道:"这有何好看的?"

金南芸婀娜地往门外走,过柳蔚身边时,才道:"住了个新邻居,总要打招呼,不然显得我多没教养。"

柳蔚莫名其妙地看着金南芸,见金南芸要走了,才问:"看到小黎了吗?"

"在我房里睡觉。"金南芸道。

柳蔚狐疑:"为何去你房中睡?"

"黏我呗,这还要问?"金南芸说着,瞥了柳蔚一眼,慢慢吞吞地回到自己房间,再将房门阖上。

柳蔚有些茫然,将最后剩下的一块馒头全塞进嘴里,又看了眼床上已经重新闭上眼睛的星义,出去把门关上。

一出去,柳蔚就看到容棱吃了早膳后也正走过来,问道:"没找到?"

柳蔚指了指金南芸的房间:"说在她房里。"

容棱便道:"让小黎留在客栈也好。"

"嗯。"柳蔚含糊地应了声,看到自己手上有些馒头屑,就摊着爪子,望着容棱。

容棱拿出锦帕,为她擦手。

柳蔚一脸惬意。

新抓的死士什么都不肯说,容棱尽管有一百种方式让他说,但柳蔚却有更好的方式。

两人瞧着时辰差不多了，便押着星义，出了客栈。

柳蔚解了星义的双腿，让他能走。但上身依旧没解，内力也封着。

星义惊叹地看着自己一瞬间便活动自如的双腿，很是诧异了一下，便随着两人出了门。

沁山府的主街道，什么时候都是人来人往。

柳蔚与容棱一左一右，身边又跟着许多暗卫，一路倒是安分。直到过小街道的三岔路时，容棱倏地停顿一下。

柳蔚看向他。

容棱对她点点头。

柳蔚再看周围时也感觉到，人群中有不一样的气氛。

从这里开始，容棱与柳蔚放慢了脚步。星义虽狐疑，但见周围并没什么异常，面上便也未显惊讶。

从小街道到衙门门口，这是一条不算短的路。衙门里，衙役头头，早已在等候。见到两位大人亲自押着人来，便迎了出去。

柳蔚看了看身后，朝着人群中某一处，瞥了一眼，又收回视线，对衙役头头道："此人过阵子都尉大人会带走，先暂押在你们牢房，可要记得严加看守。"

"是是是，小的晓得，小的晓得。"衙役头头说着，便招呼两个衙役把人接过去，直接往地下牢房去。

柳蔚看着星义被带走，又瞧了眼身后某处，却分明感觉到，那里已经没了人影。

"走了。"柳蔚道。

容棱回了一声："瞧见了即可。"

柳蔚道："我便说此人定有同党，权王要找的东西，怎会只派一个连小黎都能拿下之人独自出动。就是不知，这位同党知道得是否多些。"

"抓到便知。"容棱盯着人群，声音冷酷。

烈义气喘吁吁地一连走了好远，才停下来。他躲进一条小巷，背靠着冰凉的石壁，按住眉心，至今还有些恍惚。

方才他瞧见的那人，的确是星义。

星义已经被抓了，落到了那位镇格门容都尉的手里。

明明有交代过让星义立即离开，可为何一转眼，他已身陷囹圄？

烈义让自己冷静。

为何星义会恰好出现在街上，又恰好被自己看到？

烈义很不安。

他若是此刻只有一人，定会竭力救出星义，哪怕搭上自己的命，但他身负重任！

他必须先完成任务，同伴的安危，反倒成了其次。

可是真的能成其次吗？方才看到星义被抓，那副无助凄惨的模样，令他如何坐得住？

巫族衰落至今，早已不剩多少族人。如今的巫族人，谁不是同气连枝，携手共进？

巫族感谢权王的提携之恩，便能为其效命。他们巫族人，本身便是重情重义。如今眼看着从小一起长大的兄弟成了此等模样，烈义身为哥哥，已是心焦不已。

想到这里，烈义深吸一口气，决定还是要去衙门看一看。任务是重要，但若要用星义的命去换，他宁愿破坏任务。哪怕这样会引起主上的震怒，或许他还会因此丢掉性命。可他不能眼看着星义去死却什么都不做，那是他的兄弟，他的族人。

打定主意，烈义便从小巷出来，看着人满为患的街道，他没直接前往衙门，而是走进了一间成衣铺。

再从成衣铺出来时，烈义已换了一身装束。

一个时辰后，黄府。

"衙门这是何意？"黄茹拿起手边一个橘子，一边理着上面的薄皮，一边看着下头禀报之人，漫不经心地道："不是案件还未破获？现在就能领回尸体了？"

下头之人老实点头："不是领回尸体，衙门来的大人是说，咱们老爷身份贵重，不是普通人。说夫人猛然丧偶，定是心力交瘁，让您见一见老爷的尸骨，也是好的，总有个念想。"

"心力交瘁？"黄茹掰开一块橘子，道，"嗯，本人的确心力交瘁！老爷说走就走，留下我这孤儿寡母，往后可要怎么活啊。"

下头之人冷汗淋漓，看夫人这模样，深感自己来询问，便已是错了。

昨日老爷去世的消息传回，原本的确有些身体不适的夫人，却在愣神了些许后，突然精神一振。不只病看着像是好了，今日起来，连脸蛋都红润了，气色好得比吃了十盅燕窝还精神。

有些下人还说，夫人这是强撑，是回光返照。老爷与夫人伉俪情深，夫人不能生育，老爷宁愿收养一个弃婴，也不愿纳妾，这是何等的尊重夫人！

眼下老爷突然没了，夫人肯定大受打击，眼下看着越是无所谓，实则心里越苦。

这种说法得了许多人的赞同，可也仅仅是许多人，并非全部人。比如在夫人院子里照料的贴身之人，一个个便都看得清楚，夫人这哪里是丧偶？瞧瞧这神气活现的模样，这分明比过年还喜庆。

估摸着若不是实在不妥当，夫人只怕都得放鞭炮庆祝了！

黄茹，的确是想放鞭炮。

原本还担心自己扛不到族老回来主持公道，不承想天佑善人。黄觉杨竟然这样就死了，当真是死得好，死得好极了！

看着下头唯唯诺诺俯首帖耳的下人，黄茹心里禁不住暗喜。

这些人也都不是傻子，以前一个个都唯黄觉杨马首是瞻，对自己这个正牌的黄家主子百般苛待。眼下黄觉杨一走，这些人没了靠山，一个个都机灵了起来。

黄茹享受着这种久违的人上人之感，将未吃完的橘子丢到一边，用帕子擦擦手，才道："算了，既是衙门来的大人，怎的也要见一见。前面带路吧。"

跪地的下人赶紧起身，亲自带着夫人往外院走。

黄茹走得很慢。

等走到外院时，约莫已经过了两刻钟。

等在大堂之人，是个衙门的小衙役，见了黄茹出来时，还稍稍愣了一下，等看清来人是谁，才猛然回神，鞠躬行了一礼："见过黄夫人。"

黄茹客气道："大人无须多礼，坐。"

衙役重新坐下，黄茹也坐到了主位上。

黄茹一身衣裙又红又艳，怎么瞧着都是家里出了喜事的模样。衙役心里想，这黄夫人莫不是还不知道自己老爷去世了？府里的下人唯恐黄夫人伤心过度，都瞒着黄夫人？

若是如此，那自己倒是不好开口了。

而就在衙役纠结万分时，黄茹率先开口道："大人可是为了亡夫之事而来？"

衙役一愣，忙道："正是。"原来黄夫人知道黄老爷已去，那为何这样打扮？

黄茹道："我一介女流，小儿又性子孤僻，实在不敢私下处理尸体。听闻案子还未结，不若就将我家老爷的尸骨，留在衙门，衙门看着处置。"

"这……"衙役实在没想到，会听到这样的说辞，"夫人不想见黄老爷最后一面？"

黄茹轻轻摇头："何苦徒增伤悲！想必老爷若是还在，也定不愿我再添新愁的。"

还从未听过这种说法的。

衙役又道："那公子呢？父亲突然离去，想必公子也悲痛欲绝，不看看父亲的遗体，那岂非……"

黄茹道："我儿性子生来有异，跟父亲感情并不深厚。"

这位黄夫人，当真如外界所言与黄老爷夫妻情深？为何看着，一点不像。

衙役最后问道："夫人，是不打算随小的去衙门了？"

黄茹道："去了也只是添乱，不若就老实在府中，安心等待凶手归案便是。"

衙役皱皱眉，只觉得若是自己娶了这样一个妻子，估计死了也得从棺材里跳出来。

衙役想着这就告辞了，却见那黄夫人突然起身，神色匆匆地道了一句："大人稍等。"

说着便出了大厅。

黄茹没让下人们跟上来。她瞧着大厅外槐树上挂着的红色布条，提着裙子，快步朝着后院走去。

· 89 ·

一路上，下人们频频行礼。黄茹只是挥挥手，示意他们都走远些，不许跟上来，脚步却未停半刻。

黄茹离开了许久，衙役坐在大厅里想离开，又没有与主人家告辞，不合规矩，最后只得满肚子不忿地强等着。

黄茹再回来时，衙役脸色已经很难看。

衙役正想起身告辞，黄茹却道："方才在外头遇到小儿，小儿一听要去衙门看他父亲，便悲痛欲绝。他与他父亲素来关系亲厚，我这个做母亲的，也不愿他连父亲遗体都见不得一面。所以，还请大人带路，带我们母子，去衙门一趟。"

衙役一脸"你在逗我"的表情！刚才死活不去的是你，现在要去的也是你，戏弄朝廷命官很好玩？

黄茹识趣，从袖子里掏出一锭银子，转身就塞过去。

掂量那银子的分量，衙役脸上的冷色便消了，道："既是如此，夫人请。"

黄茹点点头，又对下人道："还不将大少爷领过来。"

下人这便去了。

没一会儿，领过来一个肤色偏白的"男孩"。

拉住小孩冰凉的手，黄茹道："母亲这就带你去衙门看你父亲。一会儿见了你父亲，你要多说两句，让你父亲泉下有知，保佑你无病无灾。"

黄临沉默地点了点头，那一双漆黑的眼睛，没有半点温度。

黄茹也不管他心情如何，只拉着他冰坨子一样的手，往府外走。

从黄府到衙门，并未花多少时间。

一路上，黄临一言未发，黄茹也在车里做着自己的事。这对母子，宛若生人。

到了衙门，下马车时，黄茹才伸出手要牵黄临。

黄临也听话地让黄茹牵住，跟在黄茹身边。

两人还未走进衙门大门，便听到门口有争执声。黄茹抬了抬眸，顿时，便瞧见一道熟悉倩影。

"我家小姐以前受了黄老爷的恩惠，眼下黄老爷离世，我们小姐只是想来悼念悼念曾经的恩公，你们为何这样不通情理？"茉莉双手叉腰，挡在四姑娘跟前，与两个坚守岗位的衙役吵闹开了。

带着黄茹而来的那名衙役见状，上前询问："衙门重地，大吵大闹，像什么样子！"

两个守门的衙役很无辜："这两个姑娘不讲道理。我们说了，尸体现在不能示人，她们还非要进去看。"

"凶手未缉拿之前，尸体哪里是谁都能见的？这是衙门，不是菜市口！"带着黄茹来的那名衙役冷声呵斥。

茉莉一下语塞，最后索性耍起浑了："你们这么多男人，欺负我们两个女人。来人啊，快来看啊！衙役欺负良民了，大男人欺负小女子了……"

三名衙役顿时咬牙切齿！

四姑娘站在茉莉身后。眼下本该是主子呵斥丫鬟不得胡闹的时候，而她却一言不发，就等着丫鬟给她开好路，进到衙门里头。

黄茹站在台阶下，见此情景，冷笑一声。

黄临侧眸，看黄茹一眼："母亲，她们是谁？"

黄茹突然道："再叫我一声。"

黄临抿了抿唇，还是又叫了一声："母亲。"

"好孩子。"黄茹摸摸黄临的脑袋，面上的笑容不见轻柔，却见一丝快意。黄茹拉着黄临，走上台阶，一步一步。

茉莉与三名衙役闹得不可开交。四姑娘等得疲乏，感觉到身边有人上前，便条件反射地看去一眼。这一看，她就愣住，而后表情一僵。

黄茹也看向她，两女四目相对。视线胶着了足足两个呼吸，黄临才仰头，唤了黄茹一声："母亲？"

那一声称呼，令黄茹移开视线，温和地看着黄临。

四姑娘听着那一声"母亲"，却眉头一皱，表情一下子难看了几分。

四姑娘的表情黄茹看得一清二楚，黄茹道："这不是吴家四姑娘吗？怎的，你也来见我家老爷的遗体？"

四姑娘没作声。

茉莉也认得黄茹，瞧着此人来了，方才的嚣张气焰顿时收了，一脸怯意地站到自家小姐身边，小心翼翼地拉了拉小姐的衣角。

四姑娘对茉莉使了个眼色。

茉莉便对衙役道："既然不能见黄老爷，那我们便先走了。"说着，赶紧扶着四姑娘要离开。

却不想，黄茹开口："那可巧了，我也是来见老爷最后一面的。既然四姑娘想见，那一道便是。"

四姑娘停住脚步，尴尬地摇摇头："不，不用。"

"客气什么！"黄茹扬起声音，加重了音调，"老爷身亡，我这心里，是惆怅满腹。四姑娘与我家老爷关系不浅，想必其中伤痛，不比我轻。说来说去，你我也算是有些渊源，能够共侍一个男人，我叫你一声妹妹，也是够的。妹妹想见老爷，做姐姐的，哪里有不帮着打点的？"

黄茹说着，从袖子里又掏出一锭银子，悄悄塞给衙役："烦请行个方便，我家妹妹也是太过伤心，这才找上门来。只是见一面，应当不碍事的。"

三名衙役被这突如其来的变故，弄得蒙了一下。而后看那四姑娘的眼睛，就有了深意。

都道黄老爷爱妻如命，哪怕妻子无孕，也不离不弃，坚守一心。原来在外面早就有了相好，且还是这位沁山府大名鼎鼎的俏寡妇四姑娘。

难怪这人刚死，正夫人却一点伤心的模样都没有。还以为正夫人本就是个没良心的主，却不想没良心的另有其人！

四姑娘已经是烫红了脸，埋着头，匆匆想走，却被黄茹一个眼神暗示，黄家家奴团团围住四姑娘。

黄临见状，稍稍皱眉，但似乎想到了什么，又收敛神色，低垂眉宇。

黄茹见此笑了一声，心说大的没良心，小的也不是什么好东西。到底见着自己亲娘被她这个养娘欺负，就不乐意了。也不想想，这些年的吃穿不愁，是谁给的。都是一群养不家的白眼狼，吃着你的肉，喝着你的血，心却是向着外头之人。

黄茹以前当真将黄临当做亲生的那般教养，知道自己一生无子，眼下能有一子，虽然这孩子身体有异，但头脑精明，这已是上天恩赐。可不承想，这个孩子压根就是黄觉杨跟外头的野女人私生。

而且看那模样，黄临打小也是知晓自己生母是谁。

黄茹心寒，只觉自己付出良多，换来的却始终是一场空。她恨黄觉杨，恨四姑娘，也恨黄临。

今日带黄临来，虽说是一个借口，只为了让那人能够混在黄家的奴仆中，跟着进入衙门。但黄茹也的确想让黄临见见黄觉杨的遗骸，然后警告黄临，以后在黄家要聪明些做人！

思忖至此，黄茹拉着黄临走近两步，将黄临推出来，道："临儿，快见过你姨娘。"

黄临皱了皱眉，没吭声。

黄茹道："虽说无名无分，但你叫声姨娘，也是应该的。"

黄临还是沉默，甚至往后退了两步。

黄茹眼神一凛，拉住他，不让他退，声音也强硬起来："叫！"

黄临苍白的脸，毫无血色。

四姑娘眼眶都红了，想到还躺在自己床底下的妹妹的头，再看黄临时，却不知是该喜悦好，还是愧疚好，张张唇，喃喃地唤了声："临儿……"

黄临却突然咬着牙，狠狠瞪了一眼："贱人！"

此言一出，周围之人都愣住。

便是一心想让两人出丑的黄茹，也顿了一下，不太明白地看向黄临。

四姑娘更是心头一颤，身子摇摇欲坠险些跌倒，幸亏茉莉及时将其扶住。

四姑娘捂着心口，艰难地看着黄临，咬着唇道："临儿，我……"

"不许与我说话！"素来沉默不爱吭声的黄临，此刻眼瞳发黑，音调极冷，"听到你的声音，我都想吐！"

四姑娘眼泪一下掉了出来，抽泣着捂住脸。

茉莉为自家小姐不服，忍不住道："公子你怎能如此，我们小姐可是……"

"可是什么？"黄茹冷漠地打断茉莉的话，道，"看到一只狐狸精搔首弄姿，抢别人相公，不知廉耻地与别人相公苟合，他就说出了'贱人'二字，这有何不对？还是有的人被戳中痛处，恼羞成怒了？"

"你……你们欺人太甚！"茉莉气恼地道。

黄茹瞥了茉莉一眼，嗤笑一声："欺人太甚？我倒觉得，是你们欺人太甚。"

黄茹上前一步，直视四姑娘，满目寒意地道："亡夫尸骨未寒，就有人上门扰人眼睛。你想见我夫君做什么？他死了你还要勾引他吗？你是当真不将我看在眼里啊！四姑娘，一个寡妇，能当成你这样，与人苟且了十几年，我都替你早逝的夫君脸红。娶了你这样的女子，是你夫君上辈子造孽啊！"

黄茹一字一顿，最后几个字说得尤其重。

四姑娘只觉得呼吸都困难了，早就知道黄茹是个脾气不好的，所以这些年来，才一直能躲就躲。后来黄茹的身子日渐不佳，她和黄觉新才敢行事公开些。

可她忘了，母老虎终究是头老虎。哪怕现在病恹恹的，也不是猫。

被黄茹指着鼻子骂，她很想回嘴，但看到黄临愤恨的眼神，又一个字都说不出来。她不知如何面对黄临，但她相信，黄临此刻说的这些话，定然都是黄茹教的。黄茹要让黄临来对付她。

黄蜂尾后针，最毒妇人心。

黄茹简直欺人太甚！

茉莉看小姐大受打击，搀扶着小姐想离开。

这次黄茹也没拦着，只是等到四姑娘离开，才促狭地看了黄临一眼："做得不错。"

不管黄临是不是知道黄觉杨死了，没靠山了，只能依附她讨好她。但就凭方才那番话，黄茹觉得，这个孩子还可以再用用。

不过对自己亲娘都能那般心狠，对自己这个养娘，他又存了多少怨恨呢？果然是黄觉杨养大的孩子，城府太深，本以为患有侏儒症后，心理早已自卑得不健全，可现在看来，分明已如此能屈能伸。可怕，实在可怕！

黄茹心里这般想着，手却还是牵着黄临，让看了半天戏的衙役，带着进衙门。

一行人踏入衙门门槛，其中一名躲在人群后头的家丁，感应到什么，猛然往右边看去。

右边一位文质彬彬一身白衣的纤细男子，正歪在门框处，远远地瞧着他们。那家丁赶紧垂下眸子，脚步加快了几分，跟紧黄茹。

柳蔚瞧这一群人离开，嗤笑一声："有点儿意思！"

容棱不知何时出现在柳蔚身边，顺着她的目光往那边看去，问道："来了？"

"嗯。"柳蔚指了指人群中的其中一个，笑得十分得意，道，"我的法子，管用。"

容棱伸手为她理了理飞到脸颊上的发丝："多亏了你。"

柳蔚视线又投向走在最前头的黄茹，以及黄茹旁边的黄临，面色稍沉一些。

想到刚才黄临的举动，柳蔚越发肯定，黄临是知道自己身世的，也知道自己的生母是被那四姑娘所杀。

只是，黄临是如何知道的？谁告诉黄临的？

柳蔚想到了被关入牢房的那名死士，会是他们那一伙的什么人干的？若当真是如此，也实是在太卑鄙了些！

"进去。"容棱唤了柳蔚一声。

柳蔚点头，随着容棱走向衙门后。

黄茹带着黄临来到了暂时放置尸体的柴房。

黄茹推开柴房门，走了进去。首先看到的，便是案子上两具被白布盖着的尸体。

黄茹看看左边，再看看右边，回头望向领路的那位衙役。

那位衙役指着右边道："这个，便是黄老爷了。"

黄茹走过去，想掀开白布，但想了一下，还是收回了手。

衙役见状，识趣地离开，离开前还说了一句："夫人，我们就在外面。"

黄茹对其颔了颔首："有劳大人。"

不相干的人都走远了些，柴房顿时安静下来，更显阴森。

黄茹想着，既然来都来了，就看看这人成了什么鬼样子。可真事到临头，黄茹却连掀开白布的勇气都没有。

迟疑了好一会儿，黄茹才闭着眼睛，捏住白布一角，本想慢慢掀开，但黄临突然出手，小手一扬，整块白布顿时翻飞起来。

黄茹猛然一愣！

就在这一瞬间，黄茹看到了一具无头的男尸，正直挺挺地躺在那里。

惊恐涌上心头，黄茹大叫一声："啊……"

门外的衙役与黄府下人听到，都想进去，但却被里头一道声音吓退："不准进来！"

外头的人顿时止住脚步。

柴房里头，黄茹深深地喘了几口气，看着黄临的目光，一脸谴责："你想吓死我吗？"

黄临看黄茹一眼，道："母亲受了惊吓？"

黄茹没好气地道："这可是尸体！"

"这是父亲。"黄临认真地道，视线再次投向那无头男尸，慢慢靠近，手突然握住男尸的手，紧紧捏住。

黄茹呵斥一声："有病。"便甩手走出了柴房。

走到门口，还听黄临在后头说了一句："母亲怕父亲，我不怕。我想与父亲多处一会儿。"

黄茹理都没理他，直接离开。

等到黄茹的脚步渐远，黄临松开男尸的手，走过去，将柴房门关上。

黄临这才红着眼睛，扑到左边那具尸体边，"哗啦"一声掀开白布，看着那具至今未找到头颅的女尸，哇的一声，哭了出来。

"娘……孩儿来看你了，孩儿不孝，这么久才为你报仇。孩儿好想你，你都没听到孩儿叫您一声娘就去了。娘……娘……"

凄惨的哭声，被压得很低，断断续续。那些呢喃声，细得让人听不清。

门外之人，只隐约听到黄临啜泣的哭声，心中便觉得，他猛然丧父，一定不能接受。

倒是黄茹，冷哼一声，一脸鄙夷的模样。黄觉杨那样的人渣，死一个少一个！还要为其哭丧？笑都来不及，莫说哭了。

这么想着，黄茹又看了看周围，却已经不见那混在家丁中的人。

已经走了吗？之前他明明说，只要她带他进入衙门，便允诺治好她那磨人的病。如今人都不见了，会不会食言？

黄茹一直担心自己的身子，又在人群中东张西望，倒是没在意黄临在柴房待了多久。

等到黄临出来，已经过了一刻钟。

黄临的眼睛肿肿的，像核桃一般，鼻尖也是红的。他一出来，就用袖子擦擦自己的脸，再吸吸鼻子，让自己看起来没那么狼狈。

黄茹见他出来了，原本还想再找找那位高人，但眼下也不好多待，便欲离开。

却见远处来了两人，一过来就道："这位可是黄夫人？"

黄茹上下打量此人两眼，点头。

那两人道："我们曹大人请黄夫人过堂一叙。"

"府尹大人？"

两人道："是，黄老爷的案子调查出的线索不少。我们大人以为，黄夫人此刻必然是想知道的，便遣我二人来请夫人。"

黄茹的确好奇，心中正恨黄觉杨入骨，怎么就有人这般巧地替她解决心头大患？

黄茹心中感谢那凶手，便允了两人："劳烦两位大人前方带路。"

要去见府尹老爷，黄临心中有些排斥。

黄临不想去！

那两人看出来了，也不勉强，反而道："那些话，想必公子听了也害怕。我们在偏厅准备了些糕点，公子若是无事，不若过去坐坐？"

黄茹闻言，看了黄临一眼道："这般没出息，方才不是还抱着你父亲的遗骸不撒手？"

黄临埋着头，不吭声。

此刻人太多，黄茹也不好当面过分斥责黄临，便摆摆手，遣了两个下人，带黄临去偏厅。

黄临一路过去偏厅，心中都在想着自己杀人的时候，有没有露出马脚，有没有别人看到？

等到将当时的过程又重想了一遍，黄临才稍稍安心，认定自己没有什么把柄遗落下来。

到了偏厅，一进去，便看到里头摆着几样小点心。可不只那几样小点心，里头，还有两个人。

那是两名男子，一个身穿玄色长袍，剑眉星目，一身冷气。

一个身穿白色长袍，和颜悦色。

黄临不识这两人，只觉得带路的衙役带错了。这里都有别人了，怎还将他带过来？

那带路的衙役显然也愣了一下，不明白两位京里来的大人，怎也来了偏厅，但衙役很快行礼："见过都尉大人、司佐大人。"

都尉？司佐？那是什么人？

黄临好奇地看了两人一会儿，也学着衙役的模样，跟着躬了躬身。

容棱端起一杯茶，问道："他是何人？"

衙役便道："这位是黄府的公子，今日随着其母过来，送黄老爷最后一程……"

容棱沉默一下，鹰隼般的目光，投向黄临。

黄临只觉得被这人盯着，瞬间毛骨悚然，后背都开始发寒。

柳蔚斜了容棱一眼："看，你把他吓着了。"

容棱收回目光，继续喝茶。

柳蔚耐着性子对黄临伸手："你过来。"

黄临并不想过去，站在门口不动。

柳蔚愁了一下，索性起身，亲自走了过去。

看柳蔚过来，黄临拔腿就要跑！可柳蔚的动作也快，一把拉住他，强行牵住他的手。

"你放开我！"黄临差点倒竖着眉毛，很生气地推拒。

柳蔚停下动作，突然轻轻一笑，低声道："哥哥喜欢听话的弟弟。"

黄临动作一顿，随即怒气冲冲地瞪柳蔚，更加凶狠地推柳蔚，想要离开。

柳蔚紧紧捏住黄临的手，突然道："你受伤了？"

柳蔚说着，翻开黄临的手掌，果然看到他的手心，一块红色的伤痕尤其明显。

黄临身子一僵，顿时不动了。

柳蔚趁机拉着他走进厅内，将他安置在椅子上坐着，又推了盘点心在他面前："吃吧。"

黄临没动，只是握着手，脸色苍白地看着柳蔚。

柳蔚又对门口的几人道："出去守着，别在门口站着了。"

门口几人便都退出了大厅。

厅内安静下来。

黄临坐在椅子上，如坐针毡，很不舒服。

柳蔚坐在黄临旁边，支着脑袋看着他，突然问道："杀人可好玩？"

黄临一悚，惊恐地看着柳蔚。

柳蔚道："冷静点，随便说一句就这么大反应，很容易被人看出来的。"

黄临不作声，就看着柳蔚，心中却大惊。从方才这人提到他手上的伤口，他就很不安。此刻倒是证实了，他们果然知道他的所为了。只是既然知道了，不将他带到府尹大人面前，骗他来偏厅做什么？

他们究竟想干什么？

黄临就像一只小老虎，对外在的一切充满排斥与警惕，不敢有一分大意！

黄临此刻的眼神，让柳蔚叹了口气。

不管怎么说，罪犯就是罪犯。一旦黄临被捕，等待他的就是秋后问斩。

不过杀人偿命，这也是天经地义。

"告诉我，你为何弑父？"柳蔚放柔了声音问。

黄临瞪着眼睛看着柳蔚，紧咬着牙，不置一词。

柳蔚道："怎么？现在想起防备我了？敢做不敢当？"

这是激将法，对固执的人，最好用。

果然，黄临立刻反驳："我敢做就敢当，我就是杀了他！怎么样？"

柳蔚满意地笑笑："为什么？"

"没有为什么，想杀就杀！"

柳蔚皱眉："你若不肯老实交代，我便只能送你进牢房。让那些各式各样的酷刑，来好好地问你。"

"随便你。"黄临硬着一张脸道。

虽然黄临说得很硬气，可柳蔚还是看出了他的害怕。脸白着，嘴唇也紧紧咬着。还有眼神，徘徊着，始终不肯停住。

柳蔚便换了语气："你告诉我理由。作为交换条件，我保下你。"

黄临一脸不信。

柳蔚思忖一下，道："是想为你娘亲报仇？"

黄临眼神一变。

"看来就是为了你娘。"果然好好问不行，还是只能这样问。

柳蔚叹了口气，继续道："你是何时知道你母亲另有其人的？知道很久了？最近？好的，最近。"

"你到底是什么人？"黄临跳下椅子，总觉得这人的眼神像是能将他看透一般。

人的行为，不光是眼神泄露，肢体上泄露的更多。因此，柳蔚继续道："你是如何知道的？自己查出的？别人告诉你的？我知道了，是别人告诉你的。"

"我要离开！"黄临直接就往外面走。

柳蔚动都没动，容棱却扬了扬手。一股劲风袭来，将那脆弱的黄临吹倒在地。

黄临扑通一声跌坐在地上，茫然地看着他们，不知道方才那股来得快去得也快的风，究竟是什么妖风。

柳蔚不满地看了容棱一眼："下手太重了。"

容棱冷声道："他是凶手。"

柳蔚强调："他是个可怜之人。"

容棱瞧着柳蔚，道了句："心软。"

柳蔚噎了一下，没说什么，走上前将黄临给拉起来。

黄临一起来，就甩开柳蔚的手，后退几步，警惕地看着柳蔚。

柳蔚皱眉："那位哥哥已经怪我心软了，你就不能给我点面子？"

黄临看看柳蔚，视线一转，又看向容棱，抿着小嘴，眸光在两人之间游荡。

容棱道："没怪你。"

柳蔚看向容棱："不是怪，你方才那话什么意思？"

"随口说说。"

"不像随口说的，分明是真心实意。你的眼神出卖了你。"

容棱有些无奈："别闹。"

柳蔚去拽着黄临，到一边坐着。

黄临见两人好像窝里斗了，低垂着眼沉思一下。眼珠子转动，刚想到应对之策，柳蔚一根手指，敲在他头上："老实点。"

黄临生气地瞪视他们："你们想做什么？"

"让你交代。"

"我说了，人是我杀的。你们要杀要剐，悉听尊便！"

"原因？"

"不告诉你！"

"谁与你说了什么？"

"不告诉你！"

僵持着显然不是办法，柳蔚想了一下，突然道："你可知，杀你亲母的并非黄觉新？"

黄临眼神一顿，随即看向柳蔚，目光很紧："你说什么？"

"黄觉新是与那四姑娘有关系，但黄觉新一直以为，你是他亲生的。"

黄临恍惚一下，这个信息，让他突然变得茫然，沉默了好一会儿，才摇摇头："不可能，我查过的，就是他。"

"怎么查的？"

"我跟踪……"说了一半，他又停住，警惕地盯着柳蔚。

柳蔚往后一靠："说不说随你，除非你不想知道真相。"

黄临闻言，什么防备都烟消云散了。他咬牙着道："我跟踪黄觉新，他见过我娘。"

柳蔚看着他："你确定？"

黄临点头："确定！那人告诉我，我娘并非已死。我也不是如府中人所言，是那个叫四姑娘的寡妇所生。我亲母叫吴心华，在我刚刚出生时，我就被那四姑娘偷走，伴作她的孩子交给黄觉新，但黄觉新实则早已知道我并非他亲生。我原本也不信，可我见过我娘，我找到了她。在香房里，我们相认了。是那人帮我的，我答应过，不会泄露他的身份。他是谁我不能告诉你。"

柳蔚继续问道："你说黄觉新见过你娘，也是那人与你说的？"

"不是，是我亲眼所见。那日，也在香房，我去找娘，因为第一次见面时，我……我和她争执。我骂了她，我说她不要我。可是她不是不要我，她也不知道我还在世。我错怪她了，我想跟她道歉，但是我看到了黄觉新，他……他在打我娘……"

柳蔚认真地凝视他，点头："继续说。"

黄临却像是想到那日的情况，抿着唇，有些难受："我没有出去，我看着我娘被打，我没有出去，我很没用。"

"告诉我，你听到他们的对话了吗？"

黄临点点头，却又猛抬起眼看着柳蔚，红着眼眶问道："杀我娘的到底是谁？不是黄觉新？那到底是谁？"

柳蔚按住他的肩膀："他们说了什么？你告诉我。"

黄临犹豫一下，还是吸吸鼻子，说了："我娘要带我走，黄觉新不同意。"

"只是不同意？"

黄临道："还说了一些，我听不懂的话。"

"什么话？"

"黄觉新说我不能走。说我走了，他也完了。说我是他的宝贝。"

这话乍一听没什么不对，父亲自然是将子女视为至宝的，但黄觉新已经知道黄临并非亲生，莫不是养了十几年，养出了真感情？

柳蔚这般想着。

黄临却道："我不是他的宝贝。他平日总在外头，回府也只是在母亲房里待一会儿。从不会来看我，他根本不在乎我。"

柳蔚道："或许他只是不会表达，实则早已将你视若亲子？"

"不可能！"黄临怒道，"那晚，他不是这般说的。"

这个"那晚"，柳蔚知道，是黄觉新死的那晚。

柳蔚安静地看着黄临，没有揭穿。

黄临道："那晚，他看到了我，骂了我。说早知今日，他就该先杀了我，再扒了我的皮。"

想到当时黄觉新说话的眼神，黄临知道，黄觉新不是开玩笑的，黄觉新真的这样想过。若不是他先行动手，黄觉新真的有可能在有朝一日，亲手杀了他。

黄觉新这个男人的狠毒，黄临在见识过一次后，便不敢轻视。况且，黄临还知道另一件事，道出："他，并非黄觉新。"

柳蔚眼睛一闪，看着黄临。

黄临道："黄府后院的湖中亭底座里，藏着一具尸体，那才是黄觉新，早于十年前便已死。而在外头李代桃僵的那个，实则叫黄觉杨，是黄觉新的兄弟。"

柳蔚说不吃惊是假的，早知道高门大院藏污纳垢，臭不可闻。但这等取而代之的戏码，原以为只有戏本上才能一见，没承想，现实中竟还真有。

容棱也稍稍滞了一下，眸光稍稍深邃。

黄临恨声道："一个对亲兄弟如此不仁不义之人，对我这非亲生的儿子，还能有什么真心？"

柳蔚沉默下来，看向容棱。

容棱对柳蔚点头一下，起身离开。

黄临立刻问道："他去哪儿？"

柳蔚头也没抬："净房。"

黄临一脸不信。

柳蔚道："无须管他，我问你，你的生母为黄觉杨所杀，是那神秘人告知你的？"

"不。"黄临有些沉郁地道，"是我猜测，但他并未否认。我问过他，在他临死之前。我问他，是不是他杀了我娘，他承认了。"

柳蔚万分确定，那行凶之人是个女子，最大的可能性就是那四姑娘，但也不排除黄觉杨是帮凶。

这么想着，柳蔚便道："临死前，黄觉杨说了什么？"

黄临想了想，抿着唇摇摇头："没有。"

柳蔚看黄临的表情不对，便严肃起来："你最好老实说，这都是为了你自己好。"

"他没说。"黄临坚持道，"只是……"

"只是什么？"

"只是他提到了一个人名。"

柳蔚挑眉："什么人名?"

黄临摇头："我不认得,只知道是一个叫木先生的。"

"说清楚些。"

"他叫救命,叫一个叫木先生的人救命。"黄临继续道,"黄府中,没有一个叫木先生的,我也不认得此人。"

木先生?

柳蔚深思起来。

莫非这黄觉杨还有什么秘密?跟权王要找的东西有没有关系?

柳蔚正想着,容棱又进来了。

柳蔚看了容棱一眼。

容棱对柳蔚点头后,便坐回了之前的位置。

黄临看两人打眼色,就问："你方才说我娘不是黄觉杨所杀,你是骗我的对不对!其实就是黄觉杨所杀,对是不对?"

柳蔚说："我没骗你。"

黄临难受道："不,不可能的。如果不是黄觉杨,黄觉杨承认干什么?而且,不是黄觉杨还会是谁?"

柳蔚问道："我与你说了又有什么用?"

"我要知道!"

"知道了又能如何?"

"我就是要知道!"黄临一脸固执,"我要知道,你告诉我!你问了我这么多问题,我都说了。你就告诉我这一个,求求你了,好不好?"

柳蔚不是铁石心肠之人,叹了口气,问道："你想报仇?"

黄临不说话,只是抿紧嘴唇。

柳蔚道："不用报仇。杀人偿命,杀你娘的人,会得到应有的惩罚,而你也会。"

黄临吸了吸鼻子,一脸刚毅："我不怕死,你把我关起来吧!但你答应我,要让那人给我娘偿命。你说了,就一定要做到。"

柳蔚点头,但没把黄临关进牢里,柳蔚让他回去。

第五章 背脊发凉

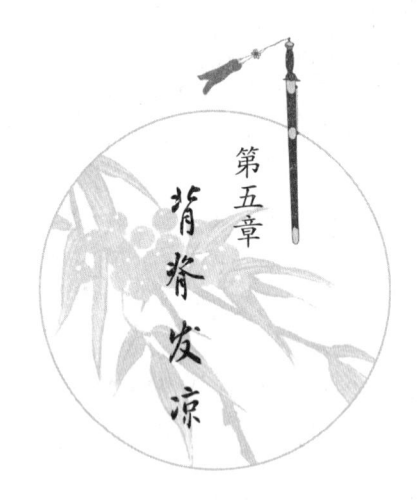

黄临从踏出府衙门口的第一步，身边便已经多了两只眼睛，随时监视着他的一举一动。

黄茹带着黄临离开时，清算了家丁人数，发现那位高人并未跟着出来，便有些焦躁。

黄茹计较着自己的病情，那高人可是答应过的，要治好她，就是治不好，也至少要延长她的寿命。但现在那高人并未跟着一起出来，不知，那高人何时才会兑现诺言？

黄茹带着心事，心烦意乱地上了马车。

而黄茹身边的黄临，也忧心忡忡地看着府衙的大门，心里愁绪万千。他不知道那两人今日放过他是为什么，但他知道，自己已经暴露了。将来他们想抓他，易如反掌。

黄临不后悔，他知道就算自己不承认，也迟早会被人知道。

杀了人就要伏法，这个道理他是知道的。眼下他还能回家，不至于立刻被关进大牢，他已经很感激。他现在只期待，在自己伏法之前，杀他娘的那人能死在他的前头，能让他亲眼看着那人上法场。

等到黄临离开后，柳蔚才问容棱："差人去了？"

容棱却道："你觉得，这是真的？"

"没有理由说谎。"柳蔚沉思一下，再道，"不过看来权王的人，还接触过黄临，那你猜猜,他们接触过那位黄夫人吗?"

"嗯。"容棱肯定。

柳蔚点头:"我猜也是,看来还得找机会与那黄夫人谈一次。"

两人正说着,院子外头响起一声鸟啼。

容棱起身,走了出去,站在门口不过瞬间,空中一块小小的石头投掷下来。

容棱反手接住,将石头解开,取下包住石头的纸,看了一眼,拿回来,递给柳蔚。

柳蔚看了,嫌弃道:"你的手下,字写得真不好看。"

容棱:"……"

这张纸条上只有两个字——"完毕"。

柳蔚一脸茫然:"什么意思?"

容棱解释:"我的人,跟上了那人。"打扮成黄府家丁,混入衙门的那人。

柳蔚再问:"只是跟上了?"

"还要如何?"

"不抓起来?"

容棱道:"放长线,才能钓大鱼。"

柳蔚不作声。

容棱问:"你有意见?"

柳蔚道:"有的时候,放长线是好,但并非是所有的时候。你跟上那人又有何用?目睹他是如何将同伴救走的?两人又如何一起亡命天涯的?何不将人直接抓了,慢慢审问。我倒觉得,只要将人抓起来,再硬的嘴,都有撬开的法子。"

容棱做事,擅长顾全大局,以最小的代价获得最大的收获。

而柳蔚做事,却喜欢直来直往。该拐脑子的时候,就拐。不该的时候,就直面战斗。

容棱道:"你是说,镇格门该换都尉了?"

一朝天子一朝臣,一个人一个做事方法。柳蔚有柳蔚的本事,以及独特手段。但容棱也有容棱的谋略,以及专属方式。

柳蔚见容棱说得这么严重,一脸无辜:"我可没有越俎代庖的意思。"

容棱却道:"可以代庖。"

"什么意思?"柳蔚皱眉。

容棱盯着她的眼睛道:"都尉夫人,有权代夫上阵。"

柳蔚伸出手,一掌轻轻柔柔地盖在了他的俊脸上,把他的俊脸推开。

容棱却快速将她手指捏住,放在唇上,浅浅地印了一下。

柳蔚问道:"你忘了你还在观察期了?我们随时可以分道扬镳。决定权,都在我这。"

容棱却笑了一声,凑到柳蔚耳畔,低声道:"暗情是这个意思吗?"

"当然。"柳蔚很硬气。

"你的姐妹可不是这般说的。"

姐妹……

柳蔚目光一凝,该死的金南芸!

还不等柳蔚再次想出敷衍的借口,容棱已突然捉住她的下巴,在她唇上吻住。

柳蔚瞬间瞪大眼睛,吃惊地看着面前的这个男子。

深吻了一下,容棱便抑制着沸腾的热血放开柳蔚,眸光深邃道:"本王还听说,这叫盖章。"

柳蔚气愤地道:"我什么时候同意你跟金南芸聊天的!你们想干什么?这么聊得来怎么不在一起!"

容棱一把将柳蔚拉回来,抱在怀里。

柳蔚错愕地看着他。

容棱重新咬住她的唇瓣,惩罚性地咬狠了一些。等到咬得柳蔚皱眉感觉痛了,容棱才放软下来,抵着她的唇道:"这种事上,男子无师自通。"

柳蔚深吸口气,趁着容棱又打算亲下来之前,身子往后一退。

"有人来了。"

柳蔚赶紧走远一些,拉开跟他的距离。

外头进来个下人,说是曹大人有请,要说关于验尸记录之事。

柳蔚"嗯"了一声,跟着那人而去。

这一切,都要怪金南芸,盖章什么的,肯定是金南芸所说。一想到这里,柳蔚就打算今日回去要好好和金南芸聊聊人生。

"阿嚏!"远在客栈的金南芸打了个喷嚏,再揉揉鼻子对浮生道,"去把窗户关上。"

浮生麻利地将窗户关上,回来道:"夫人打喷嚏,一定是有人想您了。"

这时门外响起细弱的脚步声。

金南芸将书丢了,走到门边,打开门往外看。

怀里抱着一小袋油彩,正打算打开房门回房的小黎身子一顿,僵在原地。

"回来了?"金南芸道。

柳小黎却抖了一下肩膀,委屈地后退两步,嘟哝着唤了一声:"芸姨。"

"买的什么颜色的油彩,给我看看。"金南芸说着,就走过去。

柳小黎又后退一步,将油彩抱得紧紧的,很无辜地道:"芸姨你跟那个死士玩腻了吗?"

"没有啊。"金南芸还是笑,"不过他被你爹抓去衙门了,就在你走了之后没多久。你爹啊,问我你去哪了。芸姨多好,一个字没说。你爹现在都不知道你整个早上都不在客栈。"

柳小黎都要哭了："芸姨，我不知道我爹要带他去衙门。"

"这可能就是天意。"金南芸长叹一声，对柳小黎伸出手，"来，油彩给芸姨看看。"

柳小黎把油彩藏在背后，眼睛都要红了："芸姨……我没骗你……"

"芸姨不是这个意思。"金南芸一脸善解人意，"芸姨就是想看看，你的油彩长什么样子。"

柳小黎一脸可怜兮兮，望着金南芸身后的浮生，小眼神扑朔迷离朝浮生求救。

浮生叹了口气，微微摇头。

柳小黎见大势已去，只得瘪着嘴，小心翼翼地把麻布包递过去，一边递还一边很小声地嘟哝："芸姨，你说只是看看……"

金南芸将袋子拿走，提在手上，回身往自己房间走。

柳小黎追上去："芸姨……"

金南芸无情地瞪他一眼："你不仁，我不义，很公平。别以为你是孩子我就会让你，我这个人做事，向来一笔是一笔。"

柳小黎急忙抓住金南芸的衣摆："芸姨，我真的不知道爹会把那人带去衙门……"

"我也不知道等你爹回来，这包油彩会不会摆在你爹眼前。"

"芸姨……"

"凤姨都没用，别说云姨……"

"芸姨……"

"松手！"

"芸姨……"

"浮生！"

最后浮生出手，把小黎拖走。

金南芸绝情地进了房间，"砰"的一声，把门合上。

柳小黎抱住浮生的腰，把脸埋进浮生的衣服里，泫然欲泣："浮生姐姐，芸姨怎么了？"

浮生心疼地摸着小家伙的脑袋，看了看左右，小声地道："夫人今日心情不好。"

"怎么了？"

浮生犹豫一下："是关于三少爷与那位游姑娘。"

柳小黎并不清楚这些大人之间的问题。

浮生也没跟柳小黎说太多，但这样遮遮掩掩的样子，听在柳小黎的耳朵里，就是芸姨想夫君了。

小黎那日见过芸姨的夫君，就在牢房里。当时他虽不知为何娘亲和容叔叔不将芸姨的夫君一起带走，但大人总有大人的原因。可是现在，芸姨显然是思念夫君的情绪在作祟！

想到那包油彩，用光了他所有的私房钱。而且里面还有一包荧光色的油彩，那种颜色，据说涂在物件上，可以让那物件夜晚也绽放亮绿色的光芒。

小黎只要一想到他的玩具们在黑漆漆的夜晚，能闪闪发光，就激动不已，心驰神往。

他一定要拿回那包油彩，然后把玩具打扮得漂漂亮亮的！

所以他犹豫一下，就抓着浮生的手，说："我明白了。"

浮生愣了一下，问道："你明白什么了？"

小黎抿紧唇瓣，一脸坚毅。他绕开浮生，走过去瞧向金南芸的房门。

房门没有锁。

小黎抬手敲了两下都没听到动静儿，就自己进去了。一进去，就看到金南芸正坐在椅子上看书。

而他的那包油彩，已经不见了。

小黎咬了咬牙，走过去，拽拽金南芸袖子："芸姨，我带你去个地方。"

金南芸情绪不佳，挥开柳小黎。

小黎又抓回金南芸袖子："是你一定喜欢的地方。"

金南芸挑挑眉，斜睨着他。

柳小黎僵硬地露出一个八颗牙齿的笑容，眼神非常诚恳。

金南芸看柳小黎笑得这么假，本能地不信，但又觉得这孩子再皮，也总不能把她卖了。

便将书一放，好奇心驱使地同意了："好。"

柳小黎很高兴，拉着金南芸的袖子，把金南芸往外面扯。

金南芸漫不经心地跟着，走到门口。浮生看到他们要出去，还急匆匆的模样，也顾不得询问，忙跟了上来。

出了客栈，一路往右走，走了好一会儿，才走到目的地。

看着前头巍峨牌匾，金南芸一脸沉默："衙门？"

柳小黎笑着点头："我们进去吧。"

"你带我来衙门做什么？"金南芸知道今日柳蔚和容都尉来了衙门，说是有事处理。

但自己一个局外之人，来这里做什么？

不得不说，前阵子才从这里出去，此刻金南芸对这里，还有点心理阴影。

"芸姨，进去你就知道了。"柳小黎一脸善解人意的表情。

金南芸半信半疑地随柳小黎进去。

衙门两旁站着几位衙役，但因为识得小黎，他们并未出手阻拦。

甚至还有两人在小黎路过时，自来熟地跟小黎打招呼。这位公子他们至今难忘。京都来的时髦的绝顶高手，总是容易让人生出特殊感情。

柳小黎熟门熟路地进入沁山府衙门，熟门熟路地走向地牢，熟门熟路地进入地牢，再熟门熟路地走到关押柳逸的囚室前头。

金南芸："……"

浮生："……"

小黎兴高采烈："芸姨，到了！"

金南芸面无表情。

小黎邀功地问道："芸姨，你现在高兴了吗？"

金南芸冷冷地看柳小黎一眼，咬牙切齿道："高兴，芸姨高兴得很！"

小黎含糊地道："高兴，高兴就好……那我的油彩……"

"油彩吗？"金南芸笑得纯善至极，"一辈子也别想要了。"

"为什么！"小黎一把将金南芸推开，"为什么还不能还我？"

金南芸摇头叹息："这么不了解女孩子心里的想法，难怪你单身。"

小黎根本不懂金南芸在说什么，只会抓抓头，思考的还是怎么把油彩要回来。

而此时，柳逸醒了。

在牢中待了几日，柳逸早已没了往日的意气风华，甚至连前几日还能勉强算作是"气度"的气度也彻底丢了。

此刻的柳逸，就像是一个彻头彻尾的流浪汉。眼见着牢门外之人正是自己的发妻金氏，柳逸几乎是迅速地跳起来，冲上来抓住栏杆。

柳逸脸上露出死而复生般的笑："芸儿，你来救我了？我就知道，我就知道你会来救我。芸儿，快让人放我出去，我在这里，一日也待不下去了……"

金南芸冷漠地看着柳逸。

金南芸这样的表情，让柳逸很是恍惚。他的手稍稍垂落，不确定地又唤了一声："芸儿？"

金南芸制止道："我金南芸承受不起。"

"芸儿？你怎么了？"

金南芸没看柳逸，视线错开，看向柳逸身后的游姑娘。

游姑娘此刻也醒了。她坐在原位，身子紧紧缩着。

金南芸问向柳逸："游姑娘怎么了？"

柳逸闻言，这便回头看了游姑娘一眼，而后垂眸道："是病了。"

金南芸看着游姑娘，问道："想出去吗？"

游姑娘瞳眸瞬间一亮，哪怕拖着病痛，也赶紧爬起朝这边走来。到门边，游姑娘便抓紧了栏杆，祈求地望着金南芸："求夫人恩典……"

金南芸道："游妹妹这身子，可还能自个儿走？"

浮生皱眉，且不说夫人本是担了小黎的面子，才能进入这地牢，根本没有放人的权力。就说这两个奸夫淫妇，就该让他们多吃点苦头，即便有法子，也不要救他们出去才是。

浮生心里这般想着，就开口道："夫人，我们……"

"闭嘴。"金南芸打断浮生的话，只看着游姑娘，等待游姑娘的回答。

游姑娘一听可以离开，立刻点头。

金南芸道："行走没有什么不便？"

"没有……"游姑娘哑着声音。

金南芸点点头，而后又看向柳逸："那就劳烦相公在此处多待几日了，游妹妹先随我离开。"

"什么？"柳逸闻言，声音都变了。

"今日本是来接相公出去的，求了衙门好些时候，说破了嘴皮子，还打点了不少，才好歹为相公洗脱嫌疑。可到底此时凶手还未抓获，案子也未破。我们家，总要留个人在牢里应付。原本是想，就委屈游妹妹了。可妹妹眼下却病着，便委屈相公在牢里多待些时候。相公是男子汉，定是可以熬过去的。"金南芸说得大仁大义，眼睛一转，看向游氏，"妹妹稍等，我去托关系与衙门里做主的大人说道说道，这就放妹妹出来。"

"不行！"柳逸厉声打断，一双眼睛凶狠地凝起，"放我出去！"

"相公？"金南芸一脸为难，看看柳逸，看看游姑娘，压低了声音道："相公，你不是说了，先救游妹妹？"

"想办法，放我出去！"柳逸一字一顿地盯着金南芸命令道。

金南芸蹙了蹙眉，指向游姑娘："游妹妹怎么办？"

柳逸看向身边的游姑娘，游姑娘也正在看着他。

游姑娘死死抓住柳逸的衣服，眼眶酸红。即便周身狼狈，但她的声音，依旧娇软轻柔："少爷……"

这一声唤，喊得柳逸心口都化了。

柳逸强忍住心痛，握住她的手道："你放心，我定会回来救你。"

游姑娘抓紧柳逸，摇头道："奴婢是卑贱之人，不该拖累三少爷。三少爷要走，奴婢不敢拦。奴婢只是，只是怕再也见不到三少爷。奴婢就想，在死之前，多见见三少爷。也不枉……也不枉来这世上走了一遭……"

"说的这是什么话？你不会死，我出去就救你。花再多银子，走再多门路，我都救你。你不要怕，等我就好。"柳逸认真地保证，捏住游姑娘的双肩，信誓旦旦。

游姑娘却还是摇头，眼中隐见绝望，眼泪在眼眶徘徊，已带着哭腔："三少爷走吧！只愿君，来日，保重。"

"我会救你的，我一定会救你的！"哪怕想离开想疯了，但面对游姑娘这样的表情，柳逸却始终迈不开那一步。

瞧着这出郎情妾意的戏码，金南芸笑出了声："那究竟是妹妹走，还是相公走？"

柳逸看着游姑娘，一咬牙，狠心地松开她。

游姑娘本就病得虚弱，方才就是靠着柳逸搀扶方能站稳，此刻柳逸一松手，游姑娘身子往后一退，便要摔倒。

柳逸闭上了眼，别开头去。

游姑娘扑通一声，摔在干草堆里。哪怕并未摔痛，可眼泪却大颗大颗地流下来。

柳逸深吸一口气，这才睁开眼，却不看游姑娘，只盯着金南芸："芸儿……"

金南芸在考虑，要用怎样的语气告诉柳逸，自己根本无法让他出去。左思右想，始终觉得怎么说都差一个味道！

正在金南芸犹豫不决时，身后，一道男声横插而来："倒是不知姐姐还有这等本事，案子未破，便能将嫌犯放出去？"

这声音实在有些耳熟，金南芸回头看去。

这一看，便对上一双黑眸。

"你？"金南芸皱眉。

星义坐在松软的干草上，背靠石壁，悠闲自在："地牢光线昏暗，姐姐还能一眼认出弟弟。该说是姐姐眼神好，还是你我缘分未了？"

金南芸只偏过头，却果然瞧见柳逸一双厉眸，喷火似的看着她。

金南芸解释道："不是你想的那样。"

"那是哪样？"柳逸长吸一口气，双手握紧铁门。

那股子若不是铁门相隔恨不得冲出来将金南芸当不守妇道的狐狸精暴打一顿的模样，看得金南芸眉头皱得更紧了。

"你我好歹夫妻数载，相公认为，妾身是那等朝三暮四的女子？"金南芸问道。

"淫荡的东西，我要杀了你！"柳逸气得重重地拍着铁门。

绿帽子，那是男人大忌。多少男人就因为头顶上那片绿，失去理智，连杀妻泄愤之事都干得出来。

金南芸听着沉重的拍门声，脸色难看了许多。

牢头赶紧拿着木棍上来警告："安静！"

柳逸估计这几日也是吃了不少苦头，见牢头发怒，只得熄下火气，却还是狠瞪着金南芸，吩咐道："还不给我开门？"

金南芸道："开不了。"

"什么意思？"柳逸瞪眼望着金南芸。

金南芸耸了耸肩："放你是府尹的事情，而我不认识府尹，怎能放你？"

"你……"柳逸愣了一下，才反应过来这贱人耍了自己。他气得咆哮："金南芸！你这个不折不扣的贱货！你有本事别让我出去，我但凡出去，你看我杀不杀你！"

曾经柳逸有多儒雅，此刻柳逸就有多疯狂。便是原本泪流满面的游姑娘，此刻也被柳逸这架势吓得悄悄退到角落，看着这出好戏。

浮生朝牢房里道："我家夫人对少爷可谓一心一意，少爷怎能偏听他人三言两语，就如此构陷夫人，对夫人恶语相向？"

柳逸视线一转，瞪向浮生，重重踢了一下铁门："贱婢，这里哪有你说话的份！"

"你……"

浮生还打算说什么，但金南芸却抬手制止住浮生。

"你当真认为，我做了对不起你之事？"金南芸问得很认真。

柳逸对着金南芸狠狠地骂出一声："贱人！"

金南芸瞳孔一缩，深吸口气："希望你记住这两个字！记好了，记牢了，千万别给忘了！"

话音刚落，金南芸便把衣袖一挥，转身离开。

而转身的一瞬，她又看到身后牢房内的星义。星义对她做了个口型，"不谢"。

金南芸立即转开眸子，走出地牢。

浮生赶紧追了上去。

小黎站在原地，抓抓头，看看柳逸，再看看星义，回头又看看牢房里的游姑娘，问道："你们认识？"

星义愣了一下，看着柳小黎。

小黎"噔噔噔"跑到柳逸牢房边，伸手去指游姑娘，然后问星义："就是她，你们认识？"

星义表情瞬间不好，游姑娘也呼吸一顿，那已经走上地牢阶梯的金南芸，闻言止住了脚步，回头看去。

浮生却道："小黎公子，你为何说这二人认识？"

小黎道："刚才他们俩打眼色了。"

金南芸："……"

星义："……"

游姑娘："……"

柳逸："……"

柳逸不可思议地看着游姑娘，再慢慢朝她走去，表情难看地问道："你与那个人，竟也认识？"

游姑娘快速回过神来，连忙摇头，抓紧柳逸的衣袖："三少爷怎会这样问？这个孩子，分明与少奶奶是一起的。您，怎还会上这样的当？"

柳逸不确定地在游姑娘脸上看了很久，才半信半疑地沉下了这口气。

不得不说，男子对"绿"这个字，真的太敏感了。但凡沾一点边，都是"宁杀错，不放过！"

但仔细想想，柳逸也觉得游姑娘不可能背叛自己，这一定是金南芸那个贱人的离间之计！

仔细想了一会儿，柳逸便八九成地相信游姑娘的无辜了。

金南芸却凝起了眉，视线在下方两间牢房之间徘徊，沉默下来。

小黎听他们说互相不认识，正想反驳，却听金南芸唤道："小黎，走了。"

小黎指着牢房大门："可是他们……"

"快走。"金南芸催促。

小黎鼓鼓嘴，心想自己的油彩还在芸姨手里，不能得罪芸姨，便乖乖地跟上去。

可跟上去了，小黎还是坚持地道："芸姨，刚才那个死士和那个女子，真的打眼色了。我亲眼看到的。"

金南芸摸摸小黎的脑袋，带着小黎加快了步伐离开。

就在他们离开后，星义视线隐晦地看向对面牢房里的游姑娘。

可是，柳逸一直盯着星义，见星义看了过来，顿时用拳砸了一下门，怒视星义。

柳逸气得咬牙切齿。一想到这个人睡过自己的女人，他便欲将其杀之而后快！不过一个小白脸，怎也跑到牢里来了？

柳逸盯得太紧，因此游姑娘站在柳逸身后，只是对星义悄悄地做一个手势。

金南芸带着小黎出了地牢，才气喘吁吁地停下来。

小黎看芸姨表情不对："芸姨？"

金南芸问道："你说的是真的？方才，你看到他们打眼色了？"

小黎点点头："他们有眼神交流。我虽然没看到那个死士回应那个女子的目光，但那女子的目光，分明是对熟络之人才有的视线暗示。"

金南芸手指微颤，迫使自己要冷静下来，沉默地思考了一会儿，又问小黎："死士，到底是什么？"

小黎道："死士是一群不要命的野兽。望族大员，尤其是有威望之人，通常都会养死士。死士一般从小就被培养。我爹说，一些从极致训练里出来的人，会用为死士。号称'以命护主，誓死不渝'。"

"以命护主，誓死不渝。"

金南芸眼神虚晃一下，问向浮生："倘若游姑娘认识一名死士，那这代表什么？"

浮生脸色也不好："夫人，这件事要尽快告诉柳先生。"

金南芸点头，却觉得背脊发凉。游姑娘来历不明，在柳府已有好几年了，看似娇弱可人，实则城府极深。

金南芸以前一直觉得，游姑娘就是个普通女子，或许有心计有野心，但也顶多就是个宅门女子。可眼下，游姑娘与一名死士相识，这算什么？

金南芸没忘记，那死士是镇格门容都尉要查之人，背后连接着的东西，不是自己这等小民可以随随便便窥探的。

不能怪金南芸多想，金南芸突然觉得，这次沁山府之行，一具无头女尸突然出现，是否，也跟这些人有关系？

镇格门此行就是来破这桩案子的。而无头女尸还未查清，男尸又出现，又牵扯到什么死士，到最后游姑娘竟也变得不简单起来。

这一系列的变故，经历的时候不觉得有何，但此刻回想起来，金南芸却不得不感到惊慌。

浮生握住金南芸的手，安抚着："夫人，我们先找柳先生。柳先生乃大才之人，一定会有法子。"

"好。"金南芸催促浮生，"你去找人来。"

浮生应了一声，对小黎道："黎公子，劳烦看着我家夫人，我去去就来。"

小黎点头。

浮生离开，这时地牢大门又开了，里头两个狱卒出来，路过小黎时，躬身行了个礼，便飞快地离开。

小黎看芸姨一脸的茫然，表情很不好，便拉拉芸姨的袖子，将芸姨带到旁边的石凳上坐着。

坐下后，小黎安抚道："芸姨，你怎么了？你不想见你夫君吗？"

金南芸回过神来，问："你以为芸姨想夫君了，才带芸姨来地牢的？"

小黎很乖地点点头。

金南芸怜爱地摸摸小黎的头，道："上天对每个人果然都是公平的，给了你出众的样貌，却没给你聪明的脑袋。"

小黎愣了一下，问道："芸姨你在骂我吗？"

"没有。"金南芸摇头。

小黎皱皱鼻子："可是我觉得你在骂我……"

"怎么可能。"金南芸一脸诚恳，"芸姨是夸你长得好看。"

小黎半信半疑，但看芸姨一脸认真，就觉得，可能芸姨真的是在夸自己。于是，小黎不好意思地道："我……我也没那么好看……"

金南芸转移话题："去给芸姨倒杯水，芸姨渴了。"

小黎刚要去，就看到远处容棱在两名狱卒的伴侍下，正走过来。

小黎唤了一声："容叔叔！"

金南芸立刻起身，朝容棱行了个礼。

容棱微微颔首，问小黎："何时过来的？"

"才过来一会儿。"小黎指着金南芸道，"芸姨想她夫君了。"

容棱又看了金南芸一眼，道："地牢重地，下次若想探监，需得告知他人。小黎还小。"

金南芸一听这话，吓了一跳。

猜测容棱必然已知道他们在地牢里发生的一切，便解释道："小女子也不知小黎会带我……"

容棱冷着脸，摆了摆手："下不为例。"

金南芸看容棱这态度，也只能勉强认下了，眼睛却朝小黎瞪去。这孩子，真该聪明的时候不聪明，不该聪明的时候，歪脑筋却是一堆。

小黎感觉到芸姨又在瞪他，莫名地便拽着容棱的衣袖，不让容棱走。总觉得容叔叔一走，自己就会倒霉。

可容棱有事，只摸摸小黎的头，叮嘱小黎早点回客栈，不要到处乱跑，便与狱卒下了地牢。

等容棱一消失，小黎便听到耳后传来一声女音："小黎，过来。"

小黎打了个哆嗦。

柳蔚过来就看到自己儿子像个小媳妇似的，畏畏缩缩，问道："怎么了？"

小黎摇了摇头。他其实也不知道怎么了。

金南芸却立刻问柳蔚："浮生与你说了？"

柳蔚坐在一张石凳上，手搭在台子上，问道："你的意思，是怀疑游姑娘陷害于你？"

"嗯！"金南芸使劲点头。

柳蔚问道："证据。"

"你儿子。"金南芸把小黎推出来，"你儿子亲眼看见的。"

柳蔚便看向小黎。

金南芸推推小黎："将方才在牢中，你是如何看到那两人打眼色的，告诉你爹。"

小黎望着娘亲。

柳蔚点头："你说。"

小黎意识到自己说的，好像是什么了不起的大事，犹豫一会儿后一脸不确定地道："其实……我也没看太清楚……啊……"

话音未落，金南芸一巴掌便拍在小黎背后。

小黎后背一疼，眼泪都出来了。他鼻子一红，就钻进了娘亲怀里，哭了起来："爹……爹……芸姨打我……芸姨打我……"

柳蔚心疼地抱着儿子，瞪视金南芸："你少拿我儿子出气。地牢漆黑，他没看清楚并不奇怪，你凶什么？"

"他方才明明不是这样说的，之前信誓旦旦……"金南芸企图解释。

柳蔚却根本不听，直接抱着儿子起身，转身就走。

金南芸叫住柳蔚："你去哪儿？"

柳蔚冷言道："与你何干！"

金南芸终于意识到什么了，问道："我哪里惹你了？"

柳蔚冷目横金南芸一眼，不说话，直接走人。

"喂……"金南芸示意浮生拦住柳蔚，然后追上道，"到底怎么了？我方才打得不重，小黎从小习武，我随便一掌，怎能伤他？你真因为这个恼我？"

此言一出，一直假哭的小黎僵了一下，但还是硬撑着，继续趴在娘亲衣服里，使劲挤出更多的眼泪。

柳蔚不说话，还是走。

金南芸又追来："到底什么事？"

柳蔚这才看着金南芸，正要说话，眼睛却盯向金南芸身后。

金南芸回过头，便看见地牢门开了又关。容棱不知何时已出来，正站在那里，眸光深邃地看着这边。

柳蔚不等容棱走来，便抱着小黎离开。

金南芸不知柳蔚到底发什么疯，但金南芸现在的确是有事相求，既然柳蔚靠不住，便尝试性地，走向容棱。

容棱冷漠地看着金南芸。

金南芸福了福身，才道："容都尉，不知昨夜与您说的那些话，可还管用？"

容棱点头。

金南芸又道："那，都尉大人可还想知道更多柳蔚之事？在江南时，我们关系可是最好的。"

容棱直接道："条件。"

金南芸面上笑着："容都尉这是看不起小女子了。作为姐妹，自然盼着柳蔚寻个好夫婿，哪里还谈什么条件。"

容棱蹙眉："当真没有条件？"

金南芸咳了一声："要说条件，自然没有。不过小女子的确有一事，想求大人。"

容棱对金南芸比了比旁边的石凳。

两人便在地牢门口的石凳前，聊了许久。

虽说说话的一直都是金南芸，容棱只是冰山脸地偶尔搭几句话。但不难看出，两人言语动作表情间，的确是说了什么不可告人的事情。

柳蔚躲在角落里，一直暗暗盯着这边。小黎站在娘亲的脚边，很不解地拉拉娘亲的衣服："爹，我们在做什么？"

"嘘。"柳蔚敲了小黎脑袋一下，示意儿子别吵。

小黎捂着头，只好住嘴。

而随着那边的"相谈甚欢"，柳蔚在经过一系列观察后，手指险些抠烂了拐角的石墙！

"我就知道，果然是她！这个叛徒！"

小黎抬起眼，问道："爹？"

"闭嘴!"柳蔚又敲了儿子一下。

小黎只好再次闭嘴。

可没一会儿,小黎又坐不住了,狂扯娘亲的裤子:"爹,爹……"

"我让你闭嘴你听到没有?再说一句,信不信我毒哑你!"柳蔚怒目横瞪。

柳蔚是会唇语的,虽说隔了很远,又有容棱在,不好展开内力偷听。但透过唇语,柳蔚也知道金南芸说了些什么。

这女人,还真的将她卖了个彻底。连她喜欢哪间布坊的衣服,喜欢哪个名伶唱的戏,都说了!

柳蔚很生气,但又不好现在冲出去。

还不如就让他们说,她就听听看看。金南芸是不是真的对她了解深入,当真对她所有隐私都了如指掌。

"爹,爹……"小黎又叫唤。

这次柳蔚索性踢了儿子一脚,把小黎踹到一边。

小黎爬起来,继续扒拉娘亲的裤子:"爹,爹,我有事跟你说……"

"嘘!"

"爹,是重要的事……"

"别说话!"

"爹……真的很重要。"

"让你别说话!"

"爹……那个死士跑了……"

"我说了,别说……"柳蔚话音未落,立刻转头,看着儿子,"你说什么?"

小黎委屈地指指大空:"方才,那个死士从上面飞走了。还有一个褐色衣服的人与死士一起,可能是同党……"

柳蔚皱了皱眉,抬头看着蔚蓝的天空,继而敲了儿子脑袋一下:"你怎么不早说?"

小黎都要哭了:"是爹你不让我说话……"

柳蔚严肃地道:"你还怪我?"

小黎急忙捂着嘴,拼命摇头。

柳蔚这才放开小黎,替臭小子捋了捋衣服上的皱褶,才道:"你容叔叔自有分寸,这衙门上下不知藏了多少暗卫。逃狱指不定就是你容叔叔安排的。"

方才容棱是从地牢出来的,柳蔚可没忘记。

小黎乖乖听着,就问:"咱们不管了?"

"你容叔叔这么了不起,他自己管好了。"柳蔚有些赌气地道。

小黎点点头,抬起眼:"爹。"

柳蔚不耐烦:"又怎么了?"

小黎指指娘亲身后："容叔叔在你背后。"

柳蔚："……"

柳蔚转过头，果然看到容棱斜靠着墙边。一双漆黑的眸子，正深沉地瞧着她。

柳蔚咽了口唾沫，回过头来，狠狠瞪了小黎一眼。

小黎不知道自己又做错了什么。他抖了下身子，小心翼翼地后退两步，很怕娘亲再打他。

容棱双手环胸："你在偷听？"

柳蔚霍然起身道："我偷听？我为什么偷听？我偷听你做什么？你有什么好偷听的？"

容棱挑眉："承认了？"

"你哪只耳朵听到我承认了？"柳蔚来了火气。

容棱又道："何须偷听？想知道什么，问本王便是！本王何曾瞒过你？"

柳蔚抓起小黎抱在怀里，从容棱身边绕过去就走。

容棱一把拉住柳蔚，道："孩子由我来抱。"抢过儿子，容棱便驾起轻功，直接飞了。

柳蔚表情扭曲一下，抬脚追上。

直到两道身影一前一后地离开，躲在角落里的金南芸和浮生才出来，金南芸道："我就说他们很配。"

浮生道："夫人，咱们趁着柳先生还未回客栈，先收拾行李，换家客栈住吧。"

金南芸摆手："不用。"

浮生很是好奇，夫人是如何能这么笃定，这么自信的？

金南芸道："再强的女子，在男子面前也有化成一摊水的时候。若非看出柳蔚对那容都尉有心，我也不会说那些事。柳蔚现在就是需要有人管管，脾气越来越无法无天了。"

浮生还是很担心："奴婢觉得，先躲躲，实为良策。"

金南芸有恃无恐："容都尉不会让我受伤，因为我是容都尉的感情军师。"

浮生叹了口气，觉得自家夫人太固执。

不过浮生心里也筹谋着，自己回去还是先把行李收拾一下。如果容都尉靠不住了，赶紧走还来得及。毕竟从刚才看来，容都尉与柳姑娘还只是彼此有意，并未上升到当真相好的地步。

而且浮生隐约觉得，即便是相好了，也不见得就是容都尉压制柳姑娘。就柳姑娘那个性情，不是会顺从男子之人。

金南芸因为拿柳蔚的情报换取了容棱调查游姑娘的交易，此刻心情大好。

这种有了靠山，可以挺直腰板的感觉，让金南芸轻飘飘的，连脚步都轻快了不少。

可另一边，却不那么好过。

柳蔚追得太紧，最后容棱是偷偷将小黎藏起来，再故意引开柳蔚，才让小黎躲过一劫。

小黎看着远处飞走的容叔叔和娘亲，缩着脑袋，从草丛里钻出来，对着天空吹了一记口哨。

两声之后，珍珠从远处飞过来，扑扇着翅膀，歪着脑袋看着满头是草的小黎。

"桀桀？"

小黎道："爹爹要打我，我们赶紧走。"

珍珠眨眨眼："桀桀？"

小黎鼓嘴："怎么与你没关系，你是我弟弟。"

珍珠扑扇着翅膀，转身就飞走。

小黎瞪大眼睛，唤道："珍珠……珍珠……"

珍珠回头，对着小黎叫唤："桀桀。"

小黎诧然："你，你怎么能这样？你这是趁火打劫。"

"桀桀。"珍珠语气清清淡淡。

小黎瘪着嘴，眼泪又出来了："你欺负我……"

珍珠知道他是假哭，一点没上当，很淡定地继续叫："桀桀。"

小黎看方法不奏效，吸了吸鼻子，生气了："珍珠，你这样是不对的，你怎么能趁人之危？而且，就算你让我叫你哥哥，你也不是我真的哥哥。你个头比我小，人家哥哥弟弟，都是按照个头算的。"

"桀桀。"

"什么按照年纪？那是你们鸟的算法。鸟才是按着年纪算，人都是按照个头算。我比你高，还比你大，我就是你哥哥。"

"桀桀。"

"珍珠你不要冷笑，我在跟你讲道理。这样，只要你答应帮我偷油彩，我可以叫你哥哥一天。但是只能一天，只有十二个时辰。"

"桀桀。"

"不行，一个月不可能的，一天半吧。"

"桀桀。"

"二十天也太长了，两天吧。"

"桀桀。"

"半个月也太长了。三天吧，就三天！不能再多了，你本来不是我哥哥的。"

"桀桀。"

"十天也不行。好了好了，四天，真的就是四天了。"

"桀桀桀桀。"

"好好好，五天五天，成交？"

"桀桀。"

"那就这么说定了。"小黎道，"我回去拿银子，你去偷油彩。我们在另一条街的东盛客栈会合，在那里先躲两天。"

"桀桀。"珍珠很有义气地同意了，扑扇着翅膀飞走。

小黎也蹑手蹑脚地回到客栈。回去后，他动静很小地回到自己房间，把娘亲藏在枕头下的钱袋摸出来，从里面数了一百两银票，揣在怀里，再抱起自己床头的玩具，往门外走。

可刚走到门口，就听到外头传来两道熟悉的声音。

先是芸姨道："珍珠跑到房间来了。浮生，去厨房拿点肉糜，珍珠喜欢吃那个。"

接着，就听到浮生姐姐回应："是，奴婢这就去，珍珠好像还喜欢喝猪血汤，奴婢再向厨房要一碗。"

接着，便是离开的脚步声。

小黎趴在门边，吓得目瞪口呆。

珍珠被发现了，而且马上就要被芸姨用美食腐蚀了。

这让小黎一下子很慌。他觉得自己要去救珍珠，但芸姨之前的态度奇奇怪怪，分明就是不知什么原因在生他的气。他这样贸然过去，指不定救不出珍珠，连自己都要搭进去。

小黎想了想，寻思了半天，最后一低头，看向自己身上的小背包。

他坐到地上，在背包里掏出很多瓶瓶罐罐，再挨着看上面的字。有些字小黎还认不全，但绝大部分他还是认识的，尤其是较常用的一些。但现在他要找的，不是常用的。

最后，他一手捏住一个小圆瓶子，一个瓶子是红色，一个瓶子是白色。他看看左边，看看右边，瞧着上头鬼画符似的字，嘟哝道："看起来……好像差不多……"

这么说着，小黎把左边那瓶的塞子打开，嗅了嗅，品味一下又盖上。把右边那个打开，嗅了嗅。

最后，他重新捏着两个瓶子，叹了口气。

还是分辨不出。

"应该是白色吧！爹说过，红色的瓶子，是放杀伤力比较大的药。白色的，是放温和的，应该是白色。"

自我解释了一番，他把红色瓶子收起来，在白色瓶子里抖出褐色小药丸，然后起身，扒着门缝，往外面看。见外面没人，小黎就噔噔噔跑出去，去楼下问小二要了一壶茶，一份点心，再跑上来。

小黎在走廊上，看左右无人，便鬼鬼祟祟地把药丸捏碎了，放进茶水里。然后晃了晃，他就把点心和茶，搁在一个木托盘里，再把托盘放到金南芸房间门口的架子上。

做完一切，柳小黎逃似的躲回房间。

没一会儿，浮生拿了肉糜和猪血汤回来。在门口，就看到那茶和点心，因为知道这间客栈里里外外都有镇格门暗卫守护，所以浮生并未往坏处想，只以为是夫人想吃，问小二要的。她便将肉糜和猪血汤放进托盘里，一起拿进房间。

房门开了又关，小黎看得一清二楚。接下来，他就等待，等待芸姨喝了茶，晕过去。

小黎方才想找的是迷魂丸。因为正常的迷魂丸会昏睡五到十个时辰，所以他想找一个效用轻的。他记得以前是有的，效用只维持半个时辰。

那是某次娘亲觉得付叔叔唠叨，给付叔叔吃了，让付叔叔自己去睡会儿时用的。

虽然已经有一阵子了，但应该还没过期。毕竟普通的迷魂丸，在瓶子里安放，都能保三年药效不散。

只是小黎没想到，效用轻的迷魂丸，用的好像不是迷魂丸这个名字。也或许是娘亲写得太潦草了，字他认不得。

但是药丸是褐色的，这个小黎记得。

最后剩下一个红瓶子，一个白瓶子。选用白瓶子，小黎其实也只是试试！

应该是没有问题的，反正他这里是没有毒药的。总不会把芸姨毒死，顶多就是吃错了别的药，有点别的毛病，但肯定不会死人就对了。

小黎特别地集中精神，探听隔壁的情况。

而客栈的黑暗处，两名暗卫正在交谈。

"方才之事，要禀报吗？"其中一个问道。

另一个犹豫一下，说道："那毕竟是公子……"

"公子往那茶水里放了什么？"

"不知道，不过多半是小孩子的恶作剧，不必当一回事。"

"那就不禀报？"

"嗯，不禀报，因为这是司佐大人的家事。"

"跟那位柳家三少奶奶有关的，也是司佐大人家的家事？"

"司佐大人跟那位柳家三少爷奶奶，关系很好。"

"听说是老乡。"

"我听说是青梅竹马，好像快成亲了，最后被丞相家的三公子横插一足，抢走了。还听说司佐大人就是在此之后，一怒之下，随便找了个女子成亲，这才生了公子。不过司佐大人命也不好，公子的母亲没多久就去世了。"

"所以，一听到案子是与柳家三少奶奶有关的，司佐大人就迫不及待地来沁山府了？"

"嗯，还逼着咱们都尉大人一道来。好像是怕一个人压不住沁山府府尹，怕人家不放人。"

"司佐大人真是情深，可惜青梅竹马另嫁他人，已为人妇。独独剩他，孑然一身，孤独终老。一下子，好伤感！那就决定，不禀报了？"

"嗯，不禀报了。"

两名暗卫做好决定。

这边，小黎足足等了一盏茶的工夫，才蹑手蹑脚地走出房间，悄然无声地凑到芸姨房门边上，竖着耳朵往里面听。

可还没听到消息，却先听到楼下传来一道略微生气的，夹带愠怒的熟悉声音："柳小黎！"

娘亲！

小黎顿时吓得头发都竖起来了！

他管不了这么多了，赶紧窜回房间，打开窗户从窗子另一边跳下去，急匆匆地往街尾跑。

小黎跑得那是相当的快！

柳蔚上楼，推开房门，却见里头空空如也，一个人也没有。

柳蔚皱了皱眉，又走向金南芸的房间。

推开房门，就瞧见里头其乐融融的画面。

金南芸用筷子夹着肉糜，正在投喂晃头晃脑一身黑得发亮的珍珠。

浮生则在旁边用勺子吹着热的猪血汤，时不时递一勺子，放到珍珠嘴边。

柳蔚面无表情地站在门口，声音很冷："小黎呢？"

金南芸又夹了一筷子，将肉糜塞进珍珠尖尖的嘴里，道："你的儿子，是你宝贝，我如何知晓？"

浮生听自家夫人这语气，就心里一突！

柳姑娘可是知道她们出卖她的，浮生赶紧打圆场："柳先生，小黎没来，我们也不知。"

柳蔚看着金南芸。

金南芸能感觉到柳蔚尖锐的视线，但金南芸硬撑着假装不在意，继续喂珍珠。

房间里安静一会儿，接着柳蔚走进房间，"啪"的一声，将房门阖上。因为动静太大，吓得金南芸心口一跳，身子都僵住了，但金南芸还是没表现出来，继续硬撑。

柳蔚走过来，踢开凳子，坐到金南芸身边，看着金南芸。

金南芸忙唤道："浮生，浮生，浮生……"

浮生赶紧过来，挡在自家夫人面前，隔开两人，好脾气地笑着："柳，柳先生，您想做什么？"

柳蔚冷笑："我能做什么？不做亏心事，不怕鬼敲门。有人心虚了？"

金南芸从浮生身后探出半个脑袋，理直气壮道："我心虚？我看起来像心虚吗？"

"你……"柳蔚狠狠地盯着金南芸。金南芸又躲回去，手紧紧抓着浮生的腰带，躲得严严实实。

浮生很尴尬："柳先生……"

"你有本事出来面对面说！躲在浮生背后，你就这点出息？"

金南芸这次不敢探头了，但还是振振有词："我的丫鬟，我躲不躲与你有何干？"

"你确定要这么说话？"柳蔚道。

金南芸不吭声。

浮生看实在不行了，一边后悔之前没强行带着夫人换客栈，一边又哆哆嗦嗦地摸着茶杯，小心翼翼地给柳蔚倒了杯茶，捧过去道："柳先生，您有何事，慢慢说。先消消气，消消气。"

柳蔚看看那杯茶，又瞟了浮生一眼，端起来道："浮生，我这是给你面子。"

浮生感恩戴德地道："是，奴婢晓得。柳先生再吃块点心。"说着又把点心推过去。

柳蔚摆摆手，示意不用。

柳蔚喝了口茶，才道："我是否曾经与你说过，我的事，都要保密。"

金南芸道："方才是你先不听我说话的。我本想与你谈那游姑娘的事，你却莫名其妙使脾气。你不帮我，我不求容都尉，还能如何？"

"莫名其妙？"柳蔚将茶杯重重一搁，"昨夜不是你先与容棱胡言？"

"我那不叫胡言，我那是为你好。你也老大不小了，莫非终身守着小黎过日子？"

金南芸说完，半晌没听到柳蔚回答，便偷偷露出个眼睛，朝柳蔚看去。

这一看，只看到柳蔚一脸铁青地张张嘴，却一个字没说出口。

金南芸不乐意了："你什么意思？你在骂我是不是？你在说脏话？浮生你让开，我就问一问，我到底做错了什么？你说！"

金南芸强行推开浮生。

浮生一脸苦涩，随时做好柳姑娘一气之下要打夫人，自己得赶紧拦阻劝架的准备。

可柳蔚并未动手。确切地说，金南芸后面说的话，柳蔚一个字都没听清。

柳蔚只摸着自己的嘴，又皱着眉，张了张嘴，依然一个字没说出。

"柳蔚！"金南芸这下是真生气了，"这个时候你还做鬼脸，你什么意思？"

柳蔚看着金南芸，摇摇头，指着自己的嘴。

浮生眼尖，看出柳蔚的不妥，忙问道："您怎的了？"

柳蔚指着喉咙，一双眼睛看着浮生。

浮生不确定地问道："您喉咙痛？"

柳蔚摇头。

浮生又问道："卡住了？吃了什么东西？没有啊！您就喝了一杯茶，没有吃糕点啊!"

柳蔚还是摇头。

浮生真的不知道柳蔚怎么了,一时无措。

金南芸没好气地道:"一定是哑巴了!装模作样,故弄玄虚。你以为装哑巴我就不生气了?告诉你柳蔚,我现在很生气!"

柳蔚对着金南芸摆手。

金南芸指着柳蔚对浮生道:"你看她,装得还挺像。"

柳蔚闭上眼,揉着自己眉心,又放下手,盯着浮生,再次指喉咙。

浮生虽然觉得荒谬。但还是大胆地揣测:"您,您真的不能说话了?"

柳蔚终于点了一下头。

浮生愣神,道:"可是,为何?刚刚不是还好好的?"

金南芸笑:"你也知道,刚刚还是好好的,怎地就突然不会说话了?柳蔚,你到底想做什么?"

柳蔚气得头都疼了。

浮生看柳蔚这表情不像开玩笑,便道:"夫人,奴婢觉得,好像真的有什么不对劲。"

金南芸这才半信半疑地看柳蔚一眼,却对上柳蔚无奈又烦躁的眼神。

金南芸坐下来,不确定地问:"真的不能说话?"

柳蔚盯着金南芸,喘了口气,点头!

"不是装的?"金南芸又问,"怎会如此?方才明明还……"

金南芸说着,突然看向那被柳蔚搁在桌上,还剩半杯的茶水。

柳蔚也看向这杯茶,用小手指沾了点茶水,放到鼻尖反复地嗅。

这一嗅完,柳蔚闭了闭眼,努力压制火气,到底还是将茶杯砸了!

柳蔚霍然起身,就往外面走。

金南芸和浮生赶紧跟出去,就看柳蔚在外面,对着半空中频繁地打手势。

客栈内的暗卫们:"……"

"司佐大人在做什么?"

"好像是打手势。"

"可是不像命令的手势,而且,好长,他想说什么?"

"好像要问我们什么。"

"要问什么?"

"不知道,看不懂。"

"这间客栈没有外人,司佐大人为何不直接说,偏要打手势,还打得无人看得懂?"

"司佐大人是不是气坏了喉咙?我方才隐约听到在里头,与柳家三少奶奶争吵。"

"坏了喉咙？就那么吵两句，还能吵坏喉咙？"
"谁知道？不过，司佐大人很生气，我们要不要下去一个人？"
"不行，暗卫不能露面。"
"这间客栈不都是我们的自己人？"
"还是不行，这是原则问题。"
"难道，我们就看着司佐大人这样面色铁青地手舞足蹈？"
"我去找都尉大人……"

柳蔚打了半天的手势，得到的就是一阵劲风掠过，有人从她的眼皮子底下离开。

柳蔚颓然地放下手。这些暗卫不懂手势？

金南芸看柳蔚这疯疯癫癫的样子，很是担心："柳蔚，究竟怎的了？你想干什么？"

柳蔚对金南芸比画一下。

金南芸莫名其妙地看了看，再看着浮生。

浮生摇了摇头，也看不懂。

柳蔚扶着额头回了房间，倒在床上，一动也不想动。

金南芸小心翼翼地靠了过去，把笔墨纸砚拿到床边，对柳蔚道："你写下来。"

柳蔚看了金南芸一会儿，起身，抱着纸，写了一行字，写道："把柳小黎找回来。"

金南芸点头："保不准是与容都尉在一块。浮生，你去衙门找找容都尉，让容都尉把小黎带回来。"

浮生急忙应下，这就离开。

柳蔚将纸笔还给金南芸，倒回床上，用被子蒙住头。

容棱是被暗卫叫回客栈的。回来的路上，遇到浮生。浮生着急忙慌地把事情都说了，容棱的脚步便更加快了。

而此时，金南芸的房间内。珍珠吃完了肉糜，咕咚咕咚喝了半碗猪血汤。一抬头，看周围一个人都没有，便心情大好地扑扇着翅膀，在房间里东寻西找，终于被它找到一个有油彩味道的大包裹。

珍珠高高兴兴地站在窗台，对着外面长鸣一声。

没过一会儿，一只幼鹰飞了过来，站在外头对珍珠叫道："咕咕咕。"

珍珠："桀桀桀。"

幼鹰："咕咕咕咕。"

珍珠："桀桀桀桀。"

交谈了好半天，两鸟才达成交易。

最后幼鹰从窗户钻进来，叼起那包不重的油彩，飞出窗户。珍珠也飞出去，给苦力领路。

小黎在东盛客栈安顿下来后，便打开窗户，一直望着外面。等了好半天，才看到一大一小两只鸟儿，从远处飞来。

小黎赶紧挥手。

珍珠在空中叫了两声，幼鹰便精准地降落到小黎窗前，把嘴里的包裹递上去。

小黎抱紧包裹，高兴地跳起来："珍珠，你太厉害了！"

珍珠谦虚地叫道："桀桀。"

小黎又抓起珍珠好好地亲了几口，然后抱起包裹，跑到床上去打开。

珍珠以黑毛盖住它娇羞的脸，正要跟过去，旁边的幼鹰对珍珠叫了一声："咕咕。"

珍珠恍然一下，就飞过去，对小黎叫道："桀桀桀。"

小黎听了，看看珍珠，又看看那只幼鹰，然后起身，对楼下的小二道："小二，来两只鸡。"

下面很快就送上来两只烧鸡。小黎很给力地把两只鸡都给了幼鹰。

幼鹰试探性地叼走一只，不一会儿都吃了，又小心翼翼地看着另一只。

小黎笑着点头："嗯嗯，都是给你的，你吃吧！"

幼鹰又看向珍珠。

珍珠也点头："桀桀桀。"

幼鹰这下高兴了，咕噜一下，叼起另一只。这次却没立刻吃完，而是叼着飞走了。

看着那硕大的鹰身越飞越远，小黎瞧向珍珠，夸赞道："珍珠你真厉害！我还以为你已经失败了，没想到你还是把油彩带来了！你的朋友这么大的身子，芸姨没有害怕吗？"

珍珠叫道："桀桀桀。"

"啊，房间里没有人吗。"小黎很惊讶，"那人去哪儿了？芸姨和浮生姐姐都不在？"

"桀桀桀桀。"珍珠道。

小黎一顿："你说爹回去了？带走了芸姨和浮生姐姐？为什么？"

珍珠这次犹豫一下，才说："桀桀桀桀桀桀……"

大概因为这次要说的话，是鸟语不好理解，因此珍珠叽里咕噜说了好大一串。

而随着它说完，小黎的身子都僵了。

小黎咽了口唾沫，不确定地问道："你是说，爹喝了口茶。然后，喉咙坏了，不能说话了。现在，爹很生气？"

珍珠点头："桀桀。"

小黎脑袋一麻，趴在桌子上动不了了。

"桀桀？"小黎突然倒下，把珍珠吓坏了。珍珠急忙去啄小黎的耳朵。小身子一蹦一跳的，很着急。

小黎闭着眼睛，苦着脸摆摆手，带着哭腔说："珍珠，我们可不能在这里躲了，我们还是回曲江府吧。"

"桀?"珍珠歪头。

小黎立起脑袋，看着珍珠，鼻尖红了："我下错药了，那不是迷魂丸。是……是哑丸……"

另一边，柳蔚的房间内。

容棱坐在床边，看着那个缩在被子里鼓鼓的一团，叹了口气，沉声道："你先出来。"

被子依旧一动不动。

容棱伸手，这就要去拉被子。

里头的人却与容棱拧上了，死活不让容棱掀开。

容棱蹙眉："柳蔚，你别任性。"

里头一声没有，就是不撒手。

容棱放手了，大掌盖在柳蔚突起的身子上，轻轻拍了拍："乖，出来让我看看。"

被子下头之人动了一下，身子扭了扭，躲开容棱的手掌。

容棱无法，只能收回手，干坐在那儿。

时间一点一滴过去，大概是外面一点声音没有，被子终于动了一下。接着，被头的一面，偷偷开一个口子，一只黑漆漆的眼睛露了出来。

一看到外面容棱还在，柳蔚赶紧又把被子盖回去，还卷了一下把自己裹得死死的，滚到床角边去。

柳蔚这别扭的模样，看得容棱直笑。

容棱索性上了床，抱住柳蔚圆鼓鼓的身子，搂在怀里，低声道："就看一下，一下?"

里头没动。

容棱又道："便是你又聋又哑，又丑又笨，我也不嫌。"

被子里的人抖了一下，估计觉得太肉麻了，到底活动了一下，把脑袋露了出来。

容棱看着柳蔚和被子，此景就像一颗长着人脑袋的花卷。他失笑一声，指腹摩挲着柳蔚的粉唇，开腔道："先张开嘴，我看看。"

柳蔚瘪着嘴，不肯。

容棱道："乖。"

柳蔚这才不情不愿地张开。

容棱托着柳蔚的下巴，朝里头左右看看，道："没有损伤，喉咙没坏。"

柳蔚又动了一下，艰难地伸出两只爪子，趴在被子边，对他动了动手指来表达。

容棱看着柳蔚奇奇怪怪的手势，面露困惑。

柳蔚沮丧地低下头，又把手缩回去，再慢慢地把头也缩回去。

缩了一半，被容棱止住道："里头不能喘气，出来！"

柳蔚不管，还是磨磨蹭蹭地往里面缩。

容棱说道："再比画一次，方才没看清楚。"

柳蔚半信半疑地看着他。

容棱对她点头。

柳蔚这便不情不愿地又把手伸出来，完整地对他比画一遍："我中了毒，下毒的是柳小黎！"

容棱道："你中了毒，下毒之人是小黎？"

柳蔚一怔，吃惊地看着容棱。

容棱问道："猜对了？"

柳蔚忙小鸡啄米似的点头。

容棱抬手摸了摸柳蔚的脑袋："再说一些。"

柳蔚便又比画了一大堆，然后双眼发亮地看着他。

容棱不确定地挑眉，问道："这毒是你以前无意制出的，从未用过，一直放在小黎的背包里。你没防备地喝掉茶水后，闻那茶水，确定就是那个药。你要我帮你找到小黎。"

柳蔚激动得不得了，忙又是一阵殷切的点头，接着又比画。

"那药过了太久，你已忘了药方，要看到药丸真身，方能配制解药。你要我找小黎，拿药丸真身？"

柳蔚简直对容棱惊人的理解能力所叹服。不愧是能当都尉的男人，总有很多不为人知的优秀之处了。

柳蔚的意思传达出去了，也因为还有人看得懂她的手势，而心情稍微好了一些。她也终于肯从被窝里出来了。

容棱看着被扔到一边的被子，却突然觉得柳蔚若一直在里面，探半个脑袋出来，也……挺好的。

第六章 同床共枕

出了房间，容棱招来暗卫询问。

等到问完了，一转身容棱就看到站在房间门口，一脸期待正专注望着他的女人。

容棱踱步过来，眸光隐藏着狡黠朝柳蔚道："无人知晓小黎行踪。"

后面还没走的暗卫："……"

柳蔚感到不可思议，用手势比画道："没人知晓？这些暗卫不是一直都在的吗？"

容棱点头："但是小黎并非从正门离开。"

柳蔚想到回来时，房间窗户是打开的。沉默一下，又比画道："外面你就没安排人守着吗？"

容棱摇头："没有。"

柳蔚很是失落。

柳蔚倒不担心小黎会有危险。凭那个臭小子的身手，加上有珍珠护着，基本不成问题。

柳蔚也不怕今日逃走的死士与同伙找上小黎。若是找上更好，这两个死士身后都跟了一长串的暗卫。暗卫们都了如指掌。

今日犯了大错，小黎估计会躲一阵子。

以前在曲江府也发生过类似之事，不过当时小黎没钱，只是在付子辰的家里躲着……

嗯？顿了一下，柳蔚突然转身，把房内的枕头掀开，看到下头原原本本的钱袋子。打开翻看一番。

这一看，柳蔚一眼就看出少了一百两。

臭小子！

柳蔚在心里恨恨地骂道。

柳蔚抓着钱袋，回身对跟来的容棱又是一阵比画。

容棱领悟，道："小黎拿了银子？嗯，我会安排人，着重调查全城的客栈。"

柳蔚点点头，可怜巴巴地看着他。

容棱抬手，揉了揉她的头发，道："就当歇歇喉咙。"

柳蔚也只能点头。

等柳蔚摇摇晃晃地回了房间之后，暗卫走上来，小心翼翼地开口道："都尉大人，属下方才是说……"

"闭嘴。"容棱冷漠地打断暗卫。

暗卫心头一跳，很是莫名其妙。他方才明明告诉都尉大人，公子就在旁边一条街的东盛客栈，可是都尉大人却……

容棱看着暗卫，严肃吩咐："记住，公子的行踪还未寻得。"

暗卫虽然不解都尉大人为何这样做，却还是老老实实地点头，然后快速躲回暗处。

而东盛客栈内，吃了晚膳后，柳小黎就坐在窗子边惆怅。

珍珠站在小黎面前，对小黎叫唤："桀桀桀？"

小黎摸摸它的小脑袋，闷闷不乐地道："我爹一定气死了，我现在哪里也不能去，就是想出城也不行。容叔叔的人，肯定已经将沁山府大大小小的干道都设下了眼线。我一出去，保准就被发现了。"

"桀桀桀。"

小黎点头："找容叔叔倒是个办法。但容叔叔肯定也生气了，说不定会立刻出卖我，你知道吗？……"

"桀桀桀！"

小黎噘着嘴，心情很差。

看着窗外皎洁的月色，小黎想了想，起身走到床边，把自己的油彩和玩具拿过来，铺在桌子上。

小黎自言自语地道："反正早晚要被打，先做正经事。"

小黎说着，就把油彩放到小碟子里搅和搅和，用毛笔蘸着彩色液体，在人偶玩具上刷。

"眼睛涂成红色的好不好看？"小黎问珍珠。

珍珠歪着头看了看，说："桀。"

小黎很高兴，觉得自己的审美被认同了。因为荧光油彩很有限，涂整个头是不够的，所以小黎取出一点，搅和进别的颜色稀释一下，弄成另一种颜色的荧光效果。

然后，小黎就勤勤恳恳地刷玩具。眼眶是红色的，头盖骨是蓝色的，牙齿是绿色的，颧骨是黄色的。等到小黎都刷完，一个七彩缤纷的玩具人偶，就全上好色了。

小黎兴奋地将玩具放在窗口，等着吹一夜凉风，把油彩吹干。

将桌子简单收拾一下，小黎趴在窗口，一会儿看看月亮，一会儿看看玩具人偶，过了很久，才叹息一声："真希望这么好看的玩具，我爹能跟我一起看。"

珍珠跳到小黎的脑袋上，用脑袋蹭蹭小黎的脑门。

小黎把珍珠抓下来，抱在怀里，摸着它的毛，说："我知道，我知道还有你陪着我……"

"桀桀！"

小黎："珍珠哥哥，我是说我爹要是一直不消气，以后我们会不会成为孤儿？"

珍珠愣了一下，然后看着小黎："桀桀？"

小黎道："当然要考虑到，有可能爹不要我们了。是有这种可能的。"

珍珠："桀桀？"

小黎："当然也关你的事，你不是跟我一起跑的吗？而且油彩是你偷出来的，我们是同伙啊！"

珍珠："……"

大概是突然醒悟过来，自己做了什么，珍珠突然也惆怅了。整个鸟身子都软了下来，有气无力地倒在桌子上。

小黎戳戳它的尖嘴，却被珍珠生气地啄了一口。

小黎捂住手，很委屈地望着珍珠。

珍珠瞪了小黎一眼，转身过，拿屁股对着小黎。

小黎想去戳珍珠。珍珠猛然回头，豆子般的小黑眼珠子，满含警告。

小黎停在半空的小手顿住，悄然地缩回。

因为无辜被拉下水，珍珠生气了。

虽然考虑到小黎一个人出门在外，它不要离得太远，所以不能离家出走。但它还是用整个身子，每一个眼神和动作，来表达它的不满。

最后小黎没办法，只能坐得远一些。

而就在此时，响起敲门声。

小黎精神一振，朝大门看去，试探性地问道："谁？"

外面，安静片刻。

接着便响起一道低沉磁性的男音："是我。"

那声音何其熟悉，小黎终生难忘！

小黎急忙跳了起来，蹭过去开门。

房门打开，外面一身玄袍的清冷男子，站在那里。

小黎看着容棱，容棱看着小黎。一大一小对视良久，小黎"啪嗒"一声，倏地阖上房门，跑进来就开始大叫："珍珠，收拾东西，快走，容叔叔找来了！"

一边这么说着，小黎一边后悔。自己方才究竟怎么想的，明明听出声音是谁了，还跑过去开门。

果然是平时太熟悉了，条件反射了。

小黎手忙脚乱地将玩具重新包好，又拿好钱袋，打算从窗户离开，房门却在这一刻打开。小黎运起内力，飞了出去。接着，一道劲风刮过，等小黎反应过来时，已经身子悬空，整个人干巴巴地吊在窗子外。而他的后领处，一只男人的宽厚大掌，将他拽得牢牢的。

小黎默然无语，颤颤巍巍地回头去看。

这一看，便对上容棱无奈却又冷漠的严肃眼神。

小黎一撇嘴，快哭了。

容棱长叹一口气，将小黎抓了回来，抱在怀里。

大概是感觉到容叔叔没有很凶，小黎也卸下心防，然后扑在容棱怀里，嘟着嘴说："容叔叔，我知道错了。"

容棱拍拍小家伙的后背，将小黎抱到椅子上，坐好。

小黎怀里搂着玩具，背脊缩成一团，小心翼翼地看着容叔叔。

容棱视线一转，又看向一旁的珍珠。

珍珠顿时僵了一下，然后扑扇着翅膀，飞到房梁上。把自己黑黑的身子，躲进黑色的阴影里。

容棱有些头疼。

小黎抓抓容棱的衣袖，小心翼翼地问道："容叔叔……我爹是不是……"

"是不是什么？"容棱神情严肃，看着小黎，"你爹现今无法说话。"

果然是这样。

小黎身子一抖，慢慢靠近容棱，最后谨小慎微地挪到容棱怀里，拉着容棱的衣服："容叔叔，我爹会打死我的。"

容棱捏住小黎的鼻尖："知道会是这样，还乱来。"

"我不知道。"小黎都要哭了。他打开自己的小背包，从里面摸出一个白色的瓶子和一个红色的瓶子，递给容棱："我本来是想用红色的这个，但是用错了……"

小黎说着，又把红色瓶子上面的字，指给容棱看，问："这上面写的什么？"

容棱沉默："你要下红色之药，却不知这药叫什么？"

小黎："我不认识这个字……"

容棱头更疼了。

小黎却锲而不舍地问："这个字念什么？"

容棱这才正眼看向那上头的标签，然后默然。

"为何要下这红色之药，你以为这是什么？"

小黎干脆地道："迷魂丸。"

容棱摇头："上面写的是'腐陵散'。"

小黎一愣，然后瞬间瞪圆了眼睛。

"腐陵散"？那个能把人腐蚀的"腐陵散"？

小黎手一抖，红色瓶子掉在地上，咕隆咕隆地转了两圈，才停下。

小黎眼眶红了，鼻子也红了，眼泪大颗大颗往下掉："我……我不知道……容叔叔，我不知道……"

容棱拍拍小黎的背安抚，最后见小黎越哭越大声，只能道："幸亏下错了药，对不对？"

小黎抬起头，脸上全是眼泪："我爹说……红色瓶子，是药效猛烈的……白色，是轻缓的……"所以最后虽然怀疑红色瓶子才是迷魂丸，但他还是选择了白色瓶子。

容棱点头："很好，你还记得你爹的嘱咐。"

可是记得有什么用，现在爹变成哑巴了，肯定会打死自己的。

小黎一下子觉得，没有前途了，世界一片黑暗。

看到小黎如此绝望的表情，容棱摸着小黎的头发，道："我会帮你。"

小黎吸了一下鼻子，看着容棱。

"这两日你先在此躲好，若是有了消息，自会有人通知你。"

小黎想了想，这也是唯一的方法了，所以就点点头。

容棱又说："不能乱跑。"

小黎继续点头。

"不能逛街。"

再次点头。

"珍珠的行踪也不能暴露。"

小黎看看房梁上的珍珠，正从黑暗中探出半个脑袋，然后"桀"了一声，又缩回去。

小黎就哽咽着声音道："珍珠……也答应了。"

容棱点头，将小黎抱到床上，为小黎展开被子，道："先睡吧！快一更天了。"

小黎被放进被窝里，被子太大，盖住小黎半张脸。小黎伸出小手，掀开了一点点被头，露出一张完整的小脸。

小黎深深地看了容棱一会儿，然后软软绵绵地道："容叔叔，能替我将玩具拿过来吗？"

容棱起身，将桌上的包裹拿来，放在小黎枕头边。

小黎爬起来，将包裹打开。

容棱本以为会看到一颗泛着冷气的雪白骷髅，却不想看到的竟然是一个五彩缤纷花里胡哨的……彩色玩具人偶。

容棱这一瞬间，有些愣神。

小黎道："容叔叔，能把蜡烛吹灭吗？"

容棱迟疑一下，总觉得有什么不好的事情要发生。但他还是一甩袖子，两道劲风打出，将房中所有的蜡烛尽数熄灭。

然后，容棱就彻底沉默了。

因为容棱看到，眼前那五彩缤纷的玩具，竟然没有淹没在黑暗中。不只没有被淹没，它还发着荧色的光，闪得他眼瞳发晕。就连那黄色的颧骨，也如此光彩照人，引人注意。

容棱，从没见过一个在黑夜中，能发光的……玩具。

更没见过一个，还会发出多彩光芒的……玩具。

容棱觉得，若非自己提前有了预防，换做常人冷不丁看到这一幕，指不定会被吓出什么毛病。

容棱深吸一口气，起身去将蜡烛都点好。

然后回头，就看到小黎一脸不舍地摸着彩色玩偶。一双水汪汪的眼眸里，全是依恋。

容棱此刻又有了一种不祥的预感。

果然，下一刻小黎就抬起头，痛心疾首地将玩偶推了推，满脸坚强地道："容叔叔，这个玩偶，我送给你了。这可是很贵的人偶。"

容棱："……"

"我知道，在我与我爹之间，你很为难。我也知道，你们大人求人帮忙办事，是要送东西的，我也没什么值钱的东西，这已经是我身上最宝贝的东西了，我……送给你！"小黎说完，眼泪都掉了下来。

天知道为了这个玩偶他费了多少心思，眼下却要凭空送人，他如何会真舍得。

但是和头骨比起来，还是娘亲重要。

所以，为了娘亲，这个玩偶是一定要牺牲的了，只希望它的新主人会对它好，会疼它，给它打蜡，抛光，每天擦拭，好好保养珍惜。

这么想着，小黎又想哭了。

小黎觉得，这个世界上绝对没有任何人，能对这个玩偶比他更好了。

他很舍不得，但是舍不得也要舍得，挽回娘亲只能靠容叔叔，这点牺牲是必须的。

小黎痛定思痛，坚强地用袖子擦掉眼角的泪，毅然决然地将那在夜晚能发出彩色光芒的头骨，塞进容棱怀里。

容棱："……"

"容叔叔，你一定要好好对它！"小家伙哽咽，抽泣。

容棱一想到这个灿烂夺目的玩偶，他就……头疼欲裂。

最后，容棱用自己带个玩具回去太扎眼为借口，将它留下。

小黎高兴得跟什么似的，也不管油彩干了没干，就搂在怀里，似乎是打算今晚抱着睡。

容棱临走前摸了摸小黎的脑袋，留下了两名暗卫严加看顾，这才放心离开。

容棱回到客栈，还未上楼，就看到柳蔚站在二楼的走廊等他。

容棱走了上去，问道："怎么？"

柳蔚对容棱比画一番。

容棱却是摇头："还没找到。"

柳蔚怀疑地看着他……

容棱一派坦然地与柳蔚对视。

柳蔚看容棱的眼神果然不像撒谎，最后叹了口气，拖着疲乏的步子，转身回房。

容棱一起跟了进去，顺手关上房门。

柳蔚看着他，随手比了比。

容棱在柳蔚面前坐下，才道："有些事，我们该谈谈了。"

柳蔚挑了挑眉。

容棱再道："你与本王之事。"

柳蔚笑了，疯狂比画——你确定我现在这个样子，你要跟我谈什么男女之事？

容棱点头："嗯。"

柳蔚："……"

容棱慵懒地问道："现在，本王问你，你是否愿意与本王在一起？"

柳蔚眯着眼，瞪他，赌气地比画——不愿意！

容棱俊朗的眉目不变："不回答，便是默认了。"

柳蔚诧然地瞪大眼睛，继续比画——我说了不愿意啊，不愿意，不愿意你看懂了吗？

容棱看了看桌上的蜡烛："本王知晓，此事事关重大，自然是要考虑清楚。本王给你时间，一炷香，可是够了？"

柳蔚继续比画——够什么够，不需要考虑，不愿意！

"好，你既然同意，那现在开始算时辰。"

柳蔚冷笑一声，起身就走！

容棱拉住柳蔚，将她困在椅子上，以强硬的内力来压制她，不准她动。

柳蔚挣脱！

容棱却神色依旧，不放，就是不放。

时间一点一滴过去，一炷香时辰，真的不长。

时间一到，容棱问道："你既同意，那你与本王之事，便算定了。"

柳蔚被容棱这不要脸的举动,气笑了。

容棱却拉着她,走向床榻。

柳蔚比画——干什么?

容棱道:"事既已定,同床共枕也是自然。"

柳蔚不知说他无耻好,还是无耻好,还是无耻好。柳蔚推了推他,继续比画——少来这套,睡在一起,那是夫妻才做的事。你与我还不是夫妻,立刻,给我出去!

容棱深邃地看着柳蔚,蓦地倾身,在她耳畔呵气道:"五年前,不是早已睡过?莫非当时,你我已是夫妻?"

柳蔚:"……"

好想说话,好想争辩,好想骂他,好想打一架啊!

趁着柳蔚似乎气急攻心,容棱将她丢在被子上。而后他迅速钻进去,最后手臂一扬,床幔落下,房中蜡烛全数熄灭。

柳蔚在被窝里差点与这不要脸的王爷打起来。

容棱在黑暗中压着她的双手双脚,薄唇贴着她的脖子,低声道:"本王不会乱来,你担心什么?"

柳蔚还是挣扎。

容棱再道:"夜晚床凉,小黎不在,谁给你暖被窝?"

柳蔚迟疑了一下。

沁山府比江南可冷多了,柳蔚又习惯了小黎这个暖宝宝随时可以取暖,睡哪儿都不冷。

如今冷不丁没有了小黎在身边,柳蔚也猜测,半夜自己或许会被冷醒。况且她还会踢被子,以往小黎在,都会给她盖被子。现今小黎不在,或许,真的半夜就得冻醒。

这么想着,柳蔚便停止了挣扎,但还是比画着手,警告:"不准乱来,你若敢乱来,分道扬镳!"

可惜,此刻蜡烛尽灭,容棱是真看不到她在比画什么。

但容棱能瞧见她在动手,便随意猜测一下,而后点头:"没问题。"

柳蔚放下了一半的心,但毕竟是大被同眠,还是很警惕地隔容棱较远。容棱也未咄咄相逼。

试探了半刻钟后,柳蔚发现容棱当真没有乱来,算是勉强接受了他这个后备暖炉。

实则,柳蔚是相信容棱的。

容棱虽然偶尔流氓一些,喜欢搞点突然袭击,但的确从不会太过逼迫女子,更不会强迫。

大概便是这种尊重，令她一开始，便下意识地接纳他这个人。

这一日，闹得太久，总算可以好好歇一歇。

没过多久，柳蔚便睡了过去。

柳蔚香甜地睡了，容棱却没睡。

容棱睁着一双黑眸，侧头看着身畔安睡的女子。

时间一点一滴地过去。随着夜露更深，凉气更重，容棱亲眼目睹那个原本隔着他有一个枕头远的女人，慢慢地往他这边蹭。接着，再蹭，再蹭，再蹭……

一刻钟后，容棱心满意足地抱着主动投怀送抱的女子身子，很快入眠。

同一时刻，沁山府某条街角小巷。

星义满头大汗地靠在墙边，仰着头，气喘吁吁。

烈义站在星义旁边，也喘了一会儿，才控制着气息，问道："确定甩开了？"

"嗯。"星义摸了摸头上的热汗，舔舔唇瓣，"以往我倒是小看了那镇格门内的人。"

烈义走到星义面前，突然一抬手，敲了星义脑袋一下。

星义皱眉："发什么疯？"

烈义冷着脸："不是让你离开？为何搞成如此？"

星义烦躁地别开脸："离开了，被抓到了。"

"离开了如何能被抓到？我倒不信你才来沁山府半天，便被盯上。"

星义不说话了。

烈义就知道星义有所隐瞒，气得又打了星义一下。

星义也气了："你以为我想，谁知道那小兔崽子……"星义说了一半，突然住了嘴，心虚地瞥了烈义一眼。

烈义就知道还有内情，压着火气，寒声："说清楚。"

被一个孩子外加一群鸟弄至如斯田地，星义如何也说不出口，但看烈义这副不依不饶的模样，他又只能忍着脾气，吞吞吐吐地胡乱，说了一遍。

话落，星义还强调："他们很多人，至少有七八十个。我双拳难敌四手，总归是不敌了。"

烈义皱眉："镇格门此番来沁山府，明里暗里加起来，一共也才三十人，哪来的七八十？"

星义道："总之现在逃出来，不就得了。你的行踪也暴露了，与我一道回去。黄家那东西，回了辽州再禀报主子，派其他人来办。"

"不！"烈义拒绝。

星义看着烈义："此刻危急关头，不是你逞英雄的时候。"

"不。"烈义重复。

烈义也知，这沁山府，此刻是真不能待了，但事情只办了一半，要么死在任务上，要么完成任务而归，独没有逃走这条路。

况且，他的确有非留下不可的原因。这个任务，他必须完成。

星义看他如此坚持，突然想到什么，道："知道我在地牢，见到了谁？"

烈义沉默。

星义冷笑一声："我就知道与她有关。游丝丝，为了游丝丝，是吗？"

烈义皱眉，不语。

星义咬牙，揪住烈义的衣领，将他推到墙上，气得发狠："那个女人还要害你到何时？她是主子的宠妾，游轻轻是她的妹妹。她想将妹妹接回去，自己与主子说便是！为何要让你动手？这么说来，那无头女尸，之所以在柳家的箱子里，也是你有意为之？你要将柳家的人留下，然后想办法带走游轻轻？"

烈义掰开星义的手，将星义推开："没有。"

"没有？你对着巫神发誓，你没有私心！现在就发！"

巫族中人，将巫神视为母神，不能亵渎。

烈义说不出话。

星义深吸口气："游丝丝到底有什么好？"

"不关她的事。"烈义看着星义，"你自己回去，东西我必须拿到。"

星义冷笑。

两人在巷子里分开。

一个往东走，一个往西走。

漆黑的夜色，一会儿便将他们融入黑暗，再也寻查不见。

而黑暗中，将一切听在耳里的几名暗卫，分开四人继续跟踪，另外两人回往客栈。

等着天一亮便去禀报。

有的时候，跟踪也是有技巧的。

不能让对方知道，也不能让对方不知道。在对方知道的时候，要让他以为你不知道。在对方不知道时，其实你什么都知道了。

这些搅来搅去的复杂学问，整个镇格门，也就只有都尉大人能计较清楚。旁人，怕是听都要听混。

于是，第二日一大清早，沁山府东北两扇城门，便被戒严了。

出入关卡设置得极严，普通人根本无法蒙混过关。

而就在星义为出城而把头发都愁白了时，柳蔚也睡醒了。

柳蔚醒来的第一刻，还有些未回过神来，等到瞪着眼睛僵直了好半晌，才抿抿唇稍稍转了转眼珠子。

长长的浓密睫毛，高挺的鼻子，单薄的唇瓣。柳蔚没想到，自己会这么近地观察容棱的五官。近得，已经看清他脸上那细微的毛孔了。

再看看此刻她的窘迫状况，两条细腿被男人夹住，虽然很暖和，但是动弹不得。

脖子下面，枕着男人的手臂。容棱的手臂虽有些硬，但枕着还行。

她的腰上搭着男人的手臂。手臂很长，将她搂得几乎贴在他的身上。

她整个人都被男人搂在怀里。

柳蔚眨了眨眼睛，再看看这近在咫尺的俊颜，她想动一下但全身都被困住。她垂眸，看着两人贴在一起的鼻尖。就用鼻尖，去蹭蹭男人的鼻尖。

蹭了两下，除了有些痒以外，男人并未醒。

没醒？柳蔚是不信的。

容棱是何许人，又不是小黎那样没心没肺的。

容棱的警惕心，就算是现在有人靠近他们房门一步，他恐怕都会立刻睁开眼，保持最佳的防范状态。

但是此刻他却睡得这么香，绝对不可能。

柳蔚分析，这男人是在装睡！

因为她现在不能说话，无法发出声音，所以她无法叫醒他。

但是不能叫就不叫吗？人不应该这么容易妥协。

柳蔚努力地想抽出自己的手，叫醒男人。而不知是偶然还是必然，手抽不出来。

容棱的力气很大，抓得她抽出手都困难。

那就动动脚吧！她挣扎着，想收回自己的脚。

都挣出热汗了，男人还是一动不动。

果然，要叫醒一个装睡的人，永远是不可能的。

最后，只能用杀手锏了。

柳蔚莫名地将脑袋靠上去一点，脑袋磨磨蹭蹭地往上面移，唇瓣贴到了容棱的鼻尖，然后她张嘴咬了一下！

牙齿，给容棱的鼻尖咬出一个牙印。

而就在柳蔚发力的下一瞬间，容棱睁开了眼睛。

柳蔚得意地松开他的鼻子，对他挤眉弄眼，示意他放开她。

容棱盯着柳蔚表情丰富的脸，抬手摸摸柳蔚的头发，将她的脑袋按在他的怀里，揉揉鼻尖，含糊着道："别闹，再睡会儿。"

谁闹了？

柳蔚拱拱脑袋，用脸去挤容棱的脖子，让他放开自己。

容棱终于放开她。

柳蔚仰起头，很生气地朝他瞪眼。

容棱想了一下，猝不及防地在她唇上印了一下。亲得又快又准，然后勾起半边唇角，道："这样？"

谁他娘的在求你的吻！

柳蔚气得翻江倒海,整个人都开始乱扑腾,要把自己的四肢解救,彻底远离这男人。

可男人早有准备,应付手段是叫你不能忍的那种强大,三两下便将柳蔚武力镇压。

然后他又揉揉她的头发,性感薄唇贴在她的额头,轻声地道:"乖,再睡会儿。"

不睡!要起床了!放开我!

柳蔚一肚子话想说,一肚子脏话想骂。可惜,无法开口。

容棱感受到怀中女子气得肝疼又无可奈何的模样,贪心地想,不如让小黎再多躲几天吧!

或者直接将小黎送回京都,感觉小黎留在这儿,本身也是个累赘。

而此时,邻街东盛客栈内,躺在冰凉的床上,缩成一团,抱着冷冰冰的玩偶的柳小黎,凄楚地吸了吸鼻子,望着床头的珍珠,道:"珍珠,我好冷。"

珍珠:"桀桀。"

小黎瘪嘴:"我会叫你哥哥,你不用这么勤快地提醒我!"

柳蔚被容棱强行压着,又睡了半个时辰的懒觉,才终于得到释放。

容棱一边穿着衣服,一边回头看柳蔚。瞧见柳蔚青白交加的脸,他上前用手掌贴着她的额头,探了探:"不舒服?"

柳蔚拍开他的手,手舞足蹈地比画:"我没病,我没病,我没病!是你有病,你有病,你有病!"

容棱温和地笑道:"你说饿了?那我们下楼用早膳。"

柳蔚:"……"

这男人一定是故意装作看不懂的。

柳蔚想了想,只好对男人竖起拇指。

容棱眼瞳缩了一下,却在一瞬之后恢复如常。他捏住她那根手指,用指腹摩挲一下,道:"好,早餐准你只喝一碗粥。"

柳蔚:"……"

客栈一楼,金南芸磨磨蹭蹭地还在喝粥。

浮生在旁边小声提醒:"夫人,粥已经凉了。叫人再给您热热?"

金南芸摆摆手,示意不用,眼睛却盯着楼梯方向。

当看到楼梯上,柳蔚的房门终于打开,果然是容棱与柳蔚一起出来,金南芸眼睛亮了一下,把剩下的半碗粥塞给浮生,道:"去热。"

浮生看了眼楼上,再看自家夫人抑制不住满眼的激动与好奇,无奈地笑笑。只盼望一会儿柳姑娘动手打夫人时,容都尉能拦着点。

柳蔚心情很差,表情也不好,下来后坐在凳子上,便搅自己的粥。

金南芸看看容棱,又看看柳蔚,先对容都尉请了安,又问柳蔚:"昨晚睡得可好?"

　　柳蔚朝金南芸比了个手势——非常差!
　　金南芸看不懂,憜然地看向容棱。容棱道:"她说很好。"
　　柳蔚斜着眼睛瞟他。
　　金南芸却点点头:"那就好!睡好了,精神好了,便莫要生气了。小黎只是调皮了些,还不至于大奸大恶。要我说,此刻他只怕也吓着了,昨晚一夜未归。这沁山府人生地不熟的,也不知会否有意外。容都尉,小黎的行踪,还要多劳烦您了。"
　　容棱颔首。
　　此刻,浮生也将粥热好了,端上来。金南芸一边搅着自己的粥,一边又磨磨蹭蹭地问:"都尉大人,昨日小女子与您说的那件事⋯⋯"
　　"放心。"不等金南芸说完,容棱先一步道,"清晨有了新消息,此事已快明朗。"
　　"当真?"金南芸惊喜,问道,"那⋯⋯那个游姑娘,是否当真⋯⋯来者不善?"
　　容棱看金南芸一眼。
　　他的眼神很奇怪,金南芸微微愣住,迷惑不解。
　　容棱却已经别开眼,道:"还未确定。"
　　"哦。"金南芸点点头,"调查也没那么快,我明白。只是此事,还要劳烦都尉大人多多费心才好。"
　　容棱随口"嗯"了一声。
　　两人交谈到这儿,却被一声"哐当"声给惊扰。
　　两人同时转眸,就看到柳蔚将勺子丢在碗里,对着一边的小二比画两下。
　　小二懵懂地抓抓头,一脸呆傻,婉转地道:"那个,客官,可是膳食不合胃口?有什么不好,您就知会小的一声,小的替您换。"
　　柳蔚继续比画。
　　小二很尴尬:"客、客官,您到底⋯⋯"
　　柳蔚颓然地按住眉心,看向容棱,示意他说。
　　容棱将最后一口粥喝下,才慵懒道:"这粥里放了糖,她不喜欢。换一碗咸的。"
　　"哦,好好好。"小二闻言,急忙端走柳蔚面前的粥,没一会儿便换了一碗过来。
　　柳蔚再尝尝,这才满意了。
　　金南芸瞧在眼里,带着些拍马屁意味地道:"这便是缘分了,柳蔚喉咙不好,手脚乱舞描绘一番。那意思,也就只有容都尉一人能知。若说两人并非天赐良缘,谁会信呢。"
　　容棱勾唇,算是默认了。
　　柳蔚再次将勺子一丢,看向金南芸。
　　金南芸却看都不看柳蔚,埋着头专心喝粥。
　　柳蔚觉得,只是不能说话而已,好像就已经被全世界欺负了。

柳小黎！他最好一辈子不要出现。他敢回来，看她不打断他的腿！

用过早膳，容棱要去衙门，柳蔚不去。

容棱道："曹余杰今晨派人来找过你，说是有事与你商谈。"

柳蔚背过身去，手里端着一本街边买的话本，面无表情地在看。

容棱看着柳蔚赌气的背影，绕到柳蔚面前，手掌盖住那本书，看着她道："别任性，案子还未破。"

柳蔚眯着眼睛比画——破没破你不知道？

容棱道："那女尸的头，还未找到。"

柳蔚突然想起：是啊，女尸的头还没找到！完整的眼球，完整的脑髓，都还遗留在外。

柳蔚将书一放，霍然起身，往门外走。

容棱无奈摇头："提到尸体就来精神了，倒是好哄。"

柳蔚坐在衙门的椅子上，拿着毛笔，写写画画，在宣纸上涂了一堆。

容棱刚好与曹余杰谈完，侧眸便瞧见柳蔚手上那张纸，上头写的都是他看不懂的。

容棱看得入神。曹余杰也偏过视线看向柳蔚道："柳大人，你验尸报告中提到一项。可是那一项前面你只是画了一个繁复的图案，后面却还空了一格，不知那是……"

柳蔚面无表情地抬起头，看着曹余杰。

曹余杰也看着柳蔚。

两人对视片刻后，曹余杰被柳蔚古怪的眼神弄得不舒服了，试探性地开口："柳……柳大人？"

柳蔚垂下头，继续弄自己的。

与这位司佐大人接触几日，曹余杰知道此人有本事，向来以礼相待。而这位柳大人虽年纪轻轻，却也十分知晓规矩，对他也是向来礼数周全，言辞温和得体，可是现在……

此人现在如此无礼，他一堂堂沁山府府尹，莫非还要被这个黄毛小儿给无视？

曹余杰难免有些气恼。

看出曹余杰不悦的心情，容棱端着旁边的茶，啜了一口，解释一句："柳大人说不了话。"

曹余杰牵强地扯扯嘴角，露出一副不在意的勉强神色。

说不了话，为何说不了话？

便是再不愿理人，难道一两句话也不能说，难道为人的态度也能变？曹余杰分明不信，并在心中猜测：这位柳大人，指不定就是这样一个目中无人之人。

年少成名，才华出众，这样的年轻人，难免心浮气躁。以前的谦虚只怕也都是装出来的。

曹余杰心里这般想着,面上也没露出什么,只是道:"那一切,便按都尉大人吩咐的去办,下官这就去通知下头。"

曹余杰离开后,容棱再次看向柳蔚。

容棱却见柳蔚随意地将宣纸收起来捏成一团。感受到身边的视线,柳蔚偏头看去一眼。

容棱放下茶杯,道:"没事。"

柳蔚知道容棱想说什么。她便是不能说话,但也不至于态度大变。今日之前,他可都是文质彬彬的书生。

可柳蔚现在就是心情不好,也懒得与人虚与委蛇。

柳蔚决定,制作解药之前,自己就要活得这样恣意。不能忍着,要想做什么做什么。

反正都残疾了,还有什么比这更糟糕的。

不过话说回来,这药自己当初做时,到底用了什么药材?

而且柳蔚记得,当初她原本是想做成有时限的,一颗药管一天,最后是如何突然改成了永久性,不吃解药绝对不能好的?

因为时间太久,加上此事当初不是什么大事,柳蔚记不起,莫名地又有些头疼。

柳蔚抓抓头发,将原本打理得一丝不苟的束发,挠得有些乱。

容棱见状,伸手过去,替她理了理。

柳蔚没动,看着他,想了一下,比画起来——四姑娘何时逮捕?

容棱为柳蔚理好头发,发现还是有些乱,便索性将箍子取了,重新给她梳起来。

容棱道:"再等些时候,时机快到了。"

柳蔚继续比画——时机?

"嗯。"容棱五指探入柳蔚的发丝中,轻轻捋着,动作缓慢而整洁,"有人,快坐不住了。"

柳蔚不知容棱所言是何意思,但是猜测跟安排在四姑娘家附近的暗卫回禀有关。

既然容棱有了主意,柳蔚也懒得过问,只是比画提醒——三日之内,你说的时机若是没到,人必须抓。

容棱问道:"为何是三日?"

柳蔚将手中的纸团抛向空中,然后接住,再比画——我的计算结果,最迟三日后。

容棱看了看那个纸团,有些好奇。

为柳蔚将头发梳好了,容棱伸手去拿那纸团。柳蔚却抓着纸团,往怀里一揣,直接出了厅门。

临走前,她还抛给容棱一个"你想知道,我就不让你知道"的眼神。容棱瞧着,不觉朝她背影低笑。

柳蔚不知时机是什么,容棱不知计算结果是什么。

两人都不打算将自己的筹谋说出来。

但时间,会替二人解释。

另一边,茉莉热好了清粥,端到房间里,看着床榻上那面色苍白的女子,叹了口气,走过去轻声道:"小姐,吃点东西吧!您昨儿个晚上,今儿个早上,都没吃。这会儿还病了。大夫说了,这药,得饭后吃。"

四姑娘摆摆手,虚弱地靠在枕头上:"不用了。"

"小姐……"茉莉很着急,"黄家公子必然是不知您身份的,加之又有那女人在其耳边胡言乱语,不知如何编派您,他才对您存了恶意。若是他知晓,他的生母是小姐您,便是再铁的心肠,也要软下来,小姐,要不要奴婢去见见黄家公子?"

"不,你别……咳咳咳……"四姑娘没说完话,便感觉胸口一阵火燎,接着便是汹涌的咳嗽。

茉莉连忙放下碗,来给小姐顺气,不舍地道:"小姐,奴婢就觉得不公平,明明都是老爷的女人,府里那个就是成日吃香的喝辣的,您就这样吃苦受罪。生的儿子要叫别人母亲也就罢了,怎地连最后一点脸面都要给您夺了?小姐您也别劝奴婢了,奴婢这就去问问。这世上,是不是没有王法了!"

"不……"四姑娘一把抓住茉莉的衣袖,勉强厉着声音道,"不准乱来。"

"小姐。"茉莉都要哭了,可看自家小姐这样可怜,又狠不下心与小姐对着干,只能妥协,"好好好,奴婢不去,您先吃饭。"

四姑娘见拉住了茉莉,这才喘了口气,就着茉莉的手,喝了两口粥。

其后,又喝了药,这才觉得胃里暖和了一点,便说要睡了,将茉莉支走。

茉莉关紧房门离开。

随着茉莉脚步声越行越远,床上的四姑娘,却依然睁着眼睛。她看着床顶上的帷幔,想了想,到底还是掀开被子,下了床。

地上冰凉,她踩着鞋子,却没穿进去。身上只着了亵衣亵裤,外面寒气一聚,冷得她直哆嗦。

按着胸口,她又轻轻咳嗽一下,才蹲下身,趴在地上,歪着头看向床底。

床底,那颗死不瞑目的女子头颅,也正歪着露出一张惊恐过度的脸,与她对视。

自从那日之后,四姑娘便未将妹妹的头颅再拿出来。几日下来,床下灰尘,只怕将头颅弄脏了。

将人头抓出来,放到桌子上,四姑娘一下一下摸着妹妹的头发,慢慢地说:"一切都让你说准了!你说我在乎临儿都是假的,临儿不会认得我。便是认得,也会讨厌我,憎恨我。真的让你猜对了,心华!姐姐无子,只想要一个自己的孩子,姐姐真的不知，在临儿出生之前，你的相公已经去了，你这辈子竟也只有这一个儿子了。可姐姐不是给你找了人吗？那也是个不错的男人，你没有孩子，跟着他，也能过上好日子，可你为何……为何就是那般执着，为何就是不肯？为何你就……咳咳咳……"

说到激动处，四姑娘又拍着胸口咳嗽了一阵，才喘过气来。

"总之，姐姐不会放弃的。临儿是我的儿子，我一直将他当做我的儿子。心华，你也走了，临儿始终是需要人照顾的。待我病好了，我会去告诉临儿一切。我会告诉他，我才是他母亲。我会进入黄家，我会拿走黄家的一切与临儿过好日子。你在天之灵，定要保佑我们，好不好？"

四姑娘又道："你也到了入土为安的时候了。原本还想多陪陪你，不过这屋子里，你是待不下去了。这些日子外头风声没那么紧了，我替你下葬。虽说不能风风光光，但你明白姐姐现在的处境，对不对。姐姐也不想委屈你，只是这个时候，的确只能小心谨慎，你理解姐姐的，是吗？"

四姑娘诉说了一番心事，心里舒服了些，回到床上盖了被子，总算能闭上眼。

两日后，镇北的书院外。

四姑娘坐在马车里，茉莉就在车外，往那书院大门里头，频频张望。

过了许久，里面才出来一位位学子。

"小姐，在那儿呢。"茉莉看到了黄临，便指给四姑娘看。

四姑娘也瞧见了，说道："去，赶在黄家马车过来之前。"

来时，她们故意做了手脚，黄家的马车此刻正在西街口停着，车轮子坏了，要修好还得些时候。

茉莉应了一声，赶紧过去。

四姑娘遥遥地便看见茉莉与临儿说了什么。临儿回头，朝四姑娘这里看来。

四姑娘立刻挥了挥手，面上露出笑意。

黄临却皱眉，带着贴身小厮绕开茉莉往另一个方向走。

四姑娘见状，撩开车帘下了车。

茉莉追上黄临，拉拉扯扯。

黄临的小厮着急了，扬声就喊："你究竟是什么人？想做什么？来人啊，救命啊！"

声音越来越大，周围看过来的人已经不少了。黄临乃是沁山府首富黄觉新的独子，哪怕身体有异，而头脑却是好的，黄家很是看重。此事在沁山府，是无人不知无人不晓，当下便有人想上来帮忙。

茉莉无法，只好贴着黄临的耳朵说了一句什么。

黄临闻言，呆了一下。

茉莉又接连说了几句。

黄临便蒙蒙地又抬起头,越过茉莉,看了后面正站在马车旁一脸焦急的四姑娘一眼,点点头。

小厮拉着他说了些什么,黄临却不听,便随着茉莉走向马车。

随着黄临走近,四姑娘也激动起来。她的病还未好全,有些咳嗽,看起来很是纤弱。

黄临走到四姑娘面前,冷冷地问:"她说的可是真的?"

四姑娘看向茉莉。

茉莉忙道:"自然是真的,公子难道不好奇,您的生母究竟是谁?"

黄临好奇,很好奇。

从记得事情起,便总在心中勾勒亲母的样貌,只盼着有生之年能见亲母一面。

而后,他见到了,他和亲母相认了。可是不过数日,真的才仅仅数日而已,亲母却消失了。

永远不会再出现。

"你们知晓我生母是谁?"黄临问道。

茉莉急忙说:"知道,当然知道。若我们不知道,那世上只怕也无人知道了。"

"她是谁?"黄临看着四姑娘。

四姑娘觉得他的眼神有些奇怪,他怎会露出这样阴沉的眼神。但"母子"重逢的喜悦,让四姑娘下意识地忽略这种不妥,只笑着道:"你与我走,我带你去见她。"

黄临抿着唇,不放心地看着四姑娘。

茉莉却噗嗤笑出了声:"公子,您警惕谁都可以,可就是咱们家小姐,您无须警惕。我们家小姐她……"

"茉莉。"四姑娘打断。

茉莉这边闭了嘴,去撩开帘子恭请两位主子上车。

黄临的小厮此刻跑了上来,结结巴巴地道:"公、公子,这两人不知是做什么的,我们快走。"

黄临看向小厮,道:"我认识她们。"

"公子?"小厮愕然,为何突然觉得公子的表情不太对……

黄临却只是摆手:"你回去,若是母亲问起,便说我去书铺了,母亲不会在意。"最后几个字,黄临说得云淡风轻。

四姑娘却心口一跳,深深看着他的侧脸,心中抑制不住的疼惜蔓延。

茉莉在四姑娘的身边,拍拍四姑娘的手,示意四姑娘宽心。马上就要"母子"相认了,以前再多的委屈,过了今日也都好了。

四姑娘知道这个理,露出温和的笑容,去拉黄临的小手:"公子,咱们走吧!"

黄临甩开四姑娘的手,自己跳上了马车。

四姑娘看了眼自己悬在半空的手,没气恼,只摸出银子,塞给黄临的小厮:"我们不会伤害你家公子,今日晚膳之前,会送你家公子回府。你不想回去为难,便在府门口的小巷子里等着。"

小厮看着手里的银子,又看看这位貌美慈善的姑娘,最后将银子塞进怀里,含糊地道:"若是晚膳之前见不到公子,我定会禀报夫人,还会去衙门告。"

四姑娘笑着点头:"好。"

打发了小厮,四姑娘和茉莉上了马车。

车内,黄临端坐于一角,静静地打量两人。等到马车驶动,他才问:"想带我去哪儿?"

四姑娘微微勾唇:"不是说了,带你见你的生母。"

黄临面无表情地盯着四姑娘,目光很深。

四姑娘见他又露出这种奇怪的眼神,迟疑一下问:"你想你生母吗?"

黄临别过头,没理人。

四姑娘不放弃,继续问:"或者,你讨厌她?"

这下,黄临皱眉,看着四姑娘。

四姑娘忙道:"你莫要误会,可以不回答。"

黄临思忖一下,问道:"你认识她,那她……是怎样的人?"

茉莉露出笑容,得意地道:"公子的生母,是个很好的人呢!"

黄临看过去:"有多好?"

茉莉看了看自家小姐,见小姐也正鼓励地看着自己,便添油加醋地道:"公子的生母,是位很漂亮的女子。她聪明,能干,也有本事,只是命不好。当初她想让公子过更好的生活才将您送入黄府、她是个很有担当的女子。"

黄临皱起眉,又看向四姑娘:"她说的,可是真的?"

四姑娘适时地垂眸,表情有些伤感:"她,不配做一个母亲。她也不该,抛弃自己的孩子。"

茉莉急忙道:"可是她也是为了公子好。她当时根本担负不起一个孩子的命运。为孩子选择了最好的路,这便是一种真心实意的对待。"

四姑娘苦笑一声,偷偷看向黄临:"你会恨她吗?虽说当年是迫不得已,但……她毕竟将你送走……"

黄临微微垂首,半晌抬起来,摇了摇头。

四姑娘捏了捏手指,很是激动:"你不恨她?那一会儿见了她。你可愿叫她一声娘?"

"嗯。"黄临应了一声,眼睛却看着自己的手,瞧着手背上那还未痊愈的伤口,说道,"我一定,会叫她娘。"

四姑娘高兴极了,看到黄临手上的伤痕,忍不住抓过他的手,心疼地问:"怎么了?"

黄临抽回来，面无表情地道："不小心摔倒。"

"可是书院里有人欺负了你？还是黄家，有哪个不长眼的下人……"

"与你无关。"不等四姑娘说完，黄临冷声打断，露出不悦的神情，"你只需带我见到我生母。我见了她，你想要多少银子，我自会命人送上。"

"我不是想要……"四姑娘想解释。

黄临却只是用轻蔑的眼神看她，像是在看一个上不得台面的女人。

四姑娘咬咬唇，心中委屈。

茉莉为自家小姐抱不平："公子，我们家小姐只是关心你……"

"好了，茉莉。"四姑娘打断丫鬟的话，又看了黄临一会儿，才难过地移开眸子，看向窗外。

茉莉很心疼，这便有些愠怒地瞪了黄临一眼。

可这一眼看去，却只看到黄临摸着自己手背的伤痕，并且正用手撕开上面已经结痂的地方。

"公子……"茉莉忍不住开口，"结痂的地方或许很痒，但您撕开就不容易好了。"

黄临头也没抬，沉声开口："有些伤口，不流血了，便记不住了。"

这话似乎有什么深意，茉莉没听懂，四姑娘也没听懂。但是四姑娘却有种不好的预感。

再看黄临手上那伤痕的大小，怎么看也不像是摔倒所致。难道是真的被人欺负了？

黄临没被人欺负，手背上的伤是那日与黄觉杨争执起来伤的。

杀一个人，付出的代价只是这点无足轻重的小伤，黄临刚开始觉得很庆幸。不过，之后在衙门遇到那两个人，黄临知道自己终究逃不掉。杀人要付出的代价绝对不是那么简单。

偿命，是最基本的。

不过就像那位白衣公子所言，他要偿命，那杀他娘亲的那人也应当随时准备好偿命。

这么想着，黄临抬起头，漆黑的眸子瞧着四姑娘清秀娟丽的侧脸，嘴角不经意地勾了一下，又迅速松开。

一个主动找上他，主动提到他亲母的人，怎么想都很可疑。他需要确定一个事实。黄临知道，娘亲的头衙门还未找到。只要他找到那颗头，无论到时凶手是谁，他都不会放过凶手。

杀母之仇，不死不休！

马车沿路从书院，回到了四姑娘的家中。

车停在巷子口，茉莉先下去，殷勤地将自家小姐扶下来。然后，两人在车下，对黄临招手。

黄临看了看周围，沉着脸跳下马车。

"我娘亲人呢？"他问。

"公子当真是想娘了，着急了。"茉莉说着，上前打开门，道，"公子先进来，她一会儿就到。"

黄临走过去，进入大门。

四姑娘紧随其后。

茉莉在后面打发了车夫，关上大门。

黄临被四姑娘带到正厅。

黄临等了一会儿，又问："我娘亲何时才来？"

茉莉看向四姑娘。

四姑娘起身，对黄临道："我有样东西，想给你看，你随我过来。"

黄临看着四姑娘，沉默一下起身。

四姑娘带着黄临进了自己的闺房，示意黄临稍等，便在柜子里翻找起来。

终于，找了半响，被她找到一个木盒子。

那个盒子看起来并不名贵，但却被藏得很深，上头还挂着锁，看得出主人对其十分的宝贝。

四姑娘抱着盒子过来，示意黄临坐下。

黄临坐到凳子上，视线投向那个木盒。

四姑娘将盒子放到桌上，又从自己脖子上，掏出一枚钥匙，将钥匙放在盒子上。再把盒子推到黄临的手边。

黄临挑了挑眉："给我？"

四姑娘微笑："打开看看。"

黄临低垂着眉眼，看着那盒子好一会儿，才伸出手拿起钥匙，捅开那把小锁。

咔嚓一声，锁头落下。

黄临将锁取下放在一边，又看了眼四姑娘。

四姑娘还是笑着，但鼻尖却隐隐有些发红："打开。"

黄临将盒子打开，里面是一块红色的布料。黄临未语，盯着那块布料，视线都被那红所占满了。

此时，茉莉将房门从外面阖上。

黄临听到声音，回过头去看了一眼，又转头问四姑娘："你们想做什么？这是什么？"

四姑娘伸出手，将那红布展开，竟然是一块红肚兜。

很小很小的红肚兜，上头还写着个"福"字，一看就是小孩子的兜兜。

黄临不置一词，抿紧嘴唇。

那肚兜下面，还有几样东西：一颗白色的小门牙，一块深蓝色的小头箍，一撮被红绳绑着的头发，还有两只婴儿用的金脚环。

黄临不认得其他东西，却认得那头箍。

那头箍正是他六岁前佩戴的，六岁后因为尺寸不合早已被扔掉，可此刻这东西却在这儿。

这代表什么？

"这是你第一次脱牙掉的牙齿，这是你的小头箍，这是你婴孩时期被剪下的第一撮头发，这是你小时候的脚环，这个肚兜也是你当初换下的。"四姑娘抚摸着一样一样的物件。

眼泪随之吧嗒吧嗒地掉落："你可以讨厌我，可以恨我，可以不原谅我，但我只有一个愿望。临儿，我只有一个愿望，我只想你……能叫我一声娘，一声。一声就好。我只想听听自己唯一的儿子，能叫我一声娘，能知道我是他的娘。"

说着说着，四姑娘已经哭得泣不成声。

黄临呆呆地看着她，手抚上那小木盒，将里头的东西一样一样地拿出来，看看又放回去。

他缩蜷着手指，慢慢抬步，走到四姑娘身边，捏住她的衣袖。

感觉到他的碰触，四姑娘垂下手满脸泪痕地看着他。

"你是我娘？"黄临声音有些沙哑地问。

四姑娘一把将他抱住，那力道分外紧："临儿，我的临儿，是娘对不起你，是娘抛弃你。娘不想解释什么，娘只想你知道，这些年娘一直想你发了疯地想你。这些东西。都是你爹拿回来的。我好几次与他争吵，便是想去看看你。"

"娘出身不好，又是个手无缚鸡之力的女人，你爹不嫌弃娘，愿意收留娘，娘自然要报答他。他说他的夫人不能生，他想要一个孩子，娘怎么可能不同意？可是娘真的以为，你去了黄府，是去过好日子，若是娘想你了，也可以远远地看看你，可是你爹食言了……"

"他说不能让你知道，他说以后会送你去京都，会让你考状元。你可以没有生母，但绝对不能有一个身份低贱的生母。是娘对不起你，娘只是想你过得好。你可以怨娘，但求求你，求求你认我，认我是你的娘，好不好？好不好？"

那一声声的祈求，言辞之间的凄楚，听得人鼻尖发酸。

茉莉站在门外，不一会儿工夫，便眼眶发红。

而房间里，被四姑娘执意抱紧的黄临，却一动不动一言不发。

四姑娘说完，没感觉到黄临的反应，便吸了吸鼻子，将他放开。

黄临这时也将自己盯着前方床榻的视线收回，转而看着四姑娘眼底漆黑一片。

四姑娘伸手，抚摸他的脸。

黄临没有动，让她摸。

四姑娘不确定，红着眼睛问道："临儿，你愿意，叫我一声……"

"你知道吗，你家有老鼠。"打断四姑娘的话，黄临突然道。

四姑娘愣了一下，泫然欲泣地看着他，满脸不解。

黄临却只吐了口气道："我口渴了。"

四姑娘打算叫外面的茉莉去准备茶点。

黄临却道："你去。"

四姑娘一怔。

黄临面无表情地道："你不是我娘吗？一杯茶也不肯为我拿？你不想让我，尝尝你泡的茶吗？"

四姑娘听他这么说，急忙点头："好好好，你要什么，娘就有什么。你要什么，娘都给你。娘给你沏茶，亲自沏茶。"

四姑娘说着，深深地看了黄临一眼，忙打开房门。

黄临送她到门口却未出去，只是道："我在这里等你。我要辨认那些东西，是不是我以前用过的，我还是不能信你。"

四姑娘看了眼桌上的木盒，点头："你在这里等我，我去去就来。"说着，便朝着厨房而去。

茉莉还站在原地，看着黄临。

黄临回身打算进房，却又停住，回头对茉莉道："关门，有风。"

茉莉看他表情镇定，言语冷静，心中很是诧然。

公子猛然知晓自己的生母身份，却是这样的反应。冷静得不似一个常人。

黄临走进房间，茉莉将门给他关上。听到那关门声窜入耳廓，黄临停住脚步。

他站在房内的圆桌前面，半晌身子微微向右转，绕过圆桌看向那床榻底下。

而就在那床缝边缘，一双布满惊恐的眼睛露了出来。

黄临眼睛开始变得红了一圈儿，视线开始模糊。

他咬咬唇，坚强地没流泪，只是闭紧了嘴，抬着手臂揉了揉眼睛，将眼中的泪水擦在手背上。

咸咸的眼泪，窜进了他手背的伤口中，微微发疼。

黄临走到床边，慢慢地蹲下来，坐在地上。

黄临抬起头，让再次欲喷出的眼泪，倒流回眼内。

他喘了口气，整理好心情，重新低头，用手去碰那颗人头。

"叽叽叽叽……"正在啃噬的老鼠，猛然感觉头顶被一片阴暗笼罩，抬头一看顿时发现有人，忙夹着尾巴窜回了床底下。

接着，床底就是一番兵荒马乱。

"娘……"声音从喉咙压抑着发出。

他知道门外的茉莉听得到他的一举一动，他无法畅快地叫这一声娘。他只能在心里叫，卡着喉咙叫，不能让人发现地叫。

这颗人头，已经很脏了。

但黄临还是第一眼就看出，这是他娘，是他相认没多久连一次相处都还没来得及就惨遭了横祸的亲娘。

黄临很确定他的生母是谁。

哪怕他方才看到四姑娘拿出那个木盒，听她声泪俱下地诉说，他也知道四姑娘是假的。他的亲娘叫吴心华。

他的亲娘是个普通的乡下女人。

他的亲娘是为了见他一面，躲在垃圾里，大清早的等了足足一个时辰，才远远看他一眼的女人。

一个被他误认为是叫花子，使人打走，却在最后回头对他露出笑容，笑得又憨又蠢又让人觉得亲切的女人。

黄临不知道娘亲是如何知道他还在世的。

娘亲只说，她当时生完孩子醒来，就有人告诉她她的孩子已经死了，生下来就咽气了。

连看都没看到一眼就彻底没了儿子。

黄临一开始是不信的。一个莫名其妙的女人冒出来，总是做一些神神叨叨的事，换做谁也不能轻易相信。

可是，他还是相信了，为什么？母子连心吗？

如此荒谬之说法，会是真的？

黄临很想否认，但他知道就是这么没有依据。就是靠着一个眼神一个动作一个笑容，他就认出了娘亲。

伸手抚摸着人头上的咬痕，他眼泪吧嗒吧嗒地掉落，滴进娘亲面部的伤痕里。

黄临伸手去摸，轻易地摸到了头发里那惨烈的伤口。他咬着唇，手指都在颤抖。

"娘……"他又叫了一声，此刻他早已不似方才的冷漠。

没有一开始的镇定，他哭得像个孩子，一个被母亲抱在怀里撒娇的孩子。

但他不能哭太久，门外很快就有人进来。

要想报仇，娘亲就必须再委屈委屈。

他再次将眼泪都擦干。

再松开时，那双死不瞑目任四姑娘想尽办法也无法紧闭的双眼，已经阖上了。

黄临觉得，娘亲……终于能安息了。

她一直在等着她的儿子，来送她最后一程。

黄临将头颅郑重地放回床底下，又驱赶了周围的老鼠，直到门外响起脚步声。

随着脚步声越来越近，黄临从地上爬起来，拍了拍衣服上的灰尘，坐回凳子上。

第七章 杀人计划

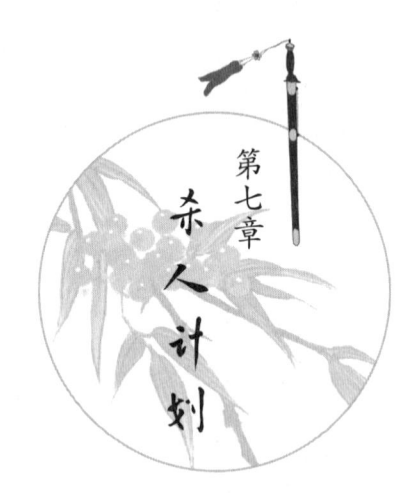

　　房门打开，四姑娘端着茶点走进来，一进来便看到桌前的黄临，正在拿袖子擦着眼睛。

　　而等他将袖子放下，四姑娘轻易地看出，他方才一定大哭过。

　　四姑娘轻轻一笑，看了看那木盒子，抿着唇，控制着心中的喜悦，将茶点放下，坐到黄临身边，一下一下抚摸他的背脊。

　　黄临却霍然起身，避开她的手，看着她。

　　他的眼神很复杂，四姑娘看不懂，只是软声问道："你哭过？"

　　"没有！"黄临冷声道，"我为何要哭？我凭什么哭？"

　　看他生气了，四姑娘忙道："好好好，没哭没哭！是娘看错了，是娘看错了。"

　　黄临别过头，不看她。

　　四姑娘却没恼，只是为他倒了杯茶，捧到他面前："尝一尝？"

　　黄临拿起茶杯，浅浅啜了一口。

　　看他喝了，四姑娘很高兴，心满意足地笑起来："再尝尝这个芙蓉糕，是娘亲自做的。"

　　黄临看她一眼，给面子地拿了一块，咬了一口。

　　四姑娘高兴极了，眼泪又流了出来："尝过就好！我的儿子，终于吃了我做的东西，这就好……这就好……"

　　黄临咬了咬唇，将剩下的茶和芙蓉糕放下，头也不回地走出房间。

四姑娘一愣，急忙跟上去："临儿，你……"

"时辰不早了，我该走了。"

"还早，再等等。"四姑娘急忙拦住他，抓着他的手，满脸哀色，"再陪娘一会儿，就一会儿。"

黄临不知一个人演戏为何会演得这样像。明明不是他的生母，为何能装得好像就是一般。但黄临并不会心软，回到府中他便会筹谋一阵。明日午时之前，他要像取黄觉杨项上人头一样，取掉这个四姑娘的头！

再提着她的头，捧着自己娘亲的头，亲自去衙门自首。这件事很快就能了结。

现在，他只需要一个安静的环境，充分的时间，让他能将这个计划，设计得完美，设计得万无一失。

"不了，你答应晚膳前会送我回去的，我要回去！"

四姑娘摇头："临儿，你就不能让娘亲多看看？半个时辰，最后半个时辰，你再吃两片芙蓉糕，再喝两口茶，好不好？"

黄临皱眉，有些生气地瞪着她："你究竟想做什么？逼我现在就认你，无论你是不是我生母？即便你是，你凭什么认为你这样突然冒出来，我就要认你？我就要陪你？我就要听你说这些唠唠叨叨的废话？"

"公子，你说得太过分了。"茉莉看不下去地插嘴。

黄临又将矛头指向茉莉："你又是什么东西，一个丫鬟罢了，这里有你说话的份儿。我想怎么样，难不成还要你一个下人批准？"

"我……"茉莉想说自己不是这个意思，却百口莫辩。

四姑娘能理解黄临突然爆发的情绪，便不敢再激他，只得满口答应地送他离开。

一出了大门，黄临几乎是小跑着离开。

看着他毫不留恋的背影，四姑娘靠在门边眼睛又开始红了："他到底，还是不认我。"

"小姐。"茉莉安慰，"我倒觉得，公子嘴上虽说强撑，但心里却已经认了小姐了。方才小姐应该看到，公子在屋里分明哭得厉害。"

这么一说，四姑娘也笑起来："好像也是。我看他，眼睛都哭肿了。"

"是了，公子就是嘴硬。毕竟男孩子总是固执，说不定下次见面，就想通了。黄家再给他舒坦日子，他心里，想的始终还是亲娘。小姐放宽了心，公子早晚会叫您一声娘。"

四姑娘被茉莉哄得也松快了些，却还是不确定地叹道："若真是如此，便好了。"

"会的会的。"茉莉连口道。

而另一边黄临一边哭一边跑，没一会儿工夫便回了黄家。

小厮在黄家大门旁的巷子等候，一看到主子的身影，急忙跑上来。可走近了才发现主子竟然在哭。

小厮很懵然:"公子,可是那两人欺负了您?"

黄临挥手,大步走进黄府。

小厮急忙心急火燎地追上去,嘴里喊着:"公子,公子您慢点,公子……"

柳蔚此刻站在黄府对面的拐角处,双手环胸靠在墙上,看向容棱。

容棱漫不经心地点头。

柳蔚看容棱如此敷衍,不满地比画两下——这便是你说的时机?

容棱才道:"很好的时机。"

柳蔚眯着眼,又比画两下。

容棱看明白了柳蔚的意思,神色淡漠:"不能利用?"

柳蔚咂了咂嘴,对此男比出一个大拇指,然后转身往巷子里头走去。

容棱跟上,走到柳蔚身边,去拉她的手。

柳蔚随即甩开,加快了步伐。

容棱不在意地快走两步,依旧执着地去拉她的手。

如此两三下后,柳蔚妥协了,面无表情地任他牵着。

在路上,柳蔚又问——小黎还没找到?

容棱恬不知耻地道:"大概出城了,派了人出城去找。"

柳蔚心情沉郁——我怕他会有危险。

容棱捏紧她的手指,沉声道:"不会,放心。"

柳蔚沉默,一颗心却不可能放下。

刚开始的确是气小黎,但已经两天了孩子依旧不见踪影,做母亲的还能有什么火气?剩下的,就只是担忧了。

柳蔚猜测,容棱其实已经找到小黎了,否则他这样的模样实在说不通。但明明知道小黎踪迹却不告诉她,眼看着她从生气到担心,他就狠得下这份心?

这么想着,柳蔚又看了容棱一眼,抿着唇比画一阵——你的人,真的没找到小黎?

容棱注视柳蔚的双眼,满脸坦诚:"没有。"

柳蔚警告——若是知道,不告诉我,你知道我会怎么做。

容棱停下脚步,抱了抱她,下巴搁在她的头顶,轻声道:"相信我的话。"

这两天被男人抱习惯了,但那也只是在客栈里。此处光天化日的,虽然是在小巷子里周围没人,但还是不好。

柳蔚推了推他,将他推开,比画一番——暂时相信你,尽快找到小黎。小黎若有个三长两短……

不等柳蔚比画完,容棱捏住她的手,强行十指紧扣地与她牵手,认真保证:"这种可能,在本王这里绝不会发生。"

柳蔚半信半疑地看着容棱,到底应了一下。

容棱看又敷衍过去了，便松了口气，心里却想只怕最多再过两日就得把小黎带回来了。

否则柳蔚当真要发疯。

这么想着，他心中微微叹气，感叹好日子总是过得特别快。

另一个地方。"当真？黄临见过那个女人？"听着眼前黑袍男子的话，黄茹一拍桌子气愤而起，"我就知道养的是只白眼狼，不是亲生的就不是亲生的。如何教养，也不会对你真心相待！"

黄茹这般说着，又看着黑袍男子，换了语气谄媚地道："先生上次说的那个……"

黑袍男子二话不说，丢出一个瓷瓶。

黄茹急忙双手接过，宝贝似的捏在手心。

黑袍男子问道："我方才与你说的，你便只记得一个黄临？"

黄茹这才恍悟过来，急忙道："不不不，当然不是。只是我不太懂……先生要将那湖心亭推开，所为何事？那黄觉新早于十多年前便死了，埋在那石堆里头，骨头怕是都化了。再挖出来，有什么用？"

黑袍男子沉声道："需要向你解释？"

黄茹眼皮一跳，忙道："不用！我明日便命工匠修葺荷花湖，将那湖心亭推了。只是，我若是按先生所言办了，那到时工匠岂非就会发现那尸体……若是有人报官的话，只怕此事将闹得……"

"几个工匠的嘴，黄夫人还捏不住？"黑袍男子声调里，隐隐已有了不悦。

黄茹唯恐再激怒高人，往后拿不到药，只得顺从地应下，不敢再问。

等到黑袍男子离开，黄茹招了下人进来将招募工匠之事吩咐下去，便遣人将奶娘找来。

奶娘过来时，黄茹正在看书。

奶娘请了个安，黄茹将奶娘叫到面前，放下书与奶娘低语几句。

奶娘听完，愣了一下才问："夫人是说，公子他……"

"总之，你派人看牢了他，书院那边，明日过去请休。就与先生说，咱们家出了事，要他这个长子亲自来办。这半个月，都不去书院了。"

奶娘抿抿唇，道："若是如此，只怕公子要不高兴了。"

黄茹皱眉："他高兴与否，重要？"

奶娘闻言便不敢再说，心里却暗暗气恼，那四姑娘怎的做事这般不妥当。不是说好不会让人将话传到夫人耳朵里？怎的夫人这么快便知道了？

这么想着，奶娘面上也露了些烦躁。可是奶娘脸上的愠怒看在黄茹眼里却以为奶娘是在心疼自己。

黄茹不觉一笑，拉住奶娘的手："奶娘，茹儿便知，这世上只有奶娘是真的心疼茹儿。"

奶娘尴尬地扯扯嘴角，像小时候一样将黄茹搂在怀里，安抚黄茹。

离开黄茹这里，奶娘便心事重重。回到房间后没多久，下头丫鬟就来传，说后门有奶娘的娘家妹妹来找她。奶娘厌烦地皱眉，但还是起身去了后门。

可后门外，哪里有什么娘家妹妹，只有一位模样俏丽的小丫鬟。

小丫鬟从黑暗中走入灯笼下，却是茉莉。

奶娘看看左右，确定没人瞧见，才开门见山地道："姑娘往后莫要来找老身了，你们的事夫人已经知晓。现如今没有老爷撑腰，老身也是身不由己，失不得夫人的心。若是姑娘还念着老身曾经帮过你们，请莫让老身为难了。"

茉莉本是想问黄临回来后说过什么，但还没开口就被奶娘这劈头盖脸地一顿抱怨。

茉莉皱着眉，不解地问："奶娘可是糊涂了？"

奶娘脸色板着："老身没有什么糊涂的，姑娘往后莫来便是。"

奶娘说着，转身便要走。

茉莉一把将奶娘拉住，声音冷下来："奶娘这是过河拆桥？以前黄老爷在世时，你在我们小姐那儿拿了多少好处，得了多少福气？这会儿黄老爷刚一走，你就欺辱我们小姐是不是？好一头白眼狼！"

"不过奶娘也知晓，公子乃是我家小姐的亲子。今个儿他们也见了面。现如今黄老爷走了，偌大的家业传给儿子也是理所当然。奶娘这个时候可别要站错了位置，是跟着你们家夫人有前途，还是跟着我们家小姐有前途，奶娘还需掂量掂量。"

果然，茉莉这一说，奶娘便沉默下来。

过了好半晌，奶娘才说："你的意思是那位四姑娘……有意要……"

茉莉翻了个眼皮，模样很是盛气凌人："总之，奶娘您自己寻思清楚，这种时候站错了位置，害的可不是您一个人，还有您背后一直靠着黄家商铺养活的男人，儿子和媳妇。这小孙子马上就要落地了，奶娘可真要将眼睛睁大了，别一个行差踏错，全给害了。"

奶娘被茉莉这言辞，吓得抖了抖身子，片刻才咬着牙问："公子与您家姑娘，当真有可能……"

"怎会没可能？"茉莉表情笃定，"那可是我们家小姐的亲子，黄夫人再是出身富贵也不过是个病秧子，生不出孩子。奶娘是聪明人，一旦我家小姐与公子相认，公子这种脾气，哪怕是当真还将黄夫人孝敬着，但内里头也总有些不同。生母与养娘，这个，还是能算清的吧？"

"可是公子现在……"奶娘说到这儿，顿了一下，沉声道，"夫人已经知晓今日公子见了你家姑娘。若是还想继续见面，只怕就有些风险了。而且夫人已经下令，接下来的半个月不让公子去书院，说是要避免有些人钻空子。"

听到这样的话,茉莉非但没有生气,反而笑了起来:"那便对了,你家夫人越是在意公子,公子就越是想往我们家小姐那儿钻。奶娘若是还想与我们合作,那往后这段日子,可要好好替我们传传话,看好了公子。"

奶娘早已没了选择,只是也在好奇,到底这黄家家业往后是传给公子,还是夫人当家?

族伯马上就要赶来了,届时只怕还要周旋一阵。其中夫人当家的机会,好像要大许多。但是夫人没有子嗣,将来还是要传给公子的。奶娘思忖一阵,决定两边都不得罪。

一边对夫人掏心挖肺,一边再偷偷传递一些公子的消息给四姑娘,以换取将来的好日子。

这样一想,奶娘好歹放下心来,再看茉莉便不敢再硬邦邦的。

"姑娘一路过来可口渴了,要不要去老身的房内坐坐?"奶娘住在下人的院落,而且因为在夫人面前身份高,所以有自己的小院,因此便是带茉莉过去,也不会被人发现。

茉莉却没有这个工夫。

看奶娘已经妥协了,茉莉便笑了起来:"看来奶娘心中已经有了想法。奶娘是聪明人,你的想法我也不想知道,只是盼将来莫要再像今日这样使性子才好。"

"一定一定。"奶娘靦着脸笑起来,"多谢姑娘今日点拨。"

茉莉姿态高高地点点头,又问:"今日公子回来有什么不妥?你可看到了?"

奶娘想了一下,道:"老身今个儿一直在后面做事,没去外院看过。要不老身去问问公子身边的人,两三句也就打听出来了。"

茉莉点头:"那明日这个时候,还请奶娘拿点有用的消息出来,也省得我们家小姐一直挂念。"

"一定。"奶娘忙回道。

送走了茉莉,奶娘心事重重地关上后门,拖着有些疲惫的步伐朝着自己的院子走去。

走了一半,奶娘却又一咬牙,跺了跺脚转步走向了外院,朝着黄临的院子方向。

黄临的房间里还点着蜡烛,小厮在外面哈欠连连地犯困。奶娘手里端着盘点心,脚步很轻地走来。小厮睡得迷迷糊糊,可到底没睡着,听到脚步声就睁开眼,一看是奶娘便想继续睡。

等看到对方手里那盘点心,便立刻来了精神,脆生生地唤道:"奶娘怎的这个时辰过来,可是有什么事要吩咐?"

奶娘瞧着小厮那鼻子眼睛都尖起来的模样,将点心塞进他的怀里,笑嗔:"臭小子,给你的,吃吧。"

小厮忙接过点心,坐在石凳上抓起一块就往嘴里塞。

奶娘见小厮吃得香，看了眼黄临的房门，才问："今个儿，我听说你们回来晚了，是出了什么事？"

一说到这个，小厮就停了一下，而后继续吃糕点，却摇摇头："只是公子与书院先生多说了几句。就耽误了些时候，没晚多久。"

奶娘一巴掌扬起，拍在小厮肩膀上，不高兴地将点心盘子抢走。

"唉唉，奶娘，好奶娘，您这是……"

奶娘将盘子藏在身后，故作生气地道："你这臭小子，有什么事也开始学会瞒人了。说，是不是你带着小公子去了什么不正经的地方，是不是做了什么坏事？我看我还是趁早禀报夫人，让夫人亲自来问你。看你到时候招还是不招，嘴硬还是不嘴硬。"

"别别别，奶娘，您这可是要害死小的啊……"小厮急忙将今日傍晚的事说了一遍。而后苦着脸道，"我就拿了那么一点碎银子，这还是看在公子的面子上。我可真不是想贪这个钱，我就是……"

奶娘一敲小厮的脑袋，将点心递给他："没说你什么，是公子要跟着那两人走，你一个下人还能做什么。只是下次若还有这样的事，可不能再这样轻易放走，怎的你也要一道跟上。"

"是是，奶娘说的，小的都记住了。"

奶娘看他乖，便让他坐下吃点心。

奶娘自己也坐下，又问："见了那两个奇怪的女子后，小公子回来可与你说过什么？"

小厮摇摇头："公子回来连晚膳都没用，就躲在房间里不出来。小的去叫了两次，还被小公子责骂了。"

"还责骂你了？"这个倒是让奶娘惊讶，"那公子可有表现出什么与平日不同的？"

小厮想了想，猛然想起："对了，刚回来的时候，小的瞧见公子眼睛是红的，好像哭过了。"

"哭过？"奶娘心中一喜，但抑着笑意故作担忧地问："被欺负了？怎的会哭？还有呢，还有什么？"

小厮又想了想，摇摇头："其他没有了，就是公子今个儿特别暴躁。平日还能嘻嘻哈哈的开个玩笑，今个儿却什么都不行，而且啊……小公子的眼神，好可怕。"

那不叫眼神可怕，估摸着是突然知道亲母是谁接受不了，而目露彷徨的难受。这么想着，奶娘已经算基本了解了情况。

若是公子当真见一面四姑娘，情绪就这么大，那说明这位亲娘在他心里的分量果然不轻。

看来茉莉那小蹄子说的是对的。

若是将来公子接手家业，那四姑娘必然会被公子孝敬。

奶娘觉得，自己这会儿对四姑娘好些，想必将来也能为自己多筹谋筹谋。心中有了主意，奶娘便安定了。又叮嘱小厮看好公子，让公子从明日开始不用去学院，先休息一阵子再说。

小厮听说往后不去学院，愣了好一阵子，才问："若是不去学院，公子闹了怎么办？"

公子平日在府里便无甚趣味，还不如在书院待着。

书院还有同窗好友，或者与先生一道聊聊总比一个人时要好。

"公子他闹什么，他若是闹，便是你没安抚好。这阵子外头乱，听说前两日还有人看到老鹰都往城里飞了，不知道出了什么事。总之你就管好公子，莫要让他出去，好好在府里待着。若是有什么安抚不好的，你就来找我，我亲自过来。"

一听奶娘亲自过来，小厮就安心了，忙应下："是，小的知道了。"

奶娘又说了两句，才离开。

离开前，奶娘看了眼紧闭的房门，看着房内透出的蜡烛光线，虽说实在好奇公子这会儿不睡是在做什么，但也不敢打扰，只得作罢。

而奶娘刚一离开，后面房门便被打开了。

小厮忙放下手里的点心，起身请安："公子……"

黄临深深地看了眼拱门的方向，又看了眼小厮面前的点心盘子，问道："奶娘来过？"

小厮愣了一下，不知公子怎的会在意这个，但还是说："来了，是带了夫人的话过来的。夫人说近些日子外头乱，要公子您在府中休息半个月，半个月后再去书院。"

若是以前，黄临必然会不悦。

但现在这种情况，他倒是宁愿在府里，不管是筹谋怎么报仇，还是等待衙门来正式抓捕，都不适合在书院那样的地方发生。因此黄临也只是点点头，表情没什么不同。

小厮看他竟然这么平淡地接受了，不觉有些发愣。

看到小公子背后还亮堂的屋子，小厮便问："公子还不睡？"

"去再拿些笔墨纸砚来。"黄临吩咐。

小厮看了看天色："已经快二更了，公子您还要读书，是不是太操劳了？"

"让你去便去，哪里这么多话。"

小厮忙垂下头，这便不敢吭声了。

等到小厮离开，黄临再看了一眼那拱门方向，目光微微沉下，转身回了房间。

等小厮将笔墨纸砚拿来时，正要送进房，黄临却亲自出来接过，不让小厮进入。

"好了，你去歇息。"黄临随口道。

"公子，那您……"

小厮的话还没说完，黄临已将房门关上，门扉差点撞到小厮的鼻子。

小厮只好端着自己的点心，回到下人房去。

此时，黄临依旧没睡。

房间里，满地都是大大小小的纸团，若是仔细看还能看出纸团内都被涂满了。上面鬼画符一般画着许多奇形怪状的线条，还有一些符号特异的标志，看起来像是什么复杂的东西。

可是看上半天，也依然让人摸不着头脑。

黄临一边研着墨，一边看着桌上刚刚画好的一份图纸。看着上面几个被特别标注的地方，他皱着眉嘟哝一声："好像错了。"

这么一想，他再仔细看看，果然是错了。他有些恼怒地将墨条放开，把宣纸揉成纸团扔到一边，再用毛笔蘸了墨汁，继续在上面画。

他这一画，就画了一整夜。等到终于画好时，外面天已经亮了，房间里却也是满地纸团。

黄临看着最新的图纸，长长地吐了口气，再三检查，确定真的没问题，才小心折叠起来放好。

最后起身，将地上的纸团一一捡起，然后点了个炉子，将纸团全都烧了。

等到小厮端着早膳来敲门时，黄临刚刚睡着。一整夜的操劳，如何能不累。

黄临这一睡，就睡到了下午。

而下午这个时间，黄府后院的荷花湖中，已经有工人在里头隔绝湖水，然后敲击湖中亭了。

这一天，看似是普通的一天，但却有什么东西如暗潮汹涌一般。

黄临在房中看着手上的图纸，脑子陷入了复杂的沉思，一些计谋一些设计在他心中慢慢生成。

烈义站在黄府某处树丛的角落，听着远处"砰砰砰"的敲击声，再看着大小不一的石头碎块从湖中亭上滚落。

烈义脸上的表情，一如既往的平淡，但这平淡中却带着几缕凝重。

而此时的沁山府衙门内，柳蔚支着脑袋看着手里一本杂书，一边看一边时不时地嗑两颗瓜子。

容棱则在旁边看着案卷，看一会儿后用朱砂笔在上头点上几点。

手边的热茶慢慢凉掉，柳蔚觉得口干了，便将自己已经放凉的茶往前面推了推，推到容棱的案卷旁。

容棱瞧见了，摸了摸杯子对外头盼咐："上茶。"

守在门口的下人很快便进来，刚要将茶壶拿走，却听到周围响起一声"咯噔"。

下人愣了一下，抬头张望，还没发现那声音究竟从何而来却先听低沉的男音，问向他:"有事?"

下人忙摇头,低着头匆匆退出。

而下人一走,容棱起身,却是走向窗棂方向。

柳蔚又嗑了一口瓜子,眼睛顺着容棱的身影飘过,却只看到他背对着自己与窗外之人交流。

柳蔚不管,继续看自己的书。

送茶的下人将热茶重新送来,容棱回来亲自给柳蔚沏了一杯,容棱道:"我有事,出去一下。"

柳蔚抬眸看向他,手比画了一下。

容棱道:"小事。"

既然说是小事,柳蔚也懒得管了,挥手让他走。

容棱将案卷随意放在柳蔚手边,这便离开。可走到门口时,他又停下回头问柳蔚:"明日那事,是几时?"

柳蔚想了一下,双手比画——黄临应该是趁着清晨去找四姑娘,卯时左右。黄府亭下的尸体,是下午。

容棱点头:"那明日中午,有空?"

柳蔚刚想说有空,可想了一下,便看着容棱比画——你想做什么?

不怪柳蔚杯弓蛇影,毕竟有些人,再傻也不可能在同一个坑里摔上两次。想到前日,容棱也问她晚间有没空,她刚说有空,他就把她带到郊外,找了一个不知道什么山,非说要跟她看会儿月亮,柳蔚也不知道他是从哪儿学来的这一套,总之非常不实用,最后看了没一会儿她就睡着了,还是容棱抱她回来的。

有了上次的经验,现在她学聪明了,没问清楚事前不能乱答应。

容棱看柳蔚如此警惕,微微蹙眉,隐有不悦。

柳蔚却坚持问——你想做什么?

容棱只得说:"用膳。"

柳蔚瞥着他——平日不就一起用膳?怎的突然要约明日中午?

容棱道:"究竟是否有空?"

如果是吃饭的话,好像没什么问题,柳蔚这么安慰自己,半信半疑地就应了——有空。

容棱得了答案,这才离开。

等容棱走了,柳蔚继续看书。可看了一会儿,她突然将书放下,摩挲着下巴思考。

看月亮,约吃饭,这个流程……好像有点熟悉……

与此同时,躲在东盛客栈内,已经好几天没呼吸过新鲜空气的柳小黎猛然打了个喷嚏。

珍珠站在小黎面前，冲着他叫唤："桀桀。"

小黎揉揉鼻子，嘟哝着说："好了，别催！出牌了，两个花。"接着，小黎就从手上的七八块巴掌大小的木牌里，抽出两张木牌放到桌上。

珍珠想了想，也从给它藏在一摞书本后头的几块木板中，叼出两块丢到小黎的木牌上头。

小黎看到珍珠出的牌，摸了摸下巴思考一下，丢了另外两块。

一人一鸟玩着百花牌。

一场下来，珍珠小赢。

第二日清晨，柳蔚起得很早。

看着还在睡梦中的容棱，柳蔚没有急着起身，只侧着身子盯着他发呆。

窗外没有太明显的光线，大雨还滂沱不止，乌云遮天蔽日一般。在这样的视野里，柳蔚的视线其实是受限的，加上容棱睡在外侧背着光，她更有些看不清。

这一夜，柳蔚睡得其实都不好，上半夜因为容棱总是骚扰她，而下半夜则是雨声太大，吵得她不得安宁。

无声叹了口气，柳蔚心里总是觉得毛毛的，仿佛什么不好的事正在降临。

今日能出现什么不好的事？

顶多也就是尸体可能出些问题。而不管出什么问题，也总有一些蛛丝马迹留下。况且，按照黄临所言，那黄觉新若真是黄觉杨所杀，便没有多少可疑。毕竟两男娶一女这等于理不合之事，虽说荒谬了些，但也没到成为悬案的地步。

还有那辽州之人冒险留在沁山府，破开黄府的湖中亭，或许真的只是怀疑他们要找的东西就在黄觉新的尸体边。若真是如此，那么这就是一件很简单的案子。

估摸容棱也不觉得这件案子有多重要，他只是想看看辽州如此兴师动众派人前来寻找的究竟是何物，又跟黄家究竟有多大牵扯。

听着外面轰隆的雨声，柳蔚忍不住安慰自己，或许只是因为讨厌雨所以自己胡思乱想了。今日其实只是很普通的一日。

按照事前打探，早上黄临会去执行他的杀人计划，他的目标是四姑娘。而自己和容棱要做的就是在阻止的同时找回女尸剩下的遗骸。

到了下午，更简单了。

黄府会有安排好的人，在已变成干尸的尸体出土后来衙门通风报信，而等衙役封锁现场时，容棱的人也会将那辽州的死士缉拿。

那具尸体和辽州之人寻找的东西，都要交给她来调查。当然是那东西真的在干尸旁边的情况下。

一切都安排得很好，利用黄临也好，利用那死士也好，包括放走另一名死士，都在计划之内。

明明一切都已经理好，就等事情发生，好一件一件地去完成，可究竟是什么让她心里不安呢？

是小黎吗？

应该是了，小黎现在行踪不明，有可能会有危险。

那应该就是小黎了。

柳蔚现在的不祥预感，应该就是儿子的安危了。这样想着，柳蔚猛地坐起来！

抬手一抹额头，发现额头很凉很湿润，竟是冷汗。

容棱在这一刻也惊醒。他黑色的双眸中几乎是立刻迸射出警惕的冷光。在短短一瞬间确定周围并没危险后，他才将身体放松，收拢眼中的杀意，看向身边的女人。

容棱撑起身子，问道："怎的了？"

柳蔚回头，紧紧抓住他的衣袖，一双眸子闪烁不停。

她这表情非常不好，容棱皱起眉将她搂住，轻声问道："做噩梦了？"

柳蔚摇头对他比画——老实告诉我，你找到小黎了是吗？

容棱沉默地看着她，没说话。

柳蔚继续比画——那你跟我保证，他是安全的。

容棱迟疑一下，握住她的肩膀，对她保证："他是安全的。"

柳蔚露出一个"果然如此"的表情，却并没生气也没谴责，只是捏紧容棱的衣袖，郑重地比画——他一定要安全，必须安全！

容棱点头，不管柳蔚是否故意诈他，总之他不忍看她这样的表情。

惊恐。柳蔚，也会惊恐。

这一刻，或许也是被外面的大雨影响，容棱心跳突然加快，仿佛被感染一般忍不住胡思乱想。

他拍了拍柳蔚的小手，让她松开。

柳蔚听话地松开，容棱却出了房间。

离开了一刻钟才回来。回来后，容棱看柳蔚还坐在床上，用一种近乎恍惚的表情看着他。他快步走过去，握住她冰凉的手，道："小黎很安全，本王保证。"

容棱言语间那般笃定，柳蔚总算被安抚了些，半晌憣然地点头。

容棱看了眼外面雾蒙深沉的天色，问："再睡会儿？"

柳蔚摇摇头，伸出脚去踩床边的鞋子，随意趿着鞋走到桌前，开始检查昨晚准备的材料可有遗漏。

柳蔚一身白色亵衣，看来单薄又消瘦。容棱起身，捞起椅子上的男人外袍，走上前给她披上。

而后又为她仔细拢好，确保她不会着凉才问："有何不对？"

柳蔚放下手中称好分量的菜果，转首看向容棱，很认真地凝视他许久，才比画——我有种不好的预感。

容棱敛眉："关于小黎？"

柳蔚比画——我不确定，但我只能想到小黎。

容棱说道："小黎很好，你若不放心，将他接回来？"

柳蔚有些好笑，比画——怎的突然都承认了？不打算继续阳奉阴违地瞒下去？

容棱紧盯她："你在害怕？"

柳蔚一愣，忍不住摸摸自己的脸。

容棱呼了口气，将她抱住搂紧，贴着她的耳朵道："本王从未见过，你如此怕。"

有在怕吗？

柳蔚不知道。

这世上，令她讨厌的有很多，令她喜欢的有很多。害怕的却真的非常少。

但无论如何，她不能拿小黎的安危去赌。

她从容棱怀中缩出来，对他比画——我要见小黎。

雨下得很大，小黎将珍珠小心地搂在衣服里，手上打着小雨伞，在人流稀少的街道上走过。

"我爹真的不生气了吗？"走了两条街，小黎还是不放心，仰头对走在他前方的某位暗卫问道。

那位暗卫大概是不习惯明着在街上走，脚步很快，听到公子询问才转过头，保证："是，司佐大人不生气。"

小黎点点头，心里安定不少，但还是不确定："一点都不生气？"

暗卫按照都尉大人所教一字不漏地回答："一点都不。"

总觉得娘亲真的不生气的概率很小，但容叔叔答应会帮他。既然是容叔叔叫他回去，那多半是真的有转机。

在外面流浪了好久了，小黎有时候也想，宁愿被娘亲打一顿也不想再过这种有家归不得的日子了。

拢了拢怀里的珍珠，发现珍珠正缩着脑袋，把小身子都藏在他的衣服里，小黎就问："还冷吗？"

鸟儿都不喜欢下雨，因为羽毛湿了很不容易干。

动物的本性就是避雨。在雨水来临之前鸟儿就会找到避难所，然后等到雨水停下才会探出头。在这种风雨交加的日子还要出门，对珍珠来说很不舒服。

珍珠抖着小身子。因为不小心被飘过来的几滴雨水溅到，它赶紧又往小黎的衣服里钻了钻，把脑袋塞好，撅着自己的小屁股，"桀桀"两声。

小黎把衣服掀开一些，再回拢过来，把珍珠完完全全罩在里面。

他因为忙着照顾珍珠，以至于没怎么看路，等再抬头时前面刚好走过来一人。

两人"砰"的一声相撞。

"呀。"一时间的撞击，令小黎身子一歪险些将怀里的珍珠扔出去。

小黎极快地反应过来，在空中翻了个跟头，然后稳稳停下，可伞已经飞到老远。

暗卫见状，赶紧把自己的伞撑过来。

可伞还没撑到公子头顶，另一把伞已经撑了过来。

小黎看着头顶上再次出现的纸伞，然后看看眼前之人。

是个男人，男人浑身笼罩在一件黑色的雨衣里，大大的帽子将他半张脸遮住，身上湿淋淋的。在这么大雨的街头，男人却并没有打伞，看起来颇为狼狈。

这个男人此刻手里拿着的伞，是小黎方才掉落的。

"抱歉。"男子温和的声音飘出。他蹲下身，露出一双深邃的金色瞳眸，将伞把递到小黎手中道，"雨太大，我没看到你，撞疼了吗？"

小黎木讷地站在原地，看着近在咫尺的金色瞳眸，惊讶地指着他的脸："你你你……"

男子没与小黎多说，垂下金色瞳眸，将伞把塞进小黎手里，起身快速离开！

直到那黑色的身影极快消失，小黎才猛然回神。再看看手里的油纸伞，他诧然地抓抓头，怀疑自己方才看错了。

金色的，居然是金色的眼睛！

"公子？"暗卫看公子发呆，在旁担心地唤了声。

小黎仰起头，指着那人影消失的方向，道："金色，金色的……"

暗卫迷糊："什么？"

"眼睛。"小黎手舞足蹈地道，"那个人的眼睛，跟我们的不同，是金色的眼睛。"

暗卫愣了一下，条件反射地顺着公子指的方向看过去一眼，除了朦胧的雨幕什么都看不清楚。

"公子，可是眼花了？"暗卫不确定地问。

金色的眼睛，这世上除了妖怪，哪里会有金眼之人？

眼花了？

小黎方才的经历只在一瞬之间，或许真的是雨太大了，看错了。

这么一想，小黎就相信了，毕竟金色眼睛的人，怎么听都是有些荒谬的。

"公子，咱们得赶紧走。这雨越来越大了。"

哗哗的雨声击打着纸伞，小黎一缩脖子，看向怀中："珍珠，你还好吗？"

珍珠虚弱地"桀桀"两声。

小黎赶紧将珍珠仔细遮好，举着伞匆匆往客栈赶去。

柳蔚在客栈的大厅静等。耳边听着外面的雨声，一时间她的心起伏不定。

直到熟悉的脚步声匆匆传来，柳蔚才猛然回神，眼睛不自禁地看向了客栈门外。

小黎浑身湿漉漉地走进来。他没有走近，只站在屋檐下，透过敞开的大门，小心翼翼地往里面窥视。

柳蔚转过头时，小黎也正在看娘亲。

母子俩的目光相聚。

柳蔚面色沉静，小黎满脸紧张。

容棱此时也放下了手中的书，对门外的小黎唤道："进来。"

小黎犹疑着没有动。

容棱看向柳蔚，见柳蔚正用一种有些可怕的目光盯视小黎。他叹了口气起身去拉小黎的手。

小黎宛若找到救命稻草一般，赶紧缩到容叔叔背后，小手抓紧容棱的衣服。

珍珠此时从小黎怀中探出脑袋，发现已经到了目的地，便机灵地飞出来，抖了抖身上还有些湿润的羽毛。

扑扇着翅膀，飞到柳蔚面前，仰着头"桀桀"地叫。

柳蔚视线微转，看向珍珠。

那眼神，又冷又寒。

原本还打算撒娇的珍珠一下子打了哆嗦，然后非常没有义气地展开翅膀飞上了房梁。

它躲在了房梁的柱子后面，不管小黎了。

小黎想叫它，但珍珠已经跑没了。小黎没办法，只好继续拽着容叔叔，现在只有容叔叔能救他。

容棱伸手将小黎抱起来，走到柳蔚身边坐下。

柳蔚的视线一直看着小黎，那眼神很是认真。

小黎很害怕，总觉得娘亲这样沉默，比直接打他一顿还要可怕。

"爹……"他软软糯糯地出声，开口就道歉，"我错了。"

然后举起自己一双肉嘟嘟的小手："你打我吧。"

柳蔚皱了皱眉，霍然起身……

小黎以为娘亲真的要打自己，赶紧缩回手躲进容棱怀里。

可柳蔚，只是转身，上了楼。

看着那纤细的身影慢慢消失，小黎小嘴一瘪哭了。

"容叔叔，你骗我，你说我爹不生气的。"小黎生气地抱怨着，小拳头还一下一下砸容叔叔的胸口。

容棱将他的小爪子抓住，抿着唇看了眼楼上，微微蹙眉。

柳蔚还在生气？或许有气，但容棱觉得柳蔚此刻的情绪更多的是不安。但是，让柳蔚不安的什么？小黎已经安全地出现在她眼前，她还有什么可不安的？

容棱想不通，似乎从昨晚开始柳蔚就处于这种焦躁的状态。他不知道其中的原因。或许柳蔚自己，也不一定知道。

客栈里很安静，金南芸和浮生待在房间里一直没出来，掌柜的和小二送上了早膳便退开了。

楼下大堂,只有小黎和容棱相对而坐。小黎从背上,取下一个大大的包裹,郑重地放在桌上,再展开。

果不其然,包裹里是个彩色的骷髅人形玩偶。

此时,一声雷鸣一闪而过,接着闪电劈下,将外面原本昏暗的天色,一瞬间照得亮如白昼。

白光闪过的一刹那,映衬着这个彩色玩偶,平添了几分阴森和邪气。

小黎却并没觉得那是邪气。

小黎对着容棱说道:"希望这件礼物,能给容叔叔你带来好运。"

容棱更加沉默了……

对于一个玩偶会带来好运这种事,容棱并不抱着任何期待。但看在小黎这么热心的分上,容棱还是象征性的答应,还是问道:"可以转送别人?"

小黎愣了一下,很受伤:"容叔叔你不喜欢?"

"喜欢。"容棱违心地说,"但有人比我更喜欢。"

小黎想了一下,就看向二楼,然后点头:"嗯,我爹应该更喜欢,如果容叔叔想送给我爹,我没意见。"

容棱抬手,摸摸小黎的头,道:"懂事了。"

小黎仰着头,笑着:"我会长大的。"

容棱不置可否,将玩偶推给小黎,说道:"自己去送。"

小黎心情有些沉重地抱住彩色玩偶,看了看二楼,然后点点头,起身往楼梯方向走。

小黎走得很慢,心里很忐忑,但是再长的路终究会走完。

到了二楼,小黎小声地敲了敲门,里面却没有任何回应。

小黎眼眶有些红,再次敲敲门。

依旧没有回应。

娘亲果然还在生气,都不理他。

小黎又敲了几次,得到的结果依旧冷淡。他回过头,看向楼下的男人,泫然欲泣:"容叔叔……"

容棱走上去。

小黎一下子扑进容棱怀里,吸着鼻子道:"我爹不理我。"

容棱摸摸他的头。

"我爹还不跟我说话。我回来这么久,一句话也不跟我说,我该怎么办?"

容棱手指微顿,低头道:"她说不了话。"

"嗯?"小黎愣了一下,这才想起来,猛地瞪大眼睛,"我爹的嗓子还没好?她没有配制解药?"

167

"没有药方。"容棱道。

小黎顿时有种五雷轰顶的感觉。也就是说他不只害娘亲哑巴了，还害娘亲哑巴了这么多天！

原本还觉得自己可以得到宽恕的小黎，顿时发现自己罪无可恕了。

他鼓着嘴，完全不知道怎么办了。

就在这时，旁边的房门被打开。

房内一身白衣男装扮相的女子走了出来。

小黎机敏地躲到容叔叔背后，下意识地保命要紧。

柳蔚淡漠地低头看小黎一眼，而后从两人身边走过，下了楼梯朝客栈外走去。

"我爹去哪儿？"小黎小心翼翼地问。

容棱算了算时辰，才道："公事。"说着，抱起小黎随后也出了客栈。

客栈外的棚子里，早已停好了马车。

容棱与小黎出来时，就看到柳蔚正站在马车旁没有上去，只是看着灰色的天空。

将小黎放进车厢，容棱伸手握住柳蔚的指尖。

发现柳蔚的手很凉，容棱不自禁地捏紧了些，给她暖手。

柳蔚回过头看容棱一眼，对他摇头，示意自己没事。

容棱沉眸，拉着柳蔚上了马车。

马车内小黎机灵地缩在角落，离娘亲很远。柳蔚也没看儿子，就像没有这个人。

唯有容棱知道，柳蔚很在意小黎。今晨她担心的表情，惊恐的脸，让他终生难忘。

车内气氛并不算好，但大抵因为雨声太大也不显得过分寂静。

与此同时，另一边。黄府后门，一辆马车也出发了。

"公子，天下这么大雨，非要今日出门吗？"黄临的小厮看着大雨，有些担心地道。

黄临却已经一跃跳上马车，不耐烦道："不准告诉别人，可记住了？"

小厮惆怅地点点头，依旧道："那公子您要去哪儿，总要告诉小的一声。若是有人问起……"

"谁会无端端问起？"黄临皱着眉道，"有人来问，就说我不舒服，在房中歇息。谁也不见。"

小厮很担心："公子，还是让小的陪您一起去吧！这样的天气，别出什么事才好……"

"你怎的这样啰嗦！"黄临呵斥一声，便不再说话。自己拎起缰绳，催促马儿从巷子口离开。

"公子，公子……"小厮在后面追。

黄临已经驾着马车，消失不见。

小厮很是懊恼，主子就这么不声不响地跑了，若是被人发现，可如何是好？

这么想着，小厮就决定赶紧回院，把院门都关好，千万不能让人发现了。

可是刚一转身，小厮就看到不远处一身棕色对襟袍的奶娘！

小厮吓了一跳，拍着胸口走过去："奶娘，公子……"

"好了。"奶娘严肃地道，"按照公子说的办。你要记得，这黄府往后便是公子的。公子说什么，咱们就听什么，明白了？"

黄府以后会是公子的？

可谁都知道，公子并非夫人亲生。若是老爷还在，或许还有可能将来把黄府留给公子。但老爷眼下走了，府里由夫人当家。夫人往后会不会改嫁还两说。若是改嫁了，虽说不能生，但万一又收养一个，那还有公子的事吗？

小厮不敢想得太好，但奶娘是夫人身边的人，奶娘这么说了没准还真是如此。

自己的主子往后会执掌黄府，这个消息令小厮惊讶之余又庆幸。

于是，也不管黄临去哪儿了，小厮兴冲冲回去院落，打算老实听令等待公子回来。

小厮走后，奶娘看着空荡荡的后门小巷，嘴角浮笑。

这么大的雨，公子都要往外面跑，总不会是去见心上人。能让他如此不顾一切的，还有谁？

当然就是娘了。

公子，肯定是去见那位吴家的四姑娘了！

今日，黄临过去，是做另一件事。

原本昨晚看雨下得太大，他不打算今日执行计划。但又一想，今日大雨一冲，指不定会将一些证据冲走，或许对他更有利。

这么一想，他就迫不及待了。

实际上，昨晚黄临已经出过一次门。趁着半夜又下了大雨，将一些工具准备好，也因此，他几乎是今晨才回来的。

而现在他要去找四姑娘，将四姑娘带到他布置好的地方，在那里结束那个女人的生命！

马车一路疾驰，因为风雨太大，等抵达四姑娘家门口时，黄临身上已经湿透了。跳下马车，他也没打伞，就去砰砰砰地敲门。

里头，没一会儿传来茉莉的声音："来了，来了。"

接着，大门打开，茉莉打着伞看着外头如落汤鸡一般的人，愣了一下才惊叫起来："哎哟，公子，这么大的雨，您怎么过来了？怎么也不带把伞，快进来，快进来。"

黄临沉着脸，随茉莉进了屋内。

大厅中，听到消息的四姑娘也出来了。她一看到黄临这个模样，顿时心疼极了，拿了干布，便给他亲自擦拭。

"怎么这个时候过来？茉莉，快去熬碗姜汤给公子喝。这样的身板，若是病了可怎的是好？"

黄临面无表情地由着四姑娘给他擦干。等到姜汤端来，他干脆地喝完，放下空碗，道："我来找你。"

四姑娘看着他，面色柔和极了："我？"

"嗯。"黄临应了一声，起身拉着四姑娘的手，把人往外面带。

四姑娘被他拉着，茉莉此时上前拦着："这么大的雨，要去什么地方也不好这会儿去。公子刚刚淋了雨，奴婢先去隔壁借件衣服给公子换了，要不得着凉了。"

"不用。"黄临懒得废话，直视四姑娘，"你跟不跟我走？"

四姑娘沉吟一下，深深地看着他："你要带我去哪儿？"

"去了你就知道。"

四姑娘不说话了。恰好此时外面一道闪电劈过，四姑娘看着黄临认真又严肃的黑眸，犹疑一下还是问："为何一定要今日？"

这么大的雨，为何偏偏是今日。

黄临早已想好说辞，见她迟迟不走似乎也是谨慎，便道："你不是说你是我娘？我要证明。"

四姑娘眼睛亮了一下，蹲下身看着他："证明？"

"你跟我走，如果证明属实，我才知道以后该如何对你……"说到这里，他适时地露出一个黯然的表情。

四姑娘见状，虽不知他到底要怎么证明，但还是本能地道："好。"

黄临滞了一下，很复杂地看她一会儿，垂下眼往门外走。

"等等。"四姑娘叫住他，对茉莉道，"去把衣服借来。"

茉莉看了黄临一眼，点点头打着伞跑出去。

黄临站在原地，背对着四姑娘，看着窗外的雨："我不冷。"

四姑娘上前，继续用干布为他擦拭："可我不想你病。"

黄临沉默下来。

四姑娘的动作很轻柔，仿佛真正的娘亲在心疼自己的孩子。可她越是如此，黄临的心情越是复杂。若他娘还在世，他也可以享受这些母子温馨。在娘亲怀中撒娇，由着娘亲宠爱，这是他……从小的梦。

连绵的大雨，滂沱又凶狠，容棱下了马车，接过暗卫递上的油纸伞，亲自接柳蔚出来。

柳蔚从马车上出来后，看看四周，确定了地点，比画一下。

容棱道："对面便是。"

柳蔚看向对面，果然在雨雾中，见到了四姑娘的家。

柳蔚又比画两下。

容棱即刻问道:"黄临来了?"

暗卫老实说:"回都尉,半刻钟前已进去了,关了房门,外面看不到。估摸这一会儿便要出来,那黄家公子,将东西安排在城东口的小巷子里。一进去便有大石头砸下来挡道,而等那位四姑娘下来寻看时,会再有石头落下来,将她砸死。"

容棱沉吟一下,问道:"石头?"

暗卫知道都尉大人狐疑什么,便道:"回都尉,那黄家公子有些歪脑子。按理说,一个半大孩子身高的人,无法将数十斤的大石,悬在空中,但他用了一个样式古怪的轮子,两根粗细不同的麻绳,再加两匹马。将绳子一头拴在马上,绳子另一头绑住石头,中间再卡了三四个巴掌大的小轮子,最后用皮鞭驱赶马匹,竟真的就将石头悬上了天。他一共悬了两块大石,绳子固定在巷子口的榕树干上。只要马车过去时,他伸出手用刀子割断绳子,小一些的那块石头便会掉下来,挡住巷子。而等到有人下车查看,他再从马车后面跳到树干旁,将另一根粗绳砍断,就会正中下面之人的脑袋。"

人的智慧是无穷的,柳蔚一直知道。但没想到,黄临竟然如此聪明。

还是把这聪明用在了杀人上。

看来上次黄觉杨的死,黄临自己也知道操作不当,这次便更新换代,用了更严密的手段。

柳蔚相信,以他的聪慧,将来不愁不成材。

只可惜……

垂下眼眸,柳蔚不再深想。

容棱在稍有惊讶之后,带着柳蔚到了一处避雨棚子,在那里他们可以看到对面的一举一动并且不会淋雨。

柳蔚走了两步,回身指了指马车。

容棱便唤了一声:"小黎。"

小黎畏畏缩缩地打开车帘的一个小角,小心翼翼地看他们。

容棱道:"一起。"

小黎看看面无表情的娘亲,赶紧摇头:"我……我就在里面等你们。"

总觉得和娘亲待在一起,会挨打的。

柳蔚皱了皱眉,拉拉容棱的衣袖,示意小黎必须得跟着她才行。

容棱明白柳蔚的意思,拍拍她的手,将伞给柳蔚。自己走过去将小黎抱出来,用衣服盖住小黎的头,将小黎带了过来。

柳蔚极快地将伞撑在容棱头上,小黎原本还想挣扎,但娘亲一靠近他就蔫了,赶紧一动不动。

三人走进棚子,里头安置了座位。三人坐下,齐齐看向对面的屋子,等待着接下来的行动。

可是时间一点一滴地过去，里头却半点动静也没有。

眼看着快半个时辰了，容棱问身边之人："丫鬟何在？"

暗卫道："回大人，那丫鬟去了邻居家借衣服。奇怪，该早就回来了才是。"

容棱眉眼一凛，吩咐道："速去看看。"

立刻有人身影一闪，便消失无踪。

过了好一会儿，那暗卫才回来，满脸严肃地道："都尉……那丫鬟被人打晕，倒在邻居家的房檐角落。"

被人打晕？

柳蔚霍然起身，心脏疯狂跳动着，紧盯对面四姑娘家。

而像是有所感应一般，对面也有了动静。

一直紧闭的大门被慢慢打开，接着里头出来一个矮矮小小的身影。

那身影很僵硬。因为雨太大，柳蔚视线受阻，不得不前进两步想看清些。

容棱及时拉住柳蔚，道："慢点。"

柳蔚低头，这才发现自己脚边有块石头，若是再前进两步，必然会绊倒。

柳蔚深吸一口气，闭了闭眼，再睁开，这次她看清了。对面走出来的，的确是个孩子。

不是别人，正是黄临。但此刻他身上却并非正常颜色，浑身都是红色！

血液一般的红色。

甚至，弄得满脸都是……

柳蔚只觉得眼瞳一红，再一看却发现黄临手里正捧着个东西，转过身来站在大雨之中。

黄临微微仰头，视线竟然毫不畏惧地与他们对视。

"他看到我们了。"其中一个暗卫惊讶道。

按理说，他们隐藏在暗处，加上雨天视野受限，一个普通人根本不可能发现他们。

但黄临却如此直接地迎视他们，这说明黄临的确看到他们了。

容棱面色很沉。他一挥手，两旁数位黑衣暗卫立刻群起而上，利落地施展轻功，将四姑娘家团团包围。

柳蔚远远地看着这一幕，指尖微微颤抖。

柳蔚终于知道，自己从昨晚开始的不安究竟是因为什么了。

大概，下去后就会得到答案。

大雨冲刷着世间的一切。柳蔚白色的衣袍被泥水溅脏，她的袍摆湿润又沉重就如她现在的步子，带着绊脚的阻滞。

小黎安分地走在娘亲后面。看着娘亲焦躁的背影他很茫然，想了想他就上前握住娘亲的手。

柳蔚感觉手心有个软软的东西贴近。她垂了垂眸，看到小黎正仰着头，担忧地看着她。

她直接将儿子抱起来。伞太小，小黎站得太远，肩膀已经湿了。

小黎乖乖缩在娘亲怀里，小心翼翼地问道："爹，你怎么了？"

柳蔚摇摇头，继续往前面走。

小黎这才想起，娘亲还不会说话。他沉默一下，也想不出更好的办法，只得努力地抱住娘亲的脖子，把自己贴近娘亲。

不得不说，柳蔚虽说生气小黎胡闹下药，但是她向来嘴硬心软，小黎撒撒娇很有用。

看儿子很努力地讨好自己，柳蔚也不忍心推拒。实际上，好几天过去她早就没有生气了。小孩调皮，每个人都有这么个不懂事的过程，况且又是自己的孩子，又能狠得下多少心？

此刻小黎已经鼓起勇气找她了，柳蔚也不想太吓着他，尤其是在这种她自己本身状态也不好的情况下。

因此，柳蔚没有推开儿子，只是脚下的步子快了几分。

当柳蔚赶到四姑娘家的庭院附近时，就看到黄临手捧一颗早已溃烂的人头，全身是血地站在那里。

是的，是血，一靠近，柳蔚便闻出来了。

黄临的脚下已经有了一个血红色的水坑，是雨水冲刷他的身体，打落下来的。

黄临的表情很僵硬，嘴唇发白，瞳孔发青，唯独手上那颗女子人头被他抓得很紧，毫不放松。

周围站满了人，可所有人都默契地没有靠近。

便是容棱，一样也站在三步外，转首看着柳蔚。

柳蔚将小黎放下，把伞递给他。小黎自然地抱住伞，容棱便拿着另一把伞过来，遮住柳蔚的头顶。

柳蔚比画两下。

容棱却只是面色深沉地摇头。

柳蔚眼瞳动了一下，迈开步子走到黄临面前。

柳蔚打了一个手势。

容棱看着黄临，问道："还好吗？"

柳蔚无奈极了，自己无法说话，必须要容棱转达才行。但容棱这冷冰冰的声音，跟她现在要表达的态度，真的差了很多。

柳蔚稍稍看了容棱一眼，示意他用词温柔些。

容都尉却板着一张冰山脸，犹豫一下这才放软了声调："你还好吗？"

柳蔚："……"

柳蔚放弃了，不可能让容棱温柔的。这个男人，生来大抵就不懂温柔。

柳蔚打算放弃对话，伸手用肢体给黄临安全感。

可是，柳蔚的手刚碰到黄临的肩膀，黄临便缩了一下，快速后退用警惕又惊恐的目光瞪着柳蔚！

柳蔚皱眉，慢慢展开笑容。

容棱适时地道："我们不会伤害到你。"

可是容棱的声音，一听就是我们马上就要伤害你的感觉！

柳蔚看向一旁的容棱，示意他不要说话，又转头把小黎招过来，对小黎比画一番。

小黎看着娘亲手舞足蹈，看了一会儿就明白了。

然后五岁不到的小豆丁，就抓着比自己还大的雨伞，仰着头看着对面那浑身是血的人，说："我爹是好人，不会伤害你的，也不会抢你的东西，你不要害怕。"

黄临条件反射地搂紧，用憎恨的目光看着柳蔚。

柳蔚气得打了小黎一下。

小黎捂住被揍的脑袋，躲远一点才说："我爹不抢你的东西。你先冷静一下，我们说说话，你告诉我们。你身上是怎么了？"

黄临眼瞳一下有些涣散，但是也慢慢地转头看向房内。

容棱对暗卫招手，立刻有人进去查看。

接着便是接连的声音从里面传出。

随后，暗卫出来回禀。

回禀的那人方才进去时还神采奕奕，这会儿出来却已经脸色苍白嘴唇发青。

他艰难地道："回大人……里头，好像死了个人。"

容棱微微蹙眉："好像？"

暗卫喘了口气，为难地道："属下……看不出是否……"

后面的话，暗卫还没说完，已是喉咙一酸，捂着嘴跑到一边，扶着墙根呕起来。

接着后面出来的暗卫，个个皆是如此。

容棱见状，自己抬步进入房内！

柳蔚放弃了追问黄临，起身打算一起进去。

容棱拦住柳蔚，对小黎道："羽叶丸。"

小黎愣了一下，还是乖乖从怀里掏出一瓶羽叶丸递给容叔叔。

容棱抖出一颗，强制性地塞到柳蔚嘴里。

嘴里被动地含住，一边咬着一边用手比了个问号。

容棱没解释，只牵着柳蔚的手，带着她进入房内。

还没走近，柳蔚便嗅到一股扑面而来的血腥气，接着柳蔚抬起眸，首先看到的便是一片红色。

这是四姑娘家的前厅。

厅子范围不说大，但也绝对不小。而此刻厅内一个人也没有。是的，没有人，没有尸体，只有一片血红。

诡异的红！

地上，掉满了破碎的头发、肢体残块。

柳蔚曾经破过一起案子，一起极具变态性质的灭门案，那次的案件与此次非常相似。

那个凶手，是个彻底的病态型杀手，他追求美的方式便是破碎。

柳蔚深吸一口气，吸到的却全是血腥味。

柳蔚头疼得揉了揉眉心，对身边的容棱推了推，让容棱先出去。

容棱没动，执着地站在原地。

柳蔚只好比画——这里有古怪。

容棱冷声道："我不会走。"

柳蔚叹了口气，指着挂在墙上的一只带血的断臂，比画——那是坤门。

而后指着另一面墙上的半截脚掌，比画——那是坎门。

容棱蹙眉，看着她。

柳蔚解释——这里看似是一地碎尸，实则在这四面墙上，早已布设了八卦之门。常人若是看不出卦口，便会被里头的场景所惑。你的暗卫个个都是顶尖高手，他们会这么脆弱？没见过血？没见过人肉？还有你，你不觉得你很不对劲？你靠着意志力在撑，可是实则你已经进入了卦中。

容棱沉默一下，狠狠地闭上眼眸，再次睁开，却依旧没有任何改变。

周遭的一切，让容棱有种久违的烦躁与恶心。

柳蔚拍拍容棱的手，将他推出去，又对小黎招手。

小黎丢开雨伞，屁颠屁颠地跑进来。容棱却一把捏住柳蔚，不满地道："我不能进去，孩子可以？"

柳蔚继续比画——我与小黎的武功，跟你们的武功路数不同，我们是依照八卦五行而学，里头那些对我与小黎而言，是小把戏。

容棱："……"

总之，容都尉在万般不愿的情况下，被老婆孩子赶了出去。

而小黎作为替补，高高兴兴地进来了！

一进来，小黎就被眼前的画面镇住，过了许久才回过神来，讷讷地道："八卦？"

柳蔚点了点头，踩着一地的血，在房间徘徊。

小黎却不能淡定："八卦？爹，你不是说八卦之术乃师祖爷爷所教，普天之下除你我二人，无人还会？为何这里……"

· 175 ·

柳蔚同样蒙了。

房里的确是被布下了八卦，这个毋庸置疑，但是是谁布下的，是怎么布下的？

还有她的心脏……

柳蔚捂着胸口，清楚地感觉到，心脏的跳动，慢慢趋于平静。此前那样焦躁那样不安的心，竟然在这一刻出奇地平静下来。

这种感觉很莫名，但柳蔚就是能感觉到。

小黎看娘亲不回话，这才想起来娘亲不能开口，便走上前，拉拉娘亲的衣角，示意娘亲告诉自己。

柳蔚看了儿子一眼，沉默半晌，比画一下。

小黎见了，瞪大眼睛："是同门吗？"

实则，是不是同门柳蔚也不能确定。

柳蔚开始觉得，昨晚那场雨，或许就是暴风雨的真正开始。

本能和直觉，告诉她将有大事发生。

柳蔚以为那事与小黎有关，或者与容棱有关，但原来都不是，是与她自己有关。

可是，关联点又是什么？

这满室的东西是如何造成的？这八卦又是几时布下的，布下之人怎么可能是黄临，这不可能。满肚子的问题，让柳蔚无法冷静思考。

柳蔚在房中绕了好几圈，将所有的一切，都记在脑子里，确保不疏忽每一个细节。

到最后，她要破了这个卦象。

柳蔚将那手掌取下来，房间内表面上没什么不同，实则却有了微妙的变化。

小黎仰头看看左右，发现卦门已经解了，正要与娘亲说话，却突然大叫起来："爹！"

柳蔚看向小黎。

小黎瞪大眼睛，指着柳蔚手里那只手，慢慢地张口："这只手……"

柳蔚低头，看了看那只手，却并没看出什么不对，这就是一只普通的人手。

小黎踮着脚尖，站起来抢过那只手，将其手掌摊开，再抓过娘亲的右手，将其同样摊开，然后把两只手比在一起。

断手手心处，一颗朱砂痣，尤其明显。

而柳蔚手心那颗朱砂痣，在这一刻也极为刺眼。周围的空气，仿佛一下子冻结。外面的大雨，哗哗地继续下个不停。

柳蔚的心脏，从一开始的稳定跳动，再次变得杂乱无序。

柳蔚深深地喘出一口气，直到确定自己的血液继续流动，才慢慢地放下手，将手指攥成了拳头。

"爹……"小黎将那只断手丢开，握紧娘亲的手，表情有些慌乱，"是……巧合吗?"

柳蔚闭上眼睛，努力控制着自己的心态。

等到确定控制好了，柳蔚才睁开眼，此时眼中迸出寒意。

小黎害怕地看着娘亲。

就见柳蔚比画——准备工具验尸。

第八章 善恶到头

尸体都没有，要怎么验？

小黎没有问出来，只是咬着小牙齿狠狠点头，然后跑出去问外面要了大篓子和白布。

用白布将篓子下面包好，走进大厅，戴着手套。

柳蔚则拿着一瓶粉，用毛笔蘸着，在桌椅上刷粉，片刻后再用干净的毛笔将粉拂开，有些地方便出现了形状各异的纹路。

母子二人在屋里足足忙碌了近半个时辰，才将所有现场罪证全部收集好，等到再出去时，两人身上都布满血渍。

柳蔚对着外面一直严肃凝视她和儿子的容棱比画一下，示意可以进去了。

容棱只是拿着锦帕为柳蔚擦手，道："衙门的人，快来了。"

柳蔚点了点头，视线一转，看向黄临。

柳蔚抽出手比画——他如何？

容棱眸子微沉，轻轻道："一言不发？"

刚刚看过这样的画面沉默一些也是正常。但作为案发现场唯一的目击者，黄临是必须要去衙门录口供的。

柳蔚将尸体托付给容棱看守好，自己则是带着小黎走到黄临的面前。

黄临整个人都是迷迷糊糊的，眼神散乱，像是早已被吓得不轻。

柳蔚抓住他的手。

黄临条件反射地甩开!
　　小黎急忙道:"我爹没有恶意,哥哥你不要害怕,我们都是好人。"
　　柳蔚叹了口气,无奈地握住小黎的肩膀,对小黎比画几下。
　　小黎看得懂,连连点头,问黄临道:"哥哥,里面死的那个人,是你杀的?"
　　可是,黄临并不回答。
　　黄临选择沉默着,低头不言不语。
　　小黎又问:"你为什么要杀她?"
　　这次,黄临抬起头,声音有些发凉地开口:"是她先杀了我娘……"
　　柳蔚蹙眉,对小黎比画一下,小黎便转达:"我爹问你,人不是你杀的,对不对?"
　　黄临眼睛闪烁一下,将头埋得更低了,继续不说话。
　　柳蔚再次比画,小黎再次传达:"有人跟你说过什么,是吗?"
　　黄临还是不说话,但柳蔚已经可以确定死者是四姑娘。
　　而在黄临进入大厅,四姑娘的丫鬟茉莉出门借衣服,并被打晕藏起来的这半个时辰,大厅里出现过另一个人。
　　是那个人杀了四姑娘,并且用尸体布下了一个邪性八卦阵。
　　不过,柳蔚要知道,黄临见过这一切吗?
　　黄临是被人打晕了,在凶手杀了人布置完之后,才叫醒他,还是他眼睁睁就看着凶手制作这一切,并且被凶手灌输了保密的信息?
　　黄临的回答很重要,柳蔚必须知道。
　　但此刻柳蔚无法说话,这步入了一个死循环。一些技巧,只靠小黎和容棱的传达无法完成,柳蔚需要自己问,并且面对黄临如今这种情况,还需要采取点特别措施。
　　让小黎看着黄临,柳蔚便起身走到容棱面前,对容棱比画一番。
　　容棱看懂后,沉默一下,却没答应,只是问她:"凶手,你有把握?"
　　容棱也看得出,凶手并非是黄临。
　　凶手用了什么手法,是如何做到的,包括凶手为何懂得八卦?这些问题,都是需要调查的。
　　坦白说,柳蔚没有把握。
　　这么想着,柳蔚便很诚实地看着容棱,告诉他。
　　容棱的视线随着柳蔚手指移动,直到柳蔚停下,他才握住她的手,道:"你手心有颗痣,是红色的。"
　　柳蔚愣了一下,低头看着自己的手,再看了眼不远处那白布盖着的大篓子。
　　容棱捏起柳蔚的下巴,迫使她看着他,目光深邃,声音低沉:"凶手,是针对你?"

柳蔚捏住容棱的指尖摇头，再拍拍他的手背，示意他不要担心。

可容棱，如何能不担心。

容棱紧握着她的肩头，强行将她抱入怀里，下巴抵着她头顶，低低地说："回京都。"

柳蔚眼皮一动……

"此案你若没有把握，明日便随本王回京都。"

柳蔚推开他，皱起眉，比画——我不会回去，此案我即便没有把握，也要调查到底。

容棱捏住柳蔚的手腕："别固执。"

柳蔚什么也没说，什么也没比画，只是一双漆黑的眸子直视容棱。

柳蔚向来便不是轻易放弃之人，尤其是在悬案方面。

两人对视了许久，直到远处传来一阵脚步声……

曹余杰带着官府衙役，赶来了。

柳蔚轻轻拂开容棱的大手，在容棱冷峻的目光下，想了想，看看左右，确定无人察觉，踮起脚尖，在他唇上印了安慰一吻。

容棱瞳孔骤然收缩，条件反射地以手上力道托住她的细腰，想加深这个来之不易的主动献吻。

但柳蔚已经快速躲开，并且比画——相信我。

柳蔚比画完，就跑开，朝着小黎和黄临而去。

容棱看着柳蔚的背影，眸色越来越深。

柳蔚将黄临带到一间单独的房间，把他安置在一张圆桌前。

小黎坐在黄临旁边，柳蔚坐在对面。

而柳蔚面前的桌子上，摆着成套的笔墨纸砚。

外面，雨声不断，还有衙役的喧哗声。

柳蔚将所有噪声屏蔽在外，执起毛笔，在宣纸上，写下一行字——这里没有旁人，你可以放心地说。告诉我，你看到了什么？

那张纸，被送到黄临面前。

黄临瞟了一眼，低垂着脑袋，始终一言不发。

柳蔚没有停顿地写了第二张——不说，我会抢走你娘。

这下，黄临几乎是条件反射地抬眼，狠瞪着柳蔚，咬着唇道："你不能这么做。"

柳蔚在纸上写——为何？

"这是我娘！"

柳蔚——那又如何？

"我要见曹大人！"黄临说着，便起身。

小黎动作很快地按住黄临，抿了抿唇，赶在柳蔚写下一张字条之前，生气地道：

"你娘亲若还在世，定不愿见你莫名其妙成为杀人凶手。"

黄临一顿，看向柳小黎。

小黎凶巴巴地道："你若不坦白交代，那你的嫌疑便不能洗脱。你有嫌疑，便会被送进大牢，凶手迟迟无法抓获，衙门便会将你判为凶手。你说，你娘愿意你平白替他人承担罪过吗？你娘若真的愿意，那她一定不是你亲娘，我娘就肯定不愿意！"

小黎信誓旦旦地说完，还稍稍有些心虚地看了柳蔚一眼。

毕竟才把娘亲害成哑巴，说不定娘亲现在还没消完气。他这些笃定的话，没准娘亲并不买账。

但还好，柳蔚只是将毛笔放下，静静地看着黄临。

黄临埋着头，将怀中人头端起来，用袖子给人头擦擦脸上的雨水，半晌后才声音沙哑地道："人，是我杀的。"

小黎鼓着嘴："怎么可能是你，你是如何杀的？小哥哥，你不要包庇凶手了，你这样，你娘亲会死不瞑目的。"

"药包，会起火的药包。"黄临道，"那人，把药包塞进了她嘴里，火是我点的……"

会起火的药包，那是……炸药？

硝石？

只是，哪怕那四姑娘真的是被炸死的，但尸块上并没有火烧的痕迹，顶多便是黏在墙上的残肢断臂上有高温凝固的现象。

可是，这绝不是火药造成的。

火药的杀伤力，要更猛烈！

并且，火药的阵仗这么大，他们就在对面，怎么可能没听到？

柳蔚这么想着，却认真观察黄临的表情，奇怪的是黄临的表情告诉柳蔚，他说的，都是真的。

但尽管如此，柳蔚还是在纸上写出两个字——说谎。

黄临抬头看着柳蔚，眼神很认真："我没说谎，若是不信，我便无能为力了。"

柳蔚思忖一下，换了张纸，写道——凶手，你可认得？

黄临摇头："我没看清他的脸。"

柳蔚看着黄临，发现这一句，竟也是真话。

大概是已经从迷蒙中清醒了些，黄临的话也多了，描述道："他戴着黑色的帽子，那帽子很奇怪，是与衣服连在一起的。他的脸都藏在帽子里头，他出现在我背后，用古怪的手法，将人定住，便掰开那人的嘴，再将一个小药包，塞进她嘴里。接着，他将蜡烛递给我，抱着我，让我去她嘴里点火，然后便有嗞嗞的烧火声，烧了一炷香工夫，待她死掉后，身体便突然四分五裂……"

这种说法如此荒谬！

没有声音，只是着火后四分五裂。

柳蔚心里有很多疑问，可偏偏黄临的回答，无一撒谎。这将那凶手的身份，再次铺上一层疑云。

唯独柳小黎，在听到黑色的衣服和连着衣服的帽子时，表情迟疑一下。

柳蔚观察到小黎的停顿，眼神询问儿子。

小黎醒过神来抓抓头，有些呆呆地说："今晨在街上，我也撞到一个黑衣服的人。"

但因为娘亲曾给他戴过那种连着衣服的帽子，所以他当时并未觉得稀奇，并且还因为雨太大，误以为那是盖着头的披风。

可是现在再一想，那可不就是帽子？

柳蔚眼睛一闪，追问——说清楚。

小黎不知道自己记错没有，只含含糊糊地将当时的情景说出来，末了又补充一句："他有一双金色的眼睛。"

此言一出，黄临也道："我看到金光从他脸上一闪而过，不能确定是不是眼睛。"

金色的眼睛？

瞳孔异色的人有许多。青云国虽说是中原国土，但边境匈奴、倭寇等中也有不少发色瞳色各异之人。

瞳色异样之人，五官必定也有异样。

柳蔚便问了。

小黎很肯定地道："样貌是中原人。"

柳蔚皱起眉。

小黎保证："肯定是，我看到他的脸了，很温和。就是眼睛很奇怪，是不是眼睛病了？"

现在，这个答案怎么推敲，都无法获得。

柳蔚又问了黄临许多，得到的答案，都是含含糊糊。

黄临一口咬定，人是他杀的，因为火是他点的。但那真正凶手，黄临再形容不出。

最后，只能用最笨的办法。

柳蔚问容棱要了一支炭棒，柳蔚拿了张纸，比画着让小黎描述。

小黎凭借记忆，将那金眼人的容貌特征，一一表述。等到一刻钟后，柳蔚描出一幅人画。

"就是他！"小黎一眼认出，很激动地道。

柳蔚又将画像递给黄临。

黄临看了一会儿，无法确定。

柳蔚将画中的人脸面，稍稍做了遮掩，这次黄临才露出恍然的神色，慢慢点头。

将画像收好，柳蔚起身，让小黎看好黄临，自己出去找容棱。

容棱与曹大人正在隔壁房间说话。因为又死了人，曹大人愁得头发都快白了，眉毛更是都要拧成一股绳了。

看到柳蔚进来，曹余杰立刻起身。

顾不得之前还觉得柳蔚没礼貌，立刻就问："柳大人，可查清楚了？"

柳蔚摇头，只是将画像交给容棱。

容棱揭开画像，待看到画中人时，眉头蹙了一下。

柳蔚观察到容棱的表情，比画——认得？

容棱没回答，只是走到门口，对外面比了个手势，没一会儿暗处不知从哪飞出来一道身影。

"大人？"暗卫躬身请安。

容棱站在原地，看向柳蔚。

柳蔚看看那暗卫，再看看那画像，还不等柳蔚说话，旁边的曹余杰已惊呼出声："就是他！"

曹余杰直冲冲过来，仔细辨认画中人，再笃定地指着那一无所知的暗卫。

"没错，容大人，就是他，您看。"

是的，画中人就是这暗卫。

可是，这暗卫不会是凶手！至少，他们眼睛的颜色不同！

而且同时，柳蔚、容棱在四姑娘家对面等待的那半个时辰里，这名暗卫也一直潜藏等候着。

这个事实，柳蔚和小黎许是看不到，但容棱作为都尉很清楚。

所以，凶手肯定是故意的！

易容成了容棱身边一名暗卫的容貌。

画像因此不再起到作用，那凶手的线索，此刻便成了谜。

柳蔚很好奇，这个凶手究竟从哪儿冒出来的？要做什么？

来得这样突兀！

令人毫无防备，并且没有道理。

莫非，是辽州之人？

那逃出城的死士回去通风报信了？

可是辽州和沁山府相隔甚远，要回去至少得两个月。

便是那死士立刻通风报信，飞鸽传书只怕也要花费半月以上，况且柳蔚并不觉得，在容棱的监视下，会给机会让那死士找救援。

但不是辽州之人，还会是谁？

柳蔚脑中想了很多可能，最后却是容棱一语点破："看来，还有人想要那件东西。"

柳蔚眼瞳一闪,对容棱比画——你是说,权王想得到那件藏在黄家的东西?

容棱看了曹余杰一眼,确定曹余杰看不懂后,才点头。

柳蔚吐出一口气,继续比画——估计等不到下午了,现在我们便去黄府走一趟。

若真的藏着东西,那么藏在那具干尸底下的可能性,是最大的。

而那凶手的目的是夺取那样东西,届时一定还会再出现。

这是抓捕凶手的最后机会,若是失去……

"大人。"还不等柳蔚思忖完,外面突然进来个人。那人面色惶恐,表情紧张。

瞧见容棱后,那人便直走过来,在容棱耳边禀报一句。

容棱听完,眼神猛然变深。

柳蔚比画一下——怎么了?

容棱上前,抵着柳蔚耳畔,说了一句。

柳蔚听完,脸色又变了变。

原本还留在沁山府中的那名死士,不见了。

镇格门暗卫的跟踪竟然被甩开了。

这么多天都没被发现跟踪,为何独独这个时候被发现了,并且还能逃脱?

太巧合了!不正常!

柳蔚这么想着,眉头拧得更紧,又比画问——干尸如何了?

容棱点头:"还在。"

柳蔚却比画——估计也没什么用了,若是要找的东西就在干尸里,只怕,已经被带走了。

容棱沉默。

今日突然冒出来个高手,断掉他们所有线索。这人要说不是来自辽州,无人会信。

但是,这高手是如何来的?谁通知他来的?从辽州过来,还是从其他地方过来,金色瞳眸之人,装扮怪异之人。若是还有这种人,藏在沁山府周边的镇格门眼线,怎可能会没发现!

这件事透着种古怪,而更让人在意的,还是那断手掌心那颗与柳蔚掌心一模一样的朱砂痣。

是种暗示?

还是一种警告?

容棱不愿深想,他不担心任何人被威胁受制,唯独不能牵扯柳蔚。

而就在容棱思考着对策时,柳蔚也在思考。

柳蔚的思考范畴,却是八卦。

金瞳、八卦、断掌,这三条线索,足够柳蔚延伸出很多想法。但凶手已经逃之夭夭,即使延伸得再深,都无济于事。

悬案？此案最后会在她手里变成悬案？

柳蔚不愿。

柳蔚手里，从未悬过一桩案子。

思考了一下，想不出对策，只好先将那些尸块检验。

柳蔚走回房间，想叫小黎，却见小黎正抓着黄临的手，嘟嘟哝哝地说："这个肯定不是胎记，你的胎记也太大，太花了吧。你不许动，你给我看看！"

胎记？太大太花？

柳蔚直接走了过去。

感觉到娘亲回来，小黎仰起头，对着娘道："爹，你看哥哥身上。"

柳蔚走过去，想让小黎闭嘴，教训儿子不要抓着一个这种状态下的哥哥不放。

可当柳蔚看到黄临手背上那繁复的图案，不得不皱起眉。

柳蔚走过去，抓着黄临的手，仔仔细细看清上面的纹路，还时不时用手去抚摸。

黄临觉得不自在，有些痒，一直挣扎！

柳蔚却抓紧了黄临，不让他动弹，再继续往上看。

这一看，柳蔚便发现，不止是手背、胳膊、脖子，黄临整个身上，差不多都遍布这样的纹路。

而身上遍布的地方，无一不是被血水触碰过的地方。

也就是说，身上、衣服上，染了血迹渗透进去，才让这些纹一一浮现出来。

柳蔚试着将血洗干净，果然那个位置的纹路，便变得浅了，浅得肉眼几乎看不见。

这个发现，使柳蔚心脏剧跳！

有个什么东西，在心口呼之欲出。

柳蔚让小黎去把容棱叫进来。

而后四人在房中，柳蔚脱掉了黄临的衣服。

黄临不愿意，柳蔚也说不出话来安抚，幸亏黄临没有正常成年人的身高，力量跟大人比起来，算是有限。

柳蔚三两下，便钳制住他，把衣服都脱干净了将黄临推到容棱面前。

此时外面的雨依旧很大，但房间里打了火盆，很是暖和。黄临没觉得多冷，但依旧蜷缩着身子。

容棱看着光裸的黄临，再看柳蔚拿着带血的湿布，在他身上擦拭。渐渐地黄临身上浮现出更多的纹路。

等到柳蔚给黄临全身擦拭完，黄临身上从前到后从上到下，竟然是一幅巨大无比的地图。

容棱目光晦涩地站在原地，柳蔚已经拿起旁边的宣纸，对着地图绘制起来。

可是地图太过复杂，而且有些地方并不是很清楚，容易出错。画了一会儿，柳蔚便放弃了，只拿着四分之一的地图，递到容棱面前。

容棱看了看，深吸口气。

柳蔚对容棱比画——你认得。

这不是疑问，而是肯定。

容棱认得，容棱的眼神告诉她，他认得。

容棱跟柳蔚之间没什么好隐瞒的，便直接点头。

柳蔚追问——是什么？

容棱深深看她一眼，半晌后却是反问："你说呢？"

柳蔚之前还不确定，但听容棱这么说，便知道自己猜的没错。

目前柳蔚所知的地图一类的东西，便只有一个几代人传承下来的——海外藏宝图。

可是这个，怎么会在这儿？怎么会在黄临身上？柳蔚将前因后果想了一遍，突然抬起头，看向容棱。

容棱对柳蔚点头，显然容棱已经想到了："辽州要的东西，就是这个。"

辽州权王要找的是藏宝图。

权王作为先帝的儿子，又是堂堂亲王，虽说帝王秘辛都是只传下一代皇帝，但身在皇宫，总有耳目通天的时候。

容棱见过一次藏宝图，因为他是镇格门都尉，这东西他总有门路可以见一次。

权王若想见，虽说困难一些，但这世上本就没有完全保证毫不泄露的秘密。

权王不知从哪里得到的藏宝图消息，一路竟追来了沁山府。

可是，沁山府为何有这东西？

黄临，又为何会成为活地图……

只是短短一个时辰不到，在这片大雨之下究竟发生了多少匪夷所思，难以理解之事。

柳蔚坐不住了，看着黄临的后背，在宣纸上写道——你身上的图案，是谁弄上去的？

黄临摸了摸自己的手臂，看着上面浮现出的纹路，表情有些迷茫。

柳蔚写——你不知道？

黄临摇头："不知道。"

要在人身上刻出这么大一幅图，其中痛楚是常人所能忍？黄临怎么可能不知道？

若是不知，除非是在人没有意识的情况下。

可即便没意识，醒来后，难道不会疼痛？

柳蔚表情很难看！

很好，现在无从考察的疑点又多了一个，将事情推向了更不可预知的方向。

"容大人，柳大人？"房间外，曹余杰的声音传来。

柳蔚把衣服给黄临穿上。

容棱去开门,就见外头曹余杰表情急促地道:"两位大人,出事了。"

两人同时看着曹余杰。

曹余杰道:"黄府这几日重建小湖畔,拆了一栋湖中亭。刚刚有人报案,说湖中亭底座下,有一具尸体。"

曹余杰说完,便抖了一下。

显然是想起曾经自己也去过黄府做客,还夸赞过那小湖畔风景秀丽,甚至还在那湖中亭中吟诗作对。如今再回忆起来,那下头竟是有具尸体,他顿时毛骨悚然,鸡皮疙瘩都冒出来了。

柳蔚看了看外面的天色,如今才是正午时分。不是说好报案之人,下午再来报案吗?

柳蔚这么想着,便看向容棱。

容棱没有作声,走到门外回过身来就对柳蔚摇头。

柳蔚愣了一下,比画——什么意思?不是你安排的人报的案?

容棱再次摇头。

看不懂手语的曹余杰在中间干着急:"容大人,究竟……"

"去看看。"容棱淡声说道,上前牵住柳蔚的手。

柳蔚现在心思很乱,任凭容棱牵着,走了两步才回过头来对儿子柳小黎比画。

小黎立刻抓过黄临的手,带着黄临跟在娘亲和容叔叔背后。

黄临身上带着这样的大秘密,柳蔚不敢让黄临单独和其他人一起。沁山府来了个神秘人,行事迥异,手段诡异,柳蔚也不敢让小黎离开自己身边,便只能将两个孩子都给带上。

四姑娘的尸块要被送回衙门,等待柳蔚之后的检验。

黄府的干尸提前被挖出来,令柳蔚原本设想好的简单事情变得复杂了。

而在此刻,柳蔚也绝对不会想到,从今日之后她的人生会发生怎样翻天覆地的改变。

这场大雨,是不祥的。

至少,对柳蔚而言是如此。

它会将一个原本简单,对未来目标明确的人,带往另一个不明所以不知险恶的方向,其中是福是祸,也只有天知道……

在出入沁山府的官道上,一辆马车正缓慢地朝着郊外行驶。

车上坐着三人,其中两人身上裹着黑色长袍,一人被捆绑着弄晕,扔在车厢中。

"这人怎么办?"车厢中一道清丽的女音响起。

两名黑袍人中,其中一名拿下头上的大帽,露出一张男子脸庞,却是女音:"咱们犯得着多这个手吗？权王的人与我们何干？"

另一个同伴也取下帽子，同样是一张男子的脸，只是眼瞳却是刺眼的金色。

"若是留着这人，他们必会再拖沓一阵子。既然有法子让他们速战速决，何必由着他们拖拖拉拉。"此人说话竟也是女音。

先前那女音语气嫌弃："难道还要将这人送回辽州？"

金瞳女道："前头随意找个农庄扔下。"

"你扔。"先前那女音撇清关系。

金瞳女皱了皱眉："算了，就扔路边。"

"外面还下着雨。"先前女音说。

金瞳女便问："你善心，那你送去农庄？"

先前女音立刻道："好，现在扔。"

两人议论着，便叫车夫停车，然后金瞳女手一扬，凭空将五大三粗的烈义丢下马车。

泥滚在男子身上，又被雨水冲刷掉。

"走了。"金瞳女对车夫吩咐一句。

马车，再次踏雨而去。

烈义在迷迷糊糊中醒来时，发现自己身处荒野，全身还被捆绑，非常吃惊。他再想回忆之前发生了什么，却怎么也想不起来。

早已远离的马车内，两名男子扮相的女子终于脱下了面具。可令人惊异的是，两人的容貌，竟长得一模一样。

"如今去哪儿？"金瞳女子纪槿，问向她的孪生姐姐纪荼。

纪荼道："去定州等他们？"

纪槿靠在背后的软垫上："说不定他们不去定州。"

"不去？"纪荼不满，"地图都送到他们面前了，她不想回家？"

"她的家在京都。"

纪荼皱眉："那不是她的家！姑婆说过，当初她就不同意姨母跟着那柳家的男子去京都。姨母非要去，导致了其后严重的后果，甚至连雪枝堂姐都被搭了进去。"

说到这个，纪槿想了起来："雪枝堂姐的儿子，这次没与他们一起？"

纪荼点头："听说是留在了京都，到底是皇太孙，没那么容易被带出京都。"

纪槿也点点头："那我们究竟要不要去定州？"

纪荼狠狠点头："去！他们一定会去！我就不信，都知道自己家人在何处了，她还一点不想寻找？若真是如此，咱们也不寻她了。回去禀了姑婆，就说找不到人。这样狼心狗肺的东西，犯不着让咱们操心。"

纪槿不赞同："她自小在柳家长大，又早早父母双亡，被那柳城教养长大。心性脾气，便是随了那柳城也无可厚非。"

纪茶不赞同:"骨肉亲情乃是人间正道,一个人面皮能学坏,底子却不该变。"

看姐姐这样严肃,纪槿也不劝了:"那便去定州。多年来,为了不让纪家残存族人寻不到家园,定州暗桩一直未拆除。想不到,还真有用得上的一日。"

"那是自然。"纪茶道,"藏宝图本就是纪家全员事先背好的假图。图中所示,皆为虚假,但若真实族人寻来,依旧有暗桩接应,这是太祖婆婆定下的规矩,就是为了避免族人流落于外,求家无门。"

话虽是如此说,但那暗桩数十年来的确已经少用了。

"希望他们真的会来。"纪槿看着车外的雨幕说道。

到底是自己的表姐,哪怕自小未见过面,却依旧盼着能够团聚。

纪茶看着妹妹惆怅的模样道:"定个日子,或许他们有事要回京都,或许还有别的原因耽搁。三个月,咱们只等三个月。三个月若是不来,咱们便走。"

知道妹妹心软,纪茶放宽了限制。

纪槿微微一笑,点头时金色的瞳眸有些发亮。

看妹妹傻傻的样子,纪茶点了点她的额:"傻瓜。"

纪槿揉揉额头,继续望着姐姐笑。笑完,她又再次看向窗外的雨:"这场雨,究竟会下多久呢?"

雨究竟会下多久,无人能知。但柳蔚却知,大家果然被那神秘人耍了。前来报案之人将话带到衙门便失踪了,无论如何找也找寻不到。

黄茹被惊动,眼见衙役都快将黄府团团围住,不得不拖着本就不好的身体,在下仆的服侍下,冒着雨出来迎接。

曹余杰身上披着蓑衣,半个身子都是湿的,脸色很不好。他的管辖境内,短短半月不到,出现这么多尸体。无论是刚死的,还是早死的,都表明了沁山府这阵子是混乱不堪的。

作为府尹,又是在上司的面前,曹余杰很怕一个处理不好,让容棱逮到错处,被一本参到皇上面前。

哪怕有七王爷给他撑腰,但自从出了京都,他与七王爷联系也少了许多,只怕七王爷到时候弃车保帅,将他放弃。那他就真的完了!

想着这些糟心事,又思忖着这一系列事都与他黄家脱不了干系,顿时便看黄茹不顺眼,言语间也没了往日的客气,多了几分苛责。

"你府中挖出尸体,此事你有何话要说?"

黄茹已经得到消息,知晓尸体之事泄露了。但黄茹答应过那高人,等到尸体挖出来后,要让其进去一观,虽说黄茹也不知那高人要观什么!

一具死了十来年的骨头,有什么好看的。但既然要拿高人的药救命,便只能听话照办。

可是,现在尸体挖出来了,高人那头还没来得及通知,竟然就惊动了衙门的人。

黄茹怕那高人斥责自己办事不力而不再给药，心里紧张，如今又被府尹大人戳着鼻尖质问，更是难免汗流。黄茹正寻思着该如何回答，却瞥见人群后的黄临。

黄茹唤道："临儿，你这是去哪儿了？"

黄临此刻模样狼狈，被雨淋了许久，身上的血也淋散了许多。衣袍本就是暗色的，如今暗色的衣袍配上鲜红的血，也只是将衣服浸得更暗，却不易看出那是血迹。

黄临手上端着的人头也拿布包着了，远看就像一个浑身湿淋削弱的男孩抱着一个东西。虽说怪异了些，但也不至于让人悚怕。

黄茹这一声唤，将黄临的视线吸引了过去。

黄临抿着唇，看着母亲，上前颔首。

他这一出去，就从伞下走到了雨中。柳小黎动作麻利地将自己的伞伸过去，给小哥哥挡雨。

黄临却扑通一声跪下，不顾脚下积成水塘的地面，弯着腰磕了个头，道："儿子不孝，愧对母亲。"

黄茹被他这模样惊住了，忍不住上前。

下人赶紧将伞移过去，唯恐夫人淋雨。

黄茹走了两步便停下来了，瞳孔鼓圆地看着黄临怀中因为动作过大而稍稍掀开的白布，还有白布下那轻易便能分辨出的人脸。

黄茹止步，满脸骇然！

她看到了什么？看错了吗？因为雨太大，没看清楚？黄临怀里抱着的，不可能是？

黄临看出黄茹眼中的惧色，也不遮掩，直接将怀中白布掀开。顿时一张破烂不堪的人脸，完整显露出来。

黄茹呼吸一滞，身边的丫鬟已经尖叫起来："啊……"

刺耳的叫声传出，没一会儿周围聚集的黄府中人都齐齐叫出声来。

曹余杰本就心烦，闻言呵斥一声："闭嘴！"

周遭人唬了一跳，但好歹都住了嘴。一个个纷纷往后退，等退到其他人身边了，才仿佛觉得安心了些。

黄茹没有退，哪怕丫鬟已经吓得快晕倒了，迫切地想逃得远远的。但这阵子黄茹的御下之术有了进展，下人们也没那么容易忤逆她这个当家主子，更别提是丢下主子自己逃跑。

丫鬟们都硬着头皮！

黄茹却只是在起初的震惊后，怪异地看着黄临，颤抖着声音，不解地问："这是什么？"

黄临将那人头捧起来，郑重地道："我娘。"

黄茹眼皮一闪："这是？"

黄临忙道："母亲，这真的是我娘，我的亲娘。"

"你的亲娘？"黄茹不敢置信，"你的亲娘不是吴心岚？"

黄临眼眉一横，恶狠狠地道："当然不是！她是我的杀母仇人，是她杀了我娘！若那人说得没错，她该是我四姨。她曾经嫁过人，可惜嫁的夫君好赌成性，酒色俱全，总爱喝多了殴打她。她嫁了那夫君不到三年，便被打坏了身子，再也无法生育。她之后便来了沁山府，跟了黄觉杨。黄觉杨是盼着她能给他生个儿子，可惜，她生不出！所以，她就丧尽天良地偷了我。我娘不知我还在人世，她刚刚生下我，我就被偷走了。她醒来，所有人都告诉她生的是个死胎。我娘多年来都在想我。后来家乡饥荒，她来了沁山府投奔姐姐，却不想阴差阳错与我相认了！可是吴心岚这个贱人，她不愿失了黄觉杨的宠爱，竟心狠手辣地将我娘杀害！"

说到这里，黄临又转过身，重重地朝着曹余杰磕头："府尹大人，人是我杀的！吴心岚、黄觉杨，都是我杀的，是我亲手杀的！你抓我吧！我不怕死，要杀要剐，悉听尊便！"

谁也没想到黄临会突然说出这些话，柳蔚和容棱互看一眼，彼此眼中都有深意。

曹余杰却是第一次听这些话。他表情木讷，过了许久，才问："黄觉杨？"

黄临抬着头，道："就是你们口中的黄大老爷。"

黄老爷？

整个沁山府能称之为黄老爷的，不就只有那么一位？

曹余杰表情惊骇，看看黄临，又看看黄茹，很是糊涂："胡闹，黄老爷名讳分明是黄觉新，怎会是黄觉杨……"

曹余杰话音未落，就听那边黄茹虚弱地歪了歪脚，扶着头问："你杀了人？"

黄临知道黄茹是在问自己，重新看着黄茹，老实点头。

"你怎会杀人？"黄茹接受不了，走上前去，任凭雨水落在身上，只看着前面的黄临。她走到他面前，蹲下身，握住他的双肩："临儿，你是不是糊涂了？你怎会杀人？"

黄临一时看不懂母亲的表情，迷茫了一下，还是道："是我杀的。我起初以为黄觉杨杀了我娘，后来才知，杀人的是吴心岚。所以，他们俩都是我杀的。"

"啪。"黄茹二话不说，一个巴掌，打在黄临脸上。

那一声脆响，将在场所有人都震住了。

黄茹的丫鬟终于回过神来，赶紧冲上来，为自家主子遮雨。

黄茹却气喘吁吁地瞪着黄临，满脸严厉："收回你的话！我黄茹的儿子，不会杀人！"

"母亲……"黄临捂着脸，错愕地看着黄茹。

黄茹猛然起身，直视曹大人，突然道："大人不是问我湖中亭下的尸体是谁吗？我告诉你，他就是黄觉新！我黄茹有眼无珠，引狼入室，嫁了个白眼狼。黄觉新不是人！明面上兄弟俩是两人，暗地里却狼狈为奸，让我不知不觉，一女嫁了二男。此事我也是刚刚才知。是一个不明身份之人，突然到我面前，亲口告之于我。那人还说了许多黄家秘辛，我挨个验证都属实情。曹大人，我黄家乃是沁山府百年世家，行商数百年，声誉颇佳。我黄茹虽说是一介女流，但背后也有族伯相助。大人看我儿，我临儿一个孩子，他像是个杀人凶手吗？这分明是有心之人在设计我黄家。试问一下，世上哪有这么巧的事，突然冒出个人，先说我黄家烂事，又揭露黄觉杨、黄觉新兄弟的龌龊事，最后我儿子突然成了杀人凶手？这合理吗？曹大人为官数十年，难道还看不出，这分明是有人觊觎我黄家财产，要将我黄家一网打尽！我这病恹恹的身子，本就撑不了多少日子。临儿惹上官司，不死也要在牢里过下半辈子，我黄家再无后人。这家业又该给谁？曹大人，民妇请您明察，定要还我临儿一个公道，定要还我黄家一个公道！"

黄茹说着，扑通一声跪在地上，脑袋往青石地上就是一磕。再起来时，额上染满了鲜血。血迹融入地上的雨水中顷刻间便冲散不见，只余淡淡的血水。

曹余杰满脸诧异地听着黄茹的一番话，还未反应过来，人便已经到了自己脚下。

曹余杰愣神片刻，下意识就想扶起黄茹，毕竟是老相识。

曹余杰来沁山府为官的日子算不上太久，但黄家对他的支持，他一直记在心里。虽说官商勾结说来不好听，但到底自己受过黄家恩惠。

他曹余杰不是个狼心狗肺之人，眼下一介女流在自己脚下砰砰磕头，自然也受不了！

曹余杰正想将人拉起来时，黄临却先一步跪着冲到黄茹面前，红着鼻尖问："母亲，您做什么？"

黄茹抬起头，额上已经狼狈极了，冰凉的手握住儿子的手，坚定地道："临儿，你受人蛊惑，遭人陷害哄骗。你没有杀人，知道吗？"

"我杀了人。"黄临眼泪"吧嗒吧嗒"地往下掉。但雨势太大，泪水混了雨水，顷刻间便消失无踪。"我真的杀了人，我亲手杀的他们。"

黄临说着，还伸出手指着手背上一个结痂的伤口道："看，母亲还记得吗？你曾问我这是怎么伤的。我撒谎了。我不是顽皮爬树时弄伤，这是我杀黄觉杨时，被他反抗所伤……"

"胡说！"黄茹目眦欲裂，"这就是你爬树时摔伤的。我就在你旁边，我看到了！临儿，你怎么了，你是不是脑子坏了？是不是有人对你动了什么手脚？你为何要撒谎，为何要听人胡说？你是母亲的儿子，你的一举一动，都在母亲眼里。别说这么大的伤口，就是磕着碰着个指甲大小的伤口，母亲都一清二楚。所以，莫要再说这些混话了！"

"母亲……"黄临还想争辩什么。

黄茹突然厉声道："来人，送公子回房！立刻去请大夫，请三春堂的余大夫。不是小余大夫，是老余大夫，那位从太医院退下来的老太医！"

黄茹一番雷厉风行！

身边的丫鬟尽管觉得惧怕，但也不敢违背夫人的命令。

有两个丫鬟便上前，一左一右地要将黄临搀扶起来。

黄临却将其一把推开！

黄临爬起来，后退数步，走到柳蔚面前，抓着柳蔚的衣袖道："大人，我杀了人，你是知道的。你告诉我母亲，让母亲不要维护我，不要撒谎。我真的杀了人，我是该死的！"

柳蔚深深地看着黄临。

黄临可能自己都没发现，他娘的人头已经被他放在了雨水中。

自他从四姑娘房中浑身是血地出来后，这是他今日第一次将他娘的头颅搁置一旁。

却是为了他的另一个娘。

黄临不傻，他听出了黄茹言语中的包庇。他的母亲在用欺骗的方式，企图洗脱他的杀人罪行。

这个向来不喜欢他，对他冷冷冰冰，从不多加关照的母亲，自愿说出自己一女嫁二男之事，就是为了取得府尹大人的信任，求得府尹大人放他一条路。

可是，黄临并不愿意。

杀人偿命，他并不怕死。

除了生身父母，还有什么能让他在意？

没有在意的东西，活着和死去又有什么区别！

黄临看得很透。从杀了黄觉杨后，他一心想隐藏。但被柳蔚发现后，他就想明白了。

律法在前，杀人偿命！

既然有胆子动这个手，为何敢做不敢当？黄临是敢当的，所以他认罪认得干净利落。

包括那个穿着黑袍的金色眼睛的男子告诉黄临，可以将杀人的罪过推到他身上，反正他立刻就会离开这里，天南地北，无人能寻。

但黄临却不愿意！

黄临古怪地坚持着，为的便是"问心无愧"这四个字。

那个能起火的小药包，那个黑袍男子在定住四姑娘后，问过他是要自己点火还是由他点火。

黄临回答要自己点火，所以他杀了人。

就算他不点火，黑袍男子也会点那个火，四姑娘依旧会死。但他要亲手为娘亲报仇，这是他的坚持。

杀了人，认下自己的罪，这也是他的坚持。他真的不怕。

紧紧地拉着柳蔚的手，黄临用哀求的眼神看着柳蔚。

柳蔚与黄临对视。其实柳蔚是知道的，黄茹说出这些话，甚至将辽州那位死士爆出来，将会失去什么。

容棱的暗卫监视了那死士多少日子，柳蔚自然知道。

黄茹愿意为那人效力，是为了能解救她身体之药。

柳蔚不知黄茹究竟有什么毛病，但柳蔚知道，让一个病人心甘情愿放弃能治疗自己的方法，也要保护自己的儿子，这是怎样的勇气。

因此，柳蔚点了这个头。

柳蔚这一点头后，黄茹立刻站起来凶狠地道："你是何人？你亲眼瞧见我儿子杀人了？"

亲眼瞧见？

倒没有亲眼。

柳蔚是从尸体上的痕迹推测出来的，所以严格说来，面对是否亲眼看到这个问题，柳蔚该摇头。

于是，柳蔚讲道理地摇头。

黄茹又道："你没亲眼见着临儿杀人，所以，不能证明人是他杀的。我说过，有一个神秘人，我见过他的容貌，我可以绘制出来，你们可以去抓捕此人。此人才是杀人凶手！我与我儿子，都是遭了此人利用！"

虽然柳蔚、容棱也知道那个死士的容貌，但是暗卫毕竟是偷偷监视，画像的来路不明，摆在公堂上，便显得不光明磊落。

有当事人自己的证供和画像，这个案子可以更明朗化。因此，柳蔚就对黄茹点头，以此感谢黄茹的帮忙。

黄茹见状，吊在半空的心，总算落回了肚子。黄茹对黄临招手道："临儿，过来。到母亲这儿来。"

黄临不过去。

他还是拉着柳蔚，气愤极了："我是杀了人了，你为什么不说？你为什么不告诉府尹大人？"

柳蔚特别委屈，指着自己的喉咙摇头。

柳小黎在旁边道："我爹喉咙坏了，不会说话。他说不了。哥哥你不要逼我爹。"

黄临很绝望。

他也想起来，这位大人今日一直没开过口。于是他又看向容棱，走过去拉住容棱的袖子："那这位大人呢，你也知道我是凶手对不对？"

容棱看了柳蔚一眼，柳蔚却没看他，而是别开脸看着另一边。

容棱哪里看不出柳蔚这是故意以无法说话来包庇黄临。虽然不赞成柳蔚的妇人之仁，但容棱却不愿为了这等小事，再与柳蔚生出嫌隙。

因此，容棱说道："我并不知晓。"

解剖尸体的不是容棱。

容棱没有仵作的本事，更不懂人身上的伤痕有多少奥秘。容棱的一切所知，都是柳蔚告知所得。

柳蔚眼下都"无法确定"，容棱自然随波逐流。

黄临觉得这位大人简直是不厚道！

黄临退在雨中，气喘吁吁："你们为什么要撒谎！不是你们教我，要杀人偿命？为何现在又换了副嘴脸，你们究竟是不是朝廷命官？"

看黄临气急败坏，柳蔚伸出手比画起来。

柳蔚一边比，柳小黎一边解释："我爹说，他与容叔叔当然是朝廷命官。但是这件案子有几个疑点还未弄清。

第一，你说你杀了吴心岚，但在案发现场，分明除了你与死者之外，还有第三人。你一直说你是杀人凶手，却是空口无凭。正常来说，我们需要找到那第三人，取得对方的证词，才能将你定为凶手！如今，你顶多算是嫌疑人。

第二，你说你杀了黄觉杨，可死的那人明明是黄觉新。虽然你们说不是黄觉新，但此人用黄觉新这个名字在沁山府行走十年以上，按照《青云律法》第七卷第三章第五十六回附属第三条，此人的身份早已自动换为黄觉新。并且其户籍证上也写明，此人是黄觉新。你说的黄觉杨，那是谁？"

黄临不可思议地看着柳小黎，听着小黎软软糯糯有理有据的话，呆滞了好半晌，才说："那我重说，我杀了黄觉新，不是黄觉杨。"

柳小黎笑了一下。这次不用解释娘亲的话，小黎自己就会说了："你口供反复，之前还言之凿凿，现在又矢口否认。你要我们如何相信你话中的真实？"

黄临错愕极了！

他如何也想不到，自首竟然会是这么麻烦。

他更想不到，一夕之间所有人都在包庇着他。

一直对他不冷不热的母亲，一直对他强调法律严明的那位大人，大家这是怎么了？难道都疯了？

柳蔚当然没有疯。

黄茹无法生育，多年来都将黄临视作亲子。虽因身体问题，无法给他过多关怀。又因不是亲生，平日关切上，多少有些怠慢。

但黄临到底叫了黄茹多年的母亲，要说半点情分没有那是不可能的。

观黄茹此刻一心维护的模样，柳蔚的确心软了。想着哪怕时间有限，也要让这对母子，有个团聚机会。

但柳蔚很明白，现在的维护只是暂时。

柳蔚给自己找了好几个借口，终于说服了自己。反正自己现在不会说话，不管要怎么样，都稍后再说。

现场陷入了一种诡异氛围。

曹余杰此刻头疼欲裂！

曹余杰有很多问题想问，可这老人精又如何看不出都尉大人分明是要对黄临网开一面。

作为地方官员，不与京都官员起冲突，这是为官之道中最基础的。

所以，既然都尉大人都不管，他也索性睁一只眼闭一只眼。反正，此案早晚要破，都尉大人早晚要给一个交代。

现在，曹余杰乐意顺坡下驴，将这个问题暂且搁下。

这么想着，曹余杰便赶紧发声，示意要去看那湖中亭底下的尸体。

黄茹如蒙大赦，长长吐了口气，坚持拉着黄临在身后，带着一大帮人，前往施工中的小湖畔。

小湖畔此刻也是一片狼藉，坑坑洼洼、碎石满地的湖泊也就不说了，就单说湖畔旁边的小径，便已经泥泞得寸步难行了。

曹余杰怎么都走不过去，正要下令下头的人先将碎石挪开，就见三道光影闪过！

再回神时，就见容都尉、柳大人和柳公子，已经进了小径，停在了临时搭建的棚子里。

而那棚子里头，则躺着一具尸体。

昨晚下了一夜的雨，黄茹怕这尸体被淹了坏了高人的大事，因此特别盼咐做工之人搭着棚子做事，莫要让雨水将地上弄乱了。

黄茹这要求很是古怪。

但毕竟施工就是锤锤打打，工人还没要求下雨天做事多收些银子，主人家却要求先搭建棚子。

可是无论如何，给工钱的便是老大。

既然上头盼咐了，下头就这么办。

反正搭起了棚子，他们做事也不会淋雨，省得回头伤寒了还得自己花钱买药吃。也多亏了这个棚子，黄觉新的尸体被挖出来后，才几乎滴水没沾，完完整整地被搁在原地。

柳蔚一过去，便嗅到一股伴随着腐烂尸体的泥土腥臭味。

嗅了嗅那味道，柳蔚点头——的确是死了超过十年以上的。

柳蔚慢慢蹲下，伸手将骨头拿起来看，发现果然都是废骨头，七零八落。显然是挖出尸体时动作太大了，尸体都散落得不是一个完整的人形。

再看了一会儿，在曹余杰等人想方设法进来时，柳蔚已经将骨头全部集齐。

曹余杰带着大队人马过来，就看到一堆灰扑扑的人骨。

曹余杰打了个哆嗦，后退一步，站在离得不远的容棱身后，小心翼翼地问道："容都尉，柳大人无法说话，那这尸骨……"

"头部重击，右臂断裂，双腿以下骨头折断了。推测非毒杀，死前受虐打，杀人凶器为铁棍之类。"

曹余杰瞠目结舌，满眼错愕地看着都尉大人。

容棱解释道："柳大人说的。"

骗人，柳大人根本不会说话！

曹余杰这么想着，却不得不说能将无法言语的柳大人所想之意完整明了地解释过来，可见容都尉与柳大人是真的至交好友！

若是自己家婆娘哑巴了，只怕他早乐得清闲，哪里会知道婆娘咿咿呀呀地表达的是什么意思。

自家婆娘哑巴？

对了，柳大人是如何哑巴的？

要不要朝柳大人拿个能哑巴的方子，指不定还能解了府中后庭争奇斗艳、混乱不堪之局。

这么想着，曹余杰突然岔神了，没看那散落一地的骨头，只看着柳蔚的背影出神。

但曹余杰刚看了两眼，视线便被阻挡。

蓦地回神一看，才发现容都尉不知何时上前一步，伟岸的身躯恰恰挡住他的视线。

毕竟是自己上司，曹余杰也不敢有半点不满。只忍气吞声地缩在后面，等着柳大人将案子破了，他也好省事。

"还差一块胸骨。"理了理骨头，柳小黎说道。

站在坑洞里的柳蔚闻言就卷着袖子，又在石块中翻找，可找了一圈儿也没找到。

柳蔚随即看到旁边的衣物，猜想骨头会不会夹在衣服里了，便上前拿起来稍稍抖了一下。

顿时，灰尘漫天，破旧不堪的精致衣服中，果然掉出来一块骨头。而骨头上，还粘着一张陈旧的纸条。

这是？

柳蔚将那纸条轻轻弄下来，发现是粘在骨头内壁上的。也就是说，这纸条一开始应该是在尸体的胸口里。

胸口？不，应该是喉咙连接胸腔的位置。

所以，这纸条是被死者临死前吞下肚的？

但因为死得太快，纸条并未下到胃部，更没被胃液消化，所以如今还能辨认。

柳蔚将这泛黄泛青还有些发霉的纸条打开。

柳蔚却发现这纸条一层层打开竟然很大，至少有人脸那般大。上面用蝇头小楷整整齐齐地写了许多字。

密密麻麻，看得人眼睛发疼。

如今还在下雨，乌云本就遮天。这纸条上的字又太小，并且有些地方还受到污染，更有墨迹融化的现象让人看得不太清楚。

柳蔚将纸条交给容棱，让容棱看。

容棱抬手接过，只随意看了两眼，眉毛轻动了一下，便将纸条折叠起来放进袖袋。

柳蔚朝容棱比画一下——是什么？

容棱道："回去再说。"

柳蔚看了容棱一眼明白了，决定回去再说。

骨头虽然全部找回了，但现场需要收拾。

曹余杰带来的衙役总算派上用场。

尸骨与四姑娘的尸块，被一起带回衙门柴房后面，等待柳蔚详细检验。

黄临被暂时留在黄府。

黄府里头，明面上多了两名衙役盯梢，但暗处却多了四名暗卫严守。

黄临身上的地图关系重大，柳蔚恨不得将黄临带在身边，但这样太过刻意，所以只得听容棱的换一种方法。

不过，柳蔚提醒了黄临，如不想连累他的母亲，身上有地图之事，最好不要告诉他母亲。

黄临听柳小黎转达后，沉默了许久，却是问柳蔚："你坚持否认我乃凶手，便是因为我身上的东西？那我死了不是更好，你可以扒掉我的皮，将这东西随身携带。"

柳蔚闻言，蹙起眉毛，大概是没想到他会说出这样的话。

果然是杀过人了，什么都能说出口了！

柳蔚比画着告诉黄临——你身上的东西于我而言是重要的，但于你而言更重要的是什么，你知道吗？

小黎急忙转达手语意思。

黄临摇头。

柳蔚：是你母亲，你母亲不想你有事。我给你机会，让你趁着还有机会，对你母亲尽尽孝道。并且还给你时间，让你亲自为你生母下葬，你不愿意？

黄临再次沉默，半晌抬头道："我的皮，随时给你，只要你想要。"

柳蔚："……"

这算报恩？

可这报恩的方式，有点别致。

将其他事暂且搁下。今日发展到这步田地，按理说是要忙通宵的，但雨太大，加上折腾了一上午，中午也没好好吃一口饭，所有人都累了。

容棱被柳蔚带回客栈。

柳小黎老实地没有跟去，他犯的错现在还没捋掉，还得谨小慎微一点。

房门关上，柳蔚还没来得及问容棱那字条写的是什么，容棱已将她一把拉住反手拽过来，压在门板上！

柳蔚吃了一惊。

下一瞬，容棱的吻却落了下来，汹涌霸道。

不偏不倚地对准柳蔚的唇，柳蔚"唔"了两声，伸手拍着他的手臂，可他却丝毫不放松。滚烫的舌尖还总往她嘴里面探，没一会儿她便被攻城略地，一番强硬占领。

唇齿相依，不到半盏茶的工夫，柳蔚的呼吸便急促起来。容棱这个吻，突然可怕。

柳蔚不明所以的同时，他却激动得这样莫名其妙。

柳蔚很想推开他，好好说话。

但后来想起，推开了也没法子说话，毕竟自己现在还是个哑巴，只有任人宰割了。

估摸就是吃准了柳蔚连反抗的话都说不出，容棱单膝横进柳蔚双脚中，迫使她不得不放松身体，并将大部分力气交在他身上。

柳蔚很生气，是真的气了。

容棱却根本没打算解释。双唇交缠的同时，他的手还猛然搂住她的腰，手指虽然没有直接往里面探，但温厚的掌心带着令人发痒的动作，却实实在在让人从尾椎往上一劲儿的麻。

"嗯嗯……"柳蔚用鼻音表示反抗。

容棱动作麻利地将她直接抱起来，身子一转，往床榻走。

柳蔚这下真的吓坏了。这么没个前因后果的，是要干什么？她到底做了什么就刺激这人了？

前阵子天天盖棉被纯聊天的时候，不是挺好。

那时候，只要她不主动，容棱连多碰她一下都不会，规矩得简直能称之为禁欲界楷模！

她做错了什么，说错了什么，她道歉还不行吗？就一定要一进门就往床上逼吗？

问题是，明明知道逼了她也不会从，必要的时候两人也只有打一架。这人还非要这样，是什么意思？

容棱是知道尺度的，可能现在有点不正常，但他也还不至于彻底疯狂。

等到两人折腾完，都是大汗淋漓。一个因为反抗得太激烈，一个因为阻止她反抗。

等到一刻钟后，柳蔚盯着被她踢下床的容棱，捂着自己发疼的嘴角，瞪圆了眼睛手舞足蹈——你疯了吗？

容棱不紧不慢地从地上站起来，嘴唇抿得很紧，但仔细看还能看出他唇角几道带着血印子的伤口。那是柳蔚咬的，下了狠力气。

容棱起身，稍稍整理一下衣服，将怀中的那字条放在桌上："自己看。"

说完，拉开门，便出去了。

容棱需要冷静一下身体里的躁动。

柳蔚狐疑地坐在床上，看着房门开了又关，这才从床上下去，趿着鞋子拿起那字条。

因为上头的字有年头了，还不清晰，不好辨认，柳蔚特地点了蜡烛凑近了看。

等她将纸上内容看完，眉毛已经拧成一股绳，僵坐在原地，看着眼前的蜡烛火光，瞳孔收缩着愣愣出神。

直到眼前被一只大手挡住，柳蔚恍惚地抬起头。

这才发现容棱去而复返，提了一壶热茶进来。他顺手将蜡烛扇灭，大掌盖住柳蔚的眼睛问道："不疼？"

柳蔚发现眼睛的确有些疼，便任由容棱给她揉了揉眼周，这才拉下他的手，指着字条比画起来——这会是真的？

容棱坐下来，让柳蔚面对着他，继续给她揉眼睛，道："八成。"

柳蔚继续比画——若是真的，那我娘……

容棱放下手，握住她的掌心道："有可能的，不是吗？"

柳蔚鼻尖发红。

容棱凑近，吻住她的唇，一下一下抚慰着。

柳蔚伸手环住容棱的脖子，抱住他，将自己压在他身上，眼睛一闭就有眼泪从眼角滑出。

他将她扶起来，吻掉脸上的泪，柔声开口："无论如何，先查清楚。实则，这些年来，我们谁又亲眼目睹过你娘的尸体？"

柳蔚收住眼泪，不住地点头！

这一刻的她，突然变得脆弱，眼神惶恐又担心，害怕又期待。这样无助的模样，像个孩子，令容棱忍不住又吻住她。

这次，柳蔚没有反抗，她需要他人的温度来安抚。她现在手指都在颤抖，若字条上是真的，那她娘真的有可能没死？

这张字条，实则是一封密信。

但这一封拼接的信，上面半段明显是从其他地方抄录来的，而下面一半则是抄录者的自白。

上半段，是黄家的老夫人，也就是黄茹的母亲所写。这封信，是她向自己夫君写的遗言，字里行间透着悲哀。按理说，这样的黄家信件，柳蔚不该在意，但这信上却提到四个字。

"夏秋小姐。"

甚至还提到她父亲柳垣的名字。

信是这样写的：

阿仇亲鉴！此番变故，事因在我，唯有一死，以报黄家之恩。

只望我死，能让那些人断了再找黄家麻烦的心思。阿仇，将我的尸体交给他们吧！假图我已做好，藏于鞋底。见了此图，那些人，自会罢休。

阿仇，是我对不起黄家，我对不起茹儿。若非我当年执意去京，动了胎气，茹儿身子必不会如此多灾，现今更不会到如斯田地。那黄觉新若当真愿娶茹儿，我也答允。但定要他立下字据，有生之年，不得贪黄家钱财，更要族伯做证，列上祠堂，以示作准。

阿仇，夏秋小姐于我有恩。虽说我与其不过主仆情谊，但我罗家世代效忠纪家，我能叛故逃离嫁与你，背后若非小姐支持，必不能成事。

小姐是你我媒人，我也敬柳垣为姑爷，我不能学林家那小人忘恩负义。什么当朝皇后，母仪天下，却暗里龌龊。往上数数，林家也就是纪家下仆。端人脚盆，一朝得志，便语无伦次，卖主求荣，实乃畜生。

我不怕死，小姐逃离数年，再求上我，交托如此重大之事，我不敢辜负，该办之事我已办妥！阿仇，在此永别。

妻，诗儿。

这是信的上半段，一封不算长的诀别信。下半段则换成了男人口吻，并且不是别人，正是那干尸主人黄觉新。

下半段，是这样写的：

纪家、夏秋小姐、柳垣、地图，若是没猜错，说的便是那张图了。罗诗儿大概无论如何也想不到，在她死前她的夫君已经死了。这封信落不到黄仇手中，更落不到正在待嫁的黄茹手中。地图已经被我藏起来，君若有意购买，价钱还可再商。只我黄觉新话说前头，我那兄弟已察觉此事，地图在我身上多一刻，我便多一刻危险。君只有一日时间，一日之后，若洽谈不拢，黄某不才，那图也只得给别的买主。还望君三思后行。

觉新，顿首。

一封信，就是如此。

黄茹的母亲，即黄老夫人罗诗儿，在信中提到自己曾是纪家下仆，更提到纪家夏秋小姐乃是其主子，并且还是她与黄茹父亲黄仇的媒人。

按照信中所言，罗诗儿写下此信时，正是黄茹嫁人之前。

黄茹成亲十三年，此事在沁山府可是街知巷闻。

柳蔚就算不想打听，也多次从一些黄家铺子掌柜口中听到"我家老爷与夫人成亲十三载，夫妻恩爱，情比金坚"云云，也就是说，这封信就是十三年前黄茹的母亲所写。

而柳蔚，今年二十。

但七岁的柳蔚，是没有母亲的。

柳蔚还不到一岁时，便没有母亲了。

府里的说法是，柳蔚娘亲"病死"了。柳蔚和容棱实则都清楚，她是因为纪家藏宝图一事而死。

但这些不重要。重要的是早在柳蔚一岁时就被秘密处死的母亲，为何会在柳蔚七岁时还与旧仆罗诗儿接触？并且还托旧仆办事！

难道，柳蔚的娘当时没有死？

柳蔚不敢置信。这个惊喜来得太突然，令她呼吸都快停顿了。

就像容棱说的，谁也没亲眼见过柳蔚她娘的尸体，或许……真有这种可能？

上一辈发生的事，过了这些年，谁又知道当时发生了什么变故？必死之局在什么地方，又转了个弯呢？

这样一想，柳蔚更是激动。

而柳蔚想到的这些，容棱自然也想到了，并且他想的还比柳蔚深。

容棱一直不懂，为何纪夏秋已经死了这么多年，纪雪枝还会千里迢迢孤身前来京都。

是意外而来，还是带着任务要寻什么人？

纪家人都是金笸箩！

便是纪家曾经的丫鬟，如今也能贵为皇后娘娘，可见乾凌帝对纪家那藏宝图的重视。

纪雪枝怎么就敢这么跑来？

纪雪枝就不知道，羊入虎口便是必死无疑？可是纪雪枝还是来了，没有理由地来了，并且来了就不走了。

容棱原本以为，纪雪枝是为情所困，可现在看来纪雪枝当年分明是知道纪夏秋没死，来京都找纪夏秋的。只是估计没找到，她却已经被朝廷盯上，从而倒了大霉。

想通这些关节，再看这封信时，容棱的想法便越来越多，更是越来越笃定。

柳蔚的娘亲，当年没有被秘密处死，而是逃到了不为人知的地方，多年后再次回来托付了旧仆一件事。

是什么事，值得纪夏秋冒这样大的风险？

看罗诗儿信中提到的假图，莫非纪夏秋将真图给了罗诗儿？

那么，罗诗儿信中所提的"他们"又是哪股势力？

最有可能的是皇上的人，但藏宝图之说传了数百年，传了好几代。天下便没有不透风的墙,有没有可能,当时已经有别的势力盯上了?

对了,还有皇后的母家,也可能了解藏宝图之事。

容棱沉思起来。当初他调查柳蔚身世时,的确没在镇格门的记录里找到当年有暗卫前往沁山府的蛛丝马迹。偶然与皇上的对谈中,发现皇上是早已笃定柳垣、纪夏秋之死。

这么说,的确有可能是其他势力断定纪夏秋没死,暗中穷追猛打。

纪夏秋将真图给了罗诗儿,因此也害得黄家成了那些人的目标。

罗诗儿便想一死,带着假图换黄家和夫君、女儿一个太平,但看后面黄觉新所言,却是罗诗儿死之前,罗诗儿的夫君已经没了命。

而在这样的情况下,作为准女婿的黄觉新便钻了空子,不只得到了假图真图的真相,还成功拿到了真图。

黄觉新和黄觉杨两兄弟同时娶了黄茹,两人明着看起来兄弟同心,但暗里挖掘黄家家底,也有分赃不均的时候。竞争关系一出来,图的事黄觉新知道,黄觉杨没理由会被蒙在鼓里。

信中黄觉新也提到,他这张图是已经定了买主的。他大概是想将此图作为买卖交易了,但事情还未成甚至信都没送出去,就掉了命。

回来的马车里,柳蔚已经将尸体之事告诉了容棱。

容棱的假设是,当时黄觉新写完信正要送出去,却不想被黄觉杨发现,两人起了争执。慌乱下黄觉新将信纸吞下肚子,没让黄觉杨发现蛛丝马迹。

但两人还是打了一架,并且以黄觉新之死告终。

黄觉新死了,黄觉杨到底还是找到了图。但是,此人能将黄家商业做到如今地步,更有沁山府第一商家之称,这样的男人绝对不会像黄觉新那样目光短浅。

黄觉杨发现了地图的秘密,知道要是贱卖出去,卖不卖得了好价钱是一回事,可能还会惹火烧身,所以他按兵不动,一直将图严藏着。

想到黄临身上的纹络,容棱眼神一凛。

黄觉杨在以为黄临是其亲子的时候,都能在亲子身上雕刻出这样大的一幅图,这样的男人可谓是心狠手辣、冷血无情!

之前柳蔚还在想,黄临怎么可能连自己是什么时候被文的都不知道?

现在容棱倒是想到了,若是在婴孩时期就被纹上了,那可就不知道了,疼也不记得。

能对一个尚在襁褓中的婴孩动这样狠毒的手脚,不怕孩子被一刀刻错刻死了?

不过这也是一报还一报,这样的人最后死在了黄临手上。

说到底,是善恶到头。

第九章 吃醋样子

容棱正想得入神,柳蔚知道娘可能没死的消息便坐不住了。她要去找黄家,要去找曾经伺候过罗诗儿的下人。

柳蔚一起身,连带着容棱也回了神。

一把拉住她的手腕,容棱将她拽回来:"去哪儿?"

柳蔚手指翻动一下,示意——去黄家。

容棱加了力道,让她坐回来,按着她不让动:"雨太大,等等。"

柳蔚摇头,等不了了。

容棱非让她坐回来,面色威严:"黄家要去,但不是现在。"

柳蔚皱眉看着他。

容棱抬手,掌心贴着她的头发,动作轻柔地抚摸她的头顶,让她冷静下来:"你这样过去,问不出什么。"

容棱的顾虑是对的。

柳蔚安静下来,觉得自己这样,连话都不能说,去黄家就算想问什么也问不到点子上。

况且,已经是十三年前的事了。

十三年黄家都安然无恙,除了黄家兄弟搅动风雨也没见黄家被什么势力所伤。这是否说明,当初跟这件事有关之人,都已经被灭了口。

若是不然,黄家一门不过是普通商家,只怕也不能如此安安稳稳。

柳蔚强迫自己镇定，再细细琢磨里头的东西，便对出味来。

柳蔚不傻，相反是很聪明，所以给她一点时间让她平静，她便能领悟出很多。

看柳蔚渐渐安稳下来，容棱知道，自己方才想到的柳蔚现在也想到了。

两人也没说什么。容棱捏住柳蔚的下巴，在她唇上又咬了一下，柳蔚疼得看他。

他却笑了一下，含住她的唇，舔舐一下方才咬疼她的位置，轻声道："等到你会说话了，也要这样。"

柳蔚脸颊微红，看着他。

容棱得寸进尺用手指摩挲着她的唇瓣，眸子发暗："亲你的时候，这么乖。"

柳蔚听懂了，他的意思是说——此刻她不能说话，不能拒绝。所以他亲她的时候，她挣扎也好，生气也好，总归是嘴里朝他不说一个"不"字。这感觉十分让他爽快。

而等她能说话了，要想反抗，嘴里肯定说出一波言语惹他干生气。

明白了容棱的意思，柳蔚便把眼睛看向别处。

片刻后，容棱带着柳蔚出了房间。走廊另一边的金南芸正要出门，见到二人急忙缩回房间，"哐当"将门关了!

不管怎么样，这两日金南芸都决定要低调做人。

柳蔚听到动静，看了一眼没在意，虽说金南芸有些毛病柳蔚也有意见，但不得不说，在人情义气上金南芸却不会辜负旁人信任。

将自己卖给容棱之事，过了几天柳蔚也就不想了。

毕竟按照现在这个进展，即使金南芸不卖她，估计她自己早晚也要把自己卖给那个男人。

容棱有些时候，是无法让人拒绝的。

另一间房里，小黎正左手托着腮，右手摸着自己的七彩骷髅玩具。

房门"咔嚓"一声打开。

在看到门外出现的两人时，珍珠眼睛一瞪，条件反射地要往房梁飞。

小黎却感觉到珍珠又打算丢下自己偷跑，立刻小爪子铁箍一样拽紧珍珠，让它走不了，要它和自己同甘共苦。

珍珠急得拿嘴叨小黎的手背!

容棱伸手，在小黎头上揉了揉。

小黎抬起头，见娘亲并没瞪自己，只是面色平静地看着自己，就有点底气了。

他小步挪到容叔叔跟前，想了想又小炮弹一般地冲到桌子前，抱起自己的七彩骷髅玩具，走过来羞怯地举起来，递给娘亲。

小声地道："爹，送你的……"

柳蔚没去接，只绕开小黎走到床榻边，拿起被小家伙扔在床上的万能小背包。

拿了就走。

见娘亲不要玩具，还走了，小黎急得忙拦住娘亲，再次将玩具高高举起："爹，这个玩具不一样的……它，它会发光的，晚上能亮的……"

唯恐娘亲不信，小黎又急匆匆地将房间窗户关上，把蜡烛灭了，然后自己抱着钻到桌底下。

被桌布遮住四周的桌子底下黑黝黝一片，那玩具一进去，果然就发出荧光。玩具的头盖骨是蓝色的，牙齿是绿色的，颧骨是黄色的，眼眶连带着鼻梁那一块，是红色的。

这一发光，整个玩具都光彩夺目，迸发出不一样的美感。

柳蔚没想到小黎真的做出了会发光的骷髅，顿时就骄傲地挑起一边眉。

小黎从桌子底下出来，拍拍身上的灰，再次将玩具举到娘亲跟前，说："爹，我真的错了，这个……送给你的……"

小黎不会说原本是要送给容叔叔做报答，但是容叔叔觉得这么贵重的东西，送给他娘才能让娘消气，才建议他送的。

是的，小黎不会将功劳让给容叔叔！

柳蔚看着这玩偶，到底伸出一只手，用两根手指插入两个眼眶窟窿里，将骷髅玩偶钩到手上。

小黎终于笑了！

虽然心疼得要命，但还是笑了。

柳蔚顺势将玩偶搂进怀里，再次绕开小黎，出了房间。

小黎问慢走一步的容叔叔："我爹这是不生气了吗？"

容棱点头。

小黎这次的笑容，灿烂了许多。

容棱回到房间，就看见桌上摆了许多瓶瓶罐罐，都是从小黎的包里拿出来的，其中有一半都打开了。

而柳蔚面前的小碟子里，放着一颗褐色的药丸。

容棱走过去，等走近了却看到柳蔚的膝盖上在发光。

容棱看仔细了，才发现柳蔚把那七彩骷髅玩偶放在膝盖上，手臂在上遮挡光线，造成了膝盖部分阴暗，那玩偶就又开始发光了。

看到容棱过来，柳蔚看了他一眼，瞧见他的视线，就把玩偶拿出来，递给他。

容棱拿着。

柳蔚就比画——不要让小黎拿回去。

容棱点了下头，还是不死心地问道："你很喜欢？"

柳蔚看了眼骷髅玩偶，突然伸手去拍了拍其蓝幽幽的头盖骨，摩挲着手感，比画着——做得是挺漂亮的。

容棱："……"

果真，不是一家人，不进一家门。

柳蔚这一忙，就在房间里忙碌了很久。

先把哑药的配方弄出来，再把解药弄出来。等到熬制成品这一步，眼看着已经天黑了。

在入睡前，柳蔚把药放进嘴里。

容棱坐在柳蔚旁边，见她吃了药，就开始收拾桌子。那随意的模样，仿佛吃的就是一颗糖，而不是一颗药。

药效是需要挥发的。

中毒容易，解毒却难！

柳蔚也不指望着立刻便能开口说话，估计要明早才能起效。

毕竟柳蔚用的都是普通药草，并没用什么珍贵药物，沁山府也真没什么珍贵药草。

珍贵的都放在京都了。

收拾完屋子，柳蔚就洗漱了准备睡。容棱已经上了床，靠在床榻边，手里捏着本书。

柳蔚洗好了回来，爬上床的时候，凑过去看了一眼，发现是自己的一本医书，便问他——看得懂吗？

容棱又翻了一页，邪气地看着她，"嗯"了声。

柳蔚不信，笑了声，盖着被子，对他比画——睡了。

然后，就背着容棱，脸朝床内睡了过去。

容棱看她一会儿，也将书合上，手一扬将蜡烛熄灭，盖上被子，伸手从被窝里将柳蔚的腰搂住。

柳蔚皱起眉，推开他不安分的大手。

容棱再次贴上来。

柳蔚一翻身，想正对着男人，警告男人别太得寸进尺，但却刚一转身嘴唇就被男人咬住。

她闷哼一声，想后退。容棱已经熟门熟路地按住她的后脑勺，不让她退。

小黎回来了。柳蔚并没有让容棱离开这间房，今晚还是一起睡，对容棱来说，这已经是个暗示。

加上白日两人所做的一切，柳蔚也并未不满，这便是对容棱的鼓励。

暗示加鼓励。

男人都是肉食动物，在这种事情上，都是有空子就钻的。所以容都尉现在不过顺应本心，乘胜追击而已。

何错之有？

容都尉身份多，王爷、都尉，但他做得最久也最喜欢的工作是领兵。

容棱喜欢在沙场上驰骋张扬，更甚于在京都为官。

而对于这种表面上看来淡漠清冷、骨子里却嗜血狂烈的男人而言，"食髓知味"这四个字便是本能。

而此刻当容棱再次撬开柳蔚的唇，柳蔚在嘤咛了一声后，手揪着他的袖子，嘴唇发麻、指尖发紧，但却没有挣扎。

容棱知道了，自己的法子对了。

实则柳蔚今晚也是亢奋的，嗓子明天就好了，娘又可能没死，真是双喜临门！

人都是有情绪的，柳蔚也是。前阵子有多憋闷，愁心事有多多，这会儿畅快起来就有多开心。

因此，面对容棱的侵袭她也不见得多生气。

甚至还有些微的激动。

不过再是激动也有一个度。

柳蔚没有要一战到底的意思，所以哪怕容棱的腿一直钩着她的脚，她也没给任何回应。

容棱知道太过心急不好，哪怕直来直往的法子有效，也不能太直了，终究柳蔚不是别的女人。

柳蔚是他打心底喜欢的女人，便得拿出点耐心。

事情到最后，是以容棱的吻从嘴唇到脖子几度流连，但柳蔚却呼吸均匀，双目紧闭睡着了而落幕。

黑夜中，看着女人因为疲惫而乌青的眼睛，听着她平静的呼吸，男人勾起唇瓣在她唇上又咬了一下，力道却轻得没将人弄醒。

两人抱着睡了一夜，第二日起来时窗外大亮。

大雨，不知何时停的。总之睁开眼的一刹那，外面已经有了暖烘烘的太阳。

柳蔚伸个懒腰，一偏头就看到身边盯着她的男子。

柳蔚手指比画了一个问号。

容棱凑近一分，盯着她的嘴问道："没好？"

柳蔚指指自己的喉咙，然后又比画两下。

这两下，动作古怪。比得又快，容棱没看清楚，皱了皱眉："什么？"

柳蔚再次乱比一次。

容棱沉默地看着柳蔚，等看清女人嘴角的笑，便眯起眼。

柳蔚笑起来："我说好了！"

大概是许久没说话，刚说出一句，便透着股沙哑。

容棱的掌心随即贴了过去，揉揉她细白的脖子，动作很轻，手指的温度却很热。

柳蔚是习武之人，习武之人最不会干的就是将命脉交到别人手中。喉咙、脉门，这都是人的死穴。

柳蔚是该很强烈地反抗，或者本能地打开容棱的手，但她没有，只是含笑看着他。

他捏住女人的下巴，将她脸掰过来。柳蔚也没反抗，顺势这么看着他。

容棱盯着她的眼睛，倾身又咬住她的唇。

柳蔚痴痴地笑了两声，反口也咬住他的唇。

容棱眼神亮了一下，翻身直接将人压在身下，俯身再次吻住。手也慢慢向下，大掌在她腰间徘徊游动。

柳蔚知道他不会乱来，也不担心，只弯着眸子，单手搂住他的脖子，将他拉下来点。

容棱顺势去咬她的肩窝。柳蔚呼吸一滞，唇凑到他耳边，抑制住出口的绵软之音，低低地问："你想要的，就是这样吗？"

容棱将她腰搂起来，迫使柳蔚必须弓着身子，后背一下全是空的。

她仰起头，容棱的吻便从肩窝，移到她的锁骨，再慢慢往上在她脖子上咬了几下，又转向她的唇，舌尖探入。

柳蔚接受了他的侵略。

容棱放开她一点，柳蔚笑得更欢："就是这样？"

容棱掰住她的下颌，沉声："嗯，很乖。"

不反抗，不说酸词儿，配合又回应，这样的柳蔚不似平日，令他只想拴在身边，不让她乱走一步。这会儿的她，更令他想侵占，用男子的方式去掠夺、去占有。

只是亲嘴，两人就亲了许久。

柳蔚难得放纵，容棱打铁趁热，直到外面唤着用早膳了，两人才起来。

柳蔚穿好身上衣服，就去镜子前照，这才看到自己的嘴，顿时一愣！

方才的绮丽一冲而散，她转头瞪着容棱，指着自己的嘴："你干的好事！"

都肿了！

容棱走过来，吻了一下："很是好看。"

柳蔚白了他一眼，转头就着冷水擦了擦嘴。

容棱把柳蔚的身子转过来，让她面对着自己，而后便细心地给她系好腰间带子。

柳蔚再次用冷水擦了嘴，转头看铜镜，发现还是一样肿，便又伸手去沾水继续擦。

容棱腰带还没系好，她就扭来扭去。他抬眉说了一句："别动。"

柳蔚脱口而出："这怪谁？"

容棱不说了，沉默。

等腰带系好，衣服都理好，他才拉下柳蔚一直擦嘴的手，将她手上的凉水擦干净，牵着她出了房间。

楼下，小黎正坐在桌前，眼巴巴地仰头望着楼梯方向。

柳蔚看到小黎，手指动了一下，脱开容棱的钳制。

他微蹙眉，看她一眼。

柳蔚心虚地摸摸鼻子，提醒他："说好的不公开……"

容棱："……"

柳蔚下楼。

小黎立刻很乖地起身，甜甜地唤了声："爹。"

柳蔚瞧儿子一眼，没说话，坐到了另一边。

小黎眨巴眨巴大眼睛，看看爹，又看看后下来面色冷漠的容叔叔，想到一个可能，顿时坐不住了："爹，你的嗓子没好？"

柳蔚再次看向儿子。

小黎眼泪一下子就出来了："解药不管用吗？还是哑巴药坏掉了，药效不对了？爹，以后你都不会说话了吗？你残废了吗？"

小黎张着嘴，鼻子一吸，哇哇地大哭起来。

柳蔚被儿子吵得头疼，"啧"了一声，淡然出声："好了。"

小黎哭声戛然而止！

他眼角还挂着两滴眼泪，睫毛湿乎乎的，巴巴地望着娘亲，见娘亲的确说话了，顿时更委屈了："爹，你戏弄我！"

柳蔚将筷子拿起来，往碗里一戳，板起面孔："我戏弄你不得？"

小黎虽然还是委屈，但到底脖子一缩，不敢说话了。

容棱却在此时冒出来一句："她戏弄之人多了。"

柳蔚不禁看向男人，男人却看也没看她而是在低头用早膳。

小黎没听懂这话，但看得出娘亲和容叔叔好像有哪里不一样。

小黎擦干净眼角的泪花，再一看却见娘亲也在低头吃饭，似乎当真和容叔叔什么事都没发生过。

小黎也不懂大人之事，左右看了两下，看不出东西，也跟着低头吃饭。

早膳用完了，楼上浮生才下来，金南芸却没出来。浮生说她是来端膳上去，给她家夫人用。

柳蔚问："她怎么了？"

浮生惊喜道："先生，您喉咙好了？"

柳蔚点了点头，看向二楼："她不舒服？"

浮生看了容棱一眼，还是打马虎眼："没呢！说是天太冷，不想出被窝，要多睡睡。"

金南芸可不是个懒性子，平日都是神气活现神采奕奕的。曾经哪怕发烧都要把人烧糊涂了，还坚持到衙门来找她。就因为她那天答应，会陪金南芸听戏，金南芸就真的不管不顾拖着病来了。

还整场戏下来，没让人发现丁点不妥。

等柳蔚发现金南芸发烧时，这人都已经迷迷糊糊的满脸滚烫，还在嘟哝戏词，一口一句"无限春愁横翠黛，一抹娇羞上粉腮"，还真有戏上花旦那个味道。

现今听金南芸在房里躲懒，柳蔚是不信。但今日柳蔚也没工夫多问，只叮嘱浮生两句，便放下筷子。

柳蔚等容棱吃完了，一起去黄家。

经过昨晚的沉淀，今天柳蔚必定要去黄家问个清楚。

临走前，小黎也想跟着，柳蔚看了看面色铁青的容棱，难得地拒绝："你在客栈。"

小黎一愣："为什么？爹你还在生我气吗？可我玩具都给你了！"

柳蔚敲了儿子额头一下："不听话了？"

小黎小嘴一瘪，还是乖乖埋下头："听话。"

柳蔚这才揉了揉儿子的头发，算是将以前之事一笔勾销了。

小黎看在和好的分上，也没挣扎，乖乖抱着自己的万能小背包，坐在凳子上看着他们离开，就是眼神有点幽怨。

浮生同情地走到小黎身边，蹲下身说："你爹是去办正事。"

小黎闷闷地点头，想了一下突然看向浮生，问："浮生姐姐，你刚才看到我爹的嘴了吗？"

浮生一噎，脸颊红了："什么？"

"我爹嘴好像破了，我想问的，但我怕她打我，我就没问。她怎么了？"

浮生站起来转身，勉强遮盖住耳朵的红晕，咳了一声道："小孩子家家的，别打听。"

嘴破了和小孩子有关系吗？

小黎很不懂。

浮生却不和小黎说了，端着早膳上了二楼。

柳蔚的嘴，浮生之前就看到了，但浮生假装不往别的地方想。可现在突然被小黎问起，浮生想忽视都没办法了。

浮生年纪不大，脸皮薄，对于男女之事，更是不敢深探。

跟她家夫人那种凡事都想打听透彻的性子不一样，浮生知道自己什么该知道，什么不该知道，什么知道了也要假装不知道。

柳姑娘嘴那事，就绝对是不该知道的，而且浮生本能地觉得，小黎也不该知道。

浮生和小黎的讨论，柳蔚不知道。

柳蔚上了马车，只看着容棱还是面无表情的脸，有些发愁。

最后，柳蔚还是决定主动开口，说了一句可有可无的解释："那个，不带小黎，是有些事小黎还不宜知晓，毕竟年纪太小。"

容棱没说话，只随手拿起车厢内一本闲书，翻阅起来。

柳蔚见他不肯理自己，知道这个开场白估计废了，就坐过去一点再开口："这书也是医书，你真看得懂？"

容棱将书"啪"的阖上，抬眸看向她："在你眼里，本王一无是处？"

"没有。"柳蔚很懵然，不是之前就说好偷偷在一起不公开的，怎么他反应就这么大，而且她就是随便问问，怎么就成了说他一无是处了？

看不懂医书，并不代表一无是处，他是找茬！

容棱不再看她，继续将书翻开，不疾不徐地看下去。

柳蔚不信容棱看得懂，他估计就是随便翻翻。但这男人宁愿随便翻本书，也不跟她说话，柳蔚就得哄哄了。

柳蔚手悄悄伸过去，拉住容棱的衣袖，拽了两下。

容棱手臂动了两下，蹙眉抬起眼眸。

柳蔚温和地笑："我们聊聊。"

容棱将袖子拉回来，面无表情："有何话说？"

柳蔚看着空空如也的手，收回尴尬地搓了两下。

"那，商量一下一会儿去了黄府，如何开口？这封信，是万不能给黄茹看的，便得有个由头。你有什么想法？"

容棱头也没抬："没有。"

"我也没有，那正好讨论一下，你说……"

容棱打断她的话："你很啰嗦。"

柳蔚愣了一下，声音一滞看着他。

"太久未说话，停不了？"容棱沉着眸。

他的语气算不上好，带着明显的嫌弃。

柳蔚愣过之后，就双手一抬，两个小手心贴住他的脸，硬生生将他铁板似的冷脸，挤成一团，然后对准他的嘴唇狠狠亲了一下，又放开问道："可消气了？"

容棱黑亮的眸子闪了一瞬，将柳蔚双手拿下扣住，再往后一压把柳蔚压在马车软垫上，对准她的唇狠狠咬上去。

柳蔚既然打算用这种方法让他消气，那他就不客气了。

从客栈到黄府，马车再慢，半个时辰也该到了。

等车停下，车夫在外头吆喝："大人，到了。"

接着，憨直的车夫就看车帘打开，那位一身白衣温文儒雅的斯文先生，满脸通红地捏着衣袖，从车内一跳而出。

衣服有些凌乱，袖尾上也有明显的皱褶，甚至脖子那儿还露出了一截。

车夫很纳闷，这先生是之前在车里睡觉了？怎的身上这般乱，头发还都乱了？

再看斯文先生后面下来的那位大人，就正常多了。衣服整整齐齐的，腰间的佩剑笔挺，甚至脸上的表情在威严中带着一丝愉悦。

车夫胡思乱想着，那位威严的大人已经丢给他一两碎银子车钱。

车夫乐滋滋的。这赏钱，也不枉费他今日不拉货，而受客栈掌柜之托，专门来拉人。

走到黄府大门的一段路上，柳蔚快速地整理衣冠。等到敲响黄府大门，门房出来开门时，看到的就是彬彬有礼的一位白衣先生，与另一位一身铁骨刚硬冷酷的男子。

门房问了身份，柳蔚说求见黄夫人。门房看他们一会儿，便道："两位稍候，小的这就去通报。"

等到门房再回来，看两人的表情却非常难看，张口就道："我家夫人身子不适。大夫说了，不宜见客。两位若有事，小的可代为转托。若无事，就请回。过些日子再来吧。"

前前后后不过一炷香的工夫，翻脸比翻书还快。

柳蔚稍稍怔忪，还没来得及说话，门房身后先走来一人："虎子，怎地跟客人说话的？我看你是不想活了。"

来的是门房领头，见下头之人竟敢轻慢贵客，忙呵斥起来。

那叫虎子的门房却回过头，拉着头头到一边小声嘀咕。

等他说完，那头头看柳蔚与容棱的目光也登时一变，上来就道："我家夫人病了，不见客！二位大人请回。"

大人？

柳蔚不用猜，就知道怎么回事了。

这黄夫人多半以为他们是来带走黄临的，所以来了这套。

柳蔚道："在下寻黄夫人，为的乃是私事。与衙门之事，绝无半点干系。劳烦二位再跑一趟，问问黄夫人，还愿不愿见在下。"

两个门房面面相觑一下，头头到底还是指示下头之人再去问。

这次带回的消息果然是好的。

在两个门房不情不愿地领路下，两人到了前厅。

原本应该重病不起的黄夫人高坐正位，而她身边站着一位年过半百白白胖胖的老妈妈。

见两人进来，黄夫人捏着帕子轻咳一声后，才抬起眼睛，语气平平地道："二位大人，请坐。"

柳蔚看了容棱一眼，容棱对她点了点头。

柳蔚坐下，容棱就在她身边。在这种时候，这个男人的确给了她底气，令她有些紧张的心也不那么凌乱。

"黄夫人。"柳蔚打定主意，先开口。

柳蔚刚说三个字，黄夫人却抢白过去："临儿病了。"

柳蔚只好闭了嘴，看着黄夫人。

黄茹将手中的帕子捏得更紧，脸色比正常女子略显苍白。

清瘦的脸上露出一抹坚定的冷意："临儿即便不是我亲生的，这近十年的感情，总是做不得假。二位大人昨日说得好好的，今日就改了口。小妇人一介草民，也说不得什么。只是临儿尚在病中，莫不能宽松数日，好歹让他将病养好了。届时，怎么个说法，再来说道。"

柳蔚抬手："黄夫人多虑了，昨日说的是什么，定的就是什么。实则在下今日前来，是为了另一件事。"

黄茹眉目微挑："不是为了临儿？"

"不是。"柳蔚摇头。

"另一件事？"黄茹沉吟一下问，"那便是为了黄觉杨、黄觉新兄弟？这对兄弟死了也干净。大人有什么想问的，便问吧。"

黄茹话落，眼底露出几缕恨意。

好好的良家女子、富商千金，却被诱骗至如斯地步。一女侍二夫这样的骗法，简直是将人往死路上逼。若非过了这么多年，黄茹又年纪大了，加上黄家除了她就没人了，她是万万受不住这种侮辱的。

只怕早在知道真相的第一刻，就找根绳子吊死算了。

现在再提起两人，黄茹也是咬牙切齿，恨不得两人再活过来被她亲手掐死才解气。

柳蔚不想在无谓的地方多费口舌，只说："在下今日前来，是为了令尊令堂。"

这下换黄茹愣住了："父亲母亲？"

"是。"柳蔚问，"对于令尊令堂，黄夫人还有多少印象？"

父母死了快十四年了，要说记忆犹新近在眼前，那是不可能的。

黄茹皱了皱眉，不解的目光，在柳蔚身上环绕。过了一会儿，又看向她身边的容棱，谨慎地反问："二位大人询问民妇的父母，所为何事？二老命薄，早已驾鹤而去。他们可与那黄家兄弟之事，没有半点牵扯。"

"黄夫人不用紧张，在下没说令尊令堂与凶杀案有关。在下只是想问，黄夫人可还记得，令尊令堂在世之时，曾接待过一位姓纪的客人？"

此言一出，黄茹尚在懵懂。黄茹身边的奶娘却倏地瞪大眼睛，瞳孔收缩一下，然后立刻垂下头，装作什么都没听到。

可奶娘这一瞬间的反应，还是没瞒过柳蔚。

柳蔚看向奶娘："这位妈妈，可是记得？"

黄茹也看向奶娘，问道："奶娘曾是贴身伺候母亲之人。奶娘，咱们家有过一位姓纪的客人吗？"

奶娘脸色顿时惨白，死死摇头："没有，没有什么姓纪的客人！"

奶娘的反应有些大，否认时言辞也过于夸张，就连黄茹这种普通人也看出了隐瞒。

"奶娘，是有什么事吗？"

奶娘还是摇头："没事，当然没事。老太爷和老夫人生前，从未接待过什么姓纪的客人。老奴不知二位大人问这些做什么，莫不是听了哪里来的流言蜚语，岔了耳朵？外头谣传的东西，那都是假的。老奴在黄府数十年，咱们老太爷和老夫人，都是本本分分。老老实实的规矩人，从不牵扯什么外事。外头就算传了什么，那也是污蔑是栽赃！"

奶娘的语气很急促，说话更拨高了音。

这副模样，却分明更像此地无银。

黄茹发蒙："奶娘……"

奶娘却深吸一口气，按住黄茹的肩膀道："夫人，您身子不好。大夫嘱咐了，不能下床。您该回房歇息了。"

黄茹并没有病。说病了不过是怕衙门来的人是抓黄临的，能拖一时是一时。

如今奶娘却拿这个借口将她带走。

黄茹不知奶娘究竟知道什么，这两位大人又想问什么。但自己到底是奶娘一手带大的，黄茹本能地相信奶娘，便在犹豫一下后起身，对柳蔚与容棱道："两位大人，实在抱歉。民妇这身子，还是虚弱，两位还是请吧。"

事关母亲生死，如今眼看已经有了眉目，柳蔚怎么可能走？

柳蔚咬着牙，霍然起身："黄夫人的身子，亏损是亏损了些，但也并不到卧榻不起的地步。就黄夫人这会儿的身板，便是去外头游个院子听个小曲也是有精神的。何必忙着走。"

黄茹愣了一下，看着柳蔚："大人还懂医？"

柳蔚垂眸："不算精通，但至少不至于让人哄骗。"

黄茹闻言有些尴尬，说起来是不愿意得罪这两位大人的。

这二人，都是京中来的官员。而沁山府的父母官曹大人，在两人面前也就是个跑腿的，连做主都不行。

这样两个大人物，还直接过问了黄临生死问题，黄茹恨不得差人开了库房的门带两人进去转一圈。要什么给什么，只要能将黄临的命留下来。

可这会儿，奶娘一句话自己却好像要得罪这二位了。

黄茹忍不住止在原地，有些徘徊。

奶娘却握住了自家夫人的手，强硬地唤道："夫人……"

看着奶娘拼命暗示自己的模样，黄茹很为难。

两相挣扎一阵，黄茹索性坐回椅子上，对奶娘吩咐："知道什么，就说吧！这不是为了我，是为了临儿。临儿也是奶娘带大的，现如今为了临儿还有什么事咱们不能做的。"

要说奶娘对黄临有多少感情，那真没有。

就是对黄茹，奶娘也没多少感情。但在黄家，奶娘却对黄家主子有情，因为这样才有资格倚老卖老，在这儿站住脚。

老太爷和老夫人，对奶娘来说也没多少旧情分，但奶娘却知道那个姓纪的客人是不能说的。

当初，就是那人来过之后，老太爷、老夫人相继离奇而死。奶娘亲眼见过他们的尸体，此刻想起来，都后背发凉。两人都不是正常死亡的，甚至连个全尸都算不上。

脸上都是血迹，腹部有七八道口子。他们的脖子，也是歪的。其中老夫人的耳朵和鼻子还都被削掉了，看起来简直不像是人，比那些死猪死鸭还恶心。

当时尸体找回来，黄茹并没看。那时黄茹已经哭得晕过去了，也没看到。

处理这件事的是黄家的大族伯，奶娘当时作为老夫人身边之人全程跟着，也就知道了一些不可告人的秘密。

丧事办完后，大族伯离开前还特地叮嘱，一个字也不能往外说。

但凡说了，不止黄家全都要死，奶娘自己的命也留不下来，还包括奶娘的儿子媳妇，一家上下。

奶娘起初还没怎么害怕，但直到亲眼目睹黄茹被刺杀！

是的，就在丧事结束的第七天，大族伯离开的第二天，黄府来了一群人。

当晚天气很热，奶娘是给自家大着肚子的儿媳妇找燕窝来的，趁着下人都睡了去库房拿了七八盏血燕。

正要离开，就听到房顶上有声音。

起初以为是猫猫狗狗，奶娘还拿着笤帚想去驱赶。可走了两步，声音就没了，接着就是一阵打斗声。

奶娘当时也是好奇了，就走过去藏着观看。这一看，就把她吓坏了。

只见两个黑衣人在打架，两人手上都是寒光凛冽的真家伙。其中一人道"说了要活口"，另一人说"什么也不知道，留着活口做什么"。

两人因为是否留活口之事争执起来。后来奶娘听明白了，才知道他们在商量是否要黄茹的命。

所幸的是，两人最后看到府外有人放烟火就走了，而奶娘当晚就做了噩梦。

这件事情，让奶娘彻底相信自己若是敢乱说一个字，绝对就是脑袋搬家的事。

而之后，随着黄茹苏醒，再到黄茹嫁给黄觉杨，一切看似都恢复了平静。唯有奶娘，到现在夜半时也会想起那夜的情景。

后来奶娘媳妇给她生了两个孙子，奶娘便更是惜命。哪怕不惜自己的命，也要惜孙子的命和一家人的命。

眼下有京里的大人来过问，奶娘不知道说出去是福是祸。但奶娘不愿意冒险，也冒不起这个险。

深吸了口气，奶娘咬紧牙关道："老奴什么都不知道！二位大人若是不信，尽管将老奴带回衙门。要杀要剐，悉听尊便。"

柳蔚皱起眉，黄茹也露出不满："奶娘，这是为了临儿。你莫非想看着临儿被衙门带走才满意？"

在自己和家人的命面前，一个黄临又算什么？奶娘咬牙道："若公子当真杀了人，衙门抓他也是应该。总之，这件事老奴什么都不知道，一万个不知道。"

"奶娘……"黄茹怔松一下，复又冷酷起来，"你胡说什么，临儿没有杀人！"

"那就更不怕了。青天白日的，莫不是还有人敢颠倒黑白，是非不分了？"

黄茹像不认识奶娘了一般，看奶娘的眼神全是陌生。

奶娘却打定主意，一个字也不说。

事情陷入僵局，柳蔚不甘心。

明明真相就在眼前，柳蔚不愿就此止步。

深吸一口气，柳蔚看向容棱。

容棱没看柳蔚，一双黑曜般的凛冽眸子只是紧盯奶娘，过了一会儿才开腔道："七月二十三，白银三百。七月二十九，白银五百。八月二十，白银两百。九月初九，白银三百。十月十八，白银七百……"

随着容棱一字一句说下来，奶娘的脸瞬间从白到青，从青到紫，五彩斑斓，好看极了。

"你……你……"奶娘哆嗦着嘴，却连一句话也说不利索。

此时，丫鬟才将茶水奉上。容棱接过，后背靠在冷硬的木椅靠背上，吹着茶水冒出的热气，不疾不徐。

黄茹不明所以："大人，所言何意？"

容棱瞥了奶娘一眼，声音清冷："知者自知。"

奶娘险些腿肚子都软了，后背更是凉飕飕的，若不是手撑着后面的桌子，只怕人都得摔到地上。

这位大人口口声声谈的，分明就是她最近半年来接下的老爷与吴家四姑娘的好处，替他们做事的账目。

眼下老爷没了，那吴家四姑娘昨个儿也死了，听说尸首都成了肉块。眼下整个黄府，能仰仗的也就只有一个黄夫人了。

可若是黄茹知晓自己这些年来一直替别人办事，并且也知道两个黄老爷及黄临是吴四姑娘"亲子"的事，那自己岂不是完了！

从小服侍黄茹，奶娘很清楚自家主子是个什么性子。别的不说，对背叛的人黄茹向来是不死不休的。

黄家是商贾之家，商人多有手段。

奶娘在黄府多年，对那些黑门子一清二楚，而黄茹从小耳濡目染，更不可能不知道。

叛主逆奴，没卖身的一律送官究治牢底坐穿。卖了身的，直接沉塘一了百了。这些"死规矩"是黄家早年就传下来的，到现在黄家主子也奉行这一套。

看着黄茹不解的表情，奶娘冷汗淋漓。

生怕黄茹多问多想怀疑自己，奶娘忙道："实不相瞒，二位大人，当年……的确……的确是来过一位姓纪的客人。"

"可是那位客人只待了一个时辰。前前后后加起来，当真就一个时辰，多一刻也没有了。那位客人当真是来了就走了，老奴连脸都没看见。还是后头听丫鬟说才晓得的。此事老奴当真不清楚，还请两位大人明察。"

奶娘说着，恨不得膝盖一弯，给两人跪下算了。

柳蔚皱起眉："只来过一个时辰，便记得住对方姓纪，到如今还记忆犹新？"

"那是自然，只因……只因……"

奶娘说到一半，有些迟疑，悄悄抬头左看看右看看，还往窗子外头瞅瞅，像是生怕隔墙有耳。

容棱喝了口茶，将茶杯搁下。声音不轻不重，可那"咯噔"一声，还就在奶娘心口打了一个鼓，令奶娘再不敢顾左右而言他。

奶娘低头急忙道："只因老夫人对其的称呼，让老奴不得不记忆犹新。"

容棱黑眸微敛："称呼什么？"

"小……"奶娘一咬牙，"小姐。"

"咔嚓！"柳蔚手指掰着木椅扶手，一用力就将扶手掰断。

厅堂内陷入短暂的寂静。

黄茹不明所以地看着所有人。

奶娘低垂着头，求神拜佛地求自己一家平安。

柳蔚眸光闪烁，心中千回百转……

唯独容棱，他只是很平常地拉过柳蔚的手，将她紧攥的手指掰开，把那半截扶手丢去。用自己的袖子给柳蔚掌心擦了擦，力图将那明显被木扶手印出来的红印抚散。

直到过了好半晌，柳蔚才抿紧了唇，死死地盯着奶娘，问道："后来呢？"

"后来？"奶娘摇头，"没有后来！老奴从头到尾都没见过那位客人的脸，这些话也都是听下头的奴婢丫鬟说的。老奴当时也好奇，想问老夫人。可老夫人说身子不好，回房歇息。过了两日，这事儿就给忘了。如今若不是两位大人咄咄相逼，老奴定是记不起来，两位若是不信，还可问问府里其他人。当初伺候老夫人的，还有苏妈妈和马妈妈在。不过两位妈妈早就退了下来，都回了儿子的庄子养老，不在沁山府内。"

不在沁山府内，那眼下被奶娘推出来又有什么用。

说来说去，不也就是奶娘的拖延。奶娘的确想拖，拖一拖也好让自己来得及将那些银子转移！

届时自己咬死了嘴不再多说一个字。那全家的命保住了，夫人也找不到自己的茬，一举两得。

思忖着这个万无一失的计划，奶娘低垂的眉宇里满是期待，就等着这两位大人找别人麻烦去。

可事实往往不尽如人意。

柳蔚看出了这个奶娘是个老油子，不用点狠手段从她嘴里挖不出东西。

柳蔚心思正徘徊着，是威逼好还是利诱好，容棱却已经替柳蔚拿定了一个主意。

"砰。"

一把长长的重剑，被放在旁边的案几上。

柳蔚看着容棱随手解下的那把随身长剑顿了一下，又转过视线看向奶娘。

果然，奶娘的脸色又变了。

奶娘满脸懊恼痛苦，几番挣扎之下终于再次出声："大人您拿剑出来也没用，老奴是当真不知。不过……后来有些碎嘴的丫头说了些闲话，听着倒像是……"

"说。"低冷的男音里，蕴藏着沉稳的魄力。

奶娘咽了口涌上来的鲜血，掐头去尾地道："丫头们说，那位客人不但是老夫人曾经伺候过的小姐，身上还带了许多宝贝，更是将其中一样宝贝交给了老夫人。"

柳蔚脱口而出："然后人呢？"

什么宝贝，不用想也知道，指定就是那真的藏宝图，而柳蔚在乎的只是母亲的下落。

奶娘以为他们要问宝贝是什么，还真寻思着该怎么说。毕竟库房里，可从未见收录过这件谣传的宝贝。但听他们竟然不问宝贝，只问人行踪，奶娘断不会多这个嘴，便道："那客人只来了这么一会儿，说走就走了。至于去了哪儿，老奴是当真不知。"

柳蔚沉吟一下，吸一口气："那位客人，后来可还来过？"

"没有没有。"奶娘连连摇头，"再没见过了。"

"那客人的容貌，你可记得？"

奶娘刚要说，猛然想起什么，继续摇头："大人这不是为难老奴吗？老奴连那位客人一眼都没瞧见过，哪里知道容貌？"

柳蔚眯起眸："眼角徘徊，双腿微张，身子倾斜百分之五，眼珠转动速度快于正常双倍以上，说谎的征兆。"

奶娘听不懂柳蔚这些话，却听得懂最后一句！

这位大人这么说，看出她是撒谎了？

可是，撒谎哪里能这么看出来的。

柳蔚不管奶娘心中疑虑，只硬声道："告诉我，那客人长相如何？"

奶娘还想摇头，坚持自己没见过此人。可眼睛一落，看到那位佩剑的大人竟直接将长剑出鞘。

容棱修长的一只手手持剑柄，只听"咻"的一声破空之声，奶娘还没回过神来，便感觉耳边冷风刮过，身后"叮"的一声。

奶娘瞪大眼睛转过头便看到身后木柱上横插的长剑。剑身还在微颤，发出凌厉的叫嚣之音。

奶娘再也扛不住，腿一软跌在地上，小腿一片发麻。

"大人、大人饶命，老奴说。老奴什么都说……"

一个本就劣迹斑斑的刁奴，又怎么可能不怕死。

柳蔚看向容棱。

容棱却只是重新端起茶杯，淡然地喝了口茶，似乎并不觉得自己在别人家里动刀动剑，有什么不妥。

柳蔚再次吸一口气。

好吧，无论过程怎么样，结果始终是可喜的。果然应了那句老话，能动手的时候别动嘴，麻烦。

柳蔚问黄夫人要来宣纸，等将纸铺好了便看向奶娘："说吧。"

奶娘头上还悬着那把长剑，尽管想躲远点，但腿脚却不听使唤，竟然动都不能动了。

奶娘也只能趴在地上，浑身瑟瑟地回忆："那……那位客人……身长五尺不到，脸盘子尖细，眉眼温和。眸是杏眸，柳叶眉，双腮粉嫩，样子俊俏。就是嘴唇有些白，眉眼间带着淡淡惆怅……"

这样的形容词，能画出来才有鬼了！

柳蔚用自己的法子问。

奶娘一路再不敢撒谎，一一老实描述。

直到半个时辰后，一幅画像才算勉强完工。

将宣纸拿起来，看着上面雍容淡雅的清愁佳人，柳蔚胸口滞了一下。

柳蔚将宣纸转过去，问奶娘："是她？"

奶娘只看了一眼，就瞪圆了眼睛。这哪里是幅画，分明就是本人站在眼前了。

奶娘连连点头道："是是是，就是她，就是她！一模一样，当真是一模一样！"

黄茹也看了那幅画像，只觉得惊异。

就是沁山府最好的画师，也画不出这么像的，这真的是用炭条画出来的？那若是用正宗的狼毫笔,该是更加好看了!

果然京里来的就是京里来的,个个都是卧虎藏龙的主。

莫非京中画师,都是画得这等模样的画像?简直像是将人拓印在上头一样,太是神奇。

黄茹还在惊叹,奶娘却突然"啊"了一声。

黄茹看去,只见奶娘头顶那把长剑,竟无人拔动就自己从柱子里头退了出来。

接着,长剑一点停顿都没有,直接往后直直冲去,落进了那一身玄袍的冷面男子手中。

内功?

黄茹此刻只能想到话本里那被形容得上天遁地无所不能的内功。

就在黄茹愣神之际,奶娘已经颤颤巍巍地爬起来,一脸惶恐地站去了黄茹背后。

柳蔚看着手中画像,眼角微垂着。

她沉默许久,才将画小心叠上,抬眸看了奶娘一眼,起身对黄茹礼貌地拱拱手:"打扰了。"

黄茹愣了一下,规矩地颔了颔首,对外头唤道:"来人。"

外头很快有丫鬟进来。

黄茹吩咐下人送柳蔚、容棱离开了,才转头看着还躲在她背后的奶娘,眼中露出深意:"奶娘受惊了。"

奶娘摸了摸额上的冷汗,尴尬地摇摇头,却依旧心有余悸:"夫人,那两位大人……不会……不会再来了吧?"

黄茹笑了一下:"都送出去了,自然是不回来了。奶娘宽心便是。"

刚刚才发生头顶悬剑这样的事,如何能说宽心就宽心?

奶娘长出一口气,正要与黄茹说自己要回房歇息一番,却听外头下人来报:"夫人,夫人……公子跑出来了,正……正去找方才那两位大人。"

"什么?"

黄茹从椅子上站起来,整张脸都变了颜色。

下人瑟瑟缩缩紧着脖子不敢再说话。

黄茹已经快步走出大厅朝着出府的大路,一路走过去。

果然,到了府门口不远,就听到远处传来黄临的声音:"我身上的……"

黄临的声音并不算大,黄茹听了两句,后头的便听不清。

等黄茹走过去时,黄临已经停止说话。

只挺直背脊,站在那里看着黄茹。

黄茹上前,牵住黄临的手,冷面对下人吩咐道:"还不将公子带回去!"

两个下人立刻上前要带走黄临,却听黄临不轻不重地道了句:"母亲,孩儿有事要与两位大人商议。"

黄茹一低头，就对上黄临认真澄清的黑眸。

黄临眸中似有星辰，明明只是这么对视却已经透出眼底光泽。

"你……"

黄茹迟疑一下。话还没说完，黄临已经对黄茹点点头："母亲，孩儿不会意气用事。"

不会意气用事吗？可是，之前说了那么多混账话。一心求死，这还叫不意气用事？黄茹知道，自己不能信黄临这番话。她与这个孩子感情虽不深，但这两日下来反倒比过去多年对这孩子了解更甚。

黄茹觉得，自己还是该把黄临拴起来，至少保证他的安全，更不能允许他在衙门的人面前乱晃。

可黄临此刻笃定的眼神，令黄茹忍不住觉得，这个孩子或许也没她想象的那么简单。

抿紧了唇，过了好半晌，黄茹才蹲下身突然握住黄临的肩膀，看着他的眼睛："你要与他们谈什么？"

黄临在黄茹柔软的掌心捏了捏，嘴角勾起一丝笑意，似乎很高兴母亲愿意相信自己："母亲恕罪，孩儿不能说。只是，孩儿保证，不会辜负了母亲的一番心意。"

不辜负她一番心意，言下之意就是说，他不会甘愿认罪，不会再一心求死？

黄茹半信半疑，又看了看旁边的容棱柳蔚二人，最后还是妥协了。

黄临的房间外，黄茹坐在石凳上喝着下人们送上来的清茶，抬眸看了眼紧闭的房门，问身边的丫鬟："多久了？"

丫鬟叹了口气道："才一炷香不到，公子与两位大人才刚刚进去。"

"唔……"黄茹抿了抿唇，看了看左右又问："奶娘呢？"

丫鬟道："回夫人，奶娘回房歇息了。说是身子不舒服。"知道奶娘是夫人最器重之人，丫鬟回答时免不了也谨慎了几分。

黄茹听了，却只是沉默一下，又喝了一口茶，才看着丫鬟问："方才厅内的话，你都听到了？"

丫鬟唬了一跳，连忙跪下来："夫人，奴……奴婢什么都没听到，奴婢什么都不知道……"

方才正厅里，那两位衙门来的大人与奶娘掰扯了那般久，外头的下人没听见里面，守在门口之人却听了个明白。

这个丫鬟之前就守在门口，自知听了一些自己不该知道的，原还以为能瞒过去，没承想夫人直接提起了。

丫鬟不知怎么解释，只得一个劲儿磕头，指望着夫人能饶她一命。

黄茹却只是看着丫鬟半晌，等瞧见了青瓷砖上的血迹印子，才淡淡地摆摆手："起来吧。"

丫鬟再抬起头时，已是满脸泪痕，额头破开了一个口子。

黄茹目光淡凉："你既都听到了，那便说说你是如何看的。"

丫鬟不知怎么回答，只能垂着头委屈地道："奴婢……当真什么都没听到……"

黄茹将茶杯一搁，语气不轻不重："让你说，便说。"

意识到夫人生气了，丫鬟不敢违逆，斟酌着道："奴婢……奴婢觉得，那两位大人是要找那位姓纪的客人。"

黄茹笑了一声："这还用你说？"

丫鬟连忙又磕个头，那磕头声也一如既往的响。

黄茹有些无趣："方才那位容大人，提到了什么日子什么白银，还是对奶娘说的，你可听懂了？"

丫鬟一听这茬，便顿时闭了嘴埋着头。

黄茹原本就是随意一问，却不想竟真的问到了，这便凝起眉继续："你是知情的？"

"奴婢……奴婢不知道……"

"说！"不给她狡辩的机会，黄茹寒声命令。

丫鬟哆嗦一下，整个身子都在发抖："奴婢……奴婢也是听人说的。夫人饶命，夫人饶命……"

"让你说就说，你说的若属实，你的命自然保得住，若胡言乱语那便……"

"奴婢说的句句属实，句句属实……"丫鬟连忙保证，这才咬着牙，脱口而出，"那……那日子和银子……若奴婢没猜错，该是……该是……"

"该是什么？"

"该是发工钱的日子和……和发的工钱。"

黄茹皱起眉，自己虽然不管家多时，但也知道发工钱是每月初三，哪里是之前说的那些日子。

意识到夫人听岔了。

丫鬟又解释："不是府里发的工钱，是额外的工钱……以前老爷还在时，会……会给府里一些人，发一些别的工钱。"

别的工钱？

黄茹挑了挑眉，突然意识到什么。

"说清楚。"

那丫鬟很害怕，但话到这里也不能不说了，便道："以前老爷，会给府中有功的下人多一份钱银，比方是……能……能将夫人每日做了什么说了什么转达给老爷的，会根据事情大小给不同的银子……"

"啪！"

黄茹面色一寒，顺手一挥，将桌上茶杯挥到地上摔裂开来。

"再说！"黄茹语气阴冷极了。

丫鬟颤颤巍巍地说："夫人房中的……的小丫头，也传不了夫人什么秘事，都是……都是得些碎银子。但奴婢们都知道，奶娘……奶娘得的多，但这也不光是奶娘卖夫人的消息。奶娘是老爷的人，平日老爷出门……的时候，也都是奶娘在府里头周旋。奶娘……是老爷身边最得力的，钱银就……"

"最得力的？"不等丫鬟说话，黄茹已经面色铁青一片。

黄茹万万没想到，竟然还问出了这等消息！

长久以来她不信府中任何人，唯独信一个奶娘，却未承想竟是脑子糊涂人发了傻。

那奶娘居然早已被黄觉杨收买，还成了他手下最得力之人。

讽刺，当真是天大的讽刺！

每个月都有几百两银子，这是立了何等的功才给这般多！

快抵上一家小铺子一个月的收益了！

黄茹深吸一口气，勉强让自己稳住。

为了这样之人大动干戈，伤了自个儿身子，她还没这般傻。

喘了口气，再看地上跪着的这丫鬟，黄茹问道："你叫什么？"

丫鬟老实回答："奴婢春喜。"

"春喜……"咀嚼着这个有些耳熟的名字，黄茹却怎么也没想起来。

春喜犹豫一下，还是自报家门："奴婢以前……也伺候过夫人。在夫人成亲前，奴婢的姐姐春欢，也是夫人跟前的。"

若说别人黄茹还没印象，一说春欢黄茹想起来了。

春欢便是黄茹以前的丫头，还是娘亲未过世前为她选的贴身人。只可惜春欢为人死板冷硬不通人情，在她身边不多的日子，弄得周遭人怨声载道。

后来黄茹成亲，还想过将春欢给相公收房，毕竟虽然春欢性子冷淡但对她这个主子还是一颗心的。

可是，黄觉杨并不喜欢这个冷冰冰的丫头，最后也没收房。再过了两年，春欢到了年纪，黄茹做主原本想将她许给一个铺子掌柜什么的，可春欢不愿意，最后是与她一个同乡的哥哥好了。

这几年下来，早已经回了老家，多年没有见过。

一提到春欢，黄茹脸色柔和了不少。刚刚知道奶娘竟是黄觉杨的人，转眼再提到曾经对自己忠心耿耿的丫头，黄茹一口气好歹上来了，再看春喜的表情也稍稍宽和些。

"我记得春欢有个小七八岁的妹妹，你进府是春欢牵的线？"

春喜连忙点头："是，奴婢七岁起便在府里。之前在夫人的院子做三等洒扫，后老爷给夫人身边换了人，奴婢便被指派去了别的院子。这次……夫人清了周遭一些人，才将奴婢又调了回来。"
　　黄茹看了春喜一会儿，问："之前，你去了哪个院子？"
　　"是小西院。"小西院几乎是个闲散的院子，平日府中不来客人是做不了什么事的。游手好闲的成日偷偷懒扫扫院子，一个月工钱就入袋了。
　　府中丫鬟们没野心的，一个个都想往小西院钻。
　　那地方就适合养老和待嫁的，没什么大风大浪，平日也图个清闲。
　　春喜在小西院几年，日子过得滋润随意，这里头估摸也有春欢的疏通，或是有些人看了春欢的面子。
　　说到底春欢十岁进府，可从十一岁起就被母亲养在身边，直到她出嫁前母亲才命她来照顾自己。
　　想到这上头的关系，黄茹再看这个春喜眼底又多了些柔和。
　　"既是春欢的妹妹，往后便在我跟前吧。"
　　春喜听了，一来确保自己不会被夫人灭口了，二来也为自己能搭上夫人的大船而高兴。
　　要知道，小西院里住的都是府里上下最有能耐又看得最透之人。她在小西院这么多年，看似避世而居实则府中上上下下里里外外就没有她不知道的。
　　就拿奶娘之事来说，便是其他为老爷办事的丫头，也不见得知道奶娘早就投靠了老爷。
　　可春喜在小西院和其他丫鬟姐姐、管事妈妈，却早就一清二楚。也仗着这份了解，春喜并不怎么忌讳再来夫人身边伺候。
　　春喜知道，凭自己的聪明要站稳脚跟也不是多困难。
　　现在她至少已经得了夫人的赏识，相信假以时日她的前途会只上不下。
　　同时，想起几天前姐姐的来信，春喜眼中也多了一份认真。
　　姐姐春欢，平日与她都没什么书信往来，唯有年节时候才会托人捎来口信，说两句体己话，再寄点家乡特产过来。
　　但这次，姐姐突然来了一信。信中提到，若是有机会去夫人身边，要她定莫要贪图小西院的享乐而推拒出去，一定要争取名额到夫人跟前来。
　　春喜当时还闹不懂，为何姐姐突然来这样一句话，更不懂在老爷把持下，这铁桶一般的内院，自己怎么还有可能到夫人身边。
　　没承想，才过了两天，就传出老爷遇害的消息。接着夫人就开始往其他院子招人。
　　春喜虽然惊讶姐姐这封不知是巧合还是先知的信，但到底还是遵循姐姐的命令到了夫人身边。
　　眼下夫人对她上了心，她这头也算没有白磕。
　　想到往后能有多少好日子，春喜心中忍不住窃喜，同时估摸过两日也回姐姐一封信，顺道问问姐姐自己如何才能在主院稳下来。

而就在春喜心中百转千回时，不远处黄临的房间内，黄临却已经从自个儿的床褥底下，掏出了一张牛皮卷。

他将牛皮卷展开，推到桌前让容棱柳蔚看。

容棱淡淡地瞥了一眼，柳蔚也看过去。两人在看到上面红色的拓图时，都闪了闪眼瞳。

"这是……"柳蔚端起牛皮卷看了一会儿，突然又看着黄临。

黄临抿着唇，点点头："是我身上的，我自己拓印下来的。"

柳蔚看着黄临。

容棱眼神也有些深。

黄临道："我昨晚试了一晚，我这身上的确是有很多纹路，我不知道是什么。但看着像是一张图，但是平日不会显现，这可能与这烙印的工具有关。也不知道是什么刀子在我身上雕的，没个伤疤没个痕迹，唯独沾了有颜色的东西，才会浮现出一条条的杠。我昨晚在身上涂了猪血，用牛皮卷拓印了一晚，才全部拓印妥当。如果你们不信，我可以脱了衣服，你们一一对比。"他说着真的开始解自己的衣服。

柳蔚按住他的手没让他动，却问："为何这么做？"

黄临看着她道："你们不是想要吗？"

"你不觉得这个东西，来得古怪？"

黄临点头："是古怪。"

又道："我虽然不知道这东西是谁刻在我身上，又是几时雕上来的，但这东西既然在这儿，便算是天意，我借花献佛，权当感谢两位大人。"

柳蔚捏着牛皮卷，看向容棱。

容棱沉默一下，道："回京就办。"

柳蔚微笑点头！

黄临不知他们在说什么，只看着柳蔚道："柳大人，多谢你昨日点醒！你一番好意，让我能多陪陪母亲，也能允我亲手埋葬娘亲。你的大恩大德，黄临没齿难忘。"

他说着，扑通一声跪在地上，冲着柳蔚就是磕头。

柳蔚伸手去扶他，黄临却执着地非要磕三个头才罢休！

等磕完了，还抬起头很认真地对柳蔚道："柳大人明明嗓子是好的，昨日为了帮我，却佯装口不能言。大人良苦用心，黄临，感激不尽！"

说着，又要去磕头。

柳蔚有点心虚了。

柳蔚没有良苦用心，昨日是真的口不能言。

不过黄临已经再次埋下头，"砰砰砰"连着三个头又磕下来，这才好歹站起身来。

黄临特地拦住柳蔚，就是为了将这份谢礼交给柳蔚。

如今交了，想着母亲还在外面担忧，黄临便有些坐不住了。

柳蔚看出他频频望着门扉方向，也知他是不愿黄茹多加忧心，想了一下便道："方才你朝我磕了六个头，三个算谢我，另三个算给我拜年了。既是拜年了，那便该有个红包。我问你，你要银子，还是要药方？"

黄临愣了一下，模样懵然："药方？"

柳蔚走到窗子边的小书架前方，找到了笔墨纸砚，埋着头，在上面仔细地写了一阵。

等到写完，柳蔚将墨迹稍稍吹了吹递给黄临。

黄临看着药方上复杂的文字，更加懵然。

柳蔚道："你母亲的身子，乃是宫寒入冷，兼着心肺不济。这个方子，是给你母亲暖宫护心的，让她每日按方子吃，调养三到五年，身子必然好上许多。只有一点要牢记，哪怕身子好全了，往后也不可动生子的念头。她身子，注定是受不住怀孕的。便是怀了，也要落掉。到时候，落孩子受到的内伤，只会耗她根本，将她逼入死境。"

黄临听得迷迷糊糊根本不懂什么是宫寒，又跟怀孕有何关系。

柳蔚看他那傻傻的小眼神，吐了口气："罢了，你将我的话复述一遍便是，你母亲听得懂。"

黄临这才点点头，很认真地将药方叠好。

柳蔚看他这般谨慎，眼底柔和了一下，叮嘱："顺道告诉你母亲，她现在吃的药治标不治本，只能暂时将她的身子保起来。但是药三分毒，太依赖此药，往后只会拖垮身子。并且人的身体有抗体，吃同一种药久了也就没效了。她这身子，温补才是最长效的治根之法。"

黄临还是没听懂，但也老实地继续点头。

从黄临房间出来，黄茹立刻站起来迎上前，如母鸡护着小鸡一般，将黄临拉到身后。

柳蔚没有什么表情，只看了看左右，没再看到那奶娘，才对黄茹道了句："告辞。"

等柳蔚与容棱离开，确定他们这次是真的走了，黄茹才看向黄临，忍不住教训道："往后不得这般任性，眼下府里还有两名衙役，你更要当心才是。"

黄临望着母亲，沉默着点点头，停顿一下又将怀中的药方拿出来，将柳蔚方才说的话转达一遍。

听到"孩子""怀孕"这等字眼时，黄茹脸上烫了一下。这些话被其他人说还没什么，但被自己的儿子说，却平白让人不自在。

等到黄茹听完所有，再看手上的药方时，脸上已经多了几分惊讶。

那位柳大人，莫非还真是个懂医的？

不过她现在吃的药，是那位高人留下来的。难道真如这位柳大人所言，那药只是治标不治本？

可是那高人明明说……

对了，那也不能算什么高人了。是他将黄家构陷到如斯地步，先让自己挖湖心亭，又在自己儿子耳边嚼舌头根说那些话。

那高人，居心叵测，实在用心不良。

这样的人给的药，能确保是好的吗？

想到这里，黄茹眼中掠过一丝寒意，再看着手上的这个药方便多了一分计较。

柳蔚和容棱从黄府离开出来时，柳蔚没上马车而是走入了大街。

容棱眼皮动了一下，嘴角忍不住勾起一丝邪笑。

柳蔚故意无视他那抹邪笑，转移话题道："方才你说回京就办，你真的会向上头请命修改律法？"

"有何不可。"容棱语气平平。

柳蔚看他这自信满满的样子，颇为不懂："你确定，皇上会接纳？"

"为何不会？"容棱反问她。

柳蔚愣了一下，撇嘴："你高兴就好。"

容棱看着她道："修改律法虽是大事，但也并非不可。实则朝中想动律法之人，也并非没有。"

这句话就有些深意了。

柳蔚想了一下就明白了，不愧是镇格门都尉，想事深远，多谋善断。

只是，如果脾气能再好一些就更好了。

想到之前自己在马车内险些被他剥了吞吃，这男人才勉强地给了她好脸色，柳蔚顿时觉得，往后的日子只怕也不好过。

正在此时，前方一辆马车横冲直撞而来。

柳蔚本能地一抬头，才刚刚看了一眼，身子便被一股力量拉开，接着落入一人的怀抱！

"吁……"马车在柳蔚身后放慢速度，车夫确定没有撞到人，才道了一声歉，驱着马车离开。

待咕噜的车轮声由近而远消失而去，柳蔚才脸颊发红地从容棱怀中挣开，看看左右果然见许多路人都在看他们，顿时尴尬不已："你做什么？"

"救你！"容棱理直气壮，顺道还伸手捉住她的下巴，将她脸转向前方道，"走路的时候，记得看路。"

柳蔚拍开容棱的手，埋着头继续往前走。

又走了几步，发现身边没人，柳蔚回头却看到容棱竟然停在路边的胭脂摊前。

守胭脂摊子的是个梳着少妇发髻的清丽女子，一张脸画得漂漂亮亮的，正凑得容棱极近，娇滴滴地说："公子真有眼光，这种颜色的脂粉，是小店卖得最好的。公子是送给心上人的吧？还是送给府中姐姐妹妹的？"

容棱不置一词，只嗅了嗅胭脂香气，将盒子放下，打算离开。

这种古里古怪的味道，容棱不喜欢。柳蔚身上，就是那股药草香味最好，别的难闻。

可那摊主却不依不饶，直接伸手拉住容棱的袖子，软着声音说："公子再看看嘛，奴家小店的东西，可是沁山府内数一数二的好！公子不喜欢胭脂，看看香露吧。这种香露，是在沐浴的时候撒在水里的，在这样的香露水中泡一会儿，保准是香喷喷的，就是天边的蝴蝶，也能给勾了过来。"

摊主说得眉飞色舞，偏偏就是不放容棱走。

柳蔚在不远处等了半晌，见容棱竟然还没推开摊主，也不打算过来似的，竟又听摊主说道起来，她便走过去。

"在看什么？"柳蔚明知故问。

容棱看她一眼，将胭脂和香露推到她面前，问道："你可喜欢？"

柳蔚伸出纤细的手指，拿着那胭脂打开盖子，嗅了一下，顿时被扑鼻的香气呛得有些鼻子痒。

那摊主见来了一个俊朗公子不说，这会儿又来了一个，顿时更加起劲了："这位公子，看看我们家的胭脂和香露吧！送给心上人、姐姐妹妹都可以的。保准收礼之人，喜欢得笑得合不拢嘴。"

柳蔚将那胭脂搁在摊桌上，眉毛也没抬，问："你这胭脂干净吗？"

"额？"摊主愣了一下，条件反射地说，"干净啊！这胭脂粉粉红红的，哪能不干净。这涂在脸上，保准姑娘家是又香又好看。"

"这胭脂是你自个儿做的？"

摊主摇头："不是，是……"

"不是你做的，你怎的知道里头干净？你这儿一不是大铺子，二不是老字号，我若是买回去送人，姑娘家擦坏了脸，你能负责吗？"

"这……"摊主愣然，"这哪里会擦坏脸，我这胭脂卖了这么多人，从没谁擦坏脸的。"

"卖花赞花香，我怎知你说的是真的，你又如何向我保证，这胭脂当真是好的？"

"公子，您这分明是不讲道理！您不买就不买，胡搅蛮缠算什么样子？走走走，不买就给我走，少挡着老娘做生意！"摊主恼羞成怒地将胭脂夺过来，摆回原来的位置，就催着柳蔚容棱离开。

柳蔚嘴角勾起一丝笑，拉着容棱的衣袖，把他带走。

容棱低头，看着自己被她拽在手心的衣角，嘴角也隐约地勾了起来。

小女人吃醋样子，少见。

回到客栈，已经是一个时辰以后了。按照两人这个逛街的速度，能一个时辰回来已是不容易了。

一回客栈，就见衙役在大堂等候。

一瞧见容棱回来，衙役赶紧迎上来，拱手道："都尉大人，我们曹大人派小的来问，那放在衙门的尸块和骨头，是不是……"

容棱看向柳蔚。

柳蔚面色又沉了起来，点点头："走吧。"

衙役连忙在前头带路，客栈外面，衙门的马车已经等候多时。

现在看到马车，柳蔚就不自在，想了想回头唤道："小黎，跟我一起去衙门。"

趴在二楼窗台一直眼巴巴望着下面的柳小黎一听娘亲召唤，眼睛一亮，抓起自己的小背包，直接从窗子就飞下来！

一下来就落在娘亲身边，还乖乖地仰着头，牵起娘亲的手。

柳蔚看着敞开的二楼窗户，又看了看目瞪口呆的衙役和周围的几个行人，揉了揉眉心，把儿子塞进马车。

有了小黎在，容棱没有再乱动手动脚，还是靠在边上看那本柳蔚的医书。

柳蔚就真的闹不懂，容棱是不是真的看得懂？

而这个问题，小黎也好奇："容叔叔，你知道上面讲的什么吗？"

容棱淡淡地"嗯"了声。

小黎不信，指着上面一处道："这里说，橙花性温，多用脾、肺之保，护肝，明目，花形拱半，配以木之、昙草、慧子，以咳嗅于齿。容叔叔，你知道什么意思吗？"

"橙月花，性情温和，保脾保肺，护肝，明目。花外形为拱半，未全拱配以木之、昙草、慧子等药物，可止咳，治口热。"

小黎点点头："是这个意思，但是这上面都有写……"

容棱将书放下："木之药效主清热，消毒，化瘀。橙月花与木之搭配，可供护心脾肺之保，与昙草相配，主护喉以上，慧子为药引。"

小黎愣愣地听着容叔叔说，然后抓起书，自己看了半天。但有好多复杂字不认识，小黎就把书递给娘亲，问："爹，容叔叔说的这些，也是书上写的吗？"

柳蔚看过这本书，自然知道书上没有。她摇摇头，再看容棱的目光时，却带着些惊异。

容棱神色平平地拿回书，继续翻看。

小黎抓抓头，懵懂地问道："容叔叔，你真的都看得懂？"

"嗯。"容棱神色淡然，"很是有趣。"

小黎咕哝："橙月花有什么有趣的，天香草和皇星草才有趣……"

容棱闻言，应了一声："嗯，天香草药效猛烈，后劲不失柔和。能内服，亦能外敷，很好。"

小黎好奇："天香草还能外敷？这是内服药草啊！天香草上头有天香刺，上头沾了水毒，外服会引起伤口红肿感染，内服反倒能与人体内的体毒相克，顺而相融。"

容棱将书再次放下："天香草草根对消肿化瘀，有奇效。"

"是吗？"小黎赶紧看向娘亲。

柳蔚："……"

天香草草根有消肿化瘀的效果？她怎么不知道？

不对，她都不知道，容棱又是怎么知道的？

柳蔚看着容棱，只觉得这个男人，她越来越看不懂了。

容棱瞧见柳蔚复杂的眼神，轻描淡写地道："曾有阵子，我靠天香草才活过命来。"

柳蔚一愣。

小黎也不懂，就缠着容棱问："为什么要靠天香草活？"

容棱眼神淡淡："战场受伏，食草行军、天香草味道甘甜，能入食，也能入药，西南边境多生长。"

车厢里一片寂静。

哪怕容棱只是随随便便说出那八个字"战场受伏，食草行军"……但柳蔚和小黎，同时都感觉到了那份沉重。

什么样的情况，会让一个王爷去吃野草度日。

当时的情况，又该是多么艰辛？

而那场战役，最后胜利了？

柳蔚不敢问。

容棱也不想说。

车厢里变得平静。

容棱低下头，继续看书，马车也踢踢踏踏地继续前行。

直到过了好半晌，小黎才摸着鼻子，咕哝着嘴道："我也想去战场上看看。"

柳蔚皱起眉："胡闹。"

小黎挺直脖子："男子汉就该上战场。"

柳蔚眯起眸子。

小黎鼓鼓嘴，到底还是缩了脖子，屈服在娘亲威严之下。

却不想，容棱抬手摸了摸小黎的脑袋，道了一句："有机会的。"

小黎顿时笑开了。

柳蔚不满："别带着小黎闹。"

容棱深深看柳蔚一眼，不置可否。

柳蔚以前去战斗国家做过一年前线军医。柳蔚知道战场是什么样子，就是因为知道，才说小黎胡闹。

去战场，不就是堂堂正正地去打仗。看看？看什么？看看为了保家卫国，战士是怎么死的？

柳蔚不是不满小黎的异想天开，而是不满儿子过于轻慢的态度。

至于容棱，柳蔚不知道自己的意思他听出来了没有。

应该听出来了，毕竟她怎么会不喜欢战场，她都开始喜欢上一个上过战场的男人了。

第十章 路遇七王

马车不快不慢地到达衙门门口。

里头，有人来接他们。

到了临时停尸房，柳蔚便看到里面两个筐子放在那儿。

门口的衙役抖了抖脖子，道："都尉大人、柳大人，小的们就在外面，有什么事儿，两位吩咐一声便是。"

说完，就赶紧退出柴房，死也不愿意全程参观。

曹余杰此时也过来了，师爷和衙役头头被迫在曹余杰身边陪同。年过半百的师爷和身强力壮的衙役头头都有一个共同的反应，就是想吐。

尤其是看到那整筐的尸块，简直让人眼皮发颤！

小黎好心地给了他们两颗羽叶丸。

两人如蒙大赦地吃下，这才觉得喉咙一片清凉，鼻尖也能嗅到凉气。那股子清新味道，总算将满屋子的尸臭味，冲散了不少。

可味道是冲散了，但那视觉冲击，还是令两人忍不住捂着嘴。

曹余杰以为昨日自己看过了，今日会稍稍好些，会没那么怕，但只看了那尸块筐子几眼，他就险些喘不上气来。

曹余杰赶紧抓住柳小黎道："公子，刚才那个丸子……"

小黎摊摊手："羽叶丸吗？最后两颗了，没了。"

曹余杰脸色惨白，视线看向身边的师爷和衙役头头。

两人同时后退一步，然后转开视线看向别处。

曹余杰没有办法，想了想还是走到容棱背后，总觉得都尉背后这个地方有安全感。

师爷和衙役头头见状，也跟过来站在曹大人背后。

被推到最前面的容棱：“……”

"小黎，记录。"

不管其他人如何，柳蔚直接吩咐。

小黎尽职地拿出自己的小本本站在娘亲旁边，母子两人，对立着围着筐子。

柳蔚拿起最上面一只手臂。

小黎忍不住凑近一些，皱着眉头说："伤痕边角呈现碎裂状，像野兽撕咬过的痕迹。"

"炸过。"柳蔚平静地道。从黄临口中柳蔚得到的就是这个消息。

之前还有些半信半疑，哪怕昨天是她收拾的这些，但当时她的注意点在八卦布阵上，对尸块倒是没细看。

现在仔细看看，柳蔚确定，这的确是被火药炸过造成的伤口。他们当时就在外面，没有感觉到里面有炸弹的冲击也是实情。

沉吟一下，柳蔚将那手臂随手放进另一个空筐子里，伸手去拿起一只手掌。

这只手掌很眼熟，正是昨日里八卦阵里手心有颗朱砂痣的那只。

偏偏就是这只断掌，出奇的干净，也就因此，那掌心红痣，也是那样显眼。

可是痣，是不可能突然生在一个人身上的。

果然，柳蔚用木夹子去夹了夹，那芝麻大点的红痣随即脱落。

柳蔚将其放在一张干净的白布上，眯着眼睛仔细看。

"圆椭形，上头尖窄，下头圆润，质感平滑，气味浓郁，有土气，凝结气。"柳蔚说着抬起眼，沉眸说道，"红胶。"

小黎老实地记录过来，却在"红胶"两个字上停住，抬头问娘亲："爹，何为红胶？"

"一种岩浆的凝结物，有人带了一瓶子浆液，滴出一滴在死者掌心，晒干后覆粘性佳，看起来状似痣。"

小黎还是没听懂："岩浆？"

"一种山洞里经常出现的东西，不过通常都是白色或者黑色，红色的倒很少见。"

小黎"唔"了一声，继续潦草记录，会写的就写字，不会写的就用自己懂得的符号标记。

柳蔚平平地道："沁山府地处北方，四面环水，山少不适宜天然洞府形成。况且北方天气寒冷，这种红胶应该属于火山口附近的山洞凝结物。我在曲江府看过青云地貌，青云国内并无火山口，至少在史官笔下青云国这片大陆，从未有过火山爆发的情况。"

"岭州。"站在旁边的容棱，突然开了口。

柳蔚看向他。

容棱也瞧着柳蔚："岭州左面环山，前逼月门关，据当地人说山中有一片地区常年热火，山中人冬日多会前往过冬。"

柳蔚颇为吃惊！

岭州这个地名，她太熟悉了。

这个地方与纪家的联系何其复杂。

抿了抿唇，柳蔚努力将心中的私情排开，才道："地理环境算吻合，看来那神秘人到过岭州。"

不过就算到过，谁会看到山洞的岩浆，没事儿干地装一瓶子，还带到北方来？不是吃饱了撑的，那就是……对方对那片地方很熟悉，对那里的一草一木，有何等作用，何等价值也一清二楚。

简单地说，对方是岭州当地人。

并且极可能是山民。

柳蔚想到这一点，再想到那八卦，还有这只已经取下红痣的断臂，神色些微复杂起来。

柳蔚继续验尸，很负责地将每一块肉都验到了，并且还把尸块拼出来，放回原位。

柳蔚有收纳和整理的习惯，但其他人没有。

大家亲眼看着柳蔚逐渐拼出一个人形，唬得汗毛都竖起来了！

试想一下，一块块地在铺着白布的地上，拼出一个碎裂又丑陋的人形，这是什么画面，对人的视觉冲击有多大？

曹余杰几次看不下去，转过头去。

可一转过去，发现师爷和衙役头头也都没看，曹余杰不乐意了，皱着眉道："不是吃了羽叶丸吗？还不敢看？睁开眼，都给我睁大眼睛看清楚！往后破案用得上。"

师爷和衙役头头同时怒瞪曹大人，您这分明是公报私仇。

他们又不知道那羽叶丸只剩两颗，人家给，他们当然吃了！谁知道您也要吃。

您不是在京都为官多年，破案无数吗？不是看过的尸体，比吃过的饭还多吗？

谁知道您会害怕？

谁又知道刚好到您这儿，那丸子就没了。

师爷和衙役头头很不服气，曹余杰却很解气。他逼着两人必须看，自己还是时不时看一眼，时不时转开头不敢看。

等到柳蔚把尸体拼得七七八八，就剩最后的头颅时，柳蔚放慢了速度。

喉咙这块，其实已经没有了，估摸着是已经找不到了。

慢慢排列完毕后，一个人形，大致已经全成。而与此同时，年纪大的师爷，已经捂着胸口跑出了柴房。

虽然吃了羽叶丸，但那丸子只是令人头脑清醒，嗅觉弥漫清香，对人的视觉却没什么影响。

师爷第一个跑，衙役头头人高马壮的，按理说不该怕，但这么壮的汉子还是紧随师爷一起溜了。

曹余杰恨铁不成钢地骂了句："窝囊！"

到底是做府尹的，胆量始终要比下头的人大些。

"差不多了。"柳蔚平静地道了一句，对小黎说了最后几句，"全身均为炸裂伤，口腔连着脖颈粉碎，头颅炸裂较严重，下身完好度高。"

说是完好度高，但也是七八块才能拼成一条腿的那种。

究竟，是什么样的物质造成的炸裂？是气吗？

可是，气这样无形的东西，又要如何检验。

柳蔚犯了难。

柳蔚不禁看向容棱，想了一下，问道："容都尉的功力，可一掌将人拍至如斯地步？"

曹余杰忙看向容棱，心说不会吧，柳大人这是怀疑都尉大人就是凶手？

容棱却知道柳蔚只是单纯询问，并非怀疑自己。况且那时候他们在一起，而人在屋子里死的，他不会分身如何能做到两面行动。

"做不到。"容棱淡声回答。

柳蔚点点头："可知谁能做到？"

"没有。"容棱回答得很认真，"我所知的人中，没有。"

看来青云国的武功，不是这个路数的。

所以，绕来绕去，还是绕回来了。尸体是被炸裂的，这是最合理的推断，只是并非用的火药。

柳蔚将这个疑点写进了验尸记录中。

至于曹余杰到时候面对这完全没有信服度的记录会有多发愁，就不是柳蔚能决定的了。

尸体实则昨日已经检验得差不多。柳蔚从黄觉杨的尸体里弄了一些血，把血滴在黄觉新的骨头上，没一会儿血融了进去，这证明这两人的确有血缘关系。

这个手法，曹余杰又没看懂，曹余杰欲言又止，张口想问但又忍住了。

柳蔚看曹余杰那模样，便道："曹大人也来滴一滴？"

曹余杰摸摸鼻子，想了想走了过去，可看看自己的手却不敢咬破。

柳蔚起身，捉住曹余杰的手指在上面扎一下。

"嘶。"措手不及的疼痛，令曹余杰皱起眉。

柳蔚从曹余杰指尖挤出一滴血滴在骨头上，血从骨头旁边滑落到地上，没入灰扑扑的地面却没融进骨头。

曹余杰看得愣愣的。

柳蔚微笑："看明白了？"

曹余杰起身，对柳蔚郑重地拱了拱手。

柳蔚继续。

确定了死者身份，再确定了死亡方式，这个案子其实很简单，因为这具干尸是很普通的死亡，属于被人殴打致死。

柳蔚用肉眼能看出骨头上很多细小的痕迹，也能轻易辨别出是生前造成还是死后造成，但光凭柳蔚一张嘴说，曹余杰肯定又会质疑。

这位曹大人，倒是比付子辰负责任。

付子辰从来对柳蔚说的全无怀疑！

刚开始柳蔚还不高兴，觉得这人是在敷衍她，或者不是个好官。但后来相识久了才知道付子辰是真的相信她。她交上去的尸检记录，付子辰都会很认真地看，其中不懂的地方他不会直接问而是自己再试一遍。

虽然凶手还没有抓到，但到了这个地步，此案也算告一段落了。

无头案女尸吴心华为姐姐吴心岚杀害，凶手已定。

无头案男尸黄觉杨为其养子黄临杀害，凶手已定。

女尸案凶手吴心岚，为神秘人以气体炸死，凶手身份不详，姓名不详，容貌不详。

唯一知道的是，凶手为年纪在十六至三十岁左右的男子。留下的证据指明，凶手疑似来自岭州。

其他不知。

黄府亭下尸体黄觉新，为其兄弟黄觉杨所杀，凶手已死。

所有案件，人证物证能拿出来的都拿出来了，包括曾经被对调过的柳逸的货物，也在柳蔚的帮助下在库房找到。

而之前的涉案人员，包括柳逸、游轻轻、金南芸以及柳府下人，都无罪释放。

其中，游轻轻疑似与辽州中人勾结，本该打入大牢严加看守，但此案不归沁山府管辖，由镇格门做主。在容棱的做主下，游轻轻同样释放。只是游轻轻身边，自此多了几条再也甩不掉的尾巴。

当天晚上，在知道衙门的判决后，金南芸很沉默地回到房间，一夜未出。

柳蔚知道金南芸的心情。

金南芸不论是与柳逸，还是游轻轻，都有不可磨灭的矛盾。那两人安然无恙，对金南芸来说自然不是好消息。

可是没办法，两名辽州死士：一名还在监视中，但因未回到辽州，镇格门也没得到什么实质性的东西。另一名则不见踪影，人间蒸发。在这样的情况下，游轻轻就变得举足轻重了。

一个潜伏在京都的辽州人员被发现，容棱怎可能打草惊蛇，随便就将游轻轻抓了？

一夜过去，第二天早膳用过后，没一会外头就听到声音。

柳逸被放出来了。

身为发妻，金南芸应该第一时间出去迎接，但金南芸却是坐在大堂椅子上听着外头混乱的声音，一动不动。

浮生有些看不下去："夫人，少爷好歹……"

"闭嘴。"

浮生只得住口，却仍旧有些担心。

很快，浮生担心的一幕的确出现了。

柳逸在游轻轻与一众狼狈下人的搀扶之下，步履缓慢地走进来。

柳逸脸上带着愤怒，尽管已经被无罪释放，但这段日子被关在牢里的苦可谓终生难忘。

而他在牢里有多苦，同时就有多恨在外面逍遥快活的金南芸。

都说"夫妻本是同林鸟，大难临头各自飞"，以往他还没多少感觉，眼下却是实实在在领悟了。

而今日，乃是他出狱的大日子，这个贱人竟没有在衙门门口接他，这也就算了。回到客栈，她竟也不出来迎接。

柳逸深吸一口气，可无论如何克制，脸色都难看至极。

"三少爷……"游轻轻柔柔地唤柳逸一声。

柳逸冷眸转头。

游轻轻害怕地缩了缩脖子，但手却更紧地挽着柳逸："夫人会不会……"

"什么夫人！"柳逸骂道，"一个淫妇罢了！"

游轻轻低垂着头，声音娇娇弱弱地道："无论如何，夫人都是三少爷的发妻。若是夫人此次执意要撵走奴婢，那可如何是好？"

"撵走你？那个贱人不敢！"柳逸咬牙切齿。

"奴婢幸得三少爷垂幸，本已是再无他求。只是少爷待奴婢好，奴婢又怎会舍得离少爷而去。若是夫人真要撵走奴婢，奴婢走便是了。奴婢唯一舍不得的，就是少爷。奴婢，奴婢……"说着说着，游轻轻眼中便落下两滴泪。

柳逸原本心烦，可看着游轻轻这梨花带雨的小脸，又忍不住心疼问道："哭什么！她要撵你，总得有个由头，你与我一同下狱，一同吃苦，已是患难之情，她要撵你？凭的是什么？"

游轻轻睁着水汪汪的眼睛，望着柳逸道："若夫人说，是奴婢督察验货不严，才导致那尸体被浑水摸鱼装入货物箱笼中呢?"

柳逸皱起眉道:"胡说八道!当日验货之人何止有你。她自个儿也去了,要说督察不严,也该是她!与你何干?"

"可是……"游轻轻还是一脸担忧道,"夫人就是夫人。若是夫人说,当时是派我去检查那装尸体的箱子,而那尸体过来不到半个时辰就被衙门搜出来了,我要如何自圆其说?"

柳逸思索道:"你没听衙门里头的人说吗?此案是他沁山府黄家的命案,黄觉新也跟着搭在里头死了。你与黄家素无来往,你凭什么要替黄家隐瞒?陷害柳家不说,还将自己搭进去?这说不通!你放心,金南芸若敢用这种子虚乌有的由头来编派你,到时候卷铺盖走人的,就是她那个贱人!"

游轻轻望着柳逸道:"三少爷,您真的会护着奴婢吗?"

柳逸拍着她的肩,声音放柔:"尽管宽心便是。"

游轻轻是不是真的宽心了,无人能知,但柳逸却多了个心眼。

从那日金南芸来狱中编派他一顿离开后,两人便再未见面,想起这贱人不只在外头吃喝玩乐,还极有可能已经给他戴了绿帽子,柳逸便险些咬碎一口白牙。

此时不免心中思忖,或许真的可用督察不力,连累夫君的罪名,将金南芸给休了。

说起来,他柳逸堂堂丞相之子娶一个商家女子,本就是下娶了。那金南芸头两年还算好,后来便显露出来脾气不善,为人霸道,还总爱为了一点小事斤斤计较。

轻轻明明说过,没有害金南芸落下那个孩子。金南芸却偏偏咬住不放,为此还私下避孕,导致过了几年后他柳逸都膝下无子。

柳家规矩严明,嫡不生,庶不出,金南芸这是要让他绝后。光凭这一条,也够他休了!

唯一的麻烦就是,父亲支不支持。父亲、大哥、二哥皆在朝为官,府中之事对官场中人影响不小。之前好几次他隐晦地与大哥抱怨过家中恶妻,但大哥总是含糊敷衍,显然是不打算为他做主。现在多了一个由头,因她金南芸查货不严,导致其夫受无妄之灾,平白入了大牢。

金南芸的确应该负些责任,如此想着柳逸心中便有了底气。

这次回京,说不定可以顺利休妻。

因为都各怀心思,这几人再相见时竟难得的平静。

柳蔚与容棱站在二楼,看着下面的人。

柳蔚道:"柳逸是想休妻。"

容棱看她一眼,不解道:"怎说?"

"从进来起,柳逸三次与金南芸目光对视后转开,两次肢体碰触后挪开,一次意味不明地注视,包括现在眉毛不动、眼尾上挑。这些举动都彰显一个事实,他讨厌金南芸已到了极端的地步。一对夫妻走到这种地步，除了分开没有其他路可走了。但柳家何等高门厚府，若要分开，便只能是高门休妻。"

容棱听后，沉默下来。

柳逸不愿在沁山府多停留，与金南芸见面后，当日下午便说要走。

游轻轻虽然惊讶金南芸竟好像不知她的身份，什么也没提，但一听说要离开却有些不愿。

此次行动，烈义全权负责，但出牢后她还没机会见到烈义。接下来要怎么做，还要在柳府潜伏多久，这都是问题。可眼下顶多算是柳逸爱妾的她，在少爷夫人都提议离开时，也不可能单独跳出来说留下。最后她只能按照以往惯例，给烈义留了暗号，这才随柳逸离开。

而待游轻轻离开后，就立刻有暗卫将那暗号记录下来，并且毁坏得不留下一丝痕迹。

站在客栈前头，柳小黎望着出神的娘亲，走过来拉拉娘亲的衣角："爹？芸姨走了，咱们不去送送吗？"

柳蔚摇头："不送。"

小黎问道："为何？"

"她自有分寸。"柳蔚已经将柳逸想休妻之事告知金南芸，却没想到金南芸的回答让她吃了一惊。

"休妻？可以，但不是现在。"

"这事能由得了你？"

金南芸一笑："当然由得了我，他柳逸若是敢不管不顾地休妻，我就敢将他全部身家携卷而走。让他自己掂量掂量，是否休得起我！"

"全部身家？"

"我早已着手转移财产之事，现如今柳逸名下，除了他现在住的那间宅子，其他的铺子、钱庄、当铺，包括银号以及外地的庄子、田地，都已回归到我的名下。"

柳蔚："……"

"我想，就算柳逸舍得这些东西，柳府其他人也舍不得，当官可是吃银子的行当。我那公公是皇上跟前的清官，你说要是断了柳逸这里的支付，公公单是靠着那杯水车薪的俸禄，还能过上现在这等好日子？还有我那成日只会'之乎者也'的大伯，说起来我这大伯还算看得最清的一人，柳逸要休妻这位便是第一个不允。无论是看在情面上还是看在银子上，他都不能让柳逸如愿。二伯柳琨虽说性子鲁莽，但架不住府里头那位二嫂是个精明的。二伯不懂的，二嫂还能不提点着？我那二伯成日就想着升官，这要升官还能缺了银子打点？说来说去，整个柳府的开销，一大半都是出自柳逸。要不怎么说官商勾结，这官商本就是一家，可不就顺理成章地勾结了。小了不说，咱们往大了说，皇上如此器重丞相，这里头就有柳逸的缘故。到底是京都第一商，银子足了，面子也足了。你看哪次什么地方出现天灾人祸洪水猛兽要开国库赈灾的时候，不是我那公公带头送上银子，解了国忧？"

柳蔚："……"

金南芸继续道："还有一句话，我也敢说。他柳逸不是怀疑我对他不忠？好啊，我若是看到合适的，还真愿意不忠他一次，但那又如何，他敢休我？他趴在那游轻轻肚皮上逍遥快活的时候，我在做什么？我在掏他的家底，等到回京他知道了。届时别说我偷人，就是我杀了人放了火，他也不敢吭一声，你信是不信？往后，你要跟容都尉好，也得记着，女子什么能丢，就是银子不能丢。我以前也傻过，对着柳逸掏心挖肺，可人家稀罕？人家一点不稀罕！他不仁，甭怪我不义了。要说名头，我江南金家可是上百年的商贾世家，他柳逸才多少年，他还差得远。说到底，那游轻轻还算帮了我，害了我一个未出生的孩儿，却令我看清这柳家人都是什么牛头马面！譬如现下，有她在至少我不用捏着鼻子忍着恶心，陪他柳逸睡觉。"

柳蔚听后想起一句话——不要得罪女子，女子发起疯来，自己都怕。

总之，在金南芸一番坦白之下，柳蔚才发现自己有多杞人忧天。金家的女人，都不是省油的灯。

抖了抖身上平白冒出来的鸡皮疙瘩，柳蔚低头看着脚边的小黎道："往后你娶妻，一定不能娶商家女。"

想了想，柳蔚又添一句道："尤其不能娶姓金的，沾点亲带点故的，都不行。"

小黎傻傻地看着娘亲，嘴巴张得大大的。

柳蔚敲了儿子脑袋一下，笑嗔："呆子。"

小黎摸摸脑袋，肉嘟嘟的小手抓抓头发，想了想突然说道："我不娶妻。"

"嗯。"柳蔚点头看向儿子。

小黎身子一下塞进娘亲怀里，嘟嘟哝哝地道："我要一直和爹在一起的。"

柳蔚将儿子抱好，闻言笑起来："等你有了媳妇，就会渐渐忘了爹了。"

"不会。"小家伙将脑袋塞在娘亲脖子旁，紧紧地蹭。

身为母亲，柳蔚现在竟已经有"嫁出去的儿子，泼出去的水"的感觉了。

柳逸直到离开前的最后一刻，也没能见到容棱。

而柳逸离开后，柳蔚与容棱自然也要离开。

曹余杰仗着容棱出面，索性就将案子直接全权交托给镇格门，省了再跟刑部联系的麻烦。

告别了曹余杰，第二日容棱柳蔚就将出发。按照原定的线路，先回京都。

严装的病，柳蔚临走之前也只是拖着，此事耽搁不得。等到为严装再次施针后，柳蔚已决定要前往定州。这件事柳蔚与容棱已商量过，容棱打算随行。虽然不知这位忙碌的容都尉哪来这么多时间能跟着她跑来跑去，但容棱愿意陪同柳蔚自然高兴。

可有老话说得好，人算不如天算。

已经打算第二日出城走官道回京的两人，一大清早便对着外头的瓢泼大雨，沉默了。

"这个月份正是我们沁山府落雨最多的时节，等到雨停，大概在中旬左右，就又开始下大雪了。那个时候，可严重多了。我们沁山府一旦下雪，那便是鹅毛大雪，一场就是三四天，连着日日夜夜地下。到了冬季，我们日子是最难过的。很多人提前预备了粮食，大雪天来了，就缩在家里不出门。"客栈掌柜简单地将情况说了一遍。

柳蔚看着那疯了一样的雨，问掌柜："往年大约何时会停？"

掌柜摇头："这就说不准了，去年有一场连下了五天，闹得整个城内都快淹上了。边缘的村县，还犯了洪水。前年倒是下得少，最长的也就是两天。就是下完后，郊外的路都不能要了。整个官道人走过去，跟游过去似的。今年这……就不清楚了。"

不知是他们倒霉，还是掌柜乌鸦嘴。这场雨，真的一下就不停了。连续下了四日才有消停的意思。

第五日一早，柳蔚顶着略微红肿的嘴唇，出现在客栈餐桌上。

小黎把盘子里的肉悄悄挪到手心，放到怀里偷偷送给珍珠吃。

柳蔚眼皮也没抬，淡淡地道："不要把你的菜给珍珠吃，它吃了之后会掉毛。"

小黎鼓了鼓嘴，把手拿出来。珍珠从小黎怀里钻出来，小脑袋正好对着餐桌，用黑幽幽的眼珠子，望着他们。

柳蔚继续用自己的早膳。

小黎看娘亲真的打定主意，便不再敢给珍珠开小灶了，乖乖地埋头吃饭，吃了两口还不忘抬头关切地问道："爹，你的嘴又被蚊子咬了吗？"

柳蔚手顿了一下，眼角瞥向邻座正在给小黎倒羊奶的容棱。

容棱似乎注意到了柳蔚的目光，抬头看过来一眼，嘴角带着邪气的笑。

柳蔚咳了一声，摸摸嘴唇："嗯，又被蚊子咬了，很大的蚊子。"

容棱微蹙起眉。

小黎一边嚼着嘴里的饭，一边说道："我问过掌柜的，他说这个季节该是没有蚊子的。问我们要不要换间房？奇怪，我和爹一间房，我也没被蚊子咬过，为什么蚊子只咬爹？"

"蚊子喜欢你爹。"容棱插嘴一句。

柳蔚一口气险些没上来……

容棱却只是将羊奶递给小黎，叮嘱小黎必须喝完。

小黎捧着羊奶碗，咕咚咕咚喝完，留下一嘴的奶胡子。

容棱用手给小黎擦了，小黎舔着嘴道："爹，今晚要换房吗？"

"不换。"柳蔚看了眼外面阴云密布的天，"雨停了，今日可以走了。"

"要回去了吗?"小黎猛地瞪大眼睛。

柳蔚看向小黎:"不回去留在这儿做什么?"

"可是小花……"

"桀桀桀桀桀桀桀……"

不等小黎说完,珍珠猛地窜起来说了一堆连柳蔚竟也听不懂的鸟语。

小黎这才意识到自己失语了,忙捂住嘴缩起脖子来。

柳蔚将筷子放下,盯着儿子和珍珠问道:"小花是谁?"

小黎把脑袋缩得更下来了,珍珠也把自己重新埋进小黎的衣服里。

"小花是谁!"柳蔚再问了一次。

一人一鸟缩得更下去了,都快掉进桌子底下了。

柳蔚嘴唇勾起:"小花?"

"哗啦"一声,小黎站起来将凳子一推,抱着珍珠"噔噔噔"跑上二楼。

柳蔚也起身,跟着上去。

容棱拉住她道:"早膳。"

柳蔚道:"小黎认识女孩子了,我要上去问他。吃不下了,不饿,放开我!"

一上去,柳蔚就发现门被反锁了。

柳蔚双手环胸,靠在门外道:"打开房门。"

里头一点动静都没有。

柳蔚道:"不开房门?小黎,你确定?"

里头这就出现争执声。

"我要去开门,否则爹会生气的。"

"桀桀桀桀桀……"

"可是我爹怎么办?"

"桀桀桀桀……"

"你说得有道理,但是万一爹生气了……"

"桀桀桀……"

"好,这可是你说的,如果爹生气了,你要说这都是你的主意,跟我没有关系。"

"桀桀!"

一人一鸟的交谈全落在柳蔚耳里。

柳蔚手贴着门扉,正要暗中使劲将门闩震断,一只大手便落在她纤细手腕上。

柳蔚抬起头,就看到容棱拿出一把匕首,将匕首伸在门缝里挪动一下,不过两下门就开了。

柳蔚推开门,里头小黎抱着珍珠,缩在床脚瑟瑟发抖地看着她。

柳蔚走过去,坐在椅子上,问道:"小花是谁?"

"谁也不是。"小黎脱口而出。

柳蔚皱眉:"女孩子?"
小黎迟疑一下,但又赶紧摇头。
"果真是女孩子?"
小黎眼皮一直跳。
柳蔚深吸口气:"果真是女孩子,小花是哪家的?"
小黎连连摇头,无助地看着珍珠。
珍珠装死地趴在那里,拿屁股对着柳蔚,死也不转过去。
小黎很生气:"你不守信用。"
珍珠一句话没说,反正它是鸟,讲信用是人的事。
小黎气到了,本着你不仁我不义的做事准则,张口就道:"小花就是对面胭脂铺子里的画眉鸟。珍珠喜欢小花,让我带虫子去讨好小花,我什么都不知道……"
"桀桀桀桀桀!"珍珠跳起来,站到小黎肩膀上,对小黎的耳朵使劲啄。
柳蔚愣了一下。
"原来,是珍珠的相好?"
"桀桀桀桀桀!"珍珠一个劲儿地否认,黑幽幽的羽毛,急得都快掉了。
柳蔚却没听,起身走到窗口边往下看去,果然从这个位置,能看到对面胭脂铺的大门,还能看到挂在铺子门口的鸟笼子,里头的确有只褐色的画眉鸟。
"珍珠,你喜欢小花?"柳蔚回过头来问。
珍珠一撇头,语调严肃:"桀桀!"
"哦?"柳蔚玩味一笑,"既然不喜欢,那就不用费工夫了。还想着你若是喜欢,我便与那胭脂铺的老板说说,买了这只鸟。既然你不喜欢,那便省了。"
"桀桀桀。"珍珠一听,赶紧飞过来,软软地趴在柳蔚肩膀上,用脑袋蹭她的耳朵。
小黎摸着自己被叨红了的小耳朵,很不高兴。
柳蔚刮刮珍珠的脑袋。
这时,窗外却传来嘶鸣般的"咕咕"声。
柳蔚回头一看,就见一只张开翅膀足有两岁的小黎那般大的斑褐小鹰,正以俯冲的姿势朝这边袭来。
柳蔚神色一变,正要避开,容棱却比柳蔚动作更快,将柳蔚一拉就带入怀中。
幼鹰飞到窗台上,看着里头如此多人,很高兴。蹦蹦跳跳地从比它身子大不了多少的窗户钻进来,望着熟人小黎,仰头叫起来:"咕咕咕……"
一只鹰,为什么叫得那么像鸡!
这个问题,柳蔚就不去想了。柳蔚只是想知道,小黎什么时候跟一只幼鹰关系这么好了。
看着那展开巨大的翅膀非要站在小黎肩膀上的小鹰,柳蔚头很疼。这只鹰的个头,太大了。说是它站在人家肩上,实则那锋利的爪子都快刨花人家的脸了。

小黎很吃力地托着小老鹰,有点不乐意地道:"你太重了,下去。"

幼鹰也不知道听懂没有,只是仰着头高兴地叫一声:"咕咕……"

小黎皱起眉头。

珍珠从柳蔚怀里跳出来,站在一旁的桌子上,看着幼鹰叫:"桀桀桀……"

发现了小伙伴,幼鹰立刻从小黎身上下来,扑腾着过去,一翅膀就把珍珠盖住:"咕咕咕……"

珍珠:"桀桀桀……"

幼鹰:"咕咕咕咕咕……"

珍珠:"桀桀桀桀桀……"

两只鸟聊得很起劲,容棱面无表情地问柳蔚:"它们说什么?"

柳蔚脸上难看:"那只小鹰说什么听不懂,珍珠是说我们要走了,再也不回来了。"

"然后?"容棱好奇。

柳蔚抹了抹脸:"虽然我听不懂小鹰如何回答,不过看样子它好像是不让珍珠走。"

容棱看看两只鸟,又看看窗外街对面胭脂铺外的画眉,沉思一下,复杂地道:"看来,珍珠交了不少朋友。"

柳蔚冷笑:"还都是母的。"

一只代表灾难的乌星鸟,一只歌声如天籁的画眉鸟,一只膀大腰圆的小老鹰。

这段关系,柳蔚表示看不下去了。

最后,在离开前柳蔚并没去胭脂铺买下小花。因为根据小黎的描述,小鹰"咕咕"说了如果珍珠敢带走小花,它就把小花吃了。

珍珠在一番情与义、爱与恨的挣扎后,最终决定把初恋留下,自己孤独地上路。

可实际上,珍珠一点也不孤独。

沁山府郊外的官道上,宝蓝的马车,匀速前行着。柳蔚坐在马车里,看了眼又在看医书的容都尉,再看看抱着枕头缩在一边睡觉的小黎,再看看垂头丧气一脸生无可恋的珍珠,最后看了看头上的马车。

而与此同时,像是与柳蔚心有灵犀一般,马车上头一声清脆的"咕"声,响彻天地。

最后,这只小鹰跟着他们一起上路了。

柳蔚问小黎,这么小的鹰可以离开父母?

小黎说,咕咕没有父母,它出生在一窝麻雀幼崽中,麻雀妈妈发现自己孵出来一只这么大的幼崽,吓得带着其他幼崽举家搬迁了,然后咕咕就被留下了。可咕咕命也大,硬是靠着吃树缝里的小虫子活了过来。

直到现在，咕咕已经一岁了，虽然个头还是挺小的。因为有点营养不良，但是总的来说还是健康。

柳蔚无语，心说这么大的鸟竟然还是营养不良。

但无论如何，这只孤鹰大概从小到大都没朋友。现在有了小黎和珍珠，是死也不会离开了。人家鹰说了，珍珠去哪儿，它去哪儿。

柳蔚连拒绝的权利都没有，因为人家小鹰根本不认识她，人家只认小黎和珍珠。

柳蔚现在唯一要想的就是，回京后要怎么把咕咕送进城。

这么大一只鸟，放城里乱飞还不得让巡卫用锋利弹弓给打下来？

在这个问题上，柳蔚束手无策，最后没有心理负担地把烂摊子全都丢给了容棱。

容棱倒是已经有了应对之策，但他们没想到，这个应对之策暂时是用不上了。

因为，他们回不了京都。

"山体滑坡？"

"对，就是山体滑坡，整条路都被埋了。下头全是石头泥巴，而且听说上头还有些石头摇摇欲坠，若是再下场雨，估计这路就彻底没了。"赶着驴车的小贩几句话，为打算继续前行的容棱等人解释了前头的路况。

说完还不忘问："你们是要去京都？"

容棱点头。

小贩道："若有急事的话，是不行了。这路等到清出来少说也要十天半个月。不过你们可以去建阳府，在建阳府的西码头走水路前往定州，从定州绕道去京都，虽说远是远了点，但好歹是条路，能走。不过眼下这天气，也说不准水路天气如何，你们还得问问码头船夫才清楚。"

容棱跟小贩道了谢，回到车上将问来的情况说了一遍。

柳蔚皱眉："定州？"

容棱道："天意。"

柳蔚问道："就没其他路前往京都了？只有那一条路？"

"之前听说还有条小路是绕山，但眼下情况，山上更不安全，而且过山的话马车便不能走。"

那是挺麻烦的。

柳蔚挣扎着："那便只剩下等待或是前往定州这两条路？"

容棱点头。

柳蔚也想去定州，但柳蔚又记挂着严装的病情。

按理说治病期间，医者应该全程在病人身边。她这次出来这么久，本身就担了点风险，但当时以为耽搁不了多久，谁知道会在沁山府忙了近一个月。现在她给严装留的药，估计也吃完了。

至少，她要再送点药回去，好让严装多撑一阵子。

柳蔚将麻烦说了，容棱沉吟一下，抬头看向天空中那展翅高飞的小鹰。
　　一个时辰后，柳蔚确定绑在咕咕腿上的药袋子足够紧，才转过头来叮嘱珍珠："你要看着咕咕，它没离开过沁山府，找不到路。你要带着它去，更要带着它回来，记得吗？"
　　珍珠兴致高昂地"桀"了一声。
　　柳蔚看珍珠这模样，有些担心。
　　倒是不怕珍珠会迷路，珍珠跟了她这么多年她还是清楚的，这鸟走过一次的路就能记一辈子。
　　柳蔚就是担心珍珠不喜欢咕咕，路上把咕咕故意扔了。
　　好歹咕咕是给他们送东西的，无功也有劳。
　　况且咕咕从小就被爹娘抛弃，后来又被麻雀一家抛弃，他们既然收留了咕咕，总不能将咕咕再抛弃一次。所以柳蔚再三叮嘱，戳着珍珠的小脑袋，让珍珠断不能忘恩负义！
　　珍珠嘴上答应了，就有气无力地扑扇着翅膀，朝着天空飞去。
　　咕咕急忙跟上，边飞还在珍珠屁股后面，稚嫩地叫着："咕——"
　　解决了严裴药的事，容棱三人便改道前往建阳府去。
　　沁山府与建阳府，同属于阳州境内。
　　从沁山府到建阳府，正路是从东边出城，过六个县数个村落方能抵达。
　　按照马车的车程，最快也要三天左右，抵达建阳府西码头后，不用入城便能转水路前往定州。
　　哪怕阳州、定州比邻而居，但靠着水路前往定州古庸府，至少也需要再三天。
　　但这已经算是最快的路了。
　　路线定下，便开始前行。
　　但或许是此地天气真的太恶劣的缘故，他们顺利抵达建阳府码头上了船了，却在上船后不到半天就出了问题。
　　"大风，刮大风了。"全船十三人，八名船客、五名船工。
　　其中一名船工站在船头，急匆匆地拢着衣领跑进船舱，大喊着："好大的风！大哥，怎么办？"
　　船家闻言，跑到舱边往外看了一眼，果然见到外面风雨大作，看这样子估计过会儿风再大些都能把船掀翻了。
　　"回码头，赶紧转头！"船家快速下了命令。
　　船舱里正在用晚膳的八位船客一听，顿时紧张起来，其中一位带着两个孩子的女人已经跳起来："不能返航，我要去古庸府！"
　　船家瞪了那妇人一眼："风太大了，今晚有暴雨，过不去。"
　　"我不管，我付了银子，你就要送我过去！"妇人一手拉着一个孩子，凶巴巴地道。说着还抱着孩子，去外面吆喝正在掉头的船工，"不准返航，这点风哪里大了？我要去古庸府！你们这艘黑船，送我去古庸府！"

其他船客看不下去了。

一位商人模样的男子皱着眉，对那妇人道："这位大嫂莫要急，水上风云变幻总是危机四伏。船家行船多年，自然有一套判断海上风雨的法门。咱们出门在外，自然是安全为重。大嫂先回来坐着，这才行船不过半日，回到建阳府等天色好了再出行，也费不了两日工夫，再说这也是为了孩子好。"

"你是谁？我母子三人如何，犯得着你多嘴！"那妇人叫不住船工，扭头便对那劝慰的商人呵斥道。

商人愣了一下，皱眉："在下也是为了孩子好。若是出了什么意外，咱们大人还好说，这孩子可如何是好？"

商人说着，指向正在另一张桌子用餐的两位男子和一个小男孩。

猛地被点名的小男孩抬起巴掌大的小脸，一双葡萄般的眼睛圆溜溜的，看看那商人，又看看那妇人，以及妇人手边的两个孩子，大眼睛眨巴眨巴。

妇人也看了这边一眼，眼中满是冷漠："我自会护着我的孩子，至于别家的犯得着我操心？我可跟有的人不一样，谁的闲事都要管。"

商人听妇人越说越过分，将粗碗往桌上一搁，转头看向角落处那最后一名船客。

那人头上戴着帽子，背对着众人，身上裹了厚厚的棉衣，正埋着头奋力地扒饭。

"这位兄台，您说呢？"

那男子一言不发，继续吃自己的饭，仿佛不知道有人在与自己说话。

商人平白碰了钉子，脸色更难看了。

妇人反倒不依不饶地笑起来："看你说的废话，人家都不搭理你。"说着又对船家吆喝，"我告诉你，不准转头！我付了船钱，要去古庸府，你就得给我送到。我可说了，我家男人可是古庸府李大人手下的近卫，你得罪了我，对你可没好处。"

"哪怕是天王老子来了，这船也得回去。老子没你这么不要命，老子还有孩子和婆娘要养，死不得。"船家说着，催促着船工加快速度调头。

眼看着这风，已是越来越大了，就连雨里头都仿佛掺着冰雹似的，打得整个船头都是砰砰声。

船工转过脑袋换帆，那妇人看船家不理她，竟丢开两个孩子上前去拉扯那换帆的船工。

"你这女人，好不讲道理！"船家气得去拉妇人。

那妇人却道："你敢碰我一片衣角，我就去衙门告你对我不轨！"

"你……你你……"船家气得话都不会说了。

而那两个被妇人丢下的孩子，彼此看一眼，随即拉着手往内舱里面走。

可两个孩子刚走了一半，就被一堵小小的肉墙挡住。两人抬头，就看到一个粉雕玉琢的小哥哥，站在他们面前。

"去哪儿?"小哥哥问。

两人后退半步，彼此靠紧了些。大点的那个孩子结巴着道："你……你要干什么?"

小点的那孩子也从大点那个身后探出半个脑袋，嘟哝："我们……我们不认识你。"

"那你们认识刚才那女人吗?"小哥哥问。

两个小孩一愣，你看看我，我看看你。

小哥哥朝他们伸出手："想摆脱那个女人吗?"

两个小孩警惕地看着他，想了想，不确定地问："你会帮我们?"

小哥哥点头。

小点的那个孩子怯生生地说："我们被爹娘卖掉了，爹娘拿了她的银子，她不会让你带走我们的……"

小哥哥还是笑着说："那你们方才想做什么?别告诉我你们只是想回内舱休息。"

两个小孩同时低着头沉默。

一旁的商人闻言，诧异地睁大眼睛："你们不是那大嫂的孩子?"

大点的那个孩子鼓着嘴说："她是牙婆。"

商人难掩惊讶，又想起来："那你们莫非是想逃?天啊!这里周遭都是水，你们能怎么逃?跳水吗?"

小点的孩子弱弱地道："我们在海边长大，从小就会水。"

"那也不成!这是什么天气，大冷天的下了水还能活吗?"

这商人显然是个同情心重的，思忖一下对两个小孩招招手："过来。"

两个小孩不动。

商人叹了口气："按理说，各人都有各人的行当，我也不该摔人家饭碗，但好歹是让我遇上了。我府里有两个儿子，我正想着给他们寻两个书童，你们若是愿意，我就买下你们。随我回府至少能过些好日子。好歹我陈某人，是不会苛待下人的。"

两个小孩闻言，你看看我，我看看你，满脸不确定。

最后，两人同时看向方才提议要帮他们的小哥哥，却见那小哥哥仍旧站在那里嘴角含笑地看着他们。

或许因为被亲生父母卖掉，两个小孩相比起大人来更愿意相信年龄相仿的孩子。

两人挪着小步，走到小哥哥面前，仰着头望着他。

商人惊讶地挑挑眉，他以为他提出的要求已经足够吸引人。

小哥哥伸出手，让他们牵着。

两个孩子犹豫一下，还是一人一边拉住小哥哥的小手。

柳小黎把捡回来的两个小豆丁拉到娘亲和容叔叔的面前。

两个小孩很害怕，躲在小哥哥背后。大点的那个冲柳蔚乖乖地说："公子，我们会做工，会很勤快，你愿意买下我们吗？"

柳蔚看向小黎。

小黎耸耸肩："爹，是你说的。"

柳蔚面无表情："我没让你把人带来。"

就算看出了那不是牙婆，而是老鸨。就算看出来这两个小孩看起来脏兮兮的穿得像男孩，实则却是两个标致的小姑娘。她们被带到青楼那样的地方，一进去一辈子就毁了。但柳蔚也没说要把这个包袱接过来。

他们是在赶路。

遇到什么都得管一管，那岂非是要忙死了？

可小黎不管，一听娘亲说这两个小孩将来会堕入火坑，就坐不住了。他自告奋勇地起来出头，转头就把两人带回来了。

其实，小黎不出头也不行，这两个孩子都往内舱走了，而内舱后面有个门，可以到船尾。

若是想逃，从船尾跳水离开，那还不得把命都留在海里。

而且，两个孩子既然想逃，必然也知道她们被买下不是为了让她们给大户人家当丫鬟而是为了让她们行别的行当。

就算是两个很小的小女孩，也知道那种地方是姑娘家待不得的。

反正，小黎就是把人带回来了。然后三个小孩，一起用黑漆漆的大眼睛望着柳蔚。

柳蔚……头疼。

容棱倒是看了看两个小姑娘，又瞧瞧三个小孩握在一起的小手，思忖一下道："倒是可以培养。"

培养？

这个词儿有点怪！

三个小孩没听懂，柳蔚却在反应一下后就懂了。

柳蔚瞪着容棱，板着脸："你想培养什么？少打我儿子的主意！他将来只会娶一个娘子！"

"儿子不要通房？"容棱问道。

柳蔚气笑了，转过去看容棱："你有通房？"

识趣的男人，摇头："没有。"

柳蔚眯起了眼。

容棱在桌子下，握住她的手："真的没有。"

"没有你提什么？"柳蔚甩开容棱的手，把手放在台面上。

容棱微微蹙眉，还是强调："确实没有。"

柳蔚已经不信了。

容棱后悔了。其实他真的没有，通常皇家男嗣长到十三岁便会有娘娘安排宫女为其开蒙。

容棱十三岁时，还只是个死了母妃独居后殿被所有人遗忘的孤儿。

容棱方才顺口那句，不过是为小黎设想。既然柳蔚不喜欢，他不提便是。

容棱只是没想到，莫名其妙地……会引火烧身……

小黎看他们都不说话，拿不准娘亲和容叔叔的意思，索性就当做他们默认了，便对两个孩子道："坐下吧。"

两个小女孩闻言，不确定地看向那两位公子又看看身边的小哥哥，在小哥哥的再次示意下，这才慢慢坐下。

可她们刚坐下，船突然猛地打转，晃荡了一下。

满桌子的碟盘掉在地上。

柳蔚一时没注意身子往旁边一歪，容棱眼疾手快迅速将她搂住护在怀里。

"小心。"容棱道。

柳蔚伸手推开他，哼了一声。

容棱："……"

船舱外也传来争执声……

"你这女人，你疯了是不是！小宝、小宝你醒醒。"

那商人听到动静赶紧起身出去看，容棱也去了。

三个小孩勉强稳着身子，小黎牵了两个小妹妹也出去凑热闹。只有柳蔚，依旧坐在舱内。

柳蔚抬头，看向那始终背对着他们，低头扒饭的黑衣男子。

那男子却猛地动作停了一下，柳蔚挑了挑眉，男子又继续吃饭，仿佛没受任何影响。

练家子！

柳蔚脑中浮现出这三个字。

与自己无关，柳蔚也不愿意过问。

看了眼已经不能再用的晚膳，柳蔚叹了口气，起身也朝舱外走去。

此时，外头已经下起小雨，而雨中方才那不可一世的妇人正满脸慌张，面色苍白地站在原地。

船帆的旗帜下，几名船工围着一个晕倒在地双目紧闭的船头，拼命地摇晃着。

柳蔚皱皱眉，走过去。

容棱将柳蔚拉到一边，没让她淋雨。

柳蔚摆手，已经执意走进人群。

恰好这时，外面的风又大了起来，夹杂着雨水打在人脸上。

这样的时候出行，绝对是不理智的。不说继续前行，就是掉头赶回建阳府，只怕都不行了。

船家当机立断，立刻吩咐两名船工，将船靠向他们之前路过的小岛。自己则与另外两人一起，架着不知生死的小宝回了船舱。

那妇人先一步说："他是自己掉下来的，可与我没关系。我怎知他这么不结实，随便碰碰就倒了。这要死要活的，你们别是想讹我吧。"

另一个船工听不下去了，跳起来大吼："谁要讹你那点银子！我弟弟身子好得很，要不是你一直拉他，他怎会从上头摔下来！你这女人有没有良心？你害得我弟弟昏迷不醒，连一句致歉也不说，合着是我弟弟欠你的不是！"

"你凶什么！"妇人双手叉腰，也来了脾气，"若不是你们要调头，我会与你们掰扯吗？说来说去都怪你们，我是倒了八辈子的霉了，才上了你们的贼船，真是晦气！"

"你……"那船工气得失语。

船家也来了火气，站起来就道："外面大风大雨，这个时候行船，你问问任何一个艄公，谁敢在这样的天气行海！"

"好啊，我问啊！你让我上岸，我这就去问别人！"

"你这人不讲道理！"

"真是一群恶人先告状的野蛮粗人！"

"呵……"船家气笑了，几个船工也都用愤恨的目光瞪着这妇人。

妇人见他们不说话了，又看看还没醒过来的小宝，咳了一声道："别的我也不说了，总之银子我是不会给的，顶多……你们调头便是，船钱不用退了。"

那几两船钱，还不够看大夫的。

况且，这种海上的行当，出了海哪怕最后迫于天气必须回航，船家也是不会退银子的。

船家出一次海也有损失，若是船本身的问题那自然是全额退钱，但这种天公不作美的情况，你能怪老天却怪不了船家。

船工气得直喘气。

船家表情也不好，但终究不再说什么了。

舱内气氛很差，外头的船工已经在忙忙碌碌地往附近的小岛行驶。

柳蔚沉默了一下，还是走到船家对面道了一句："我是大夫。"

船家抬头，诧然地看着柳蔚。

那小宝的哥哥忙道："公……公子，您真的是大夫？那您能不能给我弟弟看看，他还这么年轻……"

柳蔚征询地看了船家一眼。

船家连忙起身，给柳蔚让开位置。

"你们做什么，还不赶紧过来！"妇人呵道。

柳蔚蹲下，手搭在那小宝手腕上探了探，又翻翻他的眼皮，捏开他的嘴，朝里头看了看。

最后一摸小宝的后脑勺，却摸到小宝脑袋上已浸满了血。

柳蔚带血的手刚伸出来，周围就安静了。

那妇人也知道自己犯了大错，急忙想拉着两个孩子回内舱。

可是，转头一看却见两个孩子正躲在另一个小男孩的背后，不愿意站出来了。

"你们做什么，还不赶紧过来！"妇人呵道。

两个小女孩吓得抖了一下。

柳小黎满脸正义地站在最前头，挡住两个可爱小妹妹。

妇人瞪视小黎，索性自己走上来要强拉那两个女孩。

大点的那个还算安静，小的那个直接叫出来："疼……"

小黎一把将妇人推开！

回头再把两个妹妹护着，冷声说："小妹妹叫疼，你没听见吗？"

"听见又怎么样，没听见又怎么样！你是谁？我教训我的孩子，关你个小屁孩何事！"

小黎玉雕般的小脸板成一块，容棱在他旁边闻言从怀中掏出一锭银子丢过去。

妇人本能地接住，愣了一下："这是何意？"

"看不出来吗？这两个孩子我们买了。"小黎义正词严地道。

妇人冷笑："买？就这点银子？自己留着玩吧。"说着，将银锭子放到桌上，上前又要拽两个孩子。

但在妇人手刚伸过来时，却听那小宝的哥哥大叫一声："小宝！弟弟！"

妇人身子一抖，条件反射地看过去，却看到那小宝已经翻了白眼，舌头都吐了出来。

妇人身居青楼，自然见过不少不听话的姑娘是怎么被教训的，又是怎么在最后或是病死或是被打死的。

妇人见过死人，自然知道人死了就会翻白眼和吐舌头。

妇人顿时被唬了一跳，往后退了两步，连连摆手："不……不是我，不是我……"

那商人看不过去了，冷声道："明儿个一回了城里就报官，杀人偿命，我们这儿都是证人。"

妇人腿一软，一下子摔倒在地，整个人都蒙了。

那小宝的哥哥还在痛哭，抱着自个儿弟弟，上气不接下气。

船家与其他船工也一致瞪着那妇人，眼中满是谴责。

妇人腿一个劲儿地打战，没一会儿眼皮一翻，吓晕过去了。

人一晕，柳蔚才推了推小宝的哥哥，淡淡地说："他还没死。"

正哭得起劲的小宝哥哥一愣，抬头双眼通红地看着柳蔚。

柳蔚说："他能活。不过你抱着他耽误时间，就不一定了。"

"啊？"小宝哥哥愣愣地看着柳蔚。

船家却听懂了，急忙上前将小宝哥哥拽开，对柳蔚好言好语道："大夫，您可一定要救救他，不管花多少银子，咱们都出。求您一定要救活他！"

柳蔚让小宝平躺着，没回答周遭人的话，只伸出了手。

没人知道柳蔚这是什么意思，都面面相觑。

小黎从容棱身边走过去，掏出自己的小背包，从里头找出针袋。递给娘亲后，他便去拿桌上的蜡台，放在娘亲身边。

柳蔚取出银针，先在火上消消毒，手指在小宝脸上比一下。等确定了方位，银针落下，正中穴门！

果然，在柳蔚扎了会儿针后，那原本应该已经没气的小宝突然重重地吸了口气。整个胸膛都动了一下。

"小宝！"小宝的哥哥大叫一声。

柳蔚抬眸，看了这哥哥一眼。

小宝哥哥赶紧闭上嘴，不敢叫了。

人暂时苏醒过来，但后脑在流血，需要处理。

柳蔚也懒得问他们意见。

那人群最后头的黑衣男子在看到这一幕时，眼皮动了动，眼中迸出深意。

而就在黑衣男子刚刚露出这样的眼神时，另一双眼睛对准了他。

黑衣男子似是心有所想，侧头看过去，便恰好对上一双幽深漆黑的冷眸。黑衣男子眯了眯眼，独自回了内舱。

直到黑衣男子的身影消失，容棱才收回视线，眼中却带着些寒意！

小宝的伤口的确不小。

柳蔚处理了很久。

船家很高兴，至少没闹出人命。

等到小宝哥哥带着弟弟回内舱了，船家才跟一个船工耳语两声。

那船工离开，没一会儿又回来，手里端着一个木盘子，木盘子上是三个银锭子。

船家接过，有些赧然地问道："这些诊金，不知够不够？若是不够，大夫尽管说个数，咱们绝对不回一个价。"

毕竟是将人从鬼门关拉了回来，这三个银锭子肯定是少了。但是他们这艘小船，本就是做五六个客人的小生意，一趟下来风险担了，利润也很少。这也是船家能拿出的，最多的钱了。

柳蔚看那船家脸都红了，显然是不好意思。

柳蔚也没有狮子大开口的意思，拿了一个银锭子道："药的成本回来便是了，多的给那小宝买些补身子。"

　　船家满脸讶然，显然不敢相信这世上竟还有将银子往外推的人。

　　柳蔚不管他人的吃惊，转头将银子递给容棱。

　　容棱困惑："嗯？"

　　柳蔚淡声道："这两个小孩算我买的，银子不用你出。"

　　容棱："……"

　　看来，果然是祸从口出，就因为一时口误将人彻底招惹死了……

　　那妇人最后如何，无人关心。船工只是将妇人拖到内舱里，关上门便万事不管。

　　两个小女孩跟着小黎回到房间。

　　因为船内位置有限，柳蔚、容棱、小黎三人一间房。

　　可现在，这间狭窄的内舱要多住两人。

　　两个小女孩很局促，缩手缩脚地站得很远。

　　柳蔚想了想，对小女孩们招招手。

　　两个孩子慢吞吞地走过去，小手拽着衣角。

　　"你们家住何处？"柳蔚问。

　　大点的那个孩子，小声地说："建阳府……西边的一个……渔村。"

　　"想回去吗？"

　　小孩立刻摇头："不……不……"

　　说着，小女孩扑通一声跪在地上，连连磕头："公子、公子我们一定会努力做工，您让我们做什么都成，就是别把我们卖到娼馆里，也别把我们送回家。回去了，爹娘一定会再把我们卖掉的。爹娘要供大哥娶媳妇，去年就卖了大姐，我们要敢回去，就死定了……"

　　柳蔚抿着唇："先起来。"

　　小孩不敢动，妹妹看姐姐跪地不起，脑子一动也跟着跪下来，学着姐姐的样子冲这位好心的公子磕头。

　　柳蔚扶额。

　　小黎有些迟疑，偷偷拉拉容棱的衣角。

　　容棱看着儿子。

　　小黎小声问："爹是要把她们送走吗？"

　　容棱揉揉小黎的头顶，"嗯"了一声。

　　小黎诧然："为何？"

　　容棱索性将他抱起来，搂在怀里："出门在外，带着孩子不方便。"

　　"那我呢？"虽然一直想当大人，但他也不得不承认自己现在也还只是个小孩子。

　　容棱捏了捏他的鼻尖："你不同。"

小黎眨眨眼，不太明白这个"不同"是什么意思。

容棱也没有再解释的意思，只将小黎抱着。

最后，在两个小女孩可怜兮兮的哀求下，柳蔚到底是没忍下心。

船颤颤巍巍地朝着小岛驶去。即便如此，在大风大雨中掌舵，哪怕是避开了风口，这船也前行得万分艰难。

直到第二日清晨，船才好歹靠了岸。

柳蔚起得早。她站在甲板的檐下，看着外头还在下的雨，眼神有些深。

船工路过柳蔚旁边，想到昨晚这位客人救人之举，都纷纷表示敬佩。

其中小宝的哥哥大宝，倒是胆子大，直接过来就说话："天色还早，公子不若回去再睡会儿。您放心，咱们船上备了储粮，哪怕要在这小岛上困几天，吃也肯定是够的。"

"困上几天？"原本柳蔚也只是随意出来吹吹风，一听这话顿时挑了挑眉。

大宝憨厚地笑着，解释道："其实，每年入了冬，从建阳府出船，就有不小的风险。前几天咱们这儿也下了大雨，昨个儿看天色，咱们本是不出船的。是下午太阳出来了，才通知说能接一船人。可没承想，到了晚上又变天了。公子您放心，那小岛是从建阳府到古庸府中间的一座小孤岛，上头没有人，通常都是我们行船人家用来救急的。岛上也挺大，若是真的遇到大风大雨天，也都能熬过去。"

柳蔚对这边的地理环境不清楚，闻言便顺着大宝手指的方向，看了过去。

远远地，果然看到那边有座绿色的小孤岛。

大宝跟柳蔚说了一会儿，船就靠岸了。

船工们三三两两地拿着绳子出来打算停靠，可离岛还有十五六米的距离时，突然有个船工朝着水下惊呼道："有……有人……"

其他人闻讯看过来，众人往水下一看，顿时惊讶："死……死人？是死人吗？"

柳蔚眯了眯眼，不顾头上淅淅沥沥的雨点，趴在船边往下看去，果然看到水下正漂浮着一条人影。

那人影浮在水上，面色苍白，周围都是血水。

"把人救上来！"柳蔚冷声吩咐。

正惊慌失措的几人连忙答应着，有人去找绳子，有人去叫人，一哄而散。

等到再回来时，里头的人也被惊动了。

睡眼惺忪的船家一边绑腰带一边出来，一看水下正被大宝等人捞上来的人，大惊失色！

"这……这是怎的回事？哪家的船遇难了吗？真是造孽啊！"

船家说着，也跟过去帮忙。

内舱里其他人听了动静，便走出来。

容棱抱着还没睡醒的小黎出来,两个小女孩已经精精神神的穿戴整齐,跟在容棱脚边。

"怎么回事?"容棱把小黎的小脸塞进自己怀里,确保小黎不会被雨淋到,才问柳蔚。

柳蔚摇头,看着那正被嘿咻嘿咻抬起来的人:"死了。"

容棱敛了敛眉,没问柳蔚是如何知晓。

死人被放上甲板,挪到了有檐的地方。

船工们一边擦着手上的水,一边围观。

众人都没靠得太近,只是站在两米开外小心翼翼地看着柳蔚。

柳蔚走过去,探了探男子的鼻息,果然已经死了。

再探了探脉搏,翻了一下眼皮,最后柳蔚目光定格在男子胸膛带着血口子的破洞上。

从那个洞口,柳蔚轻易地看到里头已经泛白的伤口。

致命伤,心脏穿裂,一招致命!

身上无其他明显伤口。

将尸体粗略检查一下,柳蔚便得出结论。

柳蔚起身,在众人询问的视线下道:"谋杀案,这要送官。"

周遭所有人倒吸一口凉气,对于他们这种老老实实本本分分的劳工而言,"杀人"二字想都不敢想。

再一想到他们不是救了人而是捞了一具尸体上来,所有人都有些不自在。就是船家也把手在裤腿上蹭蹭,仿佛沾到了什么可怕的东西。

内舱的其他客人,这会儿也醒了。

那商人打着哈欠出来,一看外头许多人便问:"怎么了?"

有人给商人解释。

商人闻言,瞌睡全走了,瞪大眼睛不敢置信地看着甲板上的尸体,不寒而栗地倒退两步。

过了一炷香时间,船内的人基本上都出来了,除了有伤在身的小宝和那孤僻的黑衣船客。

就连昨晚那妇人也跟了出来。只是妇人看到外头竟然有尸体,顿时吓得魂不附体,也不吵着要回两个女孩了,就跟跟跄跄地又跑回房间。

船此刻靠岸了。船工跳到岸上,将船绑在码头的石磙上,把船拉近了才让其他人下来。

"前头有间木房,是咱们行船人家合伙盖的,先进去避避雨。"

船家一边用手挡着头顶,一边往里头带路。

可走了两步,船家就停下来了。他们看着草丛边那露出一截的黑色的脚吓了一跳！

后面跟着的人随着船家的目光看去，顿时也都沉默了。

柳蔚拧着眉，走过去扒开草丛，果然看到里头又躺着个人，身上穿着与之前水里打捞起那个一模一样。

柳蔚蹲下身，探了鼻息把了脉，沉下脸："死了。"

周围顿时更寂静了，除了哗啦啦的雨声，再无半点动静。

柳蔚起身，对其他人道："这里估计还能找到其他人，大家看看指不定还有活着的。"

船工们对柳蔚的吩咐自然是没意见，那商人与那孤僻船客也沉默着算是默认。

可那妇人却不干了："要找你们去找！这儿到处都是尸体，我一介女流能做什么？我不去！"

柳蔚也没指望妇人，看都不看妇人便对其他人道："大家分散去找，找到了就唤一声。"

岛小，叫一声足够所有人听到了。

众人应了一声，冒着雨都七七八八地分散了。

唯独那妇人自己跑向不远处的木屋，推开门就进去。

可是门刚一推开，妇人就愣住了，反应过来后便是一阵尖叫："啊……"

其他人忙朝木屋跑去！

到了，众人才看到屋里，竟然也有尸体。前后左右看起来，有六具尸体！

且衣着与之前那两人，一模一样！

妇人吓坏了，一屁股坐在木屋外头的大水坑里，脸色苍白，浑身直打哆嗦。

没人管妇人如何，其他人都呆住了。

这究竟是出了何事，竟然死了这么多人。

柳蔚进去，将尸体一一看了一遍，眼神变深了。

小黎被放到地上，容棱走到柳蔚身边，以眼神询问。

柳蔚轻声道："伤口一致，若是看得没错，凶手是同一人。"

容棱沉下眸，而容棱视线刚刚垂下，便正好看到其中一具尸体裸露的手臂上有一块黑色的梅花烙印。

黑梅印？

容棱蹲下身，仔细看看那烙印，确认当真是黑梅印，眼神便一瞬间凛了起来。

"认识？"柳蔚也蹲下问道。

容棱沉默。

柳蔚顺手将另一具尸体的手臂撩开，果然上头也有一块黑梅印。

"黑梅卫。"沉默良久，容棱语气复杂地道，"乃是七王近卫。"

七王？

柳蔚愣了一下，脱口而出："容溯？"

容棱看着柳蔚，一言不发。

柳蔚回视容棱，同样一言不发。

这时，外面突然响起小宝哥哥的声音："这里……这里有个活人，还有气……"

其他人连忙跑出去看。

柳蔚面无表情地站在原地，看着门外突然道："不知为何，我有种不祥的预感。"

容棱："……"

柳蔚以为，最不幸的应该就是她要救活一个没断气的黑梅卫，然后为此不得不跟容溯再有所牵扯。但柳蔚没想到，自己不用救任何一个黑梅卫就能跟容溯有更近的牵扯！

因为眼前这个看似伤得全身上下没一块好地方的被血糊得看不到模样的男人，不是别人，正是七王爷容溯。

柳蔚看着容棱，问道："我们要是晚靠岸一个时辰，他还能活着吗？"

容棱皱眉踱步过去，伸手探了探容溯的脉门，摇头道："顶多，还能撑上一天。"

柳蔚走过去也探了探，发现人看着是狼狈，但没伤到心脉，若是强撑的话的确还能撑上一到两天。

柳蔚看着容棱："你会把脉？"

容棱回她："会探内力。"

柳蔚点点头，了解了。

将血淋淋的男人搬进木屋，又将屋子里的尸体放到屋后头稍稍整理之后，所有人才停下来。

那妇人躲在角落的门后面，瑟瑟发抖地望着他们。

商人也沉默着，坐得比较远。

反倒是那个孤僻船客，坐得较近。只是他戴着帽子，头发和帽檐盖住了他的表情，令人看不清神色。

船家局促地问道："现下，如何是好？"

船家这一说完，其他人齐齐都看向柳蔚。

柳蔚揉了揉眉心，有些疲惫地坐到床边，伸手去检查容溯的伤口。

等看了一番后，才道："要先清洗伤口，谁来帮把手？"

周围一片安静。

柳蔚看看其他人，其他人都自觉转开头去。

柳蔚又看向容棱。

容棱倒没避开，只是目不转睛地看着柳蔚。

两人对视半晌，柳蔚放弃了。

叹了口气，柳蔚想了想才说："其实，不清洗伤口他也能醒，暂且就这么放着吧。"

众人虽然觉得这样有点不负责任,但大家都是普通老百姓哪里见过这种场面。

况且不知道这人是好人还是坏人,如果是坏人,醒了后将他们都杀了怎么办?!

本着多一事不如少一事的心态,没有人愿意去蹚这浑水。

能将人从雨地里搬进屋子来,已经是他们能做的极限了。

而柳蔚虽说是大夫,该是本着医者父母心的态度,但耐不住柳蔚与容溯有私人恩怨。

容溯这人现在也没有生命危险,柳蔚便觉得能与容溯少一点接触就少一点最好。

到最后,屋子里一片安静。

但无数双眼睛,却都注视着木床上,那呼吸轻微的男子。

外面的雨还在下着,风呼啦啦地吹得周围树枝晃动。

过了不知多久,也不知是谁的肚子先叫了一声,船家才恍悟:"该是早膳的时辰了!船上有粮食,大宝,你去拿点过来。"

小宝的哥哥大宝闻言,应了一声跑进雨里。

等他拿来干粮,几个船工七手八脚地熬煮了一下,便分下来。

那妇人接过船工递来的碗,看了看里面的东西,一脸嫌弃:"这是什么猪食,能吃啊?"

船家满脸不悦地看着妇人!

那递碗的船工也把东西夺回来拿走。

妇人气得跳脚:"你们船上明明有好粮食,却偏偏给我们吃这种东西?!"

若是昨日,这妇人如此一番荒谬之言还只是一场笑话。可今日在见了这么多尸体后,有人动摇了。

商人沉默地坐在人群后,闻言抬起头,用怀疑的目光看着船家及几个船工。那目光,看得人后背发凉。

船家冤枉死了:"这位大姐,您也讲点道理成不成!若不是你当时捣乱,将我家船工弄伤,我们至于躲不过风雨非得在这小岛度日吗?这岛上有尸体,我们怎么知道?我们要是什么都知道也就不行船了,盖个寺庙,自个儿当菩萨去了!"

"这么说还是我的错了?"妇人站起来,抖着指尖指着船家的鼻子,"我一介女流,我能做什么?若是你们好好行船,给我安全送到古庸府,我至于跟你们闹?你们一群大老爷们,将错推到我一个女人头上,你们也好意思!我看你们就是黑船,就是谋财害命!你们要不现在就杀了我,要不等我离开了就报官,把你们全抓了!"

"还用报官?"柳蔚声音在旁边响起,"大姐家的男人,不就是古庸府李大人的近卫吗?"

那妇人愣了一下,脸颊一红,忙又板起脸:"对,我家男人是李大人的近卫!你们知道李大人吗?人家是京都李尚书家的远亲,背后有七王爷撑腰。你们得罪了我,就是得罪了我男人！得罪了我男人，就是得罪了李大人！得罪了李大人，就是得罪了京都李家！就是得罪了七王爷！得罪了七王爷，就是得罪了皇上！我给你们一百二十个狗胆，你们敢得罪皇上吗？"

柳蔚端着自己的水煮干粮，喝完一口笑了起来："得罪你，就是得罪皇上？"

妇人骄傲地仰起头，抬高下巴！

柳蔚婉转地道："我倒觉得，皇上不会愿意与青楼女子有这种牵扯。"

"你……"妇人一听，脸色大变，"你说什么？"

柳蔚却不说了。

船家满脸鄙夷地道："我们都知道了，什么李大人的近卫是你男人，是你的客人吧？一个鸭子，真好意思！"

"你说什么！你再说一遍！"妇人咋咋呼呼，气得满脸通红！

船家也不愿将话说死了，闻言倒是不吭声了。

妇人却愤恨地瞪着他们，目光先在船家身上最后移到柳蔚身上，再最后移到自己从建阳府新买的两个俏女娃身上，板着脸呵道："大妞小妞，过来！"

两个小女孩齐齐躲在容棱背后，缩成一团。

妇人竖起眉毛，很想冲过去将两人抓过来，但看看挡在前面的玄袍男子与他旁边的清秀男子，又不敢过去。

容棱没兴趣过问这场闹剧。他抱着小黎，让小黎喝下一碗粥，又将他抱好一些才喝下自己那碗。

屋子里又恢复了安静。

两个小女孩分着喝完了一碗粥，乖乖地将自己的碗和三位主子的碗都收好了捧到船工面前。

船工接过。

两个小女孩又躲着妇人，跑回主子身边。

这场雨断断续续地又过了三个时辰，才慢慢有停下的势头。

船家带着两个船工出去勘察。

回来后，船家却说："按照这个天气，就是雨停了，也不能立刻出海。风还是乱的，这会儿出船，也容易迷路。"

妇人坐在角落想说什么，但犹豫一下还是闭了嘴。

反倒是那商人，迟疑一下道："我订的货，是三日内在古庸府镖局取，若是不去，货便会被退回。"

这言下之意就是，最迟三日他必须要到达古庸府。

若是没有这场灾难，从建阳府到古庸府本来时间是刚好。

但此刻已经耽误了一夜加半天，若是再不立即出发，只怕真的就会赶不上了。

商人这番暗示，意味很明确。他想走。

船家一时很为难，这位客人一直挺好说话的，谁也没想到这时候他却突然出了个难题。

船家斟酌着怎么解释，却听那个始终孤僻的船客第一次发出了声音："要走自己走。"

孤僻男人的声音很冷，带着点凉薄的味道。

所有人都看向孤僻男人。

孤僻男人却依旧低着头，说完那句后便再次沉默。

商人黑着脸，也不再说话。

屋子里的气氛很差，因为木床上那昏迷的男人与满后院的尸体，以及外头淅淅沥沥下个不停的雨。

本就是一群素不相识的人，机缘巧合被困在一起，谁都有情绪。但眼下情况如此还能如何，只能盼着老天开眼，雨快些结束，船能赶紧再次出航。

从中午到晚上，直到天渐渐黑下去。屋子里架起火堆，所有人围在火旁取暖。

床上那始终昏迷的男子，终于缓缓睁开眼。

"水……"细弱的声音，轻得不易察觉。

被吩咐照顾男子的大妞小妞两姐妹听了动静，连忙转头娇怯怯地唤了声："那个……"

"嗯？"坐在后面的小黎回头问。

姐妹俩指指床上的人，小声说："醒了。"

"哦？"小黎起身，迈着小短腿走过来。

走近了，果然听到男子干裂的嘴唇迸出轻不可闻的声音："水……"

"真的醒了。"小黎唤了一声，"爹，那谁醒了。"

正在暖手的柳蔚抬起头，随便地瞥了一眼，又低下去继续搓手。

容棱仡立在柳蔚旁边，为她烤着干麦饼。

船上的确还有一些米菜，但不知道还要在这儿困多久，现在大家都是省着吃。

能吃干粮就先吃干粮，毕竟比起米菜还是干粮更填肚子。

干饼烤好了，柳蔚吃了一口，暖烘烘的味道还可以。

柳蔚又喝了口水，吃得还算满意。

那边小黎又叫了一声："爹，他要喝水。"

柳蔚将嘴里的麦饼吃完了，看了眼旁边锅里正在煮沸的雨水说："水不多，让他等等。"

柳蔚喝的是船上的水，但她的不会分出去。

小黎鼓了鼓嘴，也不愿意用自己那壶水，然后就看向容棱。

容棱一言不发地将另一块干饼烤好，混着自己的水吃了起来，都没扫一眼小黎。

小黎小嘴都噘起来了。

最后是船工举起自己的水壶说:"我这里有。"
小黎笑着接过,沾了一点滴在虚弱男子的嘴唇上。
水滴从唇缝里滑进口腔,容溯无意识地舔了舔唇,艰涩地将那滴水吞下喉咙。
小黎见状,又滴了两滴。
等到喝了小半口,算是稍微解了渴,容溯才喘过一口气缓慢地睁开眼睛。
眼睛一睁开,首先映入眼帘的便是一张稚嫩的小脸蛋。
容溯先是愣了一下,尝试性地想开口,却发现喉咙干涩说不出话。
"爹,他睁眼了。"小黎实时报告道。
还没吃完干饼的柳蔚头都没抬,用鼻子应了声:"嗯。"
可柳蔚不在意,其他人却在意!
船家和船工们还有那妇人与商人包括那孤僻船客,都往这边看来。大宝甚至直接起身,走了过去。
容溯觉得头很疼,头顶涨得好像快爆炸一般。他紧紧皱着眉,耳边听着周遭的动静,眼珠子也转动着。
他看着头顶上的小男孩,不知是不是错觉。他总觉得这孩子有些眼熟,只是此刻大概视线浑浊,看得并不是太清楚。
小男孩之后一个皮肤黝黑五大三粗的男人也进入视野。容溯与那男人对视,那男人唬了一跳,结结巴巴地问道:"公……公子,你醒了。"
容溯凝起眉,没有回答。
却不想,这男人却开始喋喋不休:"你有哪里不舒服吗?是我们救了你,发现你的时候,你全身都是血,吓死人了。你能说话吗?听得到我的声音吗?公子?公子?"
容溯烦得冒火!
大宝却以为公子是伤了脑袋,不断地在公子耳边说话,声音还越来越大!
容溯不耐烦地抬起手,想将人挥开,可手一抬却半点力气都没有。
容溯不确定地垂下眸子,看看自己的手,眼中露出慌张。
这手,一点感觉都没有……
此时,柳蔚终于吃完了干饼,她拍干净手上的灰屑,提着水壶一边喝一边走过去。
走了两步,柳蔚回头问容棱:"一起?"
容棱没动。
柳蔚瘪瘪嘴,不叫他了,自己过去。
此刻,容溯的眼睛也清明了些,再看柳小黎,顿时认出了柳小黎。等再看到柳蔚时,容溯眼睛瞪得大大的。
柳蔚觉得有趣,她见过容溯很多次,却从没在这男人脸上,看到过这滑稽的表情。

这男人，平素看她的视线不是探究就是冷漠。她还以为，他不会有别的表情了。

"好点了吗？"柳蔚坐在木床边顺手拉过容溯的手探了探脉，确定没问题了才松开。

容溯目不转睛地看着柳蔚，直到柳蔚把脉完毕他才哑着嗓音艰涩地问："柳……先生？"

容溯见过柳蔚，曾经在艺雅阁见过。

更在之后特地调查过柳蔚，毕竟，这柳先生是他三皇兄的亲信，知己知彼，总没有错。

但容溯没想到，今日，会在这样的情况下，再见到此人。

容溯很是恍惚，强撑着身子看向外面，便看到前面的火堆处，无数双眼睛，正紧紧地看着他。

这些人中，唯有一人，低垂着头，做着自己的事。

即便只是个侧影，但又何其熟悉！

容棱！容棱，为何会在这儿？

容溯不禁思考，自己带着父皇密令前往惠州，回程途中遭到袭击流落荒岛，却被杀手追杀至此，险些命丧九泉。莫非这幕后之人，便是容棱？

可若是容棱，容棱为何会出现在自己眼前，还救活了自己？

还是容棱有什么别的阴谋？

镇格门的人，出了名的狡诈奸猾！

就在容溯满头思绪乱飞时，脸上突然被戳了一下。

他抬起眸，正对上一双晶亮的大眼睛。

"我爹问你，你有哪里不舒服吗？"柳小黎嘟着小嘴不满地说。

容溯又看向那位柳先生。容溯知道，那人是个仵作还是个大夫，听说连严裴的病都是此人在医。

虽说不知容棱有何阴谋，周围又是一些陌生人，但容溯素来便是惜命之人，无论如何，至少在救援来到之前，他要保住性命。

这么想着，容溯便看着自己的右手道："不能动。"

"手不能动？"小黎挑了挑眉，小短手去拨弄一下人家的手掌。

容溯忍着脾气，没理这个小屁孩，只看着柳蔚："多谢先生搭救。"

哟？还会道谢？

柳蔚饶有意味地看着容溯。这么有礼貌，是知道自己处于下风了有求于人？

上次救他，这人不是还瞪了她许久。虽然那次的确是她先不小心将他推到水里。

不过无论如何，看在容溯态度还算可以的分上，柳蔚也愿意救救他。

反正，不是第一次了！

柳蔚抓起容溯的手，撩起袖子，在容溯手臂几处穴位上按了按，问道："有感觉吗？"

容溯摇头。

柳蔚又上去一点，在他关节处捏捏："这里呢？"

容溯还是摇头。

柳蔚沉默一下，突然扣住容溯的肩头，在容溯肩胛的位置狠狠一捏："这里？"

容溯皱起眉，点了一下头！

柳蔚这就松开手，漫不经心地道："手臂上有个伤口，可能中毒了。"

中毒？

容溯瞬间瞪大眼睛。

柳蔚瞧容溯眼睛睁得这么大，笑了一下："放心，不会要你的命。"

就算不要命，手废了也是大事。

容溯脸色很是难看。

柳蔚拿出银针在他手臂的伤口上探了探，拿起来看时发现果然银针变黑了。

"的确有毒。"柳蔚道。

容溯面色沉得几乎滴出墨来。

"可以把毒逼出来。"柳蔚突然又说一句。

容溯的表情立刻一变，紧张地看着柳蔚。

柳蔚又是一笑，让小黎拿来一把匕首放在火上，一边消毒一边问容溯："怕不怕疼？"

容溯看着那把银光闪闪的匕首，沉默。

"怕疼就说出来，我有药，不怕就省了。一会儿挖下你这块肉，再内服些排毒汁。不过，你只是右手不能动？其他地方呢？"

容溯试着动了动其他部位，最后道："只是手。"

柳蔚点头，此时匕首已经消毒好了："怎么样，要不要麻醉？"

容溯不清楚麻醉的意思，但听这话应该是吃了那药，剜肉的时候便没那么疼。

若是有能轻松些的法子，人们当然不愿硬扛那削肉之痛。

可要承认自己怕疼，尤其是在政敌容棱的面前……

容溯思索一下，最后咬了咬牙道："不用。"

柳蔚看了容溯一眼，说："是条汉子！"然后手起刀落，带着热度的匕首猛地下来，手法利落地割掉容溯手臂上翻开的那块肉。

一瞬间，容溯牙关紧咬，大汗淋漓。

容溯迫使自己没有叫出来。可这人割得太突然，他还没来得及移开视线，所以他等于亲眼目睹自己的肉被削下一块，顿时他整个人都是麻的。

见他竟然真的吭都没吭一声，柳蔚对他的印象倒是有些改观。

看来，这位七王爷也不是完全一无是处。

至少这份忍耐力，便不是常人能有的，也不怪人家能坐到如今的地位，与太子分庭抗争。

柳蔚在他伤口上涂了药，将手臂包扎起来。

等忙完了，柳蔚找了一粒排毒丸让小黎去融成汤药。

很快一勺子左右的汤药端回来。

柳蔚接过，对容溯道："张嘴。"

容溯闭着眼眸，张开薄唇。

男人一张嘴，柳蔚便嗅到了一股子血腥味。再一看容溯的唇，已经被咬出了血。

这人，为了那点面子，倒是宁愿自残！

不过这也不关自己的事，柳蔚将药倒进他的嘴里，苦涩的味道顿时蔓延开来。

容溯沉默地吞咽下去，再睁开眼，身心俱疲地看着柳蔚。

柳蔚收拾着自己的绷带，说："你身上的伤不多，都是些小伤口，有的擦点药，包扎都不用。我不知是谁伤了你，又为何没杀死你。不过我想，你的黑梅卫出了不少力。"

容溯凝起眉，眼神发亮："他们……"

"都死了。"柳蔚淡声。

容溯霍然起身，可因为起得太急，伤口牵扯，整个右臂疼得入骨。

他控制不住地呻吟一声。

柳蔚把他推下去躺着，皱着眉道："不要乱动，扯坏了伤口，还要重新换药。这个药不便宜，阁下位高权重，家财万贯。算你一千两一瓶，换一次药是半瓶，你欠了我五百两，记住了。"

容溯："……"

周围的其他人："……"

小宝捂着自己的头，艰涩地看着哥哥大宝，都快哭了。

大宝也愣了，他明明看见这位大夫给这位公子上的药，和昨日给他弟弟上的药一模一样。

但是，这位大夫给了他们好几瓶，只收了他们一锭银子不过十两罢了。

可是眼下，却要收这位公子半瓶五百两。

这……这……

难道这药本就是这么贵，只是这位大夫好心不愿收他们穷人家的钱，所以白送给他们？

大宝感动得热泪盈眶，眼睛一下子就红了。

小宝看到哥哥的表情，顿时还能有什么不明白的？

小宝沉默一下，突然抬头对着身边不远处的容棱道："公子，我小宝愿意做牛做马，誓死报答两位大恩大德！"
　　大宝也扑通一声跪下，二话不说朝着柳蔚就磕头。
　　就连船家也叹了口气，幽幽地说："医者父母心，果真是医者父母心啊！"
　　柳蔚："……"
　　容棱："……"
　　欠债五百两的容七王爷："……"